首都经济贸易大学出版基金资助

# 生与爱：
# 似本能与生态批评

# Love and Life:
## Instinctoid and Ecocriticism

朱利华 ◎ 著

首都经济贸易大学出版社
Capital University of Economics and Business Press
·北 京·

**图书在版编目（CIP）数据**

生与爱：似本能与生态批评/朱利华著．北京：首都经济贸易大学出版社，2018.8

ISBN 978－7－5638－2812－8

Ⅰ．①生… Ⅱ．①朱… Ⅲ．①文学研究 Ⅳ．①I0

中国版本图书馆CIP数据核字（2018）第131398号

**生与爱：似本能与生态批评**

**朱利华 著**

**Sheng Yu Ai Sibenneng Yu Shengtai Piping**

---

**责任编辑** 彭 芳 浩 南

**封面设计** 砚祥志远·激光照排 TEL：010-65976003

**出版发行** 首都经济贸易大学出版社

**地　　址** 北京市朝阳区红庙（邮编100026）

**电　　话** （010）65976483 65065761 65071505（传真）

**网　　址** http：//www. sjmcb. com

**E－mail** publish@ cueb. edu. cn

**经　　销** 全国新华书店

**照　　排** 北京砚祥志远激光照排技术有限公司

**印　　刷** 北京玺诚印务有限公司

**开　　本** 710毫米×1000毫米 1/16

**字　　数** 318千字

**印　　张** 21.5

**版　　次** 2018年8月第1版 2018年8月第1次印刷

**书　　号** ISBN 978－7－5638－2812－8/I·58

**定　　价** 55.00元

---

# 序　言

斯科特·斯洛维克

生态文学研究最根本的讽刺应该就是：相比外部世界和自然世界，该领域的学者们更关注人类大脑的秘密。当我们以写作的方式分析“环境文本”或者研究自我与非我之关系的时候，我们实际上是以这些研究为间接的媒介凝视镜中人——自我。亨利·大卫·梭罗在1841年的日志中提到，“人类无法直接成为自然主义者，难以直接凝视自然，因此只能用眼睛的余光看自然。他的眼睛必须穿透自然，看到彼岸。凝视自然和凝视美杜莎之首一样是致命的。这样做将使掌握科学的人类变为石头”①。同理，那些试图了解自我的思想家也是如此：过于直接地凝视镜中人，很可能将思想家变为石头，从而把思想和见解禁锢起来。因此我们努力寻找合适的角度，一个婉转迂回的角度，来审视思考我们最真实的自我，以及自我和非我的关系。

过去30年，我一直把思考人类生活的心理学维度——包括我自己的生活——置于非我的语境中进行考量作为自己的研究对象。在我看来，这是环境人文科学最本质的问题。我们何以这样思考自身生命的意义？思考关系中的存在之意义将如何使我们瞥见此生的意义，并感知到生命的意义？我们何以关心、依恋某些事物和信息，却对另外一些事物无动于衷？在2001年出版的《人之为人：伦理、环境和我们在世界中的位置》一书中，宗教研究学者安娜·L. 彼得森说，亚洲人、印第安人和女性主义者“（理解人性）的方法都是将人性描述为自我如何由自我与周遭存在物如人类、动物、植物和自然过程等的关系所塑造和定义”②。我发自内心地认同自我由关系界定的这个预设。除非置于关系中，我们的生命是空洞，没有意义的。然而我不认为只有特定文

---

① Thoreau Henry David. The journal of Henry David Thoreau [M]. Ed. Bradford Torrey. Volume 6. Boston: Houghton Mifflin, 1906.

② Peterson Anna L. Being human: ethics, environment and our place in the world [M]. Berkeley: University of California Press, 2001.

化群体坚持这个想法——比如亚洲人、土著和妇女等。当代美国作家威廉·斯塔福在1964年写的诗歌《或许骑自行车前行》中提到自己骑自行车下班，沉浸在五官对周遭事物的感知——猫头鹰、雪花、街灯，甚至是自行车本身——他不由得惊叫，“想想啊！——生命竟然辉煌如斯”[①]。换言之，我们的生命其实是通过附丽于非我而带上了“辉煌”（奇迹、美丽和意义）。

我倾此一生——作为学者、教师，以及一个简单的人——试图品味斯塔福诗中提到的辉煌。我想尽可能专注于这些辉煌。然而我知道若想注意到这些辉煌，我必须允许自己出离于正念与专注，进入暂时的迟钝状态，之后重新唤起我的感知突触。意识盈亏不定，来来往往，起起落落。我们的大脑就是这个样子。我在一本接一本的书里——《寻找美国自然文学中的生态意识》（1992）、《远行深思》（2008），《数字与神经》（2015）——一直致力于用文字探索人类大脑的秘密，探寻我自己的心灵。我与朱利华志趣相投，她的著作《生与爱：似本能与生态批评》能引起我深深的共鸣。在思考欣赏我们周遭世界的生命对我们来说意味着什么，我们如何爱自己和他人，以及我们如何爱我们自身的存在等问题的过程中，朱利华探寻着多年来让我为之迷惑，为之心醉的问题。而这些问题正是环境人文领域最根本的问题，也是人类历史上爱思考的人们一直追问的话题。当然这些问题我们没有终极答案。毕竟人的大脑是一个谜。但是，探索本身即是一种满足。

---

① Stafford William. Maybe Alone on My Bike (1964). In: Smoke’s way: poems from limited editions: 1968－1981［M］. Port Townsend, WA: Graywolf Press, 1983.

# Foreword

By Scott Slovic

Perhaps the fundamental irony of ecocritical literary studies—and of the environmental humanities as a whole—is that scholars working in this field are concerned less with the world outside, with *nature*, than with the mysteries of the human mind. When we write about "environmental texts" or about the relationship between the human and the more - than - human, we are actually using these studies as an indirect way of looking in the mirror. Henry David Thoreau wrote in his journal in 1841, "Man cannot afford to be a naturalist, to look at Nature directly, but only with the side of his eye. He must look through and beyond her. To look at her is as fatal as to look at the head of Medusa. It turns the man of science to stone"① . Much the same could be said of the thinker who would like to understand herself. To look too directly in the mirror might well turn her into stone, might freeze the flow of ideas and insight. Thus we struggle to find just the right angle, an oblique indirectness, to view and contemplate our truest selves and our relationships with the world beyond us.

For the past thirty years, I have been pondering the psychological dimensions of human lives—and of my own particular human life—in the context of the more - than - human. To me this is the essential topic of the environmental humanities. Why do we think as we do about the meaning of our lives? How might consideration of what it means to *exist in relationship* enable us to glimpse this meaning, to feel it? Why is it that our minds care about—attach themselves to—some things, certain kinds of information, and fail to pay attention to other things? In her 2001 study *Being Human*:

---

① Thoreau Henry David. The Journal of Henry David Thoreau [M] . Ed. Bradford Torrey. Volume 6. Boston: Houghton Mifflin, 1906.

*Ethics, Environment, and Our Place in the World*, religious studies scholar Anna L. Peterson argues that Asian, Native American, and feminist "approaches [to interpreting humanness] all portray humanity as shaped or even defined by relations to a host of other beings, including people, animals, plants, and natural processes"①. I agree down to my very bones with the premise that we are defined by such relationships—that our lives are devoid of meaning except when understood in the context of these relationships. And yet I disagree that only particular cultural groups adhere to this idea—Asians, native people, women. When contemporary American author William Stafford writes in his 1964 poem "Maybe Along on My Bike" about bicycling home from work and experiencing his sensory engagement with all forms of beings in the world around him—owls, snowflakes, street lights, and even his bicycle itself—he exclaims, "think! —the splendour of our life"②. Our lives, in other words, take on "splendor" (magic, beauty, meaning) through engagement with the not - self.

I spend my life—as a scholar and teacher and simply as a person—trying to savor something like the splendor Stafford writes about in his little poem. I want to be as conscious of this splendor as possible as much of the time as possible, and yet I know that in order to be mindful of the splendor, I must allow myself to drift out of mindfulness and into a temporary condition of dullness before triggering my mental synapses awake again. Consciousness waxes and wanes, comes and goes, rises and falls. This is the nature of our minds. In book after book—*Seeking Awareness in American Nature Writing* (1992), *Going Away to Think* (2008), *Numbers and Nerves* (2015) —I have sought to put words to this quest to fathom the mysteries of the human mind, of my own mind. I see in Lihua Zhu a kindred spirit and in her book *Love and Life: Instinctoid and Ecocriticism* a project very much after my own heart. In pursuing questions about what it means to appreciate our lives in the world and the mysteries of our how we love ourselves and others, how we seek to love our very exist-

---

① Peterson Anna L. Being human: ethics, environment, and our place in the world [M]. Berkeley: University of California Press, 2001.

② Stafford William. Maybe Alone on My Bike (1964). In: Smoke' s way: poems from limited editions: 1968 - 1981 [M]. Port Townsend, WA: Graywolf Press, 1983.

ence, she is exploring many of the questions that have puzzled and lured me for so many years. These are fundamental questions in the field of environmental humanities, questions that thinking women and men have asked themselves since the dawn of our species. There are no final answers, of course. The mind is a mystery. But in the eloquent exploration is a deep satisfaction.

# 序 言

王岳川

研究文艺理论和美学，必须注意逻辑起点和终点，入思路径尤为关键，不然空其一生，忙碌无果，中外无一例外！进而言之，做学问必须意识到理论思路的起点和终点，其中问题意识、逻辑穿透、精神变法三步尤为关键。朱利华作为我的博士生，在选择博士论文题目时，勇毅地选择了当今世界性学术难题——深生态理论研究。毕业后到美国进行了两年研修，修改论文形成这部著作，其中甘苦唯有自知。

在我的理解中，一般的生态学理论更多将注意点放到自然生态恶化的揭露和解救上。因为，人类遭遇的问题，核战争也罢，资源耗尽也罢，环境污染也罢，海啸和外星球撞击地球也罢，告诉人们一个事实，那就是现代性到了极度膨胀会反过来毁灭人类。现代性为人们承诺美好生活的同时，也带给人们太多的生态灾难：自然生态危机、社会生态危机、精神生态危机、文化生态危机，使得森林毁灭，水土流失，河海污染，物种退化，海洋过度捕捞，沙漠迅猛扩展，森林覆盖率急剧下降，淡水资源严重匮乏，形成了威胁人类生存的生态大灾场。

如今，除了自然生态危机以外，在全球范围内人类还制造了1 000万个机器人，智能机器人已将近100万个，根据目前的技术，可以在10年左右复制4 000多万个，植入它们的智能半个世纪以内会反过来成为威胁人类生存的“世界铁军”。正如霍金所说，一旦失控，智能机器人就有可能危害人类。更不用说，克隆人和带有芯片的克隆人具有的智商有可能整体上危害人类的生存。

而深生态学则将目光从自然生态恶化的表象转移到更深地探索人类存在的整体生态危机的根源。人类的精神生态同样遭遇到了空前的危机。在西方现代性的导引下，全球正在走向“理论翻新时代”和“肉体体验时代”，于是，升级、突破、扩展、肉身感、消费主义就成为这代人的精神轨迹。科技、城市空间、日常生活的巨大变化使当代人的感知方式、价值观念、行为模式、交流方式、身体权利、生死问题、虚拟空间和普世伦理发生了重大的断裂和出位。消费社会以最大限度攫取财富为目的，不断为大众制造新的欲望需要。针对消费主义生活的名牌崇拜，消费中心主义，喧哗与贪婪等问题，人们开始反省生命生活的意义，体会到信息时代的生活是智者引导的“复杂生活”，它不能使人灵肉和谐，而只会让人丧失灵魂。

这就是朱利华这部博士论文所要加以研究分析的“生”与“爱”的深度对象。对深层生态中“生态大我”概念的考察，将生态文学教学实践的经验理论化，以马斯洛“似本能”为主线，结合中国美学范畴“生”与“爱”，参考中西方前沿心理学、哲学与生态批评研究成果，提出了自己的“生”与“爱”工作概念，并以此为线索展开对四位美国生态批评家代表作中“爱”的策略的分析。进而认为，“生”，是生命境界，是自我实现，是“生态大我”。“爱”，是一门高难度的技术，是人之为人的“似本能”，是走向“生”的坦途。通过分析四位美国生态批评家如何通过各种策略培育爱的能力，从而促进人类的心理进化，使人成其为完满的人。

对哲学美学流派人物评价是无情的！同时是对论者思维水平、学术眼光、人格襟抱的考验，甚至是对研究者人文立场和学术身份的追问。钱钟书先生中年变法，从英国莎士比亚研究进入中国国学；季羡林先生老年变法，从印度佛教转向国学。是否有人类眼光和中国立场对一部著作的成败分外重要。对这四位深生态理论者的研究殊为不易，除了大量阅读原文第一手资料以外，还必须对四位的理论加以深度剖析：斯洛维克的“关注能力”与“讲述策略”，布伊尔的“主动放弃”与“详述”，马歇尔的“初心境界”与“俳句”，海斯的“解域叙事”与“游牧主义”。在“生”与“爱”的视阈下，通过分析生态批评家们提到的各种爱的模式，将对生态文学教学实践提供一定的启发。

朱利华的《生与爱：似本能与生态批评》站在超越东方与西方二元对立之上的人与自然和谐理论上，以一种文化时空全息的辩证本体，体系化地提出了当代新生态哲学的反本质主义新方向——如何创造满足“似本能”的条件，在深层生态学框架内从思想观念、艺术表达等角度更深入系统地研究如何让自我更好地看见非我的美丽与苦难，多一些“爱”的策略具体研究，如仪式策略等。

在我看来，人类文明自从有文字记载以来，已经有数千年的文化历史，而与人类同存的其他物种大部分已经灭绝，还有一部分正在加速消逝。这一惨烈的世界性场域告诉我们：全球化与人类两个重大危机相关，其一是当今世界日益恶化的自然生态危机，其二是人类精神痼疾在现代消费社会中的人文精神生态危机。正如加里·斯奈德所说：“环境是生命和能量的终极源头，在其中安身立命，与万物共生共荣，是一个古老的夙愿。在新的更为混沌的世界里，自然界一切相生相依。”

深生态问题是一种跨学科的人类与自然的命运考辨，是人类反思自然生态后进而反思文化生态的开始。这种生态自然观使西方人在现代性问题上意识到不能再盲人瞎马了，返身而诚开始研究生态文化、生态哲学、生态美学、生态艺术。这意味着被现代性所打压的传统艺术应该被重新加以评估和阐释其人类心灵价值——人的生和爱。如今，中国正在对世界做出新贡献——绿色发展、知识创新、文化创新。我认为，东方和谐和平文化精神可以遏制西方丛林法则的战争精神，用和谐文化减弱冲突文化的危害。在战争频仍而恐怖主义遍布世界的今天，在人类文化身处西化主义中面临“单边主义”“霸权主义”的情态下，在人类自然生态和精神生态出现空洞的危机中，我们必得思考人类未来究竟应何去何从？进而有重新估价一切价值的勇气和重新寻求人类未来文化新价值的文化契机。只有将包括自然和精神的整个世界生态系统的整体利益作为人类未来的终极前提和最高价值，人类才有可能有效而全面地消除威胁人类存在的生态危机，从而获得重新调整的有利于人类长远利益或根本利益的和谐生存的地球。

是为序。

2017 年 7 月于大海之滨

# 前　言

5 年前，也就是 2013 年博士毕业论文答辩结束后，笔者就想把那个庞然大物收拾收拾交给出版社了，但总觉得那样做太不厚道，还是整理一下踏实。这一整理就是四年。期间参加的各种会议、聆听的课程、阅读的资料和教学中的经验等带来的新想法无一不诱使自己将之整合到书里去。这个过程并不轻松，期间多次想放弃。过来人都能理解，修改自己的思想产物是一件棘手的事情，但是笔者最终还是坚持下来了。相比修改的煎熬和孤独，金钱、晋升、名誉，这些动力是不够的。自认为更深层的动力来自以下三个方面。

写本书的第一个动力是爱在心口，不吐不快。本书提出“生”与“爱”旨在恢复人的感知力。“生”与“爱”的概念内含的一个逻辑是，恢复生命力的途径是恢复爱的能力和感知力。基于此动力，本书以“生”与“爱”的概念为抓手，抓取四位美国生态批评家主要著作中提到的若干美学概念和文学策略。

生态批评已经步入了成熟期，生态危机的根源都基本被指认完毕。大多数的指认带给人的是一种沉重的罪恶感和无力感，但是我们对自己生活和思维方式的改变却很有限。因为，很多时候我们不知道自己做错了什么，更不知道如何改变。单纯的欲望节制在现实生活中很难操作。生态批评的出发点和落脚点其实很大程度上是为了人类的利益，捅破这层窗户纸，我们就可以打开天窗说亮话，痛快地讨论如何让人类更好地生存。笔者一直认为，我们忽视了作为时代集体症候之一的麻木，无论是对美和痛的无动于衷，还是无节制的消费，都是一种麻木。而麻木是一种病征。这一病征使我们同时成为受害人和加害者。

为了说明这个问题，笔者想引入一个关键词——阈值。阈值又叫临界值或者阈强度，是指释放一个行为反应所需要的最小刺激强度。释放一个行为反应往往代表着一次快感体验。过度追求某种快感会导致阈值提高，使得达到快感所需要的刺激提高。由于现在物质生活发达，导致各种物质刺激丰富多彩，大大提高了人们的阈值。体验者由于不断追赶日益提高的阈值而精疲力竭，致使被消费的对象在质和量等方面不断升级；或者为了维持同一水平的快感，体验者对消费对象的需求不断增加。正是人类独有的欲望机制使得我们成为超级受害者和加害者。我们不能低估人的欲望的杀伤力。希腊哲学家亚里士多德说过：“人如果没有美德，就成了动物中最邪恶、最残暴，色欲和食欲也最强的动物。”日本作家东野圭吾也说：“只有太阳和人心不可以直视。”阈值机制是人类独有的诅咒，因为动物的欲望不会升级，而人的欲望会升级。这或许就是为什么儒家倡导“比德”的原因吧。在《大学》第三章中，我们可以读到“止于至善”的自然大德：《诗》云：“邦畿千里，惟民所止。”《诗》云：“缗蛮黄鸟，止于丘隅。”子曰：“于止，知其所止，可以人而不如鸟乎！”人类受到阈值的控制，在欲望追求上不知所止，因此连鸟都不如，比如现在流行的精神快餐消费。一个娱乐产品如果超过五分钟就让人不耐烦，也就是说，五分钟内消费者如果还没有体验到快乐就会选择转移注意力。之前五分钟内就能引爆消费者的笑点或者痛点的“秒拍”“快手”等视频软件之所以逐渐被“抖音”盖过风头，很大原因就是因为后者能在一分钟内让观看者开心一笑。为了维持同一水平的快感，除了“快”，还有“多”和“好”这几个与阈值有关的方面都被暗中操纵着不断提升，形成一个最终对谁都没有好处的恶性循环，直到悬崖的出现，直到消费至残、娱乐至死。因为原本是很简单的消费就可以满足我们的需求。只有爱的艺术，才能使我们悬崖勒马。爱的艺术柔软和净化我们的心灵，复苏我们的感知，回到原初的本真。梭罗在《瓦尔登湖》“更高的规律”一章中曾感慨人们“心不在焉，视而不见，听而不闻，食而不知其味”。作者是想借用孔子“心不在焉”的话来隐喻人类的麻木。梭罗引用孔子的这段话来说明人类不知感恩、丧失品味生活的灵敏度，心灵和味觉一样变得粗糙，依赖纯粹的外在刺激获得存在的感觉，向外无限升级地索取的病态。他认为：“能欣赏食物真味的人绝不可能成为饕餮，不这样的人才是饕餮。一个清教徒可能狂吞面包屑，正如一个议员大嚼甲鱼肉。不是食物玷辱了一个人，而是（麻木的）味觉玷辱了他。问题不在食物的量和质，而在人的品味能力。……奇怪的是他们，你，我，怎么能过如此卑劣的禽兽生活，只知道吃吃喝喝。”吃吃喝喝这些低级欲望和本能打转，堵塞了我们进入满足高级阶段的需求和“似本能”的通道，因而成为我们体验幸福感的阻力。获得诺贝尔经济学奖的心理学家卡尼曼一语道破了这个天机：通常经济增长速度快的国家，人们的幸福感偏低，因为人们不满足现状，期望更好。事实上，认知心理学把自我的超越看作是人格成熟的标志。超越自我始于对低端本能需求的超越。

美国心理学家马斯洛将人的需求分为生存性需求和存在性需求。前者包括生理需求、安全需求、归属需求和尊重需求。这类需求是生存性需求，也是匮乏性需求，这种需求的满足对外界依赖性较高。这一性质的需求是人的本能，因此更强大，令人丧失节制，犯“我执”，易上瘾。而后者，即存在性需求包括审美需求、求知需求和超越性需求。这类需求是存在性需求，也是成长性需求。相对于生存性需求，存在性需求更微弱、更隐性，因此是一种“似本能”。按照马斯洛的定义，“似本能”是人类区别于动物的特性，往往通过后天习得，得不到满足会出现病理反应。“似本能”非常重要的一个特点是对自我的超越。生态潜意识和与自然亲近的本能就是类似于“似本能”，“非常微弱可以被改变甚至完全消失”。此存在性需求不会成瘾，但能成“痴”。防止阈值失控的一个关键步骤正是把人从单一的生存需求泥沼中解救出来，拨云开雾使其看到存在需求的重要性，以痴代瘾，以爱代贪，使之成为完整意义上的，人性更丰满的人。否则将困在生存性需求的泥潭越陷越深。存在性需求是由人所特有的“似本能”驱动的，而我们的生存需求则是由人与动物共有的生物本能驱动的。生存需求往往成为我们被人操纵的抓手。美国作家尼古拉斯·卡尔早在2008年的文章《谷歌是否让我们变得更蠢》中指出：“人类不断升级的阈值可能被一些幕后者操纵，以达到不同的经济的或者政治的目的。包括人们越来越快餐式的娱乐和消费方式。”受到阈值机制的控制，生存需求和成瘾活动有着共同性，那就是无限升级。也正是因为这个原因，使人同时成为受害者和施害者。爱达荷大学英语系2018年2月11日的读书会内容之一是讨论默菲《跨越性生态批评实践》中的一章“消费成瘾，唯有节制”。问题是，凡是了解“瘾君子”的人，都知道那基本上是不治之症。你有一千个节制的理由，他有一千零一个消费的借口。影片《门徒》中点出了毒瘾与无聊之间的关联，我们可以假想，如果在生命中植入爱的能力，或许能迂回缓解所有成瘾的问题。

美国作家蕾切尔·卡森早在《惊奇之心》（Sense of Wonder）中就提到培养儿童热爱自然世界对于健全人格形成的重要性。这种爱的能力的培养需要专业技术，需要纳入整个教育体系之中，并得到整个社会的支持。中国2017年年底刮起一股揭露虐童事件的旋风，一些报道引起了惊涛骇浪的社会舆论。有文章轻盈地将责任扣在了教育身上，认为在“虐童事件中，我们对教育的最大误解，就是读书改变命运”；认为“我们在教育孩子时，出现了一个很严重的问题——只注重食物链。我们最喜欢对孩子说一句话：读书可以改变命运。这个所谓的改变命运，就是希望孩子爬到食物链上端或顶端，要么拥有大的权力，要么拥有大的财富，要么拥有大的声名。教育的核心变成了‘成功的术’，而不是如何教他们做一个‘真正的人’。一位学者说：我们对教育的最大误解，就是‘读书改变命运’，‘中国的教育，在术的层面走得太快，灵魂跟不上了”。的确，教育改变命运基本是生存性、外在的目的，以及吃饭问题这些生存性的本能，但教育似乎不够重视我们的“似本能”，比如爱、审美和超越等。听了这些对教育的剖析，笔者认为有必要做几点补充：

首先，当欲望成了洪水猛兽的时候，需要多方面的作为。现代社会人们欲望的阈值已经如脱缰的野马般失控了。要锁住这匹野马，不能仅仅靠教育的缰绳，还要靠道德的约束和法律的红灯。

其次，家长要摆脱黄金屋、颜如玉和养儿防老、出人头地的功利思维，要进化成为拥有让孩子成为普通但真实而幸福的人的从容和勇气的家长，回归教育的本源。家长导向正确，就会少一些自杀、空心病等状元综合征以及其他一些社会问题。清华大学吴国盛教授认为，目前家长在教育中“是有责任的，中国的家长还‘不成熟’，家长不正确的人生观、世界观、价值观（三观），影响到对教育的选择。如果越来越多的家长认为孩子是否考得上所谓名牌大学无所谓，也可以过幸福生活，社会对教育的期许肯定是不一样的。但是，以前的家长和目前这一代家长还不是这样想的。等到人们丰衣足食以后，慢慢地对一些虚幻的目标开始降温、淡化，教育所处的社会环境也许会好一点，更利于教育的良性发展”。现在满地的奢华反而促成了全民的焦虑和喧哗，学校没有静好的时光去造就孩子们那“惊奇之心”。然而，正是自然教育、感恩教育这些需要慢工才能出来的细活，会成为我们的安全阀门。面对物质诱惑，不能靠单纯的意志力，我们必须分“心”有术，以“痴”代“瘾”。“痴”即是对生命的热情、敏锐和好奇，是减震砝，也是抵制生命的虚无与原罪的机关暗道。北京大学哲学系刘华杰教授用四个关键词解读“博物”，十分贴切：“汉语拼音就是BOWU，四个字母可分别代表：Beauty，大自然有大美，天地有大美而不言。Observation，细致观察、记录、分类、探究。Wonder，童心和惊奇感，万物皆奇迹，‘大人者，不失赤子之心也’。Understanding，寻求理解、可持续共生。”

再次，如学者葛剑雄所言：“‘钱学森之问’不是问大学，而是问社会——教育再好，还需要社会提供发展的空间。……农村的……城里的孩子也只有上大学一条路，因为现在做什么都讲学历。……青年的出路越来越窄……就是不上大学还有什么出路!”社会和用人单位多一点包容心，给各种就业的人更广阔的蓝天。我们先不问那些状元是否隐含着相应的附加值，代表着相应的素质，即便如此，也不应该让那些输在起跑线上的人没有活路，没有饭吃和安身立命的地方。即使辍学也不影响成为对社会有用的人。有相当一些人尽力了也最终会输在起点或者终点，这样的考试失利群体有权获得生存机会。现在的用人单位对那些熬成了博士的人也不依不饶。他们以刨祖坟和拉网式的精神排查求职者的教育经历，非“人肉”出求职者的第一学历是否全日制，是否985不可，让那些见不得光的教育史浮出水面。这样的情况下，学生家长和学校不敢怠慢去等待灵魂的脚步。当然，如果社会上对某些职业的眼光少一些犀利和屈尊，那么，清洁工或许也能露出国王般的微笑，“养老院窗户上的夕阳和富翁寓所上的夕阳一样明亮”。如作家侯磊所说：“如果真把考试和吃饭挂钩，一百分的人吃一百分的饭，那么不及格的人，怎么也得给六十分的饭吃。也许我们养不起那么多不及格的人，也很难一时让他们拿高分，但真把得零分的都饿死？于心何忍呢!”如果必须练成状元、探花和榜眼送到名校，或者即便无心，也无力做研究的人都被逼走上读博士这条路才能有碗饭吃的话，就可能会导致牛津大学提出的“灰人”群体过剩，从而引发一些社会悲剧和资源浪费。

写本书的第二个动力是，几许经验，不写不快。2013年，笔者在首都经济贸易大学外语学院为英语语言文学研究生首次开设“美国自然文学课程”，两轮的自然文学教学实践和反思，不写下来是一件可惜的事情。笔者从2010年开始协助接收、整理和介绍包括英美文学经典作品、生态批评文学理论前沿著作、文学理论的核心刊物等1 000册左右的“美国生态文学文库”私人赠书。2013年9月起，在系领导和程虹老师的关心和支持下，由笔者为首都经济贸易大学外语学院英语语言文学研究生首次开设了“美国自然文学课程”。此课程主要以程虹教授编写的《美国自然文学三十讲》为教材。课程无论在配套的科学研究、教材开发、团队组建等方面都得到了学校和外语系领导的大力支持。“美国自然文学课程”在国内尚属开拓性课程，是门全新的课，无从参考，有一定的难度和深度。在教材和教法方面，笔者做了一些探索和尝试。鉴于自然文学的体验性，笔者借鉴了美国学者玛丽莲·多尔（Marilyn Doerr）

在讲授生态文学中运用的“存在体验式”（Currere）教学模式，将自然笔记写作引入课堂，加深学生对自然的体验和对文学文本的理解，取得了较好的效果。笔者还利用自己美学专业的优势，潜心挖掘自然文学的艺术价值和思想价值，通过阅读文献，整理出自然文学中近十种修辞策略、若干主题，以此指导学生的自然笔记写作和加深对自然文学本体特征的理解。而这些教学经验都能在本书中找到对应的章节。

带着进一步完善和滋养“美国自然文学课程”的初衷，笔者利用地理位置之便，回到母校北京大学的英语系，旁听了两轮毛亮老师开设的“爱默生和梭罗”的研究生课程。毛亮老师提到的关于“我”与“非我”等重要概念都融入了本书的立论。在爱达荷大学英语系聆听了斯科特·斯洛维克的“生态文学写作”和“生态批评”两门课程。斯科特将动物和植物某物种研究的专业人士，包括科学家、文学家、景观学家、自然声学家等请到大学植物园做博物学讲解。课上斯科特带学生做文本分析，提炼出若干美学概念和写作策略，并布置相应的写作任务。比如在讲解写作中的详述策略和陌生化策略的时候，就会融入专注艺术、正念、同理心、惊奇心、物哀、小中见大和个中见全等概念。

在吸收各位大师的课堂精华和自己一线教学实践的基础上，对自然教育者们，笔者最想说的三句话都融进了本书中：

第一句话，欣赏自然、保护环境和自我实现不是对立的。最高境界的自我实现不是个人主义和自我中心。自我的充分实现并非意味着牺牲自然。相反，人格真正成熟的标志是悲悯和简朴。的确，在很多情形下自然和自我是一个二元对立。自我和非我的关系是爱默生明确提出的命题。美国自然文学作家始终沿着这个命题寻找答案。最高的自我实现的结果必然是对包括自然在内的非我的最大限度的尊重和敬畏。简朴的品质往往是满足“似本能”和超越性需求的结果，而不是单纯对“本能”进行自律和克制的结果。在持续培养环境保护意识的教育事业中，不能一味沉溺于末日预言的叙事，还要返身自诚，拷问人之为人的本质。相比做慈善而言，梭罗更信任那些在人格上幽香飘溢的人。成为一个沉静而温和的个体，本身就是一个生态方案。

第二句话，避免做轮椅上的自然欣赏者。尼采在《瞧，这个人》中说，“坐着不动是对上帝犯下的罪行”，这句话让很多人难以理解和认同。光靠理论说明不足以让人认同自然的价值，这对于自然教育者尤其如此。研究者和教育者要充分意识到心理学中“知识的诅咒”的存在，尊重信息差。知识的诅咒是指当人们有了某种认知，就难以想象没有它是怎样的状态；也可以说，当你的经验和别人不同时，你将难以理解和认同别人。有些信息差是令人绝望的鸿沟。如“夏虫不可以语冰”一样，钟爱倭瓜的刘姥姥和倾情葬花的林黛玉永远没有希望相互理解。作为老师，我们特殊的年纪和时代让我们有幸受到过天然的自然教育，身体里留存着自然的胎记，自然元素对我们的影响，如出厂的编码打在产品上。很多人不理解阿尔多·利奥波德曾经在《沙乡年鉴》的序言中提到的有一部分人对于荒野的需要犹如对于食物的需要一样，是不可或缺的事实。一天不接触自然就会生锈的梭罗，对那些能够几周、几个月甚至一年都整天待在办公室和商店的邻居的惊人耐力和勇气表示无比震惊。他说不知道这些人是用什么原料做的，居然可以在下午三点端坐在办公室，似乎那是早晨三点那样。

对知识的诅咒最有效的解药是让思想穿过身体。因为，这世上真话本就不多，一朵鲜花的“脸红”胜过一大段对白。钢琴家和作曲家贝多芬酷爱大自然。为了激发自己的创作灵感，常在郊外、田野、林间散步，以便领悟大自然的奥秘真谛。无论多么高明的理论都很难充分解释自然是如何作用于我们的五官、大脑和心灵的。我们永远解释不清为什么苦思两年不得的灵感在法国音乐家柏辽兹失足落水的时候光临；为什么落地的苹果激发了牛顿的思维，从而诞生了重力学说；为什么破解“孪生素数猜想”的数学家张益唐在等待梅花鹿出现的时候灵感替他打开了千古之谜的大门。尼采认为，只有在散步中获得的灵感才是有价值的。对于那些“走路哲学”和“走路禅修”践行者而言，散步犹如他们的精神食粮。19 世纪法国天才诗人靠暴走酝酿灵感，法国作家奈瓦尔以漫步治疗抑郁症顽疾，英国哲学家罗素走路助思索，德国哲学家尼采在山间徜徉获得写作火花，德国哲学家康德每日像时钟一样准时逡巡于家乡小镇。有“创作教母”之称的美国知名艺术创作者茱莉亚·卡梅隆在《创意，是一笔灵魂交易》中提到我们要用自然界和生活里的声音、颜色、气味、形状和触感等来滋养我们的灵感之井。中央音乐学院教授朱亦兵把在现场听音乐比喻成烤火，让美穿过身体，表演者与欣赏者之间的互动可能微妙到睫毛的眨动。渗透性（porosity）、跨物质性（trans – corporeality）是美国生态批评家史黛西·阿莱莫在《身体与自然》中反复提到的关键词，但是该词主要局限于表示人与自然之间的物质交换，尤其是有毒物质。笔者认为，这种自我与自然之间的基于肉身在场带来的精神交流也是普遍存在的。我们需要明智地从办公室、教室和书房走出去接纳这些来自自然的信号。中国学者李庆本在《禅宗、身体美学与王维的诗及其翻译》一文中用“诗佛”王维的创作案例分析了肉身性与精神性的完美融合。不走向自然，王维将无从体验万物静与动之间的内部张力，因此也就无从领略动与静的“无二之性”，即诗歌中“所传递的佛性”。

第三句话，我写故我在。美国作家英格丽·本吉斯说：“对我来说，文字本身就是一种行为，能带来改变。文字的表达使生命的体验臻于完整。”写作能强化、放大体验甚至协助体验的生成。笔者在指导学生写作的过程中，除了一般意义上的写作技巧外，还植入了一些与自然文学相关的美学概念和文学策略。一定的美学修养将对领悟和创作有很大的升华。因此笔者在教学中适时介绍了一些美学概念的来龙去脉。在自然教育的语境中，美学里的一些概念，如“物哀”（Mono no aware）、“一期一会”（Ichi – go ichi – e，for this time only）、“不易流行”（Fueki – ryuko，An interchange between the transient and the immutable is central to the soul of haiku）、“无所住生其心”（responding to the non – abiding，yet generating the mind）、“西方不无，着力即差”、“现量说”、“初心”（beginner’ s mind）、“正念”（mindfulness）、“主动放弃的美学”（the aesthetics of relinquishment）、“向死而生”（being – toward – death）和“身体美学”（somaesthetics）等饱含着阐释的空间。这些美学概念有助于实现创作中“心目相取”“即景会心”的体验。比如，了解禅意的乍现往往出现在对物理世界中动与静之间内部张力的瞬间领悟，能更好地进行相关文学类别的欣赏和创作。池塘的静谧和春草的生猛，勤勉的轻风和不展的旗帜，娇艳的花瓣和黑粗的树枝，永恒的江边月和来往的赏月人，古池的万古长青和跃蛙的一朝风月之间都存在一种动与静的张力，我们能从中瞬间领悟对二元对立的超越。在掌握一些美学概念的基础之上，再去理解和运用自然文学和艺术中的“陌生化”、“俳句”、“详述”、“变焦”和“游牧”等策略，将为写作带来厚度和广度。

写本书的第三个动机是，债在胸口，不还不快。林黛玉终日郁结，她的大惆怅，小情绪，如果放在还债哲学的背景里看，也是一种别样的真实。还债不畅的痛苦丝毫不比怀才不遇轻松。其痛苦在于，我欠你的，你却毫不知情。其次就是这债是我怎么还都还不上的。《红楼梦》里的还债之美在于林黛玉的还债偏执，心无旁骛，也在于贾宝玉的毫不知情，毫不介意。在林黛玉看来，不还这份灌溉之情她死不瞑目。不知道在哪里看过这样几句话：我可以给你，但你不可以要；我可以不要，但你不可以不给。现在觉得需要加上一句才完整：你可以不要，但我不可以不给。笔者一直认为，《红楼梦》里的还债哲学是一个隐喻：林黛玉的情、痴和泪的对象不能狭隘地理解为是抛向贾宝玉这一个肉身的人。林黛玉的还债情结应该代表此生不得不爱的人，不得不做的事。为了还债这份心思，不辞辛苦，来此一世，历经劫难，为伊消得人憔悴，衣带渐宽终不悔，蜡炬成灰泪始干，生命即化蛹为蝶。如果是为了一件不得不做的事，一个不得不爱的人，我们会“不辞冰雪为卿热”。正因为有了这摄魂离魄的命运使唤，我们或许能将台湾作家三毛离开高校教职，走向某位学者所说的体制外的“万丈深渊”，专事写作、演讲和流浪，也理解为一种还债偏执——来此一世要了结的心愿。可以说，还债偏执，是人类最强烈，也最高尚的情欲。这情欲是帮我们挨过此生的物质基础。

写作过程中，恩师王岳川在选题立意等方面对笔者影响深远。想象不出一个导师要为学生的一本书付出如此大的心血。因为这本书，笔者还有机会认清了铁面的恩师柔软而血性的一面，果然是一朝为师。有几位国内外的学者对本书也产生了实质的影响。他们“立德立言，不问西东”。打一声招呼，笔者可以在他们的讲堂一节不落地旁听完一个学期；对于笔者写的邮件，在连笔者名字都不知道的情况下，洋洋洒洒，细致真诚地回复；对于笔者的请求，无论身份多么悬殊，依然欣然应允。他们淡泊清明，笔者除了用“立言”的方式传承学术基因外，报答无门。

每一个写作的母亲背后都有一个落寞的孩子。当全民陪娃的时候，笔者把韶华用在了“立言”上。感谢犬子马行健。德国作家斯特凡·博尔曼曾写过一本书叫《写作的女人危险》，笔者认为写作的妈妈更危险。因为她们的心在别处。在这个流行动不动就拉黑双亲，出走叛逆的时代，孩子依然爱笔者如初，除了血浓于水外，纯属侥幸之余，笔者盘桓的歉疚依然需要一个出口，那就是写作。

不同的作家对于写作有不同的描述，被用来形容这个过程的有排毒、分娩、呕吐、酿蜜等。如果写作这个事情是你的“痴”和“缘”以及召唤，那就是一件你不得不做的事情。柏拉图在《伊安篇》中把艺术创作比作是飞到了诗神的园里，从乳蜜的泉源吸取精英，一饮成痴。可能是因为这份情，笔者便有了还债偏执。这个过程是痛苦的，因为有很多阻滞，这个过程也是幸福的，因为幸福得无可取代。“灰人”和“痴人”的区别不是偏执，也不是天分，而在于“痴”的有无。两者都有偏执，因此前者头悬梁、锥刺骨，后者起早贪黑、废寝忘食。但是两者在“为谁辛苦为谁忙”这个问题上有着本质区别。前者的偏执主要是由黄金屋和颜如玉等外在动因引起，后者的偏执主要是由“春蚕到死丝方尽”的内在深情引起，因此“身在情常在”，人在泪难尽。诗人席慕蓉在《初心》中这样解释其诗以及散文的创作动机：“恍如有种悲悯从高处对我们俯视……它是‘初心’，是上苍分配给每一个个体的天赋，是让我们在恰当的时刻能够短暂地参透天机的触角。……人生能有几次那样的幸福？读诗、写诗，其实就是个体在无可奈何的沉沦中对洁净饱满的‘初心’的渴望。”我们分得多少“初心”，纵使“只分得一处小小的角落”，也要如数还去，否则将郁结成疾。

台湾美学家蒋勋在《蒋勋说唐诗》中认为，李商隐在写《无题》“春蚕到死丝方尽，蜡炬成灰泪始干”的时候并没有确定的私情，甚至都不一定是某个人，他写的是生命里面的两难：“诗人只是在点醒我们生命有这样一个状态，我们所爱的，是一个人也好，是一个物也好，或者是一个工作也好，那个生命到底有意义或者没有意义不是最重要的部分，这个过程中不断地燃烧才是最重要的。……重要的是说你生命中是不是有一个对象可以让你这样付出。如果有一天你生命中没有什么可以让你这样付出，那是一个悲哀。”所以“两难”，就是对着生命里妩媚的青山，付出多少都是不够的。蜡炬成灰泪始干这个还债过程，不是哀怨的，而是一个动人的表白：这个还债过程成就着生命本体，意即，没有这个过程，生命本身的意义就无所附着了。

谨以此书献给马行健。因为有他，爱，化为生意，愧，凝成文字。

# 凡　例

一、本书是利用美学视角对美国具有代表性的生态批评作家代表性作品中的“爱”的策略的分析。对批评家和著作的选择原则主要依据是其影响力和与本美学命题的相关性的结合。所评述的生态批评家及代表作在本书中的排列依据逻辑顺序。

二、本书所评述的四部美国生态批评著作分别是斯科特·斯洛维克的《寻找美国自然文学中的生态意识》、劳伦斯·布伊尔的《环境的想象》、伊恩·马歇尔的《〈瓦尔登湖〉中的俳句时刻》和厄秀拉·海斯的《地方感与全球感》。评述过程中也涉及他们其他相关著作，如《数字与神经》《远行深思》《为濒危的世界写作》《高峰体验》等。中文书名和书中内容除特别说明外，都为作者本人翻译。

三、本书整合中西方哲学、心理学和文学中的相关内容，提出自己的工作性定义，是本书的核心，也是用以阐释四本书的理论工具。“生”与“爱”是一对中国古代美学命题，具体内涵参考彭峰的著作《生与爱——古代中国人审美意识的哲学根源》。

四、本书采用 APA 格式，鉴于内文页码较多，具体体例为：作者 + 出版年 + 页码的形式。参考文献附于每章后，中文文献置于英文文献前，中英文文献都按姓氏首字母出现的顺序编排。

五、重要人名和术语索引条目按汉语拼音字母顺序排列。

六、本书插图依据每一章的核心内容设计。插图及其文字说明置于每一章之前。封面和插图为美国新表现主义（Neo - expressionism）画家李仁艺（R. Segren）的作品。该画家擅长油画、大型雕塑和素描等，作品题材主要为精神层面的意象。代表作为《洞见》（Vision）。

七、封面及书内插图仅供首都经济贸易大学出版社印刷本书使用。

# 目　录

绪　论 …… 1
第一节　选题缘起 …… 1
第二节　学术史综述 …… 16

第一章　“生”与“爱”：话语建构及理论支持 …… 33
第一节　“生”与“爱”：提出背景 …… 33
第二节　“生”与“爱”：工作定义 …… 37
第三节　“生”与“爱”：理论溯源 …… 51

第二章　斯洛维克：关注能力与讲述策略 …… 91
第一节　斯洛维克的心理学背景 …… 91
第二节　关注能力 …… 99
第三节　讲述能力 …… 131

第三章　布伊尔：主动放弃与详述 …… 141
第一节　布伊尔的理论天赋 …… 141
第二节　主动放弃 …… 143
第三节　详述 …… 157

第四章　马歇尔：初心境界与俳句 …… 173
第一节　马歇尔的马斯洛情结 …… 175
第二节　初心境界 …… 180
第三节　俳句・美学 …… 203

第五章　海斯：解域叙事与游牧主义 …… 215
第一节　海斯的后现代旨趣 …… 215
第二节　从桑梓之情到四海为家 …… 217
第三节　从解域叙事到游牧主义 …… 252

结语　花痴学：因为爱，所以生 …… 277

重要人名和术语索引 …… 291

后记 …… 295

附一　毕业后记 …… 297

附二　你能从书里得到什么 …… 300

WIIFY …… 307

# 绪　论

美是一种信仰，爱是一种救赎。

——题记

环境是生命和能量的终极源头，在其中安身立命，与万物共生共荣，是一个古老的夙愿。在新的更为混沌的世界里，自然界一切相生相依。我们的希望在于，现实的自然世界中，一些强大的事物自然会防御无知的极端主义和疯狂行为。“真实地活着!”是大地母亲每天释放给我们的信息。体道而行，朋友们。

——加里·斯奈德

## 第一节　选题缘起

自然和生态问题在学术界也许是一个新鲜的话题，但在现实生活中，它从来，以后也将永远与我们如影随形。近几十年来，环境问题充斥着报纸、杂志、书籍、电视、网络、会谈和课堂等各个渠道。我们谈论持续多日的阴霾、淡水污染、海洋污染、饮用水污染、酸雨、温室效应、海平面上升、水土流失、沙漠化、臭氧层消耗、动物实验、人口增长、物种减少、农药污染、核辐射、禽流感、口蹄疫等问题。这些问题，有的是地方问题，有的是全球问题，有的是短期问题，有的是长期问题，有的是预警性的，有的是现实性的，有的是自然现象，有的是人类活动所致，无论何种问题，它们都直面人类生活的方方面面。

我们在半个世纪前开始大规模反思人与自然的关系，我们意识到人类与自然的关系已经破裂了，人类有意与自然重归于好。事实证明，这是一个美好而善意的愿望，要想与自然握手言和，将是一个艰辛漫长的万里长征，我们只是在这次长征中迈开了第一步，修复人与自然的关系之路漫漫修远。然而，无论是修复人和自然的关系，还是修复人与人的关系，我们都需要正视自我与非我的关系。英语世界那句“你需要停下来，去嗅一嗅那玫瑰”的谚语具有深刻的心理学意义。当我们对身边惊艳的美丽视而不见，对惊悚的伤害充耳不闻的时候，这种麻木除了加重生态危机以外，很可能预示着我们自身什么地方出了问题。本著作就是带着这个问题进入了生态批评。

自然文学和生态批评为什么肇始于美国？美国荒野资源丰富，丰富的荒野资源滋养了自然文学，而自然文学又催生了生态批评；美国是一个高度现代化的国家，现代性的高度发展促使美国反思现代性带来的问题。荒野情结和发展思维撕扯着这个国家。生态批评思考的问题是，如何在变化的环境中调整人们的生活方式，以适应新的语境。然而，这样的调整充满了悲剧，因其思行难以合一，我们的思维进化难以与身体进化同步。正如美国生态批评家劳伦斯·布伊尔（Lawrence Buell）所言，我们时代的悖论是——人人都有环保意识，但同时都是消费狂。这个悖论使生态批评染上了一种无可奈何的理想主义的悲情。当女权运动、种族运动、后殖民运动等纷纷借着生态批评的平台发声的时候，本已飘摇的、为自然代言的生态理想主义，尤其是深层生态学更是“尽日灵风不满旗”，成了一个理论上的烂尾工程。原先的“花痴”们和“树痴”们更是因为理论亏欠而暗自掩面神伤①。没有理论替这些“花痴”们撑腰了吗？人类的需求和自然的美丽一定是不可以调和的二元对立吗？能不能有一种方法让作为“我”的人类既真实地实现自我，同时又不必去惊扰作为非我的自然的美丽？

生态批判肇始于美国第三个可能的原因是它有着丰富的处理自我与非我关系的理论资源。“我”与“非我”这对二元项早在19世纪美国作家爱默生的《论自然》中就有提及。生态批评之所以在美国诞生，与美国文学和美国文化中对“我”（个性）的珍视有着重大的关系。在生态批评中，人们逐渐认识到，个性的实现离不开“我”与“非我”关系的和谐。因此，个性与关系或者说“我”与“非我”这对二元项就这样以悖论的形式统一起来：生命最大限度的实现即是个性的完满，此为“生”之意；“我”与“非我”的关系最高

---

①《美国现代语言协会》杂志编委玛萨·班塔斯（Martha Bantas）认为“环境研究是软性的（soft）”，它不过是“拥抱树木的玩意”（hug the tree stuff）。参见：Laurence Coupe. The Green studies Reader：from Romanticism to Ecocriticism［M］. NY：Routledge，2000：169.

的境界就是爱，此为“爱”之解。爱之纯粹，玉成了生之完满。生态批评在关注人与自然关系的同时，也关注着人与自我、人与社会等非我的关系。本书中的一个预设是现代社会中人类的感知变异、麻木，从而导致自我萎缩并滋生出相关精神症候如抑郁、吸毒、自闭、自杀等。而爱是唯一的解药。

本书选题缘起于三大焦虑：一是对生态批评理论的缺乏和深层生态学飘摇的忧患，二是对现代人感知麻木的忧虑，三是对生态文学教学理论的匮乏和实践单一的焦虑。

## 一、理论焦虑

生态批评之所以能跻身于文学理论流派，不是因为它有着自身的方法论，而是因为其独特的问题意识。也就是说，它对文学理论的贡献不是其理论方法。正如劳伦斯·布伊尔所说，生态批评：

> 所以持久，主要在于它引入了一个新的话题或视角，而非一个新的独特的文学研究方法。在这一点上，环境批评，无论是在文学研究领域，还是在整个人文科学领域，还不能、至少现在还不能声称自己获得了方法论上的创新，如新批评的形式主义和解构主义，那都是环境批评之外的批评理论……对第一次和第二次浪潮的生态批评来说，观念创新在于这样的三个突破：那就是使一直不受关注的文类如自然文学或中毒叙事提升至前台；通过利用其他学科堡垒的理论工具来对环境文本进历史的和批评的分析；对田园叙事、生态预警叙事和环境种族主义等主题构造进行鉴别和重新阐释。(Buell，2005：130)

这就表明，生态批评尽管做出了突出贡献，但它既没有提供新的方法论，也没有一个强大稳定的哲学基础，只是提供了一个新的视角，挖掘了一些新的文类，利用其他文学理论工具来分析文本中特定的主题。生态批评的边界还没有确定，还处于动态的发展之中，可以确定的是，生态批评是始于对“地方”的关注，而不是对方法论的关注。就生态批评的方法论而言，我们可以比较肯定地说是以借鉴为主。

美国生态批评家伊恩·马歇尔（Ian Marshall）也提出了类似的观点。在马歇尔看来，生态批评是一种思想状态而非一套批评工具。如果要找到生态批评与其他文学批评的不同之处，那就是内在于生态批评的跨学科本质。马歇尔认为，生态批评的方法论可以是传统的文学批评方法，如文本细读、历史分析方法等，也可以是后现代的文学批评方法，如文化研究、巴赫金的对话学以及生态女性主义等。在传统的生态批评方法中，学者们认为文学关注的是坚实的大地及其栖居者，那里有一个值得我们关注的真实而权威的世界。而与此同时，在后现代的生态批评方法中，这两者并行不悖。后现代的生态批评中强调现实的偶发性，认为一切都是建构的、文化的。马歇尔认为，后现代的思想与生态思想的交集主要在于解构主义的倾向，而去中心论则正是深层生态学的理论武器，深层生态学家们认为，无论是人类还是非人类都不能成为中心或者价值的终极来源，即便是作者也不是文学文本的意义阐释者（Marshall，1998：5）。我们都知道，后现代理论武器不是生态批评的专利。由此可见，生态批评并没有贡献自己独特的理论工具，盗取火种式的跨学科借鉴几乎成为生态批评的标志之一。

生态批评另一个问题是缺乏一个统一的哲学基础。它所汲取的思想资源虽然有一定的共性，但是更多的是相互冲突。在归纳生态批评的理论根源和相应的批评形式时，布伊尔在《环境批评的未来》中指出，仅仅在西方思想中，生态批评就有三个重要的思想来源：达尔文理论、利奥波德整体主义环境伦理、现代大陆哲学。达尔文理论为文学的和批评的生态中心论提供的思想是，人不是神造的，因而也是没有等级的，人是自然过程的产物，而这个过程与其是关心人是否能够生存，还不如说是更关心所有物种的健康，即便人类碰巧达到了进化阶段的最高级阶段。就利奥波德整体主义环境伦理而言，生态中心思想从中受到启发的是“大地伦理”，它将权利赋予了非人类生命。利奥波德将生态理论与伦理视角进行了融合，这个伦理视角从达尔文学说中获得了灵感，达尔文认为，道德起源于将人群组织成社区的利他本能。利奥波德将社区的概念进行延伸，包括了土壤、水、植物和动物，这是一个生物社区，人类只是成千上万物种累积的其中一个，所有物种都享有生物的生存权。就现代大陆思想而言，生态中心的环境批评从中得到的理论基础是深层生态学。挪威哲学家阿恩·奈斯（Arne Naess）、德国哲学家马丁·海德格尔（Martin Heidegger）、法国哲学家加斯顿·巴什拉（Gaston Bachelard）和法国现象学哲学家梅洛庞蒂（Maurice Merleau - Ponty）等关注更多的是典型人类的生命体验而不是环境历史、自然过程或社会斗争。当然，生态批评还受很多其他思想的影响，如斯宾诺莎、甘地、东亚和南亚哲学，尤其是佛家和道家的哲学，以及原住民的传统等。

以上为生态批评所利用的理论相互关联，但有待于构建一个更统一、更系统的思想基础。我们据此可以将生态批评的理论依据大致分为两类：一类是借用后现代、达尔文进化论等将人类与自然世界之间的界限模糊起来，基本上走的是矮化人类的路线；另一类是将人类拔高到基尔凯戈尔主张的“慎与他人交往，独与上帝来往”。与上帝来往又有两条途径：其一是用至大无外的永恒宇宙来吞没个人人生，让个体通过把自身的有限性投入到宇宙的无限过程来获得自我超越，实现不朽；其二是用至大无外的“我”来吞没宇宙及其他存在者，把居于无垠时间流程中的宇宙当作“我”之自我完成的内容，由此铸成“我”之永恒，基本上走的是法西斯路线。因此，两者都不是真正的主体间性。

虽然“最初使得生态批评具备学科独特性的正是生态中心论这张脸”(Buell，2005：98)，所有这些生态中心思想更像是一个散布图，而不是一个团结一致的前线。所有这些思想都将利用人与物理自然或者非人类生命形式的关系来定义人的身份，而不是将人类定义为独立的存在者。这几乎是所有生态文化的共识，而在这之外，分歧开始产生。而在生态女性主义、社会生态学、生态正义等的冲击下，生态中心论这张脸已经日渐模糊，失去了应有的向心力。而本书所要思考的正是是否有一个哲学基础能将对非人类世界、人类世界，尤其是对人类世界的弱势群体的关注统一起来。

由于本书的线索是生态批评中的“自我实现”理论建构与实践范式，与此相关最强的是深层生态学，尤其是深层生态学中的“自我实现”“生态大我”等概念，因此所做的文献综述也与此相关。深层生态学虽然提出“生态大我”“自我实现”等概念，关注典型人类的生命体验，但是该学派在本质上是生态中心论。在人类不同利益群体，如生态女性主义、后殖民主义等纷纷在生态批评的平台上发声的背景下，深层生态学的前景堪忧。挪威哲学家阿恩·奈斯于1972年提出的深层生态学以其深/浅的两分法及其精神性诉求，从近十个矫正人与自然关系的方案中脱颖而出，并成为解决生态哲学问题的重要参照。澳大利亚深层生态学家沃威克·福克斯（Warwick Fox）在《走向超个人生态学》（Toward a Transpersonal Ecology）中列出了这些与深层生态学竞争的方案，它们分别是：利奥·马克斯（Leo Marx）的“保护/生态两分法”（1970）、西奥多·罗斯扎克（Theodore Roszak）的“权宜之计/神圣方案两分法”（1972）、默里·布克钦（Murray Bookchin）的“环境保护论/社会生态学两分法”（1974）、提摩太·奥赖尔登（Timothy O’Riordan）的“科技中心/生态中心两分法”（1976）、约瑟夫·格兰奇（Joseph Grange）的“股利/基金两分法”（1977）、唐纳德·沃斯特（Donald Worster）的“帝国/田园两分法”（1977）、约翰·罗德曼（John Rodman）的“资源保护/荒野保护/自然道德生态抵制三分法”（1978）、艾伦·德雷森（Alan Drengson）的“技术官僚/天人合一两分法”（1980）、约瑟夫·米克（Joseph Meeker）的“人类中心/整体主义两分法”（1980）（Fox，1990：5）。而在与众多方案的竞争中生存下来的深层生态学的命运又如何呢？

深层生态学从提出到受到人们的广泛注意经历了将近十年的时间。也就是说，在1972年奈斯提出深层生态学之后，深层生态学沉默了八年，直到大约1980年才迅速传播。深层生态学无论是在生态哲学界内还是在生态哲学界外都产生了巨大的影响，“深层生态学及其思想现在被生态哲学学术界持续谈论，有的是肯定的，有的不是肯定的。无论是在《环境伦理》、其他学术类哲学期刊、生态哲学著作、生态哲学著作的评论还是在生态哲学的会谈或会议中，对深层生态学的讨论是最显著的”（Fox，1990：43）。福克斯在书中全面地罗列了深层生态学在生态哲学学术界内外的影响。支持者有深层生态学家乔治·塞欣斯（George Sessions）、比尔·戴维尔（Bill Devall）、艾伦·德龙森（Alan Drengson）、美国生物学家保罗·埃尔利希（Paul Ehrlich）、美国文化历史学家和社会批评家莫里斯·伯尔莫（Morris Berman）、美国加州大学历史学教授西奥多·罗斯扎克（Theodore Roszak）、美国当代理论物理学家F. 卡普拉（Fritjof Capra）。

福克斯并没有提及深层生态学对于生态批评和生态文学的影响，也许是因为他的著作发表之时生态批评尚在起步阶段。深层生态学对生态批评和生态文学创作的影响之大也许超出了福克斯的想象。深层生态学的影响不仅仅限于生态哲学在生态哲学、生态批评、生态文学的创作。深层生态学不仅在生态哲学界缔造了一种标准，它还在生态批评和生态文学创作领域设置了某种标准，影响着生态批评的实践和生态文学的创作。最能体现深层生态学的精神性诉求的是奈斯提出的“生态大我”，或者“自我实现”的概念，这就是为什么福克斯在《走向超个人生态学》一书中宣称，深层生态学即是“自我实现”的思想。

具有讽刺意味的是，福克斯在书中提到，深层生态学在生态哲学界的影响主要体现在人们对深层生态学的质疑。例如，威廉·格雷（William Grey）对深层生态学泛灵论和反科学倾向的不满；理查德·华生（Richard Watson）对深层生态学内部的矛盾、乌托邦主义和对人类自由的限制表示质疑；阿斯顿·蔡斯（Aston Chase）对深层生态学的“无为”立场表示不赞同；亨利·斯科利莫斯基（Henry Skolimowski）认为，深层生态学的“纲领”过于独断；默里·布克钦（Murray Bookchin）指责深层生态学有可能成为法西斯毒瘤；理查德·西尔万（Richard Sylvan）则用疾病、腐朽、垃圾、废物、混浊等词来表达自己对深层生态学的厌恶。值得一提的是，深层生态学巨大的影响很大部分源自于人们对它的争议。这些争议是一把双刃剑。它们有着打击深层生态学的一面，但由于深层生态学有着很强的灵活性和开放性，加之几乎所有的深层生态学家们包容开阔的心态，使得深层生态学在批判中成长完善起来。

面对某一学说的困境，我们需要思考它的合法性，提升它的实践性，完善它的思想体系，而不是断然拒绝它。这就是本书面临的难题：生态运动的各大阵营是应该更注重彼此的差异，彼此消耗和压制，还是重视彼此的共通性与互补性？深层生态学“生态大我”的命题是否合法？深层生态学除了具有过于抽象化、直觉主义，缺乏系统、缺乏实践智慧、缺乏情境考虑等盲区之外，其对人与自我、人与社会、人与自然关系复位的本意是否被有意遗忘？“生态大我”概念是应该在论战中被彻底清除，还是在对话中完善充实？“生态大我”的界定是什么？“生态大我”是否仅仅是伦理范畴的？如果它在生态伦理学的范畴内遭遇质疑，其在美学和心理学范畴内是否具有更强的合法性？美学和心理学意义上的“生态大我”是否可以为生态批评提供理论支撑？在现代性语境中怎样实现“生态大我”？即在高度工业化的后现代社会如何实现“生态自我”？

深层生态学的“深”更多地体现在其“深层追问”的方法论之中，追问的结论之一，是发现了万物的复杂性，同时也发现了人之为人的内涵。而人之为人的命题又不可避免地带上了理想主义色彩。王岳川在论及深层生态学理论价值时认为：“发展生态乌托邦理想是人类进行环境教育的重要部分。生态乌托邦为人类提供了一个无法完全实现却让我们保持理想的所在，进而培养一种能够理解‘自我与他人以及世界的不可分割的联系’的健全人格，实现人的内在自然（心理）与外在自然的和谐。”能够集中体现这种生态乌托邦理想的就是深层生态学的“生态大我”概念。需要说明的是，“生态大我”不是一种完全意义上的乌托邦理想，因为在人类历史不同阶段、不同文化背景中，的确有这样真实的人存在。我们需要做的是找出这些具有“生态大我”人格的标本，分析他们的共性，并将他们作为我们的理想模型。这正是奈斯、马修斯、福克斯、马斯洛、赫胥黎、冯友兰等所从事的工作，也是本书所关心的问题：如何将高高在上的理想模型拉回到事关普通人的事务中，并提供一个普通人可以接近这个理性模型，可以操作的理论与实践范式。换言之，本书追问的是自我如何可能成为生态的人。

自从接触了深层生态学中的“自我实现”“生态大我”等概念，笔者就开始为之欢喜，为之忧愁。如前所述，深层生态学遭到的质疑比肯定要更多。在新的生态批评浪潮和转向中，其命运堪忧，若就此被搁浅，无疑是生态批评界的损失。生态批评向来是话语权争夺的场所，人们或者在为抽象的自然代言，或者在为某些具体弱势群体、某些弱势的物种、某些受到威胁的风景代言。大家都有意回避为抽象的人类代言，希望自己的言说更为语境化。但是无论我们是谁，我们是贫困还是富有，是女人还是男人，是黄色皮肤还是白色皮肤，我们都生活在同一个星球，同一个时代，我们因此有了一些共同点。这些共同点可以作为我们讨论的语境。意即，即便我们讨论的不是某个具体的人类群体，我们依然可以将我们对人类这个整体的讨论有效地语境化，这个语境就是现代性。

## 二、对现代人麻木症候的焦虑

之所以选择从“自我”与“非我”二元关系的角度切入“自我实现”这个在生态批评中不入主流的、刺眼的命题，首先是因为在笔者看来，自我对非我的感知变异与麻木是自我生命力萎缩的一个重要信号和症状，同时也是导致生态危机的一个重要因素（Konrath, et al., 2011）①。在生态语境中，如果出发点和落

① 芝加哥大学一份调查报告显示，现在学生的共情能力比2010年以前下降48%，预示学生精神出了严重的问题。

脚点都是为了自我的精神健康和人性完满，笔者仿佛听到了洪水决堤一般的反对声。笔者一直认为，生态危机和人类精神危机息息相关。我们不必羞于承认自己需要治疗的事实，我们每个人的精神只是相对健康，每个人或多或少地存在人性完满的实现空间。在现代社会，感知麻木和意义危机使得各种精神疾病肆虐，如购物狂、抑郁症、吸毒和自杀等。这些带有时代印记的精神症候同时也是自然环境的杀手。在比较前沿的心理治疗手法文献中，逐渐浮现出一个线索，那就是培养自我对非我的爱的能力，具体来说是品味与表达的能力。叙事疗法、凝视疗法、聆听疗法、共情疗法，感恩疗法、捡垃圾疗法在精神疾病治疗领域的应用并不新鲜。爱是一种“自我实现”的形式。在马斯洛看来，对自我之外某个中心的品味与表达是人类不同于动物的“似本能”，这个“似本能”如果没有得到很好地满足，将会导致各种破坏性精神疾病的出现。相反，我们的无私行为往往是源于心灵的富足，心灵的富足恰好需要以爱的形式实现。

感知麻木是几乎与所有现代人都有关系的隐形现代疾病，需要引起我们足够的重视。这个疾病事关我们的感知能力。现代社会，我们越来越冷漠，越来越麻木，越来越缺乏爱的能力和艺术，我们的共情能力、欣赏能力在退化。我们在生命何为的问题上越来越迷失方向。人们仰仗越来越疯狂的消费，越来越多的物质占有，甚至毒品带来一种我们还活着的幻觉。这种现代病对我们自身和我们的环境是一种双重的损害。感知的退化是一个需要引起足够重视的问题。与自然的耳鬓厮磨使我们的感知异常敏锐，听觉、视觉、触觉、嗅觉、味觉的体验让人终身回味无穷。我们甚至可以闻到水和阳光的气息和温度。生命因感知的丰富而充盈，而鲜亮。感知与品味的丰富关联着爱的能力，即便一生立足脚下，足不出户，也浸润在爱的天地中。在与自然亲密的交流中，我们可以体验到深深的狂喜与平静。缺衣短食，茅屋破败，在大地上的劳作曾让笔者真切地感知到了生命的存在。来到大都市，物质丰富，灯红酒绿，身陷看起来刺激，实际上令人窒息和虚弱的分心之物，“生”的感觉异常匮乏。笔者开始逐渐意识到麻木和机械的威胁。在某种意义上，这是一种死亡。当笔者开始思考如何恢复和维护我们的感知，以及这样做的意义的时候，形成了两个词汇“生”与“爱”。我们必须练习爱的艺术，让我们不至于太过麻木和沉溺消费和破坏。我们因爱而生，在“生”与“爱”中，我们获得内心的平静，与世界和谐相处。我们生活的世界如此精彩，而我们为什么觉得没有足够的“生”

意。对于美和生命的意义，我们显得麻木冷漠。不断升级的占有和消费也没有恢复我们的生机。在这一点上，自然能为我们带来什么启示？

预警叙事和对现代性的反思是生态批评的主流话语，它铺天盖地，因此在一定程度上也触动了大众的心灵和行为。然而单纯的预警叙事和对现代性的反思也日渐显示出后劲不足之态。全球的生态活动遍地开花，然而沦陷雾霾的城市恶报频传。尤其当笔者看到《人类的各项宏伟环保计划为什么没有实现预期目标》这篇文章的时候，它就像是压在骆驼身上的最后一根稻草，使本来就脆弱的信心坍塌了，不禁也萌生退出江湖之意。大家耗尽心力物力来做这个事情，为什么没有效果，莫非我们走入了死胡同？此时正好看到一篇题为《一部让人类哭泣的纪录片〈家园（Home）〉》的影评，《家园》是2009年的电影。这样的生态题材和预警手法已经不新鲜，但是已经带有了生态批评家海斯所推崇的游牧美学和解域叙事，或多或少地运用了拼贴、变焦等艺术手法。影评这样说：扬·阿尔蒂斯-贝特朗的航空影像，既是对地球直观真实的再现，又美得令人吃惊；粗看恢宏大气，仔细观察又会注意到被清楚展现的细节，画面极具震撼力。在结尾处，影评无力地大喊：正如《家园》影片最后所传达的信息："现在已不再是悲观的时候，让我们立即联手，重要的不是我们失去了什么，而是我们剩下的还有什么。是继续破坏直至毁灭还是行动起来拯救我们唯一的家园？答案就在你的一念之间！"其实我们都知道，一百个人里面至少有九十人知道答案，那就是改变我们的消费模式。但是能身体力行的恐怕就只有一个人，甚至更少。哭着给影片做配音的演员们也不一定能做到低碳，也许观众们震撼之后该开车回家还是不会低碳步行回家。

《中华读书报》（2017年04月12日16版）刊登了江晓原和刘兵的一篇文章《稻香园拒绝现代化》，内容是：

> 田松当然知道理性和务实的价值，哪怕在内心他真的欣赏"刀耕火种的生存智慧"，真的向往年薪600却能日日欢歌的瓦寨生活，他也知道在现实生活中，这不可能向在帝都滚滚红尘中载沉载浮的人们推广，所以他给出了现阶段可操作的某种"最低纲领"——减缓发展的速度。刘兵：我不觉得田松会满足于这种"最低纲领"，也不觉得他会认为人类能在末日到来之前侥幸找到避免灭亡的办法。或许，绝大多数真正严肃面对世界和人类未来的人文思考者，在以田松

这种方式把当下的逻辑演绎到终极时，都会变成某种“悲观主义者”。那么，我们又该怎么办呢？有什么办法呢？真的有拯救未来的灵丹妙药吗？就算有，人类肯吃吗？如果只有少数人肯吃，结果不还是一样吗？对这些问题的认知、思考、答案的不确定、悲观，以及由之而来的困惑，反而是我想到的他的工作的价值之一。

文中提到的“最低纲领”在实质上是人文主义理想主义的进路。这让笔者想起当年博士论文遭遇的命运。当时答辩的时候各位学者说：你这所谓深层生态学的“自我实现”或者“生态大我”走的不是人文主义和理想主义路线吗？其画外音是对论文创新和贡献有质疑。他们说，论文给出的解决方案是有历史根源，但那也是悲情的历史。早在19世纪，卡莱尔、阿诺德、罗斯金等思想家就提出过人文主义和减缓发展的思路，和现在开出的方子并没有什么实质区别。然而这些方子曲高和寡，弦断无人听。人们已是如此冷漠，不再相信什么道理。

答辩会上学者们的质疑，生态事业内在悲情与知行不一，没有大众参与的尴尬，这些都让笔者胶着于自己的争执：如果没有效果，我们为什么要出书？最终为笔者解围的是北大英文系毛亮老师讲授的研究生课程“爱默生和梭罗”。他开篇就提出一个整个美国文学史都在思考的二元对立项：“我”与“非我”。毛老师始终围绕文学作品中对“我”与“非我”身份的合一这个主线，进行抽丝剥茧地讲解和论述。整个课程一气呵成，听下来茅塞顿开。美国文学，尤其是自然文学可以被看作是个人向“自我实现”的跋涉。美国文学向来不惮于承认对个性完满的向往和追求。然而，在生态批评话语中，自我、个性以及人类中心主义是令人警惕的。所幸的是，毛老师小心地绕开了这些雷区，细察了“个性”和“个人主义”的区别。上完课程，理论武器基本囤积好了：自我的浇铸、个性的完满与处理“我”与“非我”关系是相生相随的。当时适逢笔者痴迷于马斯洛晚年的Z理论。其中最吸引笔者的论点是，超越型“自我实现”人群都有一个为之牺牲的“非我”。这群人能够将“我”与“非我”高度合一。于是笔者敲定了生态批评家们并不陌生的美国心理学家马斯洛的“自我实现”理论作为自己著作的理论框架。

虽然马斯洛的“自我实现”与深层生态学的“自我实现”宗旨不同，然而，学者们对理想主义内在悲情的质疑依然让人隐隐作痛。马斯洛在《动机与人格》一书中也曾经不无遗憾地说过，虽然理论上我们每个人都可以成为美好健康的人，但是残酷的事实却是自我实现，一百个甚至两百个人中只有一个人能自我实现。这和生态文化中所描绘的场景有相通的道理，因此或许可以解释为什么生态文化显得如此悲情和绝望。正如布伊尔在《环境的想象》中提到的，我们每个人都是口头上的环境保护分子，实践中的消费狂，理论上我们每个人可以做到低碳生活，但是我们中间只有极少数身体力行。所以殊途同归至悲情，主要原因是因为大众觉得毕竟与自己无关的系数太高。无论生态危机的预警式“数据”如何粗暴或者艺术地轰炸、刺激我们的神经，由于我们人类短视与健忘的先天缺陷，由于我们感知失灵的时代病变，我们根本听不进去任何的预警话语。因为仅仅是环保，“高大上”的生态灵丹妙药对于大多数人总是那么难以下咽，于是，我们最终集体走向知行不一。偏偏生态事业的制高点是大众参与，生态事业是大多数人的事业，没有大多数人的参与行动，多少灵丹妙药都是阳春白雪的摆设。

这真是山重水复疑无路。2016 年 7 月，在华盛顿州带领一群女童子军夜营时，与另外一名辅导员泰蜜的闲聊意外带我进入柳暗花明。她所在的美国刘易斯克拉克学院开设了一门环境心理学辅修课，其出发点十分新颖，不再是让人腻烦的减缓发展、节制消费之类的紧箍咒，而是为社区生态环境做贡献的过程可以用来治疗精神紊乱类疾病。捡垃圾何以可以治病和养心？这个角度让在黑暗中摸索的笔者怦然心动。戴上这个有色眼镜，携着这把星星之火，笔者在寻找证据的过程中势如破竹：一名深陷戒毒深渊中的艺人在 2008 年汶川地震中神奇般成功戒毒的故事；2016 年 8 月，读到一内地明星在青海捡垃圾；回忆起曾经读过一篇心理医学论文，证实善于聆听他者声音，有助于治疗多动症等顽症；读到《多元智能》，作者对第八种智能，即“自然智能”（nature smart）的精彩论述；2015 年 6 月，莫斯科生态文学大会中与身为自然文学作家和生态批评家的约翰·塔尔梅奇（John Tallamadge）老友谈论各自的研究进展，他提到他的有关“活着”的研究，笔者谈到“生”与“爱”的研究主题，觉得心有灵犀，相谈甚欢；2017 年初，读到了一篇心理学博士论文，用大数据证实了善于欣赏他者，并长于表述这种欣赏之情的人与生命力成正比等；意识到同龄的大学同学自救的医学依据——她检查出癌症后直奔摄影器材店，从此开始了对妖艳的野花、芬芳的泥土与婉转的小鸟的记录与表达，病情翻转……

这不由得让人追问，生态批评家提炼的那些“共情”“忘我”“初心”“游牧”“故事”“详述”“俳句”“解域”等能力和艺术的训练与培育到底是实现个体完满、治愈身心的本能，还是解救生态危机的诉求？追问已经没有意义。因为，自我与非我相生相依。如果我们每个人都实现了个体的完满性，或许生态危机将迎刃而解。我们需要科学系统的方法来教会我们如何去爱，去欣赏，去共情，以及如何去专业地表达这种欣赏之情，从而在治好我们自己身心之疮的时候，修补好地球之孔。笔者想起现如今国人如火如荼的养生运动。如果是顺应养生大潮配以环境保护的推动，这药就算是再难吃，也会有大众参与消费。乘着人们养生运动的东风，推动伟大的生态事业有什么丢人的呢？学术为养生服务，俗气而刺耳，但是没有大众参与的灵丹妙药是无效的。何况现在已经不是学者摆架子的时候了。因此，如果我们在每个悲情和预警的呐喊后面加一句画外音：当我们修补一个地球创洞的时候，我们其实修补了一个心灵的孔。或许效果不一样？现在需要做的是提供“为什么”以及“怎么做”的理论依据。

承认所有人需要心理矫正也无妨。自然出现问题，预示人一定也出了问题。笔者认为，现在社会人普遍患上了感知失灵的精神症候，即是对美好的东西很难感动，对可怜的对象很难触动。这种麻木其实是一种变异的征候。身体健康的表现之一就是吃嘛嘛香，精神就需要看嘛嘛美。试想，一个人胃口不佳的时候，身体状况一定也好不到哪里去，精神状态也是如此。自我实现和心理治疗，在笔者看来就是一个量和度的区别，质的区别并不是主要的。马斯洛的理论是被同时运用在自我实现和心理治疗领域的。无论是自我实现，还是心理治疗都是事关个人和自我的美好与健康，无论是矫正心理疾病还是自我实现，都是一个问题的两面。马斯洛等代表的积极心理学取代了佛罗伊德与荣格代表的疾病心理学的事实，证明了疾病心理学关心的是病人的心理健康，积极心理学关心的是正常人的健康，并在心理学中植入价值判断。在笔者看来，人类只是在状况上健康程度不一样。我们需要勇敢承认自己感知变异，需要心理救治。当读者或者观众真正相信：捡垃圾可以治疗抑郁症，帮助重建家园可以戒毒，忘我地聆听、凝视并表达，可以治疗自闭症和多动症等精神癌症，生态事业大众化是有希望的。许多人已经行动起来，如果有理论依据，会将无意识行为，化为自觉意识。承认这个思路是人文主义也无妨。这个过程是双赢的。也许超越自我必须是迂回的。人毕竟是短视的、健忘的，我们做不到扼杀自我眼前利益来保护环境。然而，当我们可以做到实现自我同时也能保护环境；当我们知道自己为什么而活，就可以忍受任何一种生活。

## 三、对生态文学教学理论和实践的焦虑

2013年9月，笔者在首都经济贸易大学英语系给研究生开设一门新课——美国自然文学。开课前笔者想，自然文学没有故事情节，怎么对着一群生活在没有多少一手自然体验、娱乐致死年代的孩子们讲大地的故事呢？2010年，校图书馆接收了布朗大学的圣·阿蒙德教授捐赠的一千多本自然文学赠书，我对着无价之宝竟然不知道如何开发，当时渴望自然文学教学的理论工具。课程所以没有像其他开设类似课程的高校那样被命名为“生态批评”“生态文学”，乃是出于对理论的警惕，笔者本人也不愿意把这个课程讲成单纯的文化批评和环境保护。然而，赠书都是没有经过处理和加工的原材料，没有一个主线，也没有本土化的教材，无从下手。

在开课前笔者研读了从事中学生态文学教学的玛丽琳·杜尔的专著《流变与环境自传——生态文学课堂中的现象学方法》。正是参考杜尔的生态文学教学模式，并结合自身和学生实际做了一些教学试验。杜尔认为，观察自然并书写自然的过程是改变、拯救和实现自我的过程。但是这个操作过程需要科学系统的训练和指导。这个过程的第一个步骤是让它说话、品味它（let it speak）。杜尔专门用一章来论述品味艺术的门道和重要性。她说，若非彻底失去自我，我们是无法品味到自然的广袤和奇异的（Not till we are completely lost or turned around do we appreciate the vastness and strangeness of nature）。第二个步骤是替它代言、表达它（speak for it）。前者是品味和欣赏的艺术（art of appreciation），后者是表达和代言的艺术（art of expression）。我们可以把前者称为经，后者称为纬，两者都统一在“爱”之中，是“爱”的两种模式。值得特别注意的是：这两种艺术训练最终带来了一个意外的结果，那就是自我的拯救和实现。所以，对非我的爱，带来的是“我”的生。笔者当时分配学生到周边和远处进行自然观察，并写自然笔记。为了让我们自己和读者看见自然，我们需要以最细节化的、形象化的、个体化的手法描述自然。有几个学生竟然对写自然笔记着迷了，笔者至今还留着他们交上来的自然笔记手稿。但是，这些对自然的品味与表达的实践急需理论化、系统化和专业化，形成并升华为可

以参考的教学模式。

从2015年秋天开始，笔者完整地听了斯科特·斯洛维克的研究生课程“生态文学”，进一步坚信了以上“品味”与“表达”两个步骤的存在。斯洛维克的第一课就在黑板上板书了几个生态文学（此处不对生态文学和自然文学做详细区分）的几个核心词：惊讶、物哀、注意、欣赏、共情、活着（amazement，aware，attention，appreciation，empathy，alive）。看到这些词汇，笔者顿时心花怒放。这不正是贯穿笔者自然文学教学关键词的同义词“痴”吗？“情必近于痴而始真”（张潮，清代）。有人认为，“痴”是中国美学中的一个重要范畴。斯洛维克虽然没有将课程明确分为品味与表达两个步骤，但是他的操作明显具备这两个步骤。在“生态文学”课程中，他让学生沉浸在自然中的颜色、气味和光影中之后，再开始生态文学学习，最后进入一种细看的“灵魂出窍”状态。他告诉我们：关注微小事物是一门艺术。为了让我们专业地去品味自然，斯洛维克聘请专家和他的朋友来训练我们从不同角度品味自然。受聘请者包括描写大自然声音的作家、描写植物各类功用的专家等。可见，品味是需要专业训练的。在感知变异的年代，这点尤其重要。

品味绝对不是一个被动的过程，听、看、闻等五官的活动也不都是自动发生、理所当然的，比如“看见”，就不是一件容易的事情。文学等艺术有诸多功能，比如命名、审美、教育、娱乐、宣泄等，但是就其最重要的功能而言，笔者同意龙应台提出的德文解释（macht sichtbar），意思是文学“使看不见的东西被看见”。《多元智能》的作者霍华德·加德纳将属于品味能力的共情（empathy）判定为一种智能；约翰·巴勒斯曾在《看的艺术》（Art of Seeing）的文章中论述如何“看”；伊恩·马歇尔在2015年6月美国莫斯科小镇举行的生态文学研究国际会议上发表了《聆听自然文学：〈瓦尔登湖〉中的声景》的演讲。他们都在证明，凝视、聆听、感知等并非依赖本能就可以完成①。

斯洛维克在指导学生写作（表达）的时候，告诉学生截取的对象要小，关注生动的细节，描写对象一定要具体，以有趣的笔触，使平凡之物显得兴味盎然。他也提到了陌生化、详述、俳句等表达策略。需要提出的是，这里的表

---

① 孩童时期我们借助天然的好奇“看山是山”，成年后由于各种执着，对美麻木不仁“看山不是山”，成熟的人格需要我们借助研习走向“看山还是山”的二次天真。

达是一种自我品味欣赏非我的形式，最大化取缔了自我的角度，尽可能为非我代言。为非我代言越客观、彻底，去“我执”的程度就越深，自我实现的程度也就越深。比之品味，代言式的表达更需要专业、系统的训练。品味是表达的前提，而表达促使自我更有效地品味。

尽管品味与表达是贯穿于生态批评学者们生态文学教学和研究的两条主线，但是目前没有发现有学者将这两者统一在爱的训练这个框架中，更没有人将爱的训练与我们自身的自我实现与心理矫正联系在一起。斯洛维克曾经在2008年出版的《远行深思》中提到品味与拯救（savor/saving），但是很明显他所说的拯救对象是地球而不是自我。斯洛维克2015年出版的《数字与神经》着力于如何训练人类感知的敏锐，落脚点显然也不是自我。笔者一直没有停止寻找证据来证明自我对非我的品味与表达都是一种自我实现和自我拯救，换言之，生态文学和批评中一再强调的对非我的品味与欣赏，以及为他者代言，实际上有意无意地拯救和实现了自我。美国心理学博士哈雷（Joshua Solomon Halle）在其2015年的博士论文《生命完满与品味能力》中将心理治疗手段Appreciation中包含的两个意思“感恩”和“品味”的治疗效果区分开来，前者是对他者施恩于自己的感激之情，是以自我中心的；后者是对非我的欣赏，是以非我为中心的。有趣的是，心理实验和调查显示，“感恩疗法”效果远远不如“品味疗法”。这在医学界尚属领先，对生态批评而言，尚且没有人尝试使用这个角度去做研究。

## 第二节　学术史综述

### 一、国外学术史综述

就生态批评的历史而言，其综述文献已经汗牛充栋，对生态批评的发展历史、背景起源等此处不再赘述。我们知道，生态批评得以屹立于众多西方文学流派之林的依据是它给文学研究带来了新的问题意识，新的主题——人与自然的关系。这个看似简单的问题最后却盘根错节，生态批评在生态中心和人类中心的两极运动中消耗着自己的立场根基。学者们在“是濒临灭绝的非人类物种更重要，还是濒临灭绝的人类更重要”的论争中迷失了自己的终极目标，使生态批评在立场问题面前陷入了僵局。生态批评不仅在方法论上缺乏独立性，在哲学基础上也缺乏相对的统一性，而且还在主题上缺乏应有的一致性。生态批评始于对地方感的思考，终于对宇宙感的呼唤；生态中心主义是生态批评的一张脸，而具有人类中心主义立场的环境正义转向则成为生态批评的前沿；深层生态学的“生态大我”以其禁欲主义的面孔令人望而却步，而在文学中，我们看到的更多的是“生态大我”者的狂喜；“生态大我”者乐山乐水、独善其身的处世之道引起了人们对其社会文化变革潜力的拷问，而人们在抛弃“生态大我”理念的同时，并没有找到更好地唤醒人类生态思维的替代方案。

西方生态批评从 20 世纪 80 年代兴起到现在，发展经历了“三次浪潮”“两个转向”。每一次浪潮都有自己青睐的文本，有自己的地方体验模式，有自己的生态立场，有自己的代表性论著。这三次浪潮并没有明确的分界线，它们之间有着重峦叠嶂的关系：第一次浪潮的特征有些延续到现在；第三次浪潮的特征早在第一次浪潮阶段就已经萌芽。尽管如此，“浪潮”意象更有助于我们理解生态批评的发展脉络。生态批评第三次浪潮 2000 年之后很快出现，但名直到 2009 年才被命名。在第三次浪潮中出现了探索全球范围的地域概念、具有强烈的比较诉求、性别化生态批评方法、“从内部进行反省”等若干新动向。这些新动向似乎代表了生态批评领域在三十年前被命名并成为一个自觉的学术运动以来的第三次潮流，即第三“阶段”。

生态批评不仅经历了三次浪潮，也在经历两个转向。生态批评的这两个转向分别是环境转向和全球转向。标志着生态批评环境转向的是劳伦斯·布伊尔 2001 年出版的《为濒危的世界写作》一书，该书开篇第一章就“有毒叙事”，明确偏离了早期生态批评中自然文学的田园叙事和荒野叙事的取向。随后在第七章“动物和人类的苦难：非人类中心主义伦理 VS 环境正义”中，布伊尔不仅勾勒出生态批评中存在的两大主要立场之间的鸿沟，还尝试将两大立场进行调和。布伊尔的第三部生态批评著作《环境批评的未来》中将环境转向进一步明确化。从著作的标题所包含的关键词“环境批评”来看，就能明了布伊尔以之替代原来“生态批评”的用意。在对选用“环境批评”替代“生态批评”的解释中，布伊尔突出了人类事务在生态批评中的重要性，也就是环境正义的地位。值得一提的是，布伊尔继续尝试将非人类中心的环境伦理与人类中心的环境伦理进行调和。在讨论如何进行调和的过程中，作者并没有一个明确的哲学框架。但是我们可以看出，无论是在《为濒危的世界写作》中，还是在《环境批评的未来》中，其关键词都是两个：一个是“伦理扩展”，另一个是“修正主义”，这两点都与自我的认同有着密切的关系。而这一点正是我们在正文中要讨论的。在布伊尔前后有一些代表生态批评环境转向的代表人物，如美国学者保罗·蒂德韦尔、迈克尔·本内特等，但是最有代表性的是生态批评家厄秀拉·海斯，其作品《地方感与全球感》一书对有毒叙事文本进行了精彩分析。

生态批评的另一转向，即全球化转向也与布伊尔和海斯的作品有着密切关系。布伊尔《为濒危的世界写作》一书中的第二章“地方的位置”，直接提出了地方体验的五大模式，用以修正传统的“立足脚下”的地方经验，呼吁拓展地方感的认同范围，培养人们的地方想象力，突破狭隘的地方经验。布伊尔《环境的想象》一书第二章“空间、地方以及从地方到全球”则明确呼吁建构生态的全球想象。厄秀拉·海斯的《地方感与全球感》一书在布伊尔思想的基础之上提出了“生态宇宙主义”，阐释了以极端现代主义艺术手法进行写作的科幻小说等新文本，号召突破传统地方感和家园感的本质主义局限，以游牧主义的心态应对全球化的新语境。布伊尔和海斯有着一脉相承的旨趣，但是在笔者看来，两者的区别是，布伊尔一直是抱着将传统的地方感和新语境下的全球感两种地方认同和地方经验模式进行调和的想法，而海斯则专注于如何培育全球感和宇宙感的思想实验。值得一提的是，2013 年 10 月，在山东召开的“第三届海峡两岸生态文学研讨会”将第一主题定为“地方意识与全球意识”。地方感和全球感，暗含着一种矛盾的张力，是后者在全球化语境中对前者的矫正还是替代，依然是一个学术悬念。

生态批评与深层生态学之间在一开始就有着深刻的联系，在第二次和第三次生态批评浪潮的冲击下，这种联系有所减弱，但是深层生态学依然是，并且将一直是生态批评的一个重要思想基础。T. V. 里德在题为《走向环境正义的生态批评》一文中将生态批评分为五大流派：环境保护的生态批评（conservation ecocriticism）、生态的生态批评（ecological ecocriticism）、生态中心深层生态学生态批评（biocentric deep ecological ecocriticism）、生态女性主义批评（eco－feminist ecocriticism）和环境正义的生态批评（environmental justice）。从中我们可以看出，深层生态学在新时期的生态批评中依然占据重要位置。生态批评现在需要面对的问题是，非人类中心与人类中心的立场是否是非此即彼的关系，两者是否可以在一个框架内整合统一。

在深层生态学几乎成为生态批评的指导方针的同时，有人却指出，在“生态大我”影响下的生态批评陷入新的宏大叙事不可自拔。有学者认为，受深层生态学影响的生态批评不同于它的“表兄弟”们，也就是女性主义批评、后殖民批评和解构主义批评的原因是，生态批评在其解构的外表下，实际采用的是美国新批评、法国结构主义、俄国形式主义和英国的“为艺术而艺术”的策略，陶醉在“文本”中，对文本的历史性和情境性不闻不问①。需要指出的是，生态批评家所面对的文本是自然这个被“虚构”的文本。该文本所具有的自足性、稳定性和整体性，使其成为新的中心，新的大叙事，是一种伪后现代叙事。学者们对于作为整体的生态系统是否存在，对自然的身份合法性等问题并没有统一的认识。学者们对于自然是客观存在的，本质主义的，还是我们一厢情愿炮制出来的幻觉，也没有统一的认识。学者们表达了受深层生态学统治的生态批评叙事将使人的个性消失的担忧，他们认为生态批评和深层生态学一样具有反人类中心主义的立场。尽管奈斯多次强调深层生态学反对将荒野作为审美对象进行保护，但是有批评者认为，深层生态学和生态批评的主流都是将自然作为审美对象，为审美而审美，为自然而自然；因此，深层生态学及生态批评远离社会现实仅仅具备生物学意义，不具备文化批评的功能。在他们看来，与深层生态学一样，生态批评由于对自然进行了本质化的处理，使之走入另外一种大叙事。

美国生态批评家迈克尔·本内特哀叹生态批评几乎走入了一种危险的荒野癖。他认为这种荒野癖来自于“生态中心主义”和“自我实现论”，是从深层生态学感染而来的，生态批评的实践者大都是深层生态学的追随者，我称之为深层生态批评家。在本内特看来，深层生态批评家的主流地位来自于这样一个事实，那就是生态批评家大多来自于美国西部或乡村地区。他认为，如果我们不批判性地看待深层生态学的话，生态批评将继续是一个苍白无力的领域。他号召生态批评开拓城市环境，在这里，理论资源更为丰富。本内特指出，深层生态学带给生态批评最大的危害就是生态中心主义或者非人类中心主义。他认

① 约翰·格林在论文《生态批评摆脱了深层生态学的魔咒吗?》（Has Ecocriticism Gone off the Deep End? Rethinking Ecological Formalism and Social Ecology）中指出，一直以来，生态批评都笼罩在深层生态学的阴影之下，这样的生态批评并非具有真正的革命性，呼吁用社会生态学替代深层生态学作为生态批评的理论立场。

为，这无疑又走入了另一中心思维，将人置于一个无形的自然或生态系统的控制之下。

在批判生态批评的深层生态学立场中走得更远的是蒂莫西·莫顿（Timothy Morton），他在《没有自然的生态学：环境美学的再思考》（Ecology Without Nature：Rethinking Environmental Aesthetics）一书中强烈批判了生态批评的深层生态学基础，他对生态批评的主流叙事，也就是田园修辞极为不满，认为生态批评几乎与它的批评对象自然文学混为一谈，深层生态学关于真实的自然的意识形态削弱了生态批评的文化批判性质。在他看来，伊甸园式的纯净自然是不存在的。莫顿说，为了让孩子们体验自然而将孩子们带到一条大河边的做法是有害的。这样做不如向他们解释热带雨林是以什么样的速度被破坏的（2007：2－13）。莫顿认为，自然形象正是环境思想的最大障碍，正是品味自然的热情使人们偏离了他们崇敬的自然。他给出一个悖论式的方案：如果要塑造正确的生态思维，我们必须永久放弃关于自然的想象。与传统的自然主义叙事不同，莫顿提出了一个激进的生态批评模式：黑色生态学。在他看来，自然是一个虚构出来的修辞概念，起源于工业革命时期的浪漫主义文学，实际上生态批评的自然叙事使人们产生了一种自然癖。事实是，我们已经深陷现代性境遇，我们必须与狼共舞，不能沉溺于虚幻的乐观或宿命的启示录。这就是黑色生态学的基调。

丹尼尔·波特金的《无主之园》（No Man's Garden）一书延续了这种对深层生态学的批评基调。波特金通过解构被深层生态学和生态批评当作圣人的梭罗的人文主义本质来批判深层生态学的非人类中心主义。而费里（Luc Ferry）则在《新生态秩序》（The New Ecological Order）中对深层生态学的非人类中心主义立场进行了釜底抽薪式的批判。他认为，深层生态学让那些信奉者们认为“整体”在道德上比“个体”更为优越。这个幼稚简单的预设带来的结果是道德秩序的全面掉转：一个高高在上的抽象系统几乎具备了神的身份；无知觉的、无理性的生命形式，它们纯洁无瑕，只求保全生命；处于道德底层的是人类，罹患理性思维模式“疾病”，这种思维模式是罪恶之首，因为它使人们具备了扰乱生物圈的特权，因此在道德秩序上人处于最底层，“连蜚蠊、寄生虫和细菌都不如”（Ferry，1999：39）。费里认为，深层生态学的悖论在于它自称是革命性的——寻找新的形而上学、新的认识论、新的宇宙观，以及新的人与自然之间的环境伦理，而在实践中却有着原教旨主义的色彩，传统而保守。令费里等忧惧的是，深层生态学家们梦想着以一个全球化的政府镇压人类，通过心理操纵减少污染、改变人们的欲望和行为。

与对深层生态学的强劲批评对峙的是它的支持者。在深层生态学领域，除挪威哲学家阿恩·奈斯（Arne Naess）以外，在国外研究深层生态学思想的主要代表人物和坚定拥护者有乔治·塞欣斯（George Sessions）、比尔·戴维尔（Bill Devall）、华威·福克斯（Warwick Fox）、艾伦·德龙森（Alan Drengson）、海罗德·格拉舍尔（Harold Glasser）、芙蕾雅·马修斯（Freya Mathews）、戴维·巴恩希尔（David Barnhill）、罗杰·戈特利布（Roger Gottlieb）、戴维·罗森伯格（David Rothenberg）、理查德·西尔万（Richard Sylvan）等。

"生态大我"与深层生态学有着重要的关联。美国深层生态学家比尔·戴维尔和乔治·塞欣斯深入阐释了深度生态学"自我实现"这一最高规范。他们指出，一个有教养的、非主宰的社会能帮助个人从"真实的作品"（real work）变成一个完整的人（whole person）。"真实的作品"可以象征地简称为"大自我中的小自我"（self - in - Self）。而"大自我"（Self）则代表着大自然原始的整体。深层生态学"自我实现"这一最高规范所要强调的是：个体的特征与整体的特征密不可分；"自我与整个大自然密不可分"。人的自我利益和生态系统的利益是完全相同的。比尔·戴维尔的专著《手段简单，目的丰富：深层生态学实践》（Simple in Means，Rich in Ends：Practicing Deep Ecology），塞欣斯的专著《面向21世纪的深层生态学》（Deep Ecology for the 21 Century：Readings on the Philosophy and Practice of the New Environmentalism），以及两人合著的《深层生态学》（Deep Ecology）也在深层生态学的早期为推动深层生态学的发展和推广起到了重要作用。

澳大利亚深层生态学家华威·福克斯（Warwick Fox）的《超个人心理学》从心理学角度聚焦深层生态学的"自我实现"概念，试图将美国现代心理学的分支"超个人心理学"运用于深层生态学，他用带有心理学色彩的术语"超个人的"一词来表达深层生态学是一种既关注个人又超越个体意义的整体主义，以弥补奈斯理论体系中对个体关注不足的缺陷。这对反驳外界指责深层生态学不关注个体起到了一定的作用。同时，福克斯还提出用"生态大我"替代整个深层生态学学说。

艾伦·德龙森（Alan Drengson）、海罗德·格拉舍尔（Harold Glasser）合

作编著的《奈斯著作精选（10卷）》（The Selected Works of Arne Naess：Volumes 1－10）系统收录了反映奈斯深层生态核心思想的文章。这为研究奈斯深层生态学提供丰富全面的资料做出了重大贡献。澳大利亚深层生态学家芙蕾雅·马修斯（Freya Mathews）是深层生态学阵营少数几个用整本专著来正面讨论“生态自我”的一位学者。该专著以分析的方法为主，很好地补充了深层生态学的直觉方法。该书的论点是“合理的宇宙观能促进我们走向与自然更有益的交流”。马修斯以其科学研究方法对“生态自我”概念的系统梳理和阐释对发展奈斯的深层生态学起到了中流砥柱的作用。

戴维·巴恩希尔（David Barnhill）与罗杰·戈特利布（Roger Gottlieb）合作编著的《深层生态学与世界宗教》（Deep Ecology and World Religions：New Essays on Sacred Ground）将深层生态学与印度教、佛教、道教、儒家、基督教、伊斯兰教、新教等世界宗教进行联系，丰富并深化了深层生态学的理论资源。值得一提的是，该书其中一篇文章对深层生态学背景中一直比较受忽视的儒家的深层生态学的意义进行了挖掘。

戴维·罗森伯格（David Rothenberg）是奈斯的助手，他认为，奈斯“生态智慧T”具有自己的独创性。另外，他曾与卡茨（Eric Katz）等合作编著过《表层之下：深层生态学文选》（Beneath the Surface：Critical Essays in the Philosophy of Deep Ecology）一书。该书以哲学视角进入深层生态学。第一部分的文章将深层生态学的哲学观点和其他生态哲学进行对比，第二部分将深层生态学与欧陆哲学、后现代哲学以及非西方哲学传统进行对比。这是第一部主要由非深层生态学阵营学者对深层生态学的哲学立场进行评述的文集。

澳大利亚环境哲学家理查德·西尔万（Richard Sylvan）和大卫·贝内特（David Bennett）在挖掘中国的道教深层生态学方面做出了卓越的贡献。他们深刻地理解了道教的无为而为、顺应自然的思想，并将之与深层生态学有机结合起来，在丰富了深层生态学的同时，也加深了人们对道教深层生态学内涵的理解。

另外一些西方汉学家，如美国学者安乐哲（Roger T. Ames）、白诗朗（John Berthrong）、玛丽·塔克尔（Mary Evelyn Tucker）、狄百瑞（William. Theodore de Bary）、秦家懿（Julia Ching）、杜维明（Tu Weiming）、罗德尼·泰勒（Rodney Taylor）、南乐山（Rovert Neville）等人在挖掘中国传统思想中的深层生态学思想方面也起到了重要作用。虽然他们对中国传统思想的理解有失片面和肤浅，但他们对中国文化大多很热情，对矫正人们对中国传统，尤其是儒家的误读方面做出了重要贡献，并在准确地把握儒家核心思想的同时，深刻地挖掘了其生态内涵。

## 二、国内学术史综述

国内从“生态大我”的角度研究深层生态学的学者可谓屈指可数，少数几个研究该学科的学者有雷毅、杨通进等。雷毅2001年出版的《深层生态学思想研究》一书对深层生态学进行了宏观研究和介绍，系统地剖析了深层生态学思想的产生、理论结构、思想渊源，对生态实践的影响，以及它所面对的批评和质疑。而在2012年出版的《深层生态学：阐释与整合》一书中，雷毅对深层生态学进行了更为细致的研究。在本书中，作者认为佛家比道家或儒家对深层生态学的“生态大我”启发更大，“从深层生态学对其理论结构的阐释就可以看到，深层生态学理论体系建构的直接资源主要是西方哲学、基督教和东方的佛教传统，而与儒家思想毫不相干，充其量只表明他们的思想与儒家思想契合，此外不再有更多的含义。之所以这么说，是因为奈斯、戴维尔和塞欣斯等代表人物并没有表现出对儒家的热情，尽管奈斯对中国曾有过兴趣，但那仅限于对毛泽东思想的兴趣。不过，深层生态学阵营中的重要人物如斯奈德、罗西等人曾在日本、印度和中国西藏学习过禅宗佛教。奈斯‘自我实现’中的自我是大写的自我（Self），意是指‘生态自我’，这是一种不断扩展了的认同感，最终达到万物与我一体的境界，它类似于佛教中的见性成佛（佛性的显现），因此，如果说此处有东方情结的话，那么，它的根源是在禅宗佛教而非其他”（雷毅，2012：139）。雷毅征引科利考特的观点来证明儒家与“生态自我”基本上是不相干的，“科氏进一步指出，深层生态者的‘自我实现’是中国传统的儒道两家的共同主题，但这两家对‘自我实现’的理解却有很大的区别。对于传统的儒家而言，‘自我实现’应当在人类社会和人际关系的网络中去寻求，如儒家消费观中的‘俭’；而道家则认为儒家的这种‘自我实现’观忽视了这样一个事实：人类是嵌入在一个比社会更大的自然环境中的，每个人既是社会关系中的人，又是嵌入自然生态关系中的人”（143）。除了探求中国文化与深层生态学的契合之外，在本书中，作者也表达了作为第三世界学者对深层生态学的保守态度。

和雷毅不同，王诺认为“生态自我”来自于儒家，“有人认为这种‘自我实现’论是在借鉴了儒家的大我观或天人一体观基础上提出来的，并认定深层生态学的‘自我实现观’已经超越了马斯洛等人的‘自我实现理论’，后者将自我实现主要局限在社会领域，尽管也主张忘我地体验自然。同样明显的是，这种生态的自我实现理论，几乎就是儒家思想的翻版”（雷毅，2012：139）。

杨通进有关深层生态学的文章剖析了深层生态学的话语背景、思想渊源和理论内涵，如“深层生态学的精神资源与文化根基”“争论中的环境伦理学：问题与焦点”等。在何怀宏主编的《生态伦理——精神资源与哲学基础》一书中，杨通进撰写了其中的第14章“生态中心论（二）：深层生态学”，在其中解析了深层生态学的理论结构、“生态智慧T”，并把深层生态学的思想资源分为“西方传统哲学”、“东方文化”和“现代西方文化”，这不同于雷毅的二分法“西方文化传统”和“东方文化传统”（2002：485－531），其意义在于对西方文化的传统和传统的西方文化进行了区分。

蒙培元在题为《为什么说中国哲学是深层生态学》的文章中分析了中国的人生哲学中包含了深层生态学中的生生意识、敬畏意识等范畴。陈望衡通过对深层生态学理论的最高准则“自我实现”和“生态中心平等主义”的分析，发掘出深层生态学中的审美因子——和谐。还有一些研究深层生态学的学位论文，如郑娴、杨积祥等的学位论文都梳理了深层生态学理论资源和其遭遇到的批评。

另外，国内也有一些论文以深层生态学“自我实现”为理论框架阐释文学作品进行的生态批评实践。如张祥亭在题为《深层生态学视角下自我价值的实现——〈啊，拓荒者!〉中亚历山德拉形象解读》的文章中分析了美国作家薇拉·凯瑟的小说《啊，拓荒者!》女主人公亚历山德拉在拓荒的过程中“达到了‘生态自我’的生命境界，完成了深层生态学提倡的自我实现”。

黄幼在其硕士论文《重探梭罗的深层生态学思想》中挖掘了梭罗自我实现深层生态学思想。该论文的原始标题是“梭罗自我实现深层生态学思想”。论文中说：“梭罗一直追寻着自我和自然在精神和身体上的联系……希望实现文明和荒野的平衡，他追求在自然中的‘自我实现’，他一生追寻在自然中一切事物的和谐和统一，堪称西方生态哲学的精神先驱。”论文阐释了梭罗在自然中自我实现的精神轨迹，展示了一个完美的生态自我的原型。胡碧媛则以生态作家为研究对象，探寻作家深层生态学意义上的自我实现历程。在题为《从利己到利他——厄普顿·辛克莱的自我实现》的文章中，分析了美国揭黑幕运动的代表作家厄普顿·辛克莱的自我心理机制。文章指出："辛克莱的文学创作体现了深层生态学代表人物阿恩·奈斯提出的'生态自我'与'自我实现'的思想。辛克莱的自我成熟经历了从'本我'到社会的'自我'，再从社会的'自我'到形而上的'生态自我'的发展过程。他在自我的广泛认同中达成了文学向政治延伸的自我实现。"

另有一些学者没有直接提及深层生态学，但其学术思想中也显现出对"自我实现"的独特理解。程虹[①]对自然文学的研究体现了"宁静"的主线，以及对自然文学中"走向自然就是走向内心"传统的梳理。在程虹的著作和译著中，"宁静"处处可见。程虹在《醒来的森林》译序里说："自然文学不是虚构的形式，不是一种人为的推测，你能感觉到她存在于山水、树木、花草、鸟兽之中，甚至她存在于一个人的生活方式之中，她是一种人在自然之中心灵的感受，一种躁动中的人们向往宁静的精神之追求。"（2004：9）在《寻归荒野》中，作者对早期美国自然文学作家威廉·巴特姆（William Bartram，1739—1823）独特的精神追求的评述也体现了一种宁静和从容的内涵，"他所谓的自我完善，是一种个人内心的自我实现，一条通向心灵之宁静的旅程，一种像自然界的落日那样的精神境界"，"对他而言，孤寂不仅是一种愿望，而且是一种需求，一种达到内心平静与幸福的源泉"（程虹，2011：44－45）。这种在孤寂中体验到的宁静是灵魂的滋养，心灵的后花园，是一种更高层次的"自我实现"。在《寻归荒野》中，宁静依然是一个重要的主题。作者在评述书中最后一位自然文学作家加里·斯奈德（Gary Snyder）时说："斯奈德爬山不是为了征服山脉，而是为了认识自我。他在山中寻找到了内心所需要的寂寥。"（程虹，2011：299）作者告诉我们，这些自然文学作家步入自然，不是猎奇和探险，而是找回自我的心灵朝圣之旅。在程虹的生态批评实践中，虽然没有从某个理论的角度论述自我的概念，但其将宁静、孤独作为认识自我的途径，丰富了"自我实现"的内涵。

北大教授王岳川对生态批评研究的贡献在于推动了"精神生态"的概念。

---

① 程虹的主要研究领域为自然文学。她十年前出版了国内第一部系统介绍评述美国自然文学的专著《寻归荒野》（三联书店，2001），后出版了英美自然文学论著《宁静无价》（上海人民出版社，2009）、《寻归荒野》（增订版）（三联书店，2011），并翻译了一套美国自然文学经典《醒来的森林》（三联书店，2012）、《遥远的房屋》（三联书店，2012）、《心灵的慰藉》（三联书店，2012）、《低吟的荒野》（三联书店，2012），同时在《外国文学》等杂志发表《自然文学的三维景观》（2015）等学术文章。

在2008年出版的《当代西方最新文论教程》中的“生态文学与生态批评文论”一章中，作者直指精神生态问题，并提出生态批评的任务是“重新建立人与自我、人与他人、人与社会、人与大地的诗意审美关系”。王岳川认为，“生态批评要尽可能在文学文本形式和艺术手法层面展开话语叙事，通过‘文学性’写作的形式美手法去体现出生态文化精神”（2008：483）。王岳川从精神层面、文化层面解决问题，把“自我”作为主题进行审视，符合深层生态学的旨趣。在两篇有关深层生态学的论文中，王岳川直接提到了深层生态学的“自我实现”问题。在题为《生态文学与生态批评文论》的文章中，王岳川指出：“自由事实上被降格为消费，它藐视了‘自我实现原则’。作为人而言的自我实现，并非物质就可以满足。物质满足仅仅是最基本的层次，而精神的满足和身份满足、价值实现的满足更为不易。当代不少人的精神疯狂不是根源于物质的匮乏，而在于精神的空洞化和价值基因的稀释化。消费社会以最大限度攫取财富为目的，不断为大众制造新的欲望需要。”这段话在解构消费机制的同时，呼应了马斯洛的“自我实现”原则。

在国内外的生态批评理论著述中，就“自我实现”这个引起大家警惕的话题而言，我们还需要做更细致的、更语境化的理论工作，同时增强文学理论与文学文本之间的对接，让生态批评中的“自我实现”支脉不至葬身于生态批评的各种浪潮和各类转向。本书尝试构建生态批评中的关键词“生”与“爱”。本书在运用心理学家马斯洛晚年提出的“似本能”理论基础上，结合中国美学话语、西方生态心理学理论等，提炼出生态批评话语中“生”与“爱”一对重要的关键词。“生”与“爱”的关系可以浓缩为一句话：对非我的爱是玉成自我的坦途。按马斯洛的观点，爱是一种“似本能”，但是同时是一门需要系统而专业地习得和训练的技术。自我在对非我的爱中获得完满，而这个完满的自我将以更高级、更成熟的形式施爱于非我，如此良性循环往复。我们通过训练自我对自然的爱，将爱的记忆传播到其他非我的形式，如人类和社会。本书将爱分为两种形式：品味（品）与表达（达）。品味是让它说话（let it speak），表达是为它代言（speak for it），它们对于自我与非我的“生”而言是生死攸关的事情。

本书运用深层生态学中的“生态大我”理论，结合马斯洛的“似本能”理论，对四位美国生态批评作家的代表作进行了文本细读，重点关注其中自我对非我爱的策略。这四位作家分别是：斯科特·斯洛维克、劳伦斯·布伊尔、伊恩·马歇尔和厄秀拉·海斯。虽然对非我的范围和重心理解不尽相同，采用的艺术形式也风格各异，但是他们都有一个共同的模式，那就是关注自我对非我的品味与代言过程。这个过程是滋养自我的最佳形式。他们采用的艺术形式看似为了唤醒读者的生态意识，实质上却神奇般地促发了自我生命力的甦生。本书将每位生态批评作家的“爱的策略”分为品味与表达两个步骤。斯科特·斯洛维克将“关注能力”和“讲述策略”进行了升华，劳伦斯·布伊尔提出了“主动放弃的美学”和“详述”，伊恩·马歇尔整合了马斯洛的“高峰体验”和“俳句”，厄秀拉·海斯用“游牧主义”和“解域叙事”打破爱的疆界。这些策略虽然是生态文学艺术手段，但是它们都具有极高的隐喻性，因此可以看作是完美的“爱的策略”。“自我”与“非我”不再是对峙的二元项，而是双赢的依存体。

斯洛维克的代表性生态批评著作《寻找美国自然文学中的生态意识》从心理学角度审视了美国五位自然文学作家作品中如何提升自我对他者的专注力。在斯洛维克看来，这些作家表面上看，好像是在探寻其他的主题，如描写科学、风景、旅行和不同的人物，甚至是某种生态理想，但实际上他们同时也在探索自我。专注力的培养则是走向自我的标志。作为生态批评家的斯洛维克一直在寻找能够使自己的感受力变得更加敏锐的方法。在斯洛维克看来，自然文学事实上并没有从观察者的角度转变到自然世界。自然文学依然体现的是某种人类中心主义，它反映的是观察者的意识，与其说自然文学作家所寻找的是与自然世界的接触，莫如说是寻找某种心理意识。在《寻找美学自然文学中的生态意识》中，斯洛维克认为梭罗在人与自然“同一性”和“相异性”之间的张力中实现对自我专注力的提升，梭罗的日志美学也是帮助梭罗走向大我的途径；梭罗的学生迪拉德继承了梭罗关于人与自然“相异性”的认同倾向。另外，回忆式的自传性写作也是提升迪拉德“看”的艺术的手段；艾比同样也继承了梭罗“相异性”认同倾向，他青睐的提升自我专注力的手法是陌生化的审美策略；而继承了梭罗“同一性”认同模式的贝里则采用的是熟悉化策略提升自我的专注意识；自然文学作家洛佩兹则把故事叙述和聆听艺术看作作家的首要任务，以此提升作家和读者对他者的专注力。

布伊尔的生态批评实践最大的贡献是对自然文学的经典化。在《环境的想象》一书中，他在论述了自然文学的主要叙述模式“详述”和“想象”叙述的艺术价值的同时，也展现了这两种叙述模式背后所隐藏的人对自然的认同模式——一种对对象忘我的关注和认同的开放性。布伊尔提出的“主动放弃的美学”是大我的忠实写照。主动放弃的美学体现在对自我的放弃，对第一人称的自觉消除。“主动放弃”是人对非我世界敏感性提升之后的自然反映，不是自我个性的丧失，而是自我的扩大。在《为濒危的世界写作》与《生态批评的未来》中，布伊尔的生态批评对“生态大我”的启发体现在他提出的地方认同的新模式，即同心圆模式，该模式既有空间上的拓展，也有时间上的延伸，体现出一种地方认同的拓展主义，突出了传统的“立足脚下”的地方体验模式。布伊尔提出的“分水岭美学”则致力于调和生态中心主义和人类中心主义，体现了认同的包容性——“生态的大我”不仅仅只是与非人类认同，还需要与人类认同。

马歇尔则在生态批评实践中以马斯洛的需求层次论中的“超越性需求”为理论框架，创造性地将俳句的美学原则和主题运用于对《瓦尔登湖》的阐释，但是马歇尔关心更多的是《瓦尔登湖》的写作手法，如详述、并置、双关、避免象征等背后表现出来的梭罗的人格，如自我的时空超越性、感恩意识、“初心”等。此外，马歇尔将丧失自我意识的状态看作是一种明确的“自我实现”的体现，并指出自我意识的丧失，不是自我的消失，而是自我完全沉浸在非我世界中的状态，是自我得到充分实现后的表征。

生态批评家海斯则在布伊尔生态批评的基础上专注于将地方体验进行拓展，展开从地方感到全球感，甚至是宇宙感的思想实验。作为生态后现代主义生态批评的代言人，美国生态批评第三次浪潮的弄潮儿、急先锋，海斯对认同模式进行了前所未有的颠覆。她不再为现代社会中家园的丧失、身份感的淡化而忧伤，而是积极地构建新的自我认同模式以回应势如破竹的全球化倾向。海斯在《地方感与全球感》一书中提出的“生态宇宙主义”是在布伊尔地方认同中拓展主义基础上的进一步发展，她依托极端现代主义的视觉艺术，建构出游牧主义的宇宙想象，培养人们对肉身难以感知到的存在产生认同，是对传统地方认同模式的革命和再情境化。海斯的生态批评告诉我们，真正的“看见”，不能忽视全球化这个新语境，以及沉浸在传统的地方认同和身份认同之中，而应该力求使我们的意识进化到“四海为家”的模式，进化到可以感知到广袤的时空域。在她看来，地方体验不能局限于“立足脚下”或者“把自己交付于一处熟悉的风景”。如果说前三位生态批评家致力于培育人们的“近视”品质，也就是不再视而不见，那么，海斯则是致力于培育人们的“远视”精神，也就是能够体验到此时此地与我们看不见、听不到的事物之间的联系。

## 本章参考文献

[1]蒙培元. 为什么说中国哲学是深层生态学[J]. 新视野,2002(6).

[2]陈望衡,王凯. 深层生态学及其美学关照[J]. 湖南师范大学社会科学学报,2003(2).

[3]张祥亭. 深层生态学视角下自我价值的实现——《啊,拓荒者!》中亚历山德拉形象解读[J]. 重庆工学院学报·社会科学版,2009(12).

[4]黄幼. 瓦尔登湖:重探梭罗的深层生态学思想[D]. 南京师范大学,2004.

[5]胡碧媛. 从利己到利他——厄普顿·辛克莱的自我实现[J]. 当代外语研究,2011(5).

[6]王岳川. 生态文学与生态批评文论[J]. 北京大学学报,2009(2).

[7]张潮. 幽梦影[J]. 文苑,2009(5):11.

[8][美]巴勒斯. 醒来的森林[M]. 程虹译. 北京:三联书店,2004.

[9]程虹. 寻归荒野[M]. 北京:三联书店,2011.

[10]何怀宏. 生态伦理——精神资源与哲学基础[M]. 保定:河北大学出版社,2002.

[11]雷毅. 深层生态学:阐释与整合[M]. 上海:上海交通大学出版社,2012.

[12]王岳川. 当代西方最新文论教程[M]. 上海:复旦大学出版社,2008.

[13]Bennett Michael. From wide open spaces to metropolitan places:the urban challenge toecocriticism[J]. Interdisciplinary Studies in Literature and Environment,2001:31 – 52.

[14]Botkin Daniel B. No man's garden:Thoreau and a new vision for civilization and nature[M]. Island Press,2001.

[15]Buell Lawrence. The Future of environmental criticism:environmental crisis and literary imagination[M]. Malden,MA. :Wiley – Blackwell,2005.

[16]Ferry Luc. The new ecological order[M]. Chicago:University of Chicago Press,1999.

[17]Fox Warwick. Toward a transpersonal ecology:Developing new foundations for environmentalism[M]. SUNY Press,1990.

[18]Green John. Has ecocriticism gone off the deep end? Rethinking ecological formalism and social ecology[M]. Diss. University of British Columbia,2009.

[19]Halle Joshua Solomon. Appreciation and life satisfaction:Does appreciation uniquely predict life satisfaction above gender, coping skills, self – esteem, and positive affectivity? [M].

Diss. Rutgers University – Graduate School of Applied and Professional Psychology, 2015.

[20] Konrath S H, O' Brien E H, Hsing C. Changes in dispositional empathy in American college students over time: A meta – analysis [J]. Personality and Social Psychology Review, 2011, 15 (2): 180 – 198.

[21] Marshall Ian. Story line: Exploring the literature of the Appalachian Trail [M]. University of Virginia Press, 1998.

[22] Marshall Ian. Walden by Haiku [M]. University of Georgia Press, 2009.

[23] Morton Timothy. Ecology without nature: Rethinking environmental aesthetics [M]. Harvard University Press, 2007.

[24] Paul Pamela. From students, less kindness for strangers? [J]. New York Times, 2010.

[25] Slovic Scott. The third wave [J]. Ecozon, 2010 (1. 1).

[26] Reed T V. Toward an environmental justice ecocriticism [J]. The environmental justice reader: Politics, poetics, and pedagogy, 2002: 145 – 162.

## “生” 与 “爱”

滋养生命的是爱。自我对周遭事物的感知力、欣赏力和联系力决定了生命力的旺盛程度。

# 第一章
# “生”与“爱”：话语建构及理论支持

荒野是增强我们感知意识的机遇，让我们有机会将自我置身于非我。它是走向内心的跳板。那些照耀过，真正被我们体验过和感知过的日子的伟大文字将增强这个过程。

——布鲁斯·伯杰

只有彻底迷失自我，我们才开始发现自我，并意识到我们的位置以及我们与万物之间无限的联系。

——亨利·大卫·梭罗《瓦尔登湖》

爱是衡量生的唯一标准。个体爱的艺术越精湛，其生命力就越旺盛。

——约翰·巴勒斯《看的艺术》

## 第一节　“生”与“爱”：提出背景

自我与非我之间的合一一直在困扰着文学，是美国文学的重要主题之一。在本书中，“自我实现”指的是万物生命的完满。被誉为“美国孔子”的爱默生曾经说“生命是我们的字典”。在生态批评领域，“生命”本身是一个值得我们脚踏实地去对待的命题，没有捷径可走。将作为人类的自我与动物界的非我完全等同的做法可能省时省力，但是我们于心不安；让卑微的自我匍匐于冰冷无形的他者，也是一种掩耳盗铃的做派。人，的确与自然万物有一些共性，我们的利己或者利他行为，很多都可以找到生物学上的依据，但是人性中不同于动物的地方，哪怕只有一星半点，也可能是一个扭转乾坤的杠杆。无论这个过程多么艰辛无望，也不能作为我们放弃寻找自我和非我之间主体间性的依据。作为人类的自我被审判为生态危机的罪魁祸首，是非我的自然对立面，其利益是相互抵牾的。但是大量证据表明，自我与非我之间是可以共赢的。而这个共赢的支点正是发掘并发挥人性中的爱的潜能，使之指向自我与非我之间的合一。我们可以说，爱是玉成自我与非我生机的唯一希望。爱的定义是什么，爱的形式是什么，爱是如何玉成自我与非我的？关于“爱”，哲学、心理学、美学等都有论述。

对世界感知的程度，对他者品味的程度，决定了生命境界的高低。而生命境界是我们可以为生态危机所做的一件脚踏实地且意义深远的事情。生命境界的实现与对他者的爱有着非此不可的关联。换言之，自我对非我爱的艺术带来的最大红利是自我深度的发掘。自我对非我的痴迷带来了一个全新的我。如果我们把这里的“你”泛化到包括人类和自然万物在内的非我，这种关系逻辑也是成立的，也就是说自我与非我之间的关系是一种微妙的共生关系——“我”的“自我实现”的高度和深度取决于自我对非我的品味与表达的程度。

古老的中国智慧讲道：“万物并育而不相害，大道并行而不相悖。”在思考如何达成共生之前，我们需要弄清楚，如何发展人的个性。奥地利精神病学家维克多·弗兰克在《活出意义来》中说：“人之为人，往往意味着需要有所附丽。附丽对象可以是自我之外的某物或某人——无论是一个需要实现的意义，还是与另外一个人邂逅。人越是忘怀自我——通过将自我交付于一个事业或者一个所爱的人——那么他就越成为他自己。”（Frankl，1992：115）若是让这段话具有生态意义，我们需要进行补充：我们“通过将自我交付于一个事业或者一个所爱的人”延伸到“将自己交付于一个事业，一个所爱的人或者一处心仪的风景”。美国自然文学作家爱德华·艾比在《荒野的呼唤》中诙谐地说，一个心里只有自己的人是空洞的。换言之，一个人只有自己，他就没有个性，没有自我。要想实现自我的个性，获得自我的身份，我们需要附丽于某个外在于自己的人或者物上。爱上某事、某人或者某风景，就是一种附丽，在某种意义上，这就是我们发展个性的模式。恢复我们爱的能力或许是拯救我们自身和我们身边的自然的药方。

改变了的环境需要我们不断进化，包括肉体和精神的进化。我们必须靠自我教育来帮助我们的精神完成进化。教育的第一步是诊断问题。如前所述，我们的问题正在于我们越来越冷漠和麻木。这个问题之所以具有生态关联，是因为以下因素：我们的自然环境在恶化；在科技理性和技术理性的影响下，我们越来越忽视交往理性和人文理性，我们的生活日益抽象，日益物化，日益机械，我们日益失去我们的活力；消费文化使我们的生活更加抽象；当上帝被宣判死亡，我们的生活意义也变得虚无缥缈。以上因素相互影响，最终导致自然和我们自身的虚弱。自我和他人，艺术和自然，一切都可以被化约为可以替代的、抽象的、没有生命的商品；我们的生活似乎越来越便利，越来越多姿，但是我们的感知却越来越迟钝，我们身体器官的一些官能甚至被遗忘，因为我们的眼睛不再习惯凝视，我们的耳朵不再经常聆听；我们的鼻子不够敏锐，我们的触觉缺少刺激，我们的身体很少体验；我们处理事情越来越高效，我们也越来越不耐烦；我们越来越繁忙，我们对于要去哪里却越来越迷茫；我们越来越喜欢谈审美，我们感知美的能力却越来越迟钝；我们创造了越来越多的交流渠道，但是我们感觉越来越孤独。我们面临着丧失感知敏锐的危机，伴随感知力的减弱，我们的“生”机也被削弱。

所幸的是，在生态批评界，越来越多的人开始关注人类感知退化的危害性及其解决方案。在我看来，驱赶麻木，用爱让我们“死而复生”是相当一部分生态批评家关心的问题。生态批评家斯科特·斯洛维克倾注了全部的智慧思考如何恢复人的感知力。他为人类麻木的神经深深地忧虑。早在20世纪90年代，斯科特·斯洛维克就将如何警醒我们麻木的神经作为其生态学术著作思想的一条红线。他以心理学为理论框架，坚持不懈地探索着如何恢复我们退化的感知能力。无论是早期著作《寻找美国自然文学中的生态意识》（1992），还是最近的《数字与神经》（2015）都关注着同一个问题，那就是如何在一个让人麻木和机械的社会里唤醒我们的感知。

生态批评家自然文学作家约翰·塔尔梅奇（John Tallamadge）一直从事“爱”的训练和“生”的追求。笔者有幸在他2014年10月在清华大学的一次生态批评演讲中认识了他，他当时讲座的题目是“精神之路与美国自然文学”，开篇就提到梭罗的使命是寻找自我和改革社会，之后提到了寻找自我的精神之旅的三个阶段：第一个阶段是“寻幽探奇”（Poetics of Adventure），人凌驾于自然之上；第二个阶段是“受教自然”（Poetics of Conversion），自然凌驾于文化之上；第三个阶段是“天人共生”（Poetics of Reconciliation），自然与人类相互玉成。2015年6月，在美国小镇莫斯科举办的“文学与环境研究会”

（ASLE）上，塔尔梅奇以“活着”（staying alive）为主题做了一个演讲，而这个主题也是他网络研讨会的醒目标语。几乎所有的人都在讲自然与环境，而塔尔梅奇却在讲“人”。他专注于寻找让各种人群实现自我，丰富人性的途径。这个看起来与环境保护不相干的主题却深深地鼓舞了如在沙漠中独行的笔者。如果说在清华大学的演讲是遮遮掩掩地论述自我实现，而塔尔梅奇在会议中的发言则是坦坦荡荡纯粹讨论自我实现。塔尔梅奇在写给笔者的电子邮件中曾经提到，对自然的爱与人类的爱密不可分。两者都是对人类心灵的滋养，精神的修复。我们更多的时候是需要一个好的故事、美丽的意象或者一首诗歌维持我们的生命力。塔尔梅奇赠送笔者两本著作，其中一本是《遇见生命之树：一位教师的历程》（Meeting the Tree of Life：A Teacher's Path）。该书将对自然的各种风景与自我的精神之旅交织在一起，是走向自然并走向内心的标本。作者先是经历北美的远山、碎石、大漠与大河，最后在一个需要用火释放其种子的松球那里找到了将职业发展和精神追求统一起来的灵感。另一本书是《辛辛那提之门：在城市中研习自然》（The Cincinnati Arch：Learning from Nature in the City），书中讲到了正念（mindfulness）、专注（attentiveness）以及其他一些精神训练，完成了从小隐于野走向大隐于市的心理进化。

生态批评家伊恩·马歇尔在其2003年出版的专著《高峰体验》（Peak Experiences – Walking Meditations on Literature，Nature and Need）中指出，我们阅读文学可能是生存的需要：

> 故事的晦暗和意义让我们兴奋，原因很简单，就是我们想寻找意义。意义的探索让我们乐此不疲，作为人类物种，无论是找寻意义，还是跟踪猎物，抑或是摸索路线，都让我们兴奋。在其他带有晦暗情形的场合下，我们也会用到和探索路线同样的天赋。梭罗曾说“急流与旋涡可餐”。斯托雷认为，我们天生就是带有意义创造大脑的物种。文学则为我们提供了发挥意义生长机能的平台。这对我们来说，是生死攸关的事情。（Marshall，2003：65）

这位生态批评家的生态批评代表作通篇关心的是人真实的需求和人的自我实现途径。马歇尔认为，自我实现是人最高的需求，而自我实现等同于“生”。我们可以把“生”看作是马歇尔生态批评的迂回策略，以人的“生”

进入生态语境。这条迂回的进路应该引起我们足够的关注。

虽然这些生态批评家都零星地提到了“生”与“爱”，但是并没有系统论述这两个概念以及它们之间的联系。然而，随着时间的流转，这对概念已经呼之欲出。意味深长的是，2017 年 6 月举办的“生态与环境研究会”（ASLE）的宣传册开篇提到了吉姆·贾木许（Jim Jarmusch）导演的电影《爱是唯一的解药》（Only Lovers Left Alive），这一点让笔者会心一笑。

# 第二节 “生”与“爱”：工作定义

## 一、“生”与“爱”的中国美学溯源

虽然在本书中“生”等同于“自我实现”，但是，启发“生”与“爱”的思想是一个漫长的过程。最主要的灵感来源于中国学者彭峰的专著《生与爱——古代中国人审美意识的哲学根源》。该书的研究对象是中国古代美学关键词，但是这对概念具有一定的生态话语潜力。本章将从彭峰的书中抽取这对中国古代美学概念，并以此为基础，建构出一对新的“生”与“爱”的理论话语，尝试在生态批评中运用这个理论话语。

彭峰在书中提到的“生”与“爱”实际上有着漫长的传统，其内涵丰富而深刻。彭峰在书中梳理了作为美学概念的“生”与“爱”的历史，为之定义，对“生”与“爱”不同的层次进行了区分，将中西“生”与“爱”的概念进行了对比，对“生”与“爱”之间的关系做了说明。

彭峰认为，“生”（生命活动）不同于机械活动的根本点就在于生命活动具备一种刚健的增生力（1997：12）。事实上，在现代语境中，“生”的概念的提出正是为了对抗机械、麻木和冷漠的心灵状态。书中指出，这对概念诞生于 20 世纪 20 年代和 30 年代之间，美学家宗白华首先提出这对概念。他认为“生”与“爱”这对概念是贯穿中国艺术的基本精神。“生”常常被表述为“动”“创造”“生命律动”“空灵”“时间”“敏锐”（1997：23，218）。彭峰用大量篇幅阐释创造对于“生”的重要性。他说，“生”在本质上就是一种“创造”。时间的一维性决定了生命的不可逆性，此不可逆性正是创造的衍生所在。不可重复性使得创造成为可能，保证了创造的无限性和丰富性。创造的艺术和秘密存在一个令人困惑的悖论：创造的秘密是无为，创造的前提是无我，“中国古代人强调‘虚’‘静’‘自然’等，都是为了最大限度地解放生命的创造力。‘无为’便是‘有为’，这恐怕是创造的最大奥秘”（1997：177－179）。真正的创造是一种自然优雅的舞蹈形式而不是在压力和欲望驱赶下的行为。这种本真的创造力神秘而强大，象征着真实的“生”。

彭峰澄清了关于“生”的一些容易混淆的概念。本真的“生”与占有、控制、争夺、征服、物化、工具和奴役没有关系。在他看来，非本真的“生”是失去方向的“生”。赋予“生”以方向的是“爱”，是“爱”将虚假的“生”转化为本真的“生”。彭峰认为：“现代西方思想中之所以出现种种没有方向的、盲目的‘生’的思想，究其根源是缺乏‘爱’的滋养。没有‘爱’的‘生’是一种不健全的‘生’。有了‘爱’的保证，‘生’才不至于体现为侵略和争斗，而体现为人与人、人与自然全面的、和谐的演进。”（1997：185－186）可以这样说，没有“爱”的“生”正如没有司机的高速列车。

一般来说，在现代社会要实现“生”的理想，有至少五个障碍需要时刻防范：过多的欲望和诱惑，过多的烦、畏，充满压力、机械、抽象化的生活方式。研究英国浪漫主义诗歌的美国学者巴斯（J. Robert Barth）讲到，自出生以来，儿童体验到的辉煌让位于人类生活的重压，以及嫉妒和野心的干扰。这些都会使我们失去欣赏、创造的耐心，削弱“生”与“爱”的能力。持续承载着以上负担的主体，不再自由舞蹈，自由创造，充分焕发生机。

彭峰将“爱”理解为“和谐”与“共情”。在生态语境中，我们可以将“和谐”理解为自我对对象有足够的平等之心，敬畏与尊重之心；而“共情”则可以理解为自我对对象的敏锐感知，如对对象的专注力和感知力，精于聆听和凝视之道，有着一颗善感的惊异之心。善“爱”之人，万物在其眼中“若只如初见”，他们具有于平凡之中见奇迹的能力，具有如禅者的“初心”（beginner’s mind）[①]，以及日本美学中提到的“物哀”（Mono no aware）等（Sl-

① 初心即初学者的心（beginner’s mind），是一个佛教术语。初心是指一颗开放的心，而不是封闭的心，是颗空的心，是颗随时准备好去接受他者的心。

ovic，2008：168）[①]。

如果说“爱”是“生”的指引，“道”就是“爱”的导航。彭峰提到，宗白华曾由荷尔德林的两句诗突然省悟到中国哲学和艺术的特点：谁沉冥到/那无边际的“深”/将热爱着/这最生动的“生”。宗白华由这两句诗对中国哲学和艺术进行了阐释：“中国哲学是就‘生命本身’体悟‘道’的节奏。‘道’具象于生活、礼乐制度。‘道’尤表象于‘艺’。灿烂的‘艺’赋予‘道’以形象和生命，‘道’给予‘艺’以深度和灵魂。”（1997：23）“道”在中国哲学史上是一个很重要的词汇，宗白华将它看作是“生生不已”的创造力，也就是生命的旋律（1997：23）。真正的爱伴随着“道”。

彭峰阐释了两种不同的“爱”之间的区别：有偿之爱和无偿之爱。有偿之爱是期盼回报的爱。在彭峰看来，男女之爱、亲子之爱都有可能是有偿之爱。无偿之爱是自然之爱，爱是情感的自然流露，无所期许，比如自然的慷慨，人类的恻隐之心，基督之爱……（1997：186－204）。“爱”的能力是衡量“生”之境界的尺度，是“生”机的体现。“爱”之无力，表征着“生”之虚弱，“‘爱’是‘生’的自然流露。我们不是为了其他的目的而‘爱’。我们活着就得爱，相反不‘爱’反而是一种不正常的、非自然的现象……能够‘爱’和被‘爱’的人生是一种美好的人生”（1997：219）。

然而，在现在社会，我们很难自由地去爱。有许多因素阻碍着我们。这些阻碍因素可以用德国哲学家海德格尔的一个词“促逼”（Herausfordern）来描述。人们虔诚地赶路，忘记了有所爱恋或许是生命的终极目标和最高表达。与这个词汇相关的词汇有“工具理性”“对象化”“物化”“疏离”等。限定性地利用，浸染着几乎各类关系，包括亲子、夫妻、朋友、师生以及人与自然之间的关系。“现代技术的‘限定’和‘强求’从根本上破坏了‘爱’的‘合一’与‘共情’。特别是当现代技术所带来的世界观和思维方式已深深影响到人类生活的时候，‘爱’从最低级到最高级的整个系列，都遭到了不同程度的损伤。男女之爱被更多地限定为性的关系，亲子之爱被限定为养育关系，朋友之爱被限定为利用关系”（彭峰，1997：198）。对方的价值取决于对于自我的

---

① “物哀”是一个日本审美术语。斯洛维克解释说，万物的无常与迁逝是所有美的终极源……物哀是日本俳句诗歌中最基本的审美原则，指向那些易逝之物带来的甘美而忧伤的体验，比如，秋日纷飞的落叶，春日缤纷的落樱，古池跳蛙一瞬，等等。在物哀概念中，跳蛙的短暂，古池的永恒等意象，没有迁势和变异，就没有美，也不会有依恋之心。

用处。存在于对方的其他特质都被有意无意地忽略了。这样，对方就成为没有生命和感知的物。此种关系实际上伤害了爱的主体和客体。

如何拯救濒临危机的“爱”？彭峰把眼光投向了审美活动。在审美活动中，万物将被视其所是，“在审美活动中，对象不被限定为某方面的功能，而是展现其全部存在的丰富性和生动性”（1997：199）。“我”与“非我”不会被化约为物体，而是绽现其本来的有机性和生命性。所有横向、纵向的细节，历史的、空间的因素都将呈现。在绘画、书法等空间艺术形式中，文学、音乐等时间艺术中，每一个细节都有其位置，各美其美，美美与共。任何一个细节都会起到同等作用，不可忽略和轻视。在真正的艺术或审美活动中，即便是观众中的一眨眼、一抬眉都有可能影响到演奏者的表演。维戈茨基在《艺术心理学》中指出，所有的艺术都是这样：绘画中——稍微明一点，暗一点，高一点，低一点，右一点，左一点；戏剧艺术中——音调稍微弱一点或强一点，或说得稍微早一点晚一点；诗歌中——稍微少说一点，多说一点，或稍微夸张一点，都会失去感染力。只有当艺术家找到艺术品由之构成的那些无限小的因素时，才能产生感染力。

## 二、“3C”[①] 理论从“欲”到“爱”的升华

在现实生活中，“爱”往往与“欲”混为一谈[②]。但是它们之间有着本质的区别。

就自我对非我的态度而言，充满爱的自我通过对非我的附丽与奉献获得自我的个性；自我令非我如其所是。真正的爱带着对对象本身的欣赏和某种形式的创造。而充满欲的自我往往是通过对非我的占有与消费满足个人主

---

① 本书提出的“3C”理论将人们的休闲境界划分为三个档次。此三个档次以相应的英文单词命名，从高到低分别是 choice（精致）、cheap（廉价）、cheat（作弊）。

② 爱的形式基本可以分为自我对非我的品味和表达两个步骤。就像中国古代书法、绘画、音乐等艺术家在进入真正的创作之前，有一个充分放空自我的仪式，比如沐浴、更衣、斋戒，一是表达对艺术的敬畏，更重要的则是一种策略。只有彻底放空了自己，才能进入一种自由灵动的自我发挥。在对非我品味与表达的过程中，自我从中“渔利”，获得生命的意义与活力。唐朝书法家虞世南认为：“欲书之时，当收视反听，绝虑凝神，心正气和，则契于妙。”（《笔髓论·契妙》）此时心境超脱通透，解开主客观的束缚，获得了创作的自由，拿到了自我实现的门票，达到了晚清词人况周颐所说的境界：“乃至万缘俱寂，吾心忽莹然开朗如满月，肌骨清凉，不知斯世何世也。”《蕙风词话》（卷一，4411页）。

义；利用或者将非我化约为一些可用的功能，将之视为无生命、无感觉的物。

就自我和非我的关系而言，充满爱的自我将自我与非我的关系变为“我”和“你”的关系。他们之间平等、双赢、互惠、和谐、一体、具体；交流模式具有可渗透性（porosity）。而充满欲的自我将自我与非我的关系变成“我”和“它”的关系。他们之间的关系是你死我活或者两败俱伤；利用，隔阂，抽象性和化约性[①]。充满爱的自我相信个性（individuality）的重要性，但是充满欲的人更坚持个人主义（individualism）原则。

就手段与目的而言，充满爱的自我以更少的手段，达到更丰富的目的。其更关注“国民幸福指数”（GNH），知道“为什么”比“怎样”和“什么”更重要，能有意识地做到以财发身，善于珍惜所有的（want what you have）。而充满欲的自我以更多的手段，达到更少的目的，更关注“国民生产总值”（GDP），认为“什么”和“怎样”比“为什么”更重要，往往以身发财，精于攫取所欲求的（have what you want）[②]。就自我实现的途径而言，充满爱的自我主要依靠内在的创造、欣赏和爱的能力。他们自觉地运用喜悦、感激、宁静、兴趣、希望、自豪、忠诚、激励、敬佩和爱等积极情绪。他们从事的活动更多会产生脑啡肽、内啡肽以及催产素等化学物质。充满欲的自我主要依靠外在资源；他们要么有着难填的肉体欲望，要么有着无尽的占有，消费物质、权利和名誉的渴求，活动多产生多巴胺、吗啡等致瘾性化学物质，与此同时，他们往往无形中被恐惧、仇恨、愤怒、贪婪、报复、嫉妒、迷信等消极情绪绑架。

就心灵状态而言，充满爱的自我具有持久的宁静和成就感，他们专注，敏锐，充满耐心与爱心，在他们身上会看到多种形式的合一，如野性与平静，工作与休闲，婚姻与爱情，他们可以通过动态的创造活动获得深度平静，因而是动静合一的。他们所获得的幸福来自于自我实现的实观性幸福（eudaimonic well-being）。他们的休闲活动更为精致，如阅读、写作、体育、艺术创作以及其他具有创意性的活动，他们的活动自发、自如、毫不费力且毫无功利。因为这些休闲活动的精致性，我们可以用一个英文单词 choice（精选）表示。充

① 参考中国哲学中“以物观物”、苏联文论家巴赫金（Mikhail Bakhtin）的“对话理论”（Dialogue Theory）与犹太哲学家布伯（Martin Buber）的“我”与“你”（I and Thou）。

② 奇普·康利将国民幸福指数与国民生产总值对比，将以财发身与以身发财对比。

满欲的自我更多依赖廉价而短暂的感官获得快乐并成瘾，他们对生活麻木、觉得无趣，对欢乐和快感绝对信任，所获得的幸福是来自于主观情感的享乐性幸福（hedonic well - being）心灵状态①。他们的休闲活动更为廉价甚至具有自欺欺人的性质，他们通过如被动地看电视，打游戏，在社交平台上闲聊，甚至吸毒、酗酒等方式实现自我放松。因为这些休闲活动的廉价性和欺骗性，我们可以用两个英文单词 cheap（廉价）和 cheat（作弊）表示。

## 三、“兴”“气”“痴”“舞”：四种“爱”的策略

正如一个木匠学习木工活，审美也需要系统而艰苦的研习。艺术具有恢复人的感知的功能。在艺术审美活动中，我们有一些策略帮助我们增强体验的深度和高度，也可以看作是“爱”的能力。在彭峰著作基础上，我们暂时尝试性地概括出四个概念，即四个策略：“兴”“气”“痴”“舞”。

首先，艺术带给我们“兴”的启示。“审美活动关键在于起兴。也只有审美活动才能使人起兴。王夫之说：‘能兴即谓之豪杰’。”（彭峰，1997：142）艺术的宗旨是“兴”。而“兴”在本质上就是促进和丰富我们的感知。这就是为什么“兴”成为以诗歌为首的艺术的衡量标准。“兴”应有如下三个特征：首先，审美主体需要有个客观的非我的审美对象，即“他者”，“兴”并非完全是一种没有客观性的主观抒发行为；其次，审美主体的“我”与审美对象的“非我”之间的接触应该具有直接性和当下性。“在感兴活动中把握到的是对象活泼的真相，王夫之把这种真相称之为‘现量’”（彭峰，1997：43）；其三，所有的审美活动都基于这样一个原则，那就是拥有一个审美的对象，这个对象应该被恢复到其活泼真实的状态。意即“不缘过去”、“不假思量”和“不参虚妄”。这需要“我”放下自我充分尊重和欣赏非我，还非我之真实，之丰满。这个模式的关系可以作为各类“我”与“非我”之间的关系处理典范，如人与自然，男人与女人等。该模式可以抵抗一些典型的现代症候，如抽

---

① 高质量的幸福感不仅仅可以抵御精神疾病，如抑郁症、自杀、吸毒等，而且那些有着高水平实现幸福感（eudaimonic well - being，意为通过深切地感受生活的目标和意义而获得的一种快乐）的人们，他们的免疫细胞中显示非常有利的基因表达谱：其炎症基因呈低水平表达，抗病毒及抗体基因则呈强有力地表达。而那些具有较高水平享乐幸福感（hedonic well - being，意为由于满足自身欲望而获得的一种快乐）的人，实际上刚好相反。他们拥有不利的基因表达谱：其炎症基因呈高水平表达，而抗病毒和抗体基因则呈低水平表达。

象化、对象化、物化和异化。真正的"兴"可以打破"我"与"非我"之间的疏离感，获得一种类似于天地之间的融合之感。无隔的融合代表的真正的"爱"，体现着宇宙的"生"与"爱"，也是创生的前提。创生来源于高度成熟的精神自由，而此自由源于一种无我的状态。"玄学的最高境界就是'任自然'，或者'独化于玄冥之境'，即一种绝对的精神自由。但这种自由不是一般人理解的随心所欲，相反是无心无欲，因而必须经过高度的精神修炼才能达到"（彭峰，1997：71），生命通过审美活动而非宗教的禁戒得到提升。审美活动中产生的纯粹的"爱"虽然不是直接以道德为目的的，真正的审美活动却是可以产生具有道德的无功利之爱。这也许就是东方学术界提出"以审美代宗教"的学理。在艺术创作和欣赏理论中，我们可以看到一些以抵抗熟视无睹，提升人的爱的能力、惊异能力，恢复我们的感知的艺术策略，如苏联形式主义文论家维克托·什克洛夫斯基在1914年提出的"陌生化"（defamiliarization/unfamiliarity）就是这样一种策略：

> 那种被称为艺术的东西的存在，正是为了唤回人对生活的感受，使人感受到事物，使石头更称其为石头。艺术的目的是使你对事物的感觉如同你所见的视像那样，而不是如同你所认知的那样；艺术的持续是事物的'陌生化'程序，是复杂化的程序，它增添了感受的难度和时延，既然艺术中的接受过程是以自身为目的的，所以它理应延长；艺术是一种体验事物之创造的方式，而被创造物在艺术中已无足轻重……陌生化的实质就在于不断更新我们对人生和世界的陈旧感觉，把人们从那种狭隘的实用、认知、交流等关系的束缚中解放出来，摆脱习以为常的惯常化的制约，包括无意识性的机械化、自动化的各种控制，使人们即便是面临熟视无睹的事物时也不断有新的发现，不断地推陈出新，从而感受到对象的异乎寻常、非同一般、为之震颤、为之激奋，重新回到观察世界的原初感受之中。陌生化的重要作用在于创造出客体的可见视像，由此去仔细欣赏事物，而不是认知事物；由此造成一种特殊感受，使人去充分领略、感悟事物是什么样子的，迷恋沉醉于对其感受和体验之中，而非经常感觉的机械性或直接跨过感受……时时刻刻都感到新颖奇特，从而使人充分领悟世界和人生的丰富含蕴。（Vikor，1989：10）

其次，艺术中的“气”对于“生”与“爱”也具有很大启发意义。“气”是中国哲学中一个很重要的术语，它对于理解灵与肉，“我”与“非我”之间的关系很重要。“气”无处不在。神态哲学的观念之一就是任何事物都是以某一种或者多种形式相互联系的。“我”与“非我”之间的隔阂是可以超越的。事物相互联系的形式往往肉眼难以看见。“气”这个概念生动地描述了流通在事物之间的元素，表明了这种联系的多渠道性。这令我们联想到另一个意象——因陀螺网。因陀螺网是另外一个表明万物之间相互联系、相互渗透之关系的意象。在“气”的意象中，事物之间的能量相互转换。生命的生长并非依赖于可见的、向外的扩张和侵略，而是取决于它对外在世界的敏锐性，以及生命自身与外在世界之间无所不在的联系，并往往表现在对世界的敏锐观察和自由体验。“判断某人是否生机勃勃，并不是看他征服了多少客观对象，成就了多么伟大的事业，而是看他的心、身乃至身外之物是贯通一气而毫无滞碍。生动之人，其身体的每个部分都能显示其内在心灵的光辉”（彭峰，1997：119），生动之人往往不滞于物。其“生”气从人的每一处飘散出来，飘散出来的“生”气、仁慈和优雅将传播给他人。

再次，中国美学中的“痴”是一个不容忽视的精神。台湾学者蒋勋提出“痴”是东方美学传统中的关键词。他称自己为“大痴”。清代文学家蒲松龄说：“性痴，则其志凝。”这体现了一种主体对世界的观照精神，或者观照境界。对世界体验得越投入，那么他的生命就越充实、越活泼。古希腊哲学家普罗亭诺斯（Plotinus）在《九之数》“论美”中谈道：“没有眼睛能看见日光，假使它不是日光性的。没有心灵能看见美，假使他自己不是美的。你若想观照神与美，先要你自己似神而美。”反之亦然，主体观照到的神与美反过来也会塑造一个兼具神与美的主体。这似乎有点悖论：主体必须失去自我来实现自我。另一位清代文学家张潮这样解释：情必近于痴而始真。也就是说，只有忘我的情才是具有生命力的。纯粹的“爱”可以激发主客两者的生命感。“痴”是一种祈祷的形式，它为我们打开了顿悟与恩典的通道。

我们很容易忽视的一个极为重要的美学精神是“舞”。在这里，“舞”是中国艺术史中一个美学术语。我们可以将它看作是一种心灵状态的隐喻：两个舞者自在地舞动，互不紧抓，只有轻柔相拥，却有着同一心境，一个人真正感受到安全就是这样体验现在，真切地感受当下。这需要主客之间绝对的平等，绝无利用、强求和化约的意图，对当下全身心体验的主体充盈着创造力。主体耐心而敏锐，创造并体验，自由而宁静，轻盈而敏捷。在这样的状态中，主体可以体验到细致而精微的美。宗白华在题为《道、舞、空白：中国艺术境界结构的特点》一文中认为，“道、舞、空白”是中国艺术意境结构的三个特点，而“‘舞’是最高度的韵律、节奏、秩序、理性，同时是最高度的生命、旋动、力、热情，它不仅是一切艺术表现的究竟状态，且是宇宙创化过程的象征。艺术家在这时失落自己于造化的核心，沉冥入神，……在这时只有‘舞’，这最紧密的律法和最热烈的旋动，能使这深不可测的玄冥的境界具象化、肉身化”（宗白华，1981：66－76）。形式主义文论家什克洛夫斯基认为，“舞蹈”这个意象可被用来抵抗机械与麻木：

> 但是当我们跳舞时，舞蹈就是一种感觉到了的步行，更确切地说，它是一种为了被人去感受才构成的步行，不仅使我们专注于舞蹈的步伐、姿态亦即舞蹈本身的东西，而且由此会唤起我们对自己和周围世界的新颖之感。如果在日常生活中，我们囿于实用和各种利害关系，迫于生计，对自身及周遭的世界都缺乏应有的感受能力，那么我们的感觉就会麻木不仁，视而不见，听而不闻，熟视无睹，处在昏昏欲睡之中，各种各样能唤起我们注意和美感的事物也会一掠而过，而具有无限感受能力的人类竟然成为自己人生旅途上的匆匆过客，除了机械的自动反应外，对一切都是空空如也。（什克洛夫斯基，1994：56－62）

## 四、“生”与“爱”的生态意味

由此可见，麻木不仁的生活状态已经进入文学批评的视野，而美学概念被用来抵抗这样的生活状态也并不陌生。研习“爱”的艺术，我们需要分以下两步走。

首先，是要实现“无我”状态。这正是生态批评家劳伦斯·布伊尔在《环境的想象》中提到的“主动放弃的美学”（the Aesthetics of Relinquishment）。梭罗曾经说，一个人是否富有取决于他舍下多少而不是拥有的多少。

但是放弃并不是一门容易的艺术。为了做到放弃，我们需要时刻提防众多琐碎的让我们分心、麻木并失去生命活力的事情。这些事情会让自己经常做些与人性、生命无关的事情，从而让生命在不知不觉中消耗掉。德国哲学家海德格尔提到一个词“烦”或者“操心”（sorge），这个词总结了现代人的生存状态：烦与畏。我们终其一生都在无谓地逃离虚无与无聊，为此，我们被迫、被动地陷身于日常事务中对抗无聊这个对每个人来说如影随形的幽灵。我们已经无力也无意区分什么事情是我们应该避免的，什么是我们应该珍爱的。众多的人无形之中成为日常事务的囚徒。我们有时甚至成为这些事务绑架我们时间和空间的同谋。我们机械地奔跑，无法优雅地舞动。如果想要舞蹈，我们就需要卸掉这些烦与畏。我们需要足够的智慧来判断什么是束缚我们生命力的负担；我们需要足够的勇敢来拒绝这些负担。放下了负担，我们才能足够轻盈地与全新的自我照面。德国心理学家弗洛姆（Eric Fromm）在《逃避自由》（Escape from Freedom）这本书中曾经写道：“给我自由吗？千万不要给我自由！因为随着自由而来的是要负责任啊！我一有自由之后就自己做选择，选择之后就做我自己，但是我做不起啊！”现代社会中，很多看起来是自由的消遣或者产品，实际就是负担。我们没有孤岛、监狱或者贫困为我们做出选择，我们只有自己选择，才能避免我们将有限的精力无声地消耗在这无边的自由之中的悲剧。

正如艾米莉·狄金森放弃一生成就了其富有的一生，在放弃之后，我们的第二步就是附丽于一个健康的他者。在放弃的同时我们需要逃避绝对的自由。责任的完全缺失将使我们遭受失重之苦，而附丽于一个健康的他者，使我们免受生命中不能承受之轻。没有对他者的附丽，我们无从成为自我。没有一个自我之外的中心，我们无从找到自我。明代程允升说：孤阴则不生，独阳则不长，故天地配以阴阳。事实上，我们这里所指的他者并非一定是一个人，也可以指我们所珍爱的，成就我们自己的事业。这令我们想起美国作家海明威所说的：“一个人最惨烈的死亡不外乎失去自我的中心，失去他的本质……无论是有意还是偶然，不再做你正在做的事情——你所做的事情成就了你自己——等于是回到了坟墓。”（Rubinstein，2011：507）

海明威所指的“自我的中心”就是外在于自我的他者。我们经常谈论活着的目标，实际上指的是寻找可以附丽的合适的他者。无论这个目标是人、物还是事，这个对象一定是可以激活我们的创造力、活力或者野性的。中国学者毛亮在论文《“疏离”与“参与”：梭罗与〈公民的不服从〉》中指出，美国浪漫主义者如梭罗深受英国浪漫主义者柯尔律治（Samuel Coleridge Taylor）生命理论的影响。毛亮在论文中说，柯尔律治曾写过一个关于“生命力理论”的册子（Hints Towards the Formation of a More Comprehensive Theory of Life），其生命理论的核心观念是，“生命力”从根本上来自于两个对立极之间的相互作用。柯尔律治的理论源于他对电磁现象的观察，特别是正负电极之间相互对立和作用产生了电流的过程①。梭罗作品也闪现出了这些关于生命力理论的思想：有生命力的地方就有两极的对立，反之亦然。比如，在散文《散步》（Walking）中对“强盗”（Moss - Trooper）的论述；对瓦尔登湖的选择而非白湖的选择②。

弗罗姆在《爱的艺术》中说，“择其所爱，爱其所择”，爱的艺术包含有意志与抉择。《爱的艺术》帮助人们通过开发其爱的潜能，获得了丰富多彩而富于创造力的生命。我们需要通过学习来维护、培养我们的感受力、注意力和专注性。感受与品味正是爱的形式之一。诗人弥尔顿（John Milton）在《失乐园》（Paradise Lost）中讲道：“成千上万的精灵在大地上寂寞地行走，无人欣赏和惊叹。人间无论是喧嚣着还是深睡着，都对这风景置若罔闻。这是多么让人落寞。”③ 若是无人欣赏，风景是寂寞的。美国自然文学作家卡森（Rachael Carson）在其只有一篇散文篇幅的著作《惊奇之心》（Sense of Wonder）中说，她非常想完成这本书，如能完成，犹如天国。她说：“对于我们大多数人来说，那种明察秋毫的眼力、对美和令人叹为观止的事物的感受力，在我们尚未成年时就已经变得迟钝甚至完全丧失了。倘若我可以使唤仙女，我会恳求她赐予世界上每个孩子惊奇之心，而且终其一生都无法被摧毁，能够永远有效地对抗以后岁月中的倦怠和幻灭，摆脱一切虚伪的表象，不至于远离我们内心的力量源泉。”④ 生态批评家布伊尔对《惊奇之心》评价极高。在《环境的想象》

---

① 毛亮．“疏离”与“参与”：梭罗与《公民的不服从》［J］．外国文学评论，2013（2）：20 - 33.

② “强盗”生活自由，往返于荒野与文明之间的边疆生活，而不是选择没有生命力的单纯的荒野或者文明世界；瓦尔登湖足够宁静，也足够文明，而白湖则过于荒野与纯净，不适合生命。选择的潜在标准就是可以带来生命力的两极共存的世界。

③ Millions of spiritual creatures walk the earth Unseen，both when we wake，and when we sleep. See：Milton，John，and Alastair Fowler. Paradise lost（Book V）［J］. Pearson Education，2007：677 - 678.

④ 参见：Rachel Carson. The sense of wonder［M］. Harper，1998：54。中文版本是［美］雷切尔·卡森，等．惊奇之心［M］．王家湘，译．南宁：接力出版社，2014.

中，他一针见血地指出，若是没有这本《惊奇之心》，卡森的《寂静的春天》（The Silent Spring）将寂寂无闻。雷切尔·卡森迫切地想传达给我们的信息是：那些感受大地之美的人，能从中获得生命的力量，直至一生。

生态批评志存高远，事关对社区、社会、自然、世界，甚至未来行善，是“为人”的。然而，“生”与“爱”事关个体的修行，似乎是“为己”的。在矫正他人、世界甚至未来的问题的时候，我们有时过于不切实际。事实上，问题的解决开始于我们自身。与其行善，莫如修行。若人尽其性，物尽其性，世界或许安然无恙。我们所能做的最实际的善事也许就是矫正我们自身的问题。关于行善，我们有很多的途径，布道，布施，而梭罗认为最好的行善就是自我的修行。因为美德可以像花香一样四处飘溢（waft）。修行是我们行善的最佳途径。我们的修行将通过飘溢的形式泽披社会、世界、生态系统，甚至未来。

我们内心的宁静、安详、优雅与生机可以飘溢。在生态语境中，修行与行善一样重要。梭罗在《瓦尔登湖》中这样解释：

> 实际一点，如你所是，没有必要以表现出更大的价值，四处行善为宗旨。要是我也用这种调子说话，我就干脆这样说：去吧，去修行。……没有比行善走了味更坏的气味了。这像人的腐尸或神的腐尸臭味一样。……慈善并不是那种爱同胞的广义的爱。……我要的是人中的花朵和果实；让他的芬芳传送给我，让他成熟的馨香在我们交接中熏陶我。他的美德不能是局部的、短暂的行为，而是常持的富足有余，他的施与于他无损，于他自己，也无所知。（Thoreau，1985：380－385）

“飘溢”这个词是理解问题的关键。对于生态学者，尤其是深层生态学家而言，这并不是一个陌生的词汇。他们对于类似的词汇，比如相互滋养，相互渗透，普遍联系等有着深厚的信念。尽管这些词汇带有神秘主义色彩，但是它们始终不乏信仰者和追随者。这些词汇表明万物之间悄无声息，但却是真真切切的联系和交流。在系统、翔实和严谨的数据支持下，生态批评家史黛西·阿莱默（Stacy Alaimo）在著作《肉身的自然》（Bodily Natures：Science，Environment，and the Material Self）中确认了自然环境在构建我们肉身本体中的作用。她提出了一个词“跨肉身性”（trans - corporeality）来说明自然与我们肉身之间广泛的、深层的交互性。但是她坚信，这与现象学无关，而属于纯粹的生物学范畴。她划清了自己与幼稚的唯心主义和社会建构主义者的界限。社会建构主义在有些情况下可能会被利用反制环境污染的受害群体。她提供了足够证据，让我们相信人与自然环境之间无所不在、无孔不入的物质、能量交流，可谓是坚苦卓绝的努力。然而，在人与自然无形的、活跃的精神交流这一点上，却没有获得人们的信任。

在人与自然的精神交流这一点上，美国生态哲学家艾布拉姆（David Abram）也做了同样坚苦卓绝的努力，“魔术师让我们相信，人与自然之间的界限是一层膜。经过这层膜，有一个双向的交流，这层膜从来不会将人类之外的力量与我们的意识隔离。（与魔术师一样）现代的自然文学作家也具有进入他们所研究的其他非人类物种的心灵，与之保持密切关系的本领”（London，2004）。若是要做到自我与非我之间的“飘溢”，我们首先需要有一颗澄明虔诚的心，澄怀观象，时刻保持感受非我的姿态，时刻准备接受自然的恩典。美国自然诗人玛丽·奥利弗（Mary Oliver），在诗歌《野鹅》中呼唤我们敞开自己，去倾听自然耳语给我们的美，让自然走向我们的心灵：

你不必行善。
不必
跪行一百英里，穿过荒凉的忏悔。
你只要让你温柔的身体
爱它所爱的。
告诉我，你的绝望，我也会告诉你我的。

生态批评家塔尔梅奇（John Tallmadge）于 2014 年 10 月在清华大学的一次演讲中这样精彩分析道：“野鹅代表自然呼唤作者，发出了一个救赎式的姿态，并给了作者足够拒绝的自由；而作者也反过来邀请和鼓励读者接受这个姿态，并融入世界——毕竟，归属感是治疗绝望的良方。”自然生机勃勃，大化流行。只要我们足够细心，就会发现生机。美国自然文学作家迪拉德在《汀克溪的朝圣者》中这样写道：“一天我外出散步，我注意到了一些不经意间会被完全视而不见的东西；或者说是我被什么东西看到了。我被一种强有力的目光击中而激动地屏住了呼吸。那一刻，我才知道，在我的一生中，我始终是一只等待被击中的铃”（1974：14）。精于“爱”之道的人是幸运的。对任何形式美的敏锐体验，尤其是自然之美将给予我们无尽的力量与生命。我们看到欣欣向荣的自然万物和生机勃勃的孩子，不由得感到心情愉悦。这实际上是因为他们的“生”气“飘溢”出来，感染了我们，令我们自身也充满能量与生命感。遗憾的是，很多时候我们堵塞了这条幸运之路。

在感受万物的生机与灵气的同时，我们自身也参与到万物的大化流行中，与天地参。这就需要我们发挥属于我们自身的生机与灵性。我们可以从自然和孩子那里学到“生”的智慧。自然与孩子之间有一个很有意思的共性，那就是他们都心无旁骛，将全部身心投注于“生”之中，执拗地不去做与生命无关的事情。迪拉德收录于芬奇（Robert Finch）等编撰的《诺顿自然文学文集》中的一篇文章《像鼬鼠一样生活》就注意到了鼬鼠是如何顽强地维持自己的野性的，“鼬鼠是野性的……从它的野性中我似乎学到了什么，那是一种无我的状态，是一种活在肉体感受之中的纯粹，不带任何偏见和动机地活着的尊严。鼬鼠依照天命生存，我们活在选择中，违背天命，临终前形容枯槁。我将尽我之人性地活着，一如鼬鼠尽其兽性地生存。鼬鼠的生存智慧在我看来似乎是：活在当下，明察秋毫，澄怀味象，执拗地遵照天命”（2002：876－879）。该文开篇就给了我们一个悬念：鼬鼠是野性的？野性是什么意思，与我们人类的关联如何？文章前半部分通过对鼬鼠生活习性的描述，突出了鼬鼠的野性和顽强，如鼬鼠“紧紧地拼命抓住一个人的手，抓在鹰的喉咙上”。作者思考像鼬鼠一样生活对我们的启发：坚持自我本性的执拗。迪拉德鼓励读者要认清自己的天命，然后牢牢抓住，永远也不让它丢掉。我们要学习鼬鼠心无旁骛的执着和“空故纳万境”的纯粹。动物界的“野性”也许是一丝不苟地生存，而人类的“野性”则是去体验、感受、创造、表达；去“爱”，去“生”，这正是自我野性的体现。

当我们充满了生机与爱，就可以表达和传递我们自身的生机与爱。我们的“生机”与“爱”也可以通过“飘溢”的形式传递给自然以及他人。受到恩典的人将恩泽我们的社会。如果这是一个双赢机制，则互惠关系是“生”与“爱”方案的秘密所在。美国19世纪女作家西莉亚·萨克斯特（Celia Thaxter，1835—1894）在其代表作《海岛花园》中透露了一个秘密，她告诉迷茫的取经者说，她的花园争奇斗艳的秘方只有一个，那就是近乎“痴”的“爱”，

“驻足这片空旷宁静的土地，我看到了美丽与欢乐。想到我将成为能使这片沉默而倔强的土壤开满鲜花的魔术师，我满心欢喜”（2008：28）。“爱”的飘溢可以创造奇迹。

这一点在美国作家林白夫人（Anne Morrow Lindbergh）那里得到了呼应。人类如何成为恩泽之源头？答案是“如其所是，活出个性”。林白夫人呼唤我们珍惜当下以应对社会问题。她在《大海的礼物》中说：“我们常常不知道要把握现在的每分每秒，一直到遭遇挑战时才会醒悟。这就像美国目前面临的情况一样。也许是因为工业主义的影响，也许是因为战争，或是一切标准化的因素，使得个体受到整体的威胁，不过就在这个时候，我们不也开始察觉到个人尊严的重要性吗？因此，现在正是人们重新将眼睛从未来拉回到此时此地，从整体拉回到个体的时候了。”（1991：118）她认为，我们的个性是形成一整条溪流的水滴，是生命的精髓。我们可以忽略它们，但是却不能没有它们。我们重新着眼于这些被忽略的本质，这么做并不是逃避责任，而是了解及解决问题的第一步。她说：“当我们回到生命的中心之后，才能真正找到向外扩展的基础，也才能在‘此刻’找到快乐、在‘此地’找到平静，并且在自身与他人身上找到爱，在人间建造天堂。”（1991：118）

中国社会学家费孝通这样说：“各美其美，美人之美，美美与共，天下大同。”世界万物都有着自身不同的野性。顽强地保持我们“生”与“爱”的“野性”，如鼬鼠一样保持它的野性。不做与生命无关的事情，与爱无关的事情，即可做到：“唯天下至诚，为能尽其性；能尽其性，则能尽人之性；能尽人之性，则能尽物之性；能尽物之性，则可以赞天地之化育；可以赞天地之化育，则可以与天地参。”人与万物一样，尽其性是天职，这也是我们可以为这个世界做的最伟大的事情。人的野性和花的野性一样将造福于整个生态圈。这是自然对我们的呼唤，也是我们对自然的期盼。正如自然文学作家爱德华·艾比所言：“我以平等的态度对待所有的花朵，只要它们都生机勃勃，自由奔放”，“万物自行其道，各尽其性，各美其美。”（1968：29－37）

## 第三节 “生”与“爱”：理论溯源

密西根大学的研究人员发现，2000年后大学生人群共情能力下降40%左右（Konrath，O'Brien & Hsing，2011）。著有《为爱而生——为什么共情能力生死攸关但濒临危机》的美国心理医生迈娅·塞拉维茨（Maia Szalavitz）认为，如果人们对自己的麻木都无动于衷的话，那一定有什么地方出了毛病（2010）。的确，如果一个人长期食欲不振，很可能预示身体某方面出了毛病。以美国心理学家马丁·霍夫曼（Martin L. Hoffman）为代表的研究共情的心理学家主要关注人与人之间的共情，关注共情的道德层面。而作为心理健康工作者的佩里（Bruce D. Perry）和塞拉维茨在著作《为爱而生》中则关注共情能力对于精神疾病康复的重要性。他们认为，维持一定水平的共情能力是心理健康的关键。“大量心理学前沿科学研究表明，共情能力及其带来的爱的能力对于人的精神健康至关重要。是的，我们有大量事例证明，爱的能力让你更长寿幸福”。他们对人类麻木和共情能力的急剧下降感到忧虑，认为美国开始经历“共情赤字”。他们还指出，共情能力的发展不是自动的，也不是每个人都具备共情能力，共情能力还有可能受到损伤。共情能力的缺失与人类精神紊乱，如抑郁症、自闭症以及一些社会犯罪行为有很大关联（2010：1－10）。他们认为，共情能力虽然不能后天习得，但是却可以培育。通过访问孤儿院、阅读文学故事、通过婴儿进行共情教学①、祷告等可以培育共情能力。发人深省的是，塞尔维茨本人曾经吸毒成瘾，而拯救她的正是共情能力的恢复和提升。

与共情能力相关的是品味能力，两者都属于“爱”的形式。和共情能力一样，品味（欣赏、感激）能力的提升也能促进自我的心理健康。美国应用心理学博士约书亚·哈莱（Joshua Solomon Halle）在其博士论文《生命完满与品味能力》（Life Satisfaction and Appreciation）中考察了自我对非我品味能力对生命完满的影响。在控制了性别、积极心理、自尊和应对技巧这些因素之后，品味以及由品味带来的表达行为与自我个体的生命幸福感和充实感有着超出其他因素与生命幸福感的正相关性。论文的可贵之处在于对品味（appreciation）进行了严谨细致的定义。品味是“承认某种东西的价值和意义——比如一个事件、一个行为、一个人、一个物体，并与之产生积极的情感联系”。品味包

---

① 作者论述道，照顾幼小的婴儿是一项艰辛的工作，人们期待从中获得报酬，其中最大的报酬是婴儿的微笑等可爱之处激发出来的人的善良与保护的本能。Bruce D Perry，Maia Szalavitz. Born for love：why empathy is essential－and endangered［M］. NY：Harper Collins，2010：11. 这种本能让人获得精神健康。这让我想起一位重度酒精成瘾和大麻成瘾的创伤后应激障碍（PTSD）患者在照顾一个 2 岁养女的一年里几乎戒掉了酒精和大麻，治疗效果比任何专业药物治疗和心理治疗效果都更显著。

含八层含义：有所专注（专注于自己拥有的并珍惜之）、敬畏（对自然、美丽或者生命本身产生敬畏和惊奇之心）、仪式（通过仪式培养品味能力）、当下（对当下全神贯注）、与自我/社会对比（以向“死”而生的策略培养品味能力）、感恩（感激他人给自己带来的帮助和好处）、损失/逆境（通过损失与逆境来培育品味能力）、人际（注意并珍惜人际关系带给自己生活和健康的贡献并表达之）（Halle，2015）。作者谨慎地将品味所包含的感恩（gratitude）专门提出来讨论。研究者们对感恩的含义有分歧，有的研究者认为，感恩只局限于对他人给予自己的帮助和恩惠产生感激之情。然而在许多情况下，感激的对象并非一定是对自己有帮助和恩惠的他人，而有可能是爱人的存在、春天的花朵、友谊、清晨醒来等。有的研究者发现，感恩往往被理解为两层意思，一是由受惠于他人引起的感激，一是普通意义上的感激，如珍惜别人没有的东西和机会，因此这两层意思应该合并在感恩这一个定义中。另外一些学者认为，有必要将受惠于他人引起的感激与其他七种形式的品味严格区分开来（Halle，2015）。这一点至关重要。因为哈莱的研究显示，与其他七种形式品味相比，感恩与生命完满度的正相关性是最弱的，在某些人身上甚至没有关联。正相关最强的品味形式是有所专注（2015：29－32）。

另外研究还发现，那些体验到积极情感的人，品味能力更强。具有积极情感的人充满最高度的活力，往往能全神贯注地、愉悦地投身当下而没有郁闷和漠然的状态（Halle，2015）。有趣的是研究还发现，女人幸福感更强烈与表达感激的能力有关（Halle，2015）。这个有趣的观点在另外一份相关的研究报告中得到了证实，“感恩能力与人的幸福有极大的正相关性。其中67%的人会一直表达感激之情，60%的人认为表达感激之情让他们觉得非常幸福”（Wood，Joseph & Linley）。这里所指的感恩能力包含了以上所提到的八类品味能力。品味以及表达能力对于精神健康的重要意义在文学作品中也不乏证据。法国作家法朗士曾说：让我们尽情地去享受生活的滋味吧，我们感受到的越多，我们便生活得越长久。这为心理治疗诊所提供了一个培养品味能力的清单，同时为学校里社会—情感类的课程设置提供了建议，并提出该发现在老年病学、家庭教育等方面运用的前景。我们有理由将这个研究发现运用于生态批评之中：对自然的品味与表达能力的专业培养，是与人的完满程度息息相关的。当自我对一个非我的对象产生恻隐之心、感激之情、欣赏、怜爱、心动的时候，这表明自我的感知在恢复，精神在复苏。

品味和感知能力是自然文学作品中的一个重要主题。文学和艺术最本质的使命就是克服人的熟视无睹、充耳不闻，使我们看得见，听得见，而自然文学是最能体现这个使命的[①]。美国自然文学作家约翰·巴勒斯著有一本关于看的艺术的著作，收集了他关于看的艺术的文章。开篇《看的艺术》（Art of Seeing Things）就提出，看的艺术和诗歌、绘画、演讲等一样都是艺术，所不同的是看的艺术需要用眼睛、耳朵、心灵和大脑来习得。看的艺术更多的是一种天赋，不容易传授，正如很难教会一个人如何恋爱，如何品尝美食。但是他同时承认，这种天赋与爱有着非此不可的关系。他说，对于垂钓高手而言，眼神和嗅觉固然重要，但是决定性的因素是其对猎物狂热的爱。对某种东西情有独钟，总能想方设法找到它。因为爱“让眼睛、耳朵、触觉更敏锐，它加快你的脚步、稳定你的双手、抵御风霜雨雪”。看，一方面需要通过沉思与沉浸，另一方面需要考察与分类。他认为，人生三大珍品是朋友、书籍和自然。然而对自然“看”的天赋却生而不同：有的人对周围发生的事情只是若有所知，而有的人则天生就眼观六路，耳听八方。与动物因恐惧威胁而变得敏锐不同，人因为爱与好奇变得敏锐。广阔的自然舞台半遮半掩，很多时候是隐蔽的，自然界的变迁是如此广袤与精微。虽然科学给了我们更敏锐清晰的听觉，但是自然精于隐藏之道，因此伸长耳朵，睁开眼睛，定气凝神，全神贯注，你要调动你全部的五官，就像一座打开了全部门窗的房子，每一个官能都是向外的，你的大脑通过眼睛看见，通过耳朵听见，如果你满脑子是自己的想法，那将一无所获。最终他表示，看、听和触的艺术都是可以培养的，专注力需要被唤醒。他认为，自然之书中的脚注不容错过，不放过自然界中最微小的事物，最微妙的变化。看的渠道与爱的能力是成正比的，而思索让看变得更丰富，更敏锐。对一个事物朝思暮想，那个事物会充斥你的视线。虽然自然羞涩、内敛且隐藏在没有特色的广袤背景中，我们需要主动，因为，大自然小心地看守着自己的秘密（Burroughs，2001：3－16）。

心理学发现，看不仅仅是一种艺术，而且还是一种智力的体现。哈佛大学心理学家霍华德·加德纳（Howard Gardner）是自约翰·杜威（John Dewey）之后最具影响力的教育理论家。其影响力体现在他所提出的多元智能理论

---

① 艺术就是使看见，美学就是使感知，而看见与感知是对抗麻木与精神死亡的手段。美学的英文是 aesthetic，麻药的英文是 anaesthetic，如果我们仔细考察这两个单词的词源，会发现它们在某种意义上是一对反义词，麻药让我们失去感知，而美学则让我们恢复感知。

(MI Theory)。加德纳初版于1983年的著作《多元智能》列出了七种智能，挑战用单一智力评分（IQ score）诊断一个人智商的传统做法。著作挑战了我们所理解的好的教育、天才等，指出一个人可以在不同领域体现出天分，某一领域的弱势不代表其不能在其他领域脱颖而出①。从1994年开始，加德纳开始研究并描述第八种智能：自然智能（naturalistic intelligence 或 nature smarts），并发表了著作《再论智能》（Intelligence Reframed），指出该智能位于大脑负责识别模式、建立微妙联系的部位，具体存在于负责敏锐感官感知、对象鉴别和分类的部位。对于拥有该智能的人来说，外部世界或者具体动物对其具有强烈的吸引力。他们能敏锐感知周边环境和哪怕最细微的变化。具体代表人物是达尔文（Charles Darwin）、奥杜邦（John James Audubon）、卡森（Rachel Carson）、威尔逊（E. O. Wilson）等人②。遗憾的是，加德纳虽然提到了共情能力，但是他主要是在人际智能范畴内分析共情能力，而没有谈到共情能力可能也是人的自然智能水平的一种体现。他认为，共情能力可以被传授，我们的共情技能可以被习得并得到增强。比如，倾听、注意并理解他人面部表情和肢体语言等留下来的语言和非语言线索③。

将共情能力运用到人与自然之间的关系的著作出现在生态批评领域，最具有代表性的是美国生态批评家默菲（Patric D. Murphy）的《跨越性生态批评实践》（Transversal Ecocritical Praxis: Theoretical Arguments, Literary Analysis, and Cultural Critique）。默菲以巴赫金的对话理论为依据进入对自我身份的讨论。他认为，与自我身份息息相关的是人的共情能力。巴赫金在《论审美活动中的作者与主人公》中说：“审美活动中的第一个因素是共情。我应体验（即看到并感知）他所体验的东西，站到他的位置上，仿佛与他重合为一。”(1988：189）我们发现被“我”感知的对象是“他”，因此这个对象主要指的

---

① 这七种智能是语言（linguistic）、数学/逻辑（logical－mathematical）、身体/运动（bodily－kinesthetic）、音乐（musical）、空间（spatial）、人际（interpersonal）、内省（intrapersonal）。参见：Howard Gardner. Frames of Mind: The Theory of Multiple Intelligencesnt [M]. NY: Basic Books, 2011.

② Howard Gardner. Intelligence Reframed: Multiple Intelligences for the 21st Century [M]. NY: Basic Books, 1999.

③ 事实上，研究共情能力最具有代表性的人物霍夫曼将共情定义为“个体对他人感受到的情绪的一种响应能力”，在他所列举的共情能力的四层 global empathy, egocentric empathy, empathy for another's feelings, empathy for another's life condition 也没有涉及人对于自然世界的感知能力。参见：H R Schaffer. Social development [M]. Oxford, UK: Blackwell Publishers, 1996.

是人类。默非创造性地将巴赫金对话理论运用于生态批评。他借用巴赫金关于作者与代言对象的关系证明，自我必须找到一个外在的立足点，必须找到一个异己的平台来实现自我，必须找到一个与自我关联的另一个，来阐明交互性（transgredience）将人类中心主义和生态中心主义连接起来，将让自然说话（let nature speak）与替自然代言（speak for nature）连接起来（2013：11）。默非认为，人类尤其是人文主义的危机很大部分在于我们没有在美学感知上允许自然这个他者建构我们的身份。自然往往不是作为塑造性的影响和主体，而是背景、注意的对象。个性就像是表演，没有观众是无法塑造个性的。默非引用巴赫金的观点来证明自我与“另一个”的对话对浇铸自我身份的重要性，“我无法创造自身价值。一个有机体只有在与另一个产生相互的同情的时候才能产生自身价值”（Murphy，2013：13）。默非说，我们对自我身份的界定不是靠命名。自我的身份是变动不居的，我们身份的形成取决于我们讲述他者的瞬间（2013：41）。借用巴特勒（Judith Butler）在《描述自我》（Giving an Account of Oneself）中提出的观点，默非说：人的主体性建构始终是通过主体交互性展开的，“‘自我’没有自身的故事，自我的故事在关系中或者一系列的关系中、一套准则中绽放”（2013：44）。在默非看来，叙述和代言是自我绽放的重要形式。他说，里克尔认为“叙述建构了人物的身份……是故事成就了人物的身份”……自我身份（identity）最好的表述应该是共同身份（co－dentity），在自我身份中融入有形世界中的社会形态和自然环境。自我身份的绽放一定是一个动态的过程：不是按照某段时间稳定的性格特征定位自我，而是按照具有一定稳定性的一系列活动定位自我，而这个稳定性取决于我们叙述的模式（2013：46）。

默非将自我与非我的交互性和渗透性（porosity）概念进行了提升。渗透性（porosity）是美国生态批评家史黛西·阿莱莫（Stacy Alaimo）曾在《肉身的自然》（Bodily Natures：Science，Environment，and the Material Self）中反复提到的关键词，但是该词主要局限于表示人与自然之间的物质交换。默非扩大了该词的内涵，使之囊括了人与自然之间的精神交流：是活着的有机体的未完成性保持过程的开放性，因为有机体尚未死亡，处于（与“非我”）持续的渗透、交互、互惠与共情（porosity，permeality，reciprocity and interaffection）中。默非引用英国社会学家蒂姆·英戈尔德（Tim Ingold）的结论——人们“永远不会完整、结束，而始终在关系场内处于持续的发展中”证明自我与非我之间的交互性是保证自我存续的唯一途径（2013：50）。默非认为，自我是在与非我对话中动态形成的，自我与非我之间的交互性是平等的。文学理论家托多洛夫（Tzvetan Todorov）认为：“自我是他者的产物，反过来自我也生产他者。”默非指出，新的自我建构方式代表着自我的心理进化。因为“生态责任可能降低所谓自主性自我对自我理解的关注，而转向与各种环境、各种参与者交流，从而形成集体身份，在这个过程中自我与非我之间相互塑造身份，并推动彼此的进化”（2013：52）。默非通过巴特勒说到，自我向非我敞开，标志并提醒着自我与非我之间共同的脆弱性、肉身性和风险性。默非通过一些生态女性小说阐述，“这一点在许多的生态女性小说中得到体现，那些小说不再执着于理解自我或者坚定的责任，而是专注于滋养性互惠和生态敏锐性，要求自我对生物圈、人类与他者共同利益采取行动，从而催生出一个我与非我共生的自我。在他看来，自我身份不是孤立静止单维的，而是交互动态多维的。这种自我身份塑造能力是与生理进化同步所需要的一种心理进化”（2013：52）。这种进化是人类的一种生存策略，因为“我们是否是自然之子不是取决于我们是否是大地所生，而是取决于我们与大地的关系。破坏阻碍人与自然联系的生活方式都是不人道的”（2013：111）。这里的不人道也包含了对于自我的不人道。

“爱”对于“生”是如此重要，研究界将“爱”看作是高难度的技术活。20 世纪就有心理学家从科学、现象学和佛学三个角度训练自我如何自我悬搁，专注对象。即便这只是一个调用五官的过程，但过程漫长艰辛。在著作《内省》中，希尔（Shear）认为，所有精神活动都是伴随感官活动的；运动觉和大脑功能是有关联的（1999：24－29）。在进入共情状态前都有一个去学习化（unlearning）的、倒空自我的、精密的操作程序。这是一个自我进入内在平台，进入无意识的程序，这个程序必然包含和一个他者发生联系，产生意识悬搁（1999：44，48，51）的过程。因为自我被支开，世界奔涌而来，自我变得高度集中，能做到心无旁骛地凝视。这种无为状态并非真正的无所作为，因为自我还是活跃的，注意力集中在某个非我身上，与非我的联系不是一种有意识的强迫的主动行为，而是一种被动地接受和明觉”（1999：104）。“高级共情（interaffection）状态的出现取决于直觉和顿悟的出现。这就必然需要执行去中心化、还原论和减法理论”（1999：107）。

除了以上最新文献中对“生”与“爱”的突破性发现之外，“生”与“爱”的理论也存在于经典的哲学、心理学等文献之中。无论是在东方还是在西方，它都有着深刻的理论渊源。如挪威哲学家阿恩·奈斯的“生态大我”、美国人本主义心理学家亚伯拉罕·马斯洛的“自我实现”、犹太哲学家马丁·布伯的“我”与“你”、中国当代哲学家冯友兰的“天地境界”，当代中国学者杜维明的“同心圆模式”。以上提到的这些理论在生态哲学、生态批评和生态艺术之中都有影响。

## 一、深层生态学的“生态大我”

阿恩·奈斯是挪威著名的哲学家，“生态智慧T”是他一生哲学研究的集大成。其后的一些生态哲学家对此概念加以丰富和矫正，形成了较为充实的“生态大我”概念。“生态大我”是“生态智慧T”中最核心的概念①。

“自我实现”的理论支持是生态学的复杂性、多样性和共生性原则。在奈斯看来，最大限度的自我实现需要最大限度的多样性和共生。多样性是一条基本原则。……从系统而非个体的观点看，最大化的自我实现意味着所有生命最大的展现。由此引出的第二个术语是“最大化的（长远的、普遍）多样性”！因此导致的一种必然结果是：一个人达到的自我实现的层次越高，就越是增加了对其他生命自我实现的依赖。自我认同的增加即是与他人认同的扩大。“利他主义”是这种认同的自然结果。由此我们得出“一切存在的自我实现”这一原则。从原则“最大化的多样性”和最大多样性包含着最大的共生这一假定，我们能得到原则“最大化的共生”！进而，我们为其他生命受到最小的压制创造条件。

“生态大我”的本质是对利己主义的、个人主义的小我说“不”。奈斯在题为《自我实现：存在的生态之境》中说：“自我实现是所有事物的自我实现，是普遍的自我实现。它不是私利的自我满足和自我表达，后者是与自我最大的疏离。自我实现意味着对孤立的自我的抑制，提升心智成熟水平和与万物共融程度。”深层生态学“自我实现”这一最高规范强调的是：个体的特征与

① “生态智慧T”是奈斯用来表达自己生态思想的说法。这个名字是为了纪念自己的一座小屋（Tvergastein）。“生态智慧T”是奈斯在登山中思行合一的结果。如果登山是“行”的过程，那么奈斯在山上用石头搭起来的小屋则是“思”的场所。这个名字也表明了奈斯谦虚开放的立场和态度。我有我的T智慧，大家可以有自己的A，B，C，D……智慧，生态智慧的应有态度是海纳百川、生生不息。“我宣布我的‘生态智慧T’，主要目的是教育性和辩证的，我希望帮助其他人得出他们自己的哲学”。

整体的特征密不可分；“自我与整个大自然密不可分”，人的自我利益和生态系统的利益是完全相同的。“自我实现”把人的自我利益与大自然中的所有物种、生命共同体、生态系统的利益紧紧联系在一起，把人类道德共同体的范围扩大到整个“生物圈”或“生态系统”，这是人类价值观念上的一种变革、道德观念上的重要进步。深层生态学倡导的生态“大自我”的整体主义价值观念，是人类面对生态环境恶化挑战的重要“生存智慧”。这里的“自我”是一个和自然没有界限的自我，是一个扩大的自我，是一个超越的自我，是生态的自我，是形而上的大我，是真正的自我。

这种整体主义和普遍联系的思想在生态智慧图表中得到了清晰的解释。奈斯对自我实现、全幅的图像这样说明：在两个事物 A 与 B 之间存在一种关系，这种关系属于它们的定义，或基本上构成了 A 与 B；因此，没有这种关系，A 与 B 就不再是它们自己了。全幅的图像模式不只是消解了人类和环境的孤立存在。深层生态学家约翰·锡德这样描述人与万物的认同关系：“我”保护雨林意味着我是雨林的一部分，我实际上是在保护我自身（Seed，1988）。深层生态学“自我实现”中的自我代表有机的整体（wholeness）。深层生态学的“自我”，不仅包括“我”，一个个别的人，一个“小我”，还包括全人类不同种族、不同性别、不同阶层，以及所有的鲸、灰熊、热带雨林、山脉、河流和土壤中的微生物，甚至是土地本身等。

基于普遍联系的原则，奈斯“生态大我”不仅是人的自我实现，而且还包括了所有生命，甚至是无生命之物的自我实现。自我实现的程度受制于所有存在物的丰富多样性。这是一种生态整体主义。但是，与利奥波德的“大地伦理”和罗尔斯顿的“内在价值论”不同的是，“深层生态学是通过‘自我实现’，即发觉人内心的善，来实现人与自然的认同。这是一种积极的主动的过程。正如奈斯所说‘认同的范式是什么？是一种能引起强烈共情的东西’”（Naess，1987）。“生态大我”是奈斯生态整体主义与其他生态主义区分的重要概念。在奈斯这里，人类与非人类是平等的，但是也是有差异的，人同时具有同情的能力和贪婪的倾向。这两种不同的可能促进或制约着人的自我实现。

从图 1 可以看出，自我实现取决于所有存在物自我实现的程度，最大的多样性和最大的自我决定性。

图 1 可以解读为：

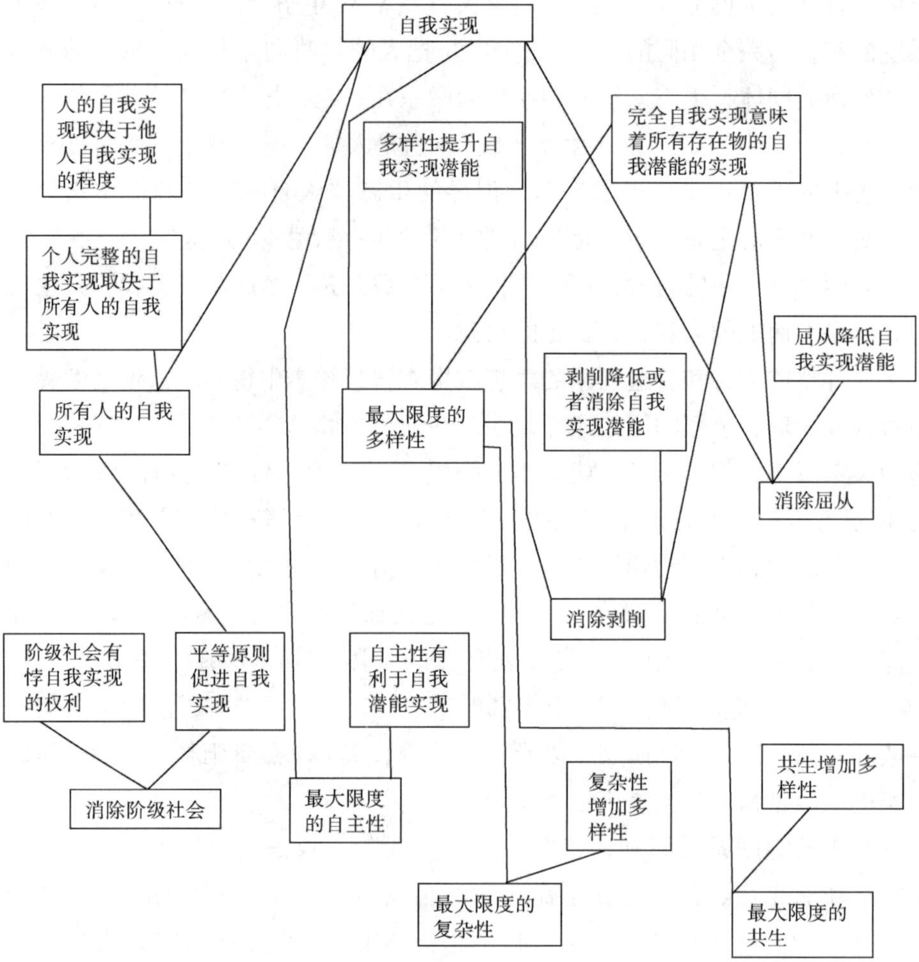


**图1　自我实现**

准则1：自我实现。

假设1：自我实现的程度越高，与他人的认同就越深越广。

假设2：自我实现的程度越高，对他人自我实现的依赖程度就越高。

假设3：个人的自我实现取决于所有人的自我实现。

准则2：所有存在的自我实现。

假设4：多样性增加了自我实现的潜能。

准则3：生物多样性。

假设5：复杂性增加了自我实现的潜能。

准则4：复杂性。

假设6：地球的资源是有限的。

假设7：在资源有限的条件下，共生使自我实现潜能最大化。

准则5：共生。

深层生态学家们在奈斯“生态智慧T”理论的基础之上建构了更为系统完善的深层生态学理论的哲学体系（如图2所示）。

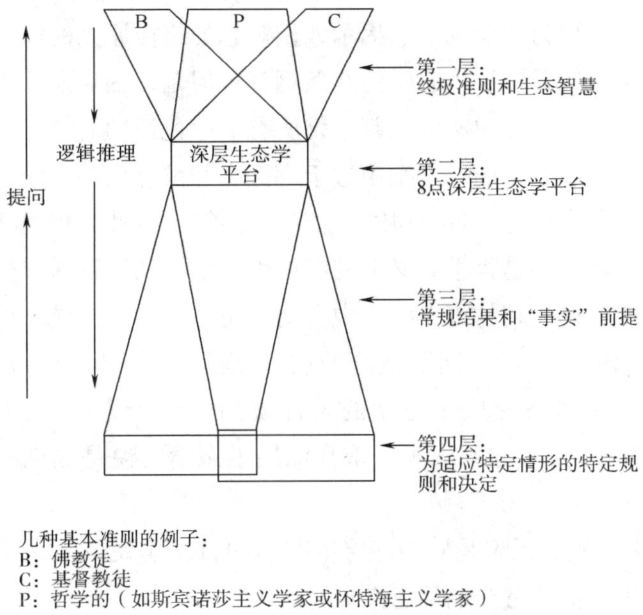


**图2 深层生态学理论体系**

“生态大我”论最初是由奈斯个人提出的，但很快就得到深层生态学家如戴维尔、塞欣斯等人的拥护、支持和推广。但是，对“生态大我”概念这一专题性的研究和推进而言，有两位学者的贡献值得关注，他们是澳大利亚深层生态学家马修斯（Freya Mathews）和福克斯（Warwick Fox）。马修斯的力作《生态自我》从历史的视角审视了受西方自然科学，尤其是物理科学支配的宇宙观是如何影响人们的自然观和自我观的，她呼吁人们不必把眼光纷纷投向东方文化和宗教思想，而应该尝试在西方理论资源的基础上建立本土的“生态大我”观，她同时指出自己最后的立场和落脚点与东方的一些传统智慧是一致的。脚踏实地地从现代科学思想中吸取生态智慧在深层生态学家中并不多见，这对于那些被指控在科学理解和运用上肤浅的、神秘主义大杂烩的、一种模糊的、不成形的、常常自相矛盾的、软弱的东西，是半生不熟的、病态的、智慧贫乏、愚蠢、假冒哲学、一派胡言……的深层生态学而言具有很大的战略意义（Bookchin，1993：93－107）。而福克斯的《走向超个人生态学》（Toward a Transpersonal Ecology）一书则宣称，深层生态学即是“自我实现”的思想，以此来突出深层生态学的独创性和与其他生态哲学的区别。福克斯区分了三种形式的深层生态学，即形式的，通俗的，哲学的深层生态学。形式的深层生态学指的是那些探讨深层问题、揭示人们观念的终极原则的深层生态学。通俗的深层生态学指的是深层生态学的八条纲领。但是，福克斯认为对生态中心主义的认可和对人类中心主义的批判，是所有的绿色运动的特征，而非深层生态学的独创。深层生态学的八条纲领过于广泛，并没有反映出深层生态学最独特的内容——自我实现论（Fox，1990：525－526）。因此，福克斯认为，最能体现深层生态学特点的是哲学意义上的深层生态学。从这种深层生态学的角度看，自我实现能够使人超越以自我为中心的身份认同，而接受一种意义更为宽广的认同概念。由于对“认同”概念的这种宽泛理解与超个人心理学是一致的，因此福克斯主张将深层生态学的名称改为“超个人的生态学”（Fox，1990：525－526）。以“自我实现”取代深层生态学学说是福克斯对深层生态学运动的一大突破。

“生态大我”概念无论是对于深层生态学的自身学说体系来说，还是对于整个环境哲学来说都具有开创性意义。

首先，深层生态学“生态大我”的提出为衡量自我存在的高度、层次和境界提供了一个判断的标准。“自我实现论”认为，与万物的认同是衡量人性成熟的标志。所谓人性就是这样一种东西，随着它在各方面都变得成熟起来，那么，我们将不可避免地把自己认同于所有生命的存在物，不管它是美的丑的，大的小的，还是有感觉无感觉的。深层生态学家比尔·戴维指出：“‘生态大我’是我们头脑中的一个社会现实意象性的表达，它使我们心中充满愿景”（Devall，1985）。而美国物理学家弗·卡普拉（Fritjof Capra）认为，深层生态学思想极大地影响了世界的观念和价值。在“生态大我”理论中，宇宙不再只是由简单的尘埃和微粒组成，人的身体也不再只是机器，生命也不再只是奋力求生存、求发达的活物。美国历史学教授罗斯扎克（Thodore Roszak）把“生态大我”看作是大规模感性体验人与自然圆融的自我，是用第三只耳朵用心聆听世界的自我（1972：400）。

其次，对于缺乏实践智慧的所有非人类中心环境哲学来说，"生态大我"为改善人与自然关系提供了一个践行生态理想的着力点。绝大多数的环境哲学都致力于论证非人类世界的内在价值，扩展伦理关怀的范围。"自我实现"关涉到天人合一是否可能，关涉到人与自然关系的回归，然而在现代语境中，技术理性、制度理性使我们异化，使我们的感官体验和价值认知遭遇变异，我们的身心被从大地上连根拔起。奈斯通过深层追问及直觉方法得到的"生态大我"形象正是人与自然和谐相处之中的人的状态，是人生存的最高境界，是人性的完满和丰富，是自然的福音，也是自我的福音。聚焦这个深层生态学最高准则之一的"生态大我"是理解深层生态学的重要策略。深层生态学虽然始于生态整体主义，终于生态整体主义，但是与利奥波德的"大地伦理"不同的是，深层生态学提出的"生态大我"既包含了人与自然万物交融的整体感，也为我们反思自我留下了空间。

再次，"生态大我"对于深层生态学具有本体性意义，为它提供了一个得以自立于众多生态哲学之林的指纹。我们知道深层生态学所以深，在于与浅层的技术主义环境思想不同，其颠覆性和革命性使解决生态危机的方案实现了从科技到智慧的转变，走出了科技主义"零碎、片面、浅陋"的被动。深层生态学在哲学和精神层面革新了人类传统的世界观，为解决生态危机提出更宏大的思维范式（total view），从而作用到人的日常思维和行为（Devall & Sessions，1985）。但深层生态学因其采用了直觉的方法论，同时其思想结构体系虽然庞大，但是内在于深层生态学的灵活性使得它对重要概念的解释缺乏一贯性和确定性。正是看到了深层生态学的合法性危机，深层生态学家福克斯认为，将深层生态学与其他生态哲学区分开来的不是八条纲领，不是围裙图；不是生物平均主义，而是"生态大我"。

## 二、马斯洛的"似本能"理论

马斯洛是人本主义心理学的创始人之一，以其"需求层次理论"闻名于世。他在晚年提出了"超越性需要理论"以修正早期的"需求层次理论"，这个理论的核心思想是"Z 理论"。对于深层生态学而言，马斯洛学说的相关性体现在他晚年关注的焦点——超人本主义心理学。晚年的马斯洛"结合他对自我实现的人的精神生活与行为方式的深入研究，发现人类天性中还有一种固有的精神维度，那就是作为最高需要层次的精神的自我实现或超越的自我实现。于是马斯洛便将人本心理学视为心理学发展的一个过渡性阶段，认为它应该被一种更高阶段的心理学所代替。马斯洛最初将这种心理学称为“超人本心理学”（transhumanistic psychology），随后又提议用“超个人心理学”（transpersonal psychology）这一术语。他还提出了这一新的研究领域内的许多新观念。最后，他将这种新的心理学理论称为“高度心理学”，有时称其为“第四势力的革命”或“第四势力心理学”或“第四心理学”（郭永玉，2002）。1968 年，马斯洛在他的著作《存在心理学探索》第二版前言中写道：“我认为人本主义的、第三种力量的心理学是过渡性的，为‘更高的’第四种心理学，即超个人或超人本心理学做准备，这种心理学以宇宙为中心而不是以人的需要和兴趣为中心，它超出人性、同一性和自我实现等概念。”之所以被称为“高度心理学”，也许可以从另一位超个人心理学家沃什那里得到解释：“我们的内心仍潜存着未曾被探索过的能力、深层的心灵境界、不同的意识状态以及大部分人从未梦想过的发展。超个人学术领域已经在探索这些可能性，其中的先驱便是心理学。”（Walsh，1993：3）

马斯洛这一超越性理论蕴含着某种道德要求，从某一方面来说体现了心理学与伦理学的融合。马斯洛指出，有超越性体验的自我实现者与没有超越性体验的自我实现者相比，其潜能的发挥更加充分，其自我实现的程度要更高一些。马斯洛似乎有意指出，在自我实现之上还有更高的一个需要——超越性需求，并认为这种超越性需要与其他基本需要一样，具有“似本能”的性质，似乎有意证明，超越自我的本能是人类意识进化的产物①。如果说马斯洛所说的“似本能”存在的话，那么自我实现的人是“似本能”得到了充分进化的人。自我如果得不到充分的实现和发展则会面临许多的危机。因为，“人类自我发展的缺乏是引起生态危机的根本原因”（佩珀，2005：141）。我们有意识

---

① 马斯洛的“似本能”理论认为，人的基本需求是变化着的，处于进化之中的。人的超越性需求则正是人的进化的体现，这种需求类似于人的其他本能。换言之，超越性的需求是进化的产物。而超越性需求的有无或高低反过来也可以衡量一个人的进化程度。超越性需求等层次较高的需求与先天遗传的联系更弱，对于后天环境的依赖则更大。但也不排除高层次的需求与遗传有关。而这也正反驳了人与动物无异的说法。因为，超越性不能作为动物的标志，而作为人的标志则更为合理。和其他基本需求一样，超越性需求的遮蔽会带来一些疾病，所以我们要了解、察觉自己的超越性需求并为它的实现创造条件。

地照顾我们的本能需求，确保我们身体需要、安全需要、爱的需要、归属的需要和被尊重的需要得到满足，而我们的“似本能”需要却很少得到关注。“似本能”需要包括认知需求、审美需求，更重要的是，“似本能”需要还包括马斯洛晚年提出的超越性需求，即我们寻找自我之外的中心，并为之服务的“似本能”需求。这类需要和基本需要从性质上说都是“似本能”的，可起到避免疾病和达到最充分的人性或成长的作用，如果被剥夺则会酿成某种类型的病状，也就是超越性病态——灵魂病。马斯洛列举了真、善、美等十五种存在性价值以及它们被剥夺后所导致的超越性病态……我们可能只需要微量的精神需求，就如我们的身体需要硒和锌等微量元素一样，但是我们的这种精神需求却是实实在在的，不可缺少的。正如为了健康的需要，我们要摄入一定量的硒和锌一样。因此，马斯洛建议为了精神健康，我们都要吸收或体验纯正的真理、正义和美。正如缺少硒、锌或者维生素都会不可避免地导致某种疾病，他认为缺乏存在性价值也会导致疾病（马斯洛，2003：269－298）。

马斯洛发现，对于超越性自我实现者来说，超越性体验是最重要的，甚至对他们是性命攸关的事情。寻找到一个超越自我的中心并为之付出和寻找到可以充饥的食物或者寻找到配偶一样重要。然而，我们容易理解食物和配偶的重要性，但对于“似本能”中的超越性需求，除少数自我实现者外，普通人难以察觉。而那些自我实现者无一例外都献身于一项身外的事业，或献身于他们自身以外的某种东西。他们专心致志地从事某项工作或某项他们非常珍视的事业。他们做这些事，也喜爱这些事，因而工作与娱乐的分歧在他们身上也就消失了……这种忘我精神是发现人之真正本性的一条途径……在越高需要层次上生活的个体，其身体状态就愈佳、愈长寿、愈没有疾病、胃口愈好、睡得也愈安稳。因此，一个人如果能知道自己真正的高级需要，知道自己真正想要什么，那无疑是一个重要的心理成就……马斯洛认为，人的大多邪恶是由于人的软弱和无知，这也正是许多人做坏事、造成自己悲剧和自毁的原因，同时也是他们堕落和生病的原因，但这种软弱和无知是可以理解的，可以宽恕的，而且也是可以治好的（马斯洛，2003：32－103）。

马斯洛“似本能”理论与生态批评的契合点体现在超越性需求中包含着对非人类的欣赏、品味和奉献的超越性需要。在《论超越的种种含义》一文中，马斯洛明确提出，超越指的是人类意识最高而又最广泛或整体的水准，超越是作为目的而不是作为手段发挥作用，并和一个人自己、有重要关系的他人、一般人、大自然，以及宇宙发生关系。超越性自我在对非我的感知中，实现了二元式融合，两极被超越了，冲突被消除了。每一个人、每一幅画、每一只鸟、每一朵花，都会变成独特的一员，因此必须独特地感知。这种心甘情愿地察看对象的一切方面的行为，意味着知觉的更大效力。

马斯洛的“似本能”理论与生态批评的另一个契合点是对人性的充分信任。马斯洛认为，传统本能论蕴含着一个错误的理论前提：过分强调人与动物世界的连续性，忽视了人与所有其他物种的深刻区别①。正是这个原因，使得一些学者将马斯洛的自我实现与深层生态学的自我实现联系起来。马斯洛心理学的独特性在于其对价值的关注和对人之为人的思索，这使他的心理学带上了浓厚的人文关怀和积极向度。曾永成曾指出：“同科学主义的心理学不同，马斯洛的人本主义心理学痛感于心理学中价值观念的丧失，认为‘价值观的丧失是我们时代的最终痼疾……而目前的状况比历史上任何时代都要危险……人类只有通过自己的努力来改变这种状况’。与其他心理学派多多少少都流露出对人性‘异化’和人性之‘恶’的悲观情绪时，马斯洛却表现出对人类的信任和对人性的健康、进取与完整性的追求。正是基于此，马斯洛明确响亮地在心理学领域扬起了价值的旗帜，指出：‘一旦拒斥了价值观，心理学就将被削弱，将不能得到充分发展；这样就会使人类陷于超自然主义或道德相对论。’”（1997）

马斯洛在《人性能达到的境界》中将自我实现者分为两类：一类自我实现者是明显健康的，但很少或没有超越体验；而对另一类自我实现者来说，超越性体验在他们那里很重要，甚至具有核心意义。前者被称为非超越性自我实现者（non－transcenders），后者被称为超越性自我实现者（transcenders）。作为前一种健康型的自我实现者，马斯洛认为，典型的人物有罗斯福夫人，或许还包括杜鲁门和艾森豪威尔（马斯洛，2003：269－298）。作为后一种超越型自我实现者的典型，有阿尔杜斯·赫胥黎，或许还包括史怀译、布伯和爱因斯坦。较之非超越型自我实现者而言，超越者们对生存、安全、受尊重和被爱、求知和审美等需求之外的超越性需求有着强烈的需求。沃尔什在《超越自我之路》中解释说：“马斯洛修订著名的‘需求层次’，增加了‘超越性需求’，他将之界定为‘灵性需求’：更高而具有超越性价值的需求（也就是超越个体

---

① 比如生态达尔文主义，借用动物界的无私来说明人之无私的必要性。马斯洛认为，人的无私和动物的无私有着完全不同的性质和机制。

的自我)，比如真、善、美、正义、和平、和谐，等等。他批评自己早期的‘需求层次’是不完整的，而且过于以自我为中心。他写下一篇关于自我实现理论的评论，结论是：自我实现是不够的。他甚至写了一篇短文，名称是‘自我实现与超越自我实现’。他不断强调自我超越的需求，也就是突破人的‘小小自我’、关怀别人的需求”（Walsh，1993：2）。

图3是马斯洛早期的需求层次图。

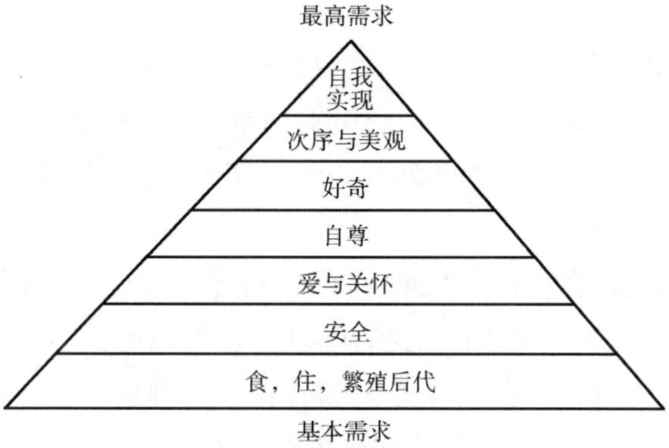


**图3 马斯洛早期的需求层次图**

而修正后的需求层次图多了一层“超越性需求”或“灵性需求”，参见图4。

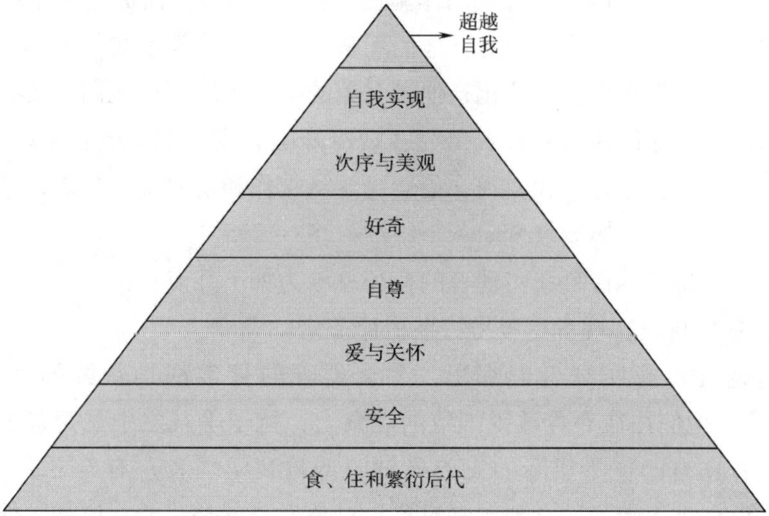


**图4 马斯洛晚年的需求层次图**

研究理解超越性和非超越性的自我实现者的差异对于思考“生态大我”至为重要。在提出超越性需求理论之前，马斯洛在《人性能达到的境界》中对历史上和当时仍然健在的著名人物，如斯宾诺莎、贝多芬、歌德、爱因斯坦、林肯、杰弗逊、罗斯福等人进行个案研究，概括出了自我实现者所共同具有的人格特征。这些具有超越体验的人包括爱因斯坦、史怀泽、利奥波德、阿道斯·赫胥黎、马丁·布伯，其中相当一部分人的思想直接或间接地成为生态文化的重要思想来源。

从马斯洛理论可以看出，人性的充分实现和生命的完满程度与人的超越性是成正比的，与利他的愿望也是成正比的，也与对宇宙的觉解程度成正比。这些超越者都有着将万物神圣化的能力，这种神圣化的能力往往和敬畏与狂喜相伴。

马斯洛晚年对超越性自我实现者们进行了一些定性的分析。从马斯洛《高峰体验的几点经验》一文中，我们可以对这些超越性自我实现者的形象有一个初步的印象：“这些自我实现者大多有着一些神秘体验，他们有着巨大的敬畏时刻，狂喜时分。这些时刻带有纯净积极的欢乐，荡涤了所有的怀疑、恐惧、禁忌、紧张和脆弱等负面情感。自我意识随即消失，所有与世界的疏离与距离都不存在了，他们与世界合而为一，圆融浑整。”在《人性能达到的境界》里，马斯洛概括了超越性自我实现者拥有的一些特征：有着更多的高峰和高原体验（更为宁静与冥想式的体验而非高峰式的），而健康型自我实现者的高峰和高原体验更少或者没有；他们用整体性的眼光看事物，超越个人、文化和国家；倾向于将事物神圣化；他们对美的事物更敏感；他们往往有一种宇宙式的惆怅感；他们对自我有着更为客观冷静的态度，他们更容易超越小我、自我和自我身份，超越自我实现；他们更能将工作和玩耍统一起来；他们往往有着谢尔登式的瘦型体质（Maslaw，1971：283－295）。

我们可以将超越性自我实现者的特征总结为如下几点。

1. 超越性自我实现者更容易将事物神圣化。

在超越性自我实现者们那里，多么琐碎的日常都是新鲜的（Maslow，1964：79）。他们往往有着敏锐细致的观察力，能于平凡之中见奇迹。超越性自我实现者比自己更为实际的兄弟（健康型自我实现者）有着更多“真如”的体验，也就是不带目的性地欣赏对象，对象本身就是目的。比如，他们比健康型自我实现者们更容易对泥泞中的色彩、窗玻璃上流淌的雨水、毛虫的动作等着迷，有着更清澈的赤子之心（Maslow，1971：292）。他们更善于聆听，更容易将自我置于谦卑的位置，更倾向于欣赏和美化对象，更容易产生敬畏心理。他们往往对生活充满感激之情，包容之心。“在他们眼中，每一次日出日落都像第一次看见那样美妙，每一朵鲜花嫩蕊都温馨馥郁，第一千个婴儿也仍然如同见到的第一个婴儿那样令人惊叹，结婚数年后仍如新婚那样兴奋，那样热恋不已。总之，他们能从基本的日常生活经验中得到巨大的鼓舞并心醉神迷。对已经拥有的幸福和恩赐，他们时时铭记于心，心怀感激，表现出较高的生活素质”（马斯洛，2003：324）。他们明察秋毫，善于聆听：超越性自我实现者们在高峰时刻更具有被动性和感受力，他们谦卑，时刻张着聆听的耳朵（Maslow，1964：65）。他们很容易进入到那种心醉神迷的欣赏状态，自觉无知、谦卑、渺小，以及对广阔宇宙充满敬畏，并将这些看成是一种积极的奖赏。在马斯洛看来，如果我们失去了神秘感、神圣感、敬畏感、谦卑感、感恩之心，那么我们失去的是人的最真实、最基本的能力，那么我们的生命将因此流失太多的精华（Maslow，1964：113）。可以说，感知力的灵敏程度是衡量一个人精神健康的重要标志之一。

正是这种对非我的极度敏感力，使得这些超越性的自我实现者们对生命充满敬畏。“大地伦理”的提出者利奥波德，“敬畏生命”的提出者史怀泽等都具备这种对哪怕是最微小、在常人看来最微不足道的事物的尊重与热爱。史怀泽在《文明与伦理》（Civilization and Ethics）中说：“我渴念生命，我生活在同样一如我一样渴念生命的生命之中。无论它们是否能够表达，或者我们是否能够听懂它们的语言，它们的渴念和我们一样强烈。我们要敬畏它们的生命，犹如敬畏我们自己的生命一样。”因为，对生命的惊异与对生命的敬畏是同根同源的。

2. 超越性自我实现者有着另类的成功标准。

圣·奥古斯丁在《上帝之城》中说：“根据职务判断一个人的价值是有罪的。”事实上，根据任何一项单一的标准来衡量一个人的价值都是有罪的。在马斯洛那里，职务、财富都不再是判断一个人价值的标准，相反，超越性自我实现者比健康型自我实现者有着更高的位置。他们的生命更完满，人性更丰富，人格更完善，心理更成熟。这与现实生活中对成功的定位有一定的矛盾之处。在现实生活中，健康型自我实现者往往有着更高的社会地位，他们代表着成功的人群，健康型自我实现者们“有着更强烈的自我身份感，更了解自我，知道自己想要什么，擅长什么，善于发挥自我的长处，按照自我的本性做事”(Maslow，1971：292)。而超越性自我实现者也有着这些特点，但他们显然超越了这些。他们“自发简朴，似乎对奢侈、特权、荣誉和财产无动于衷(Maslow，1971：292)。更深层次的自我实现是这些超越性自我实现者们的动机。他们从这样的自我实现体验中获得了某种深层次的美。

历史上，我们可以发现符合以上特征的人群，且在自然文学作家群中更为多见。他们无意流连人们孜孜以求的财富和名利，也“很少懂得世间人们习以为常的欢乐与享受……他们一生都在追求那种常人望而却步的美”（程虹，2011：110)。在他们看来，成功有着另类的标准，它不是财富、地位、名利，甚至连社会影响力都不是，而是一种与天地往来的能力，如梭罗所说的，如果你满心欢喜地去迎接每一个清晨与夜晚，如果生命像鲜花和清馨的芳草一样散发着芬芳，变得更加富有活力、更加星光璀璨、更为神圣不朽——那便是你的成功。再如，《低吟的荒野》的作者奥尔森对红松鼠情有独钟，但从未想到在学术期刊上发表一篇关于松鼠的文章，因为“当想起这片大陆上的原始森林时，人们会联想到松鼠可以不必着地，从大西洋海岸的森林顶上一路飞奔到密西西比河，还有什么别的方式能比这种想象更美妙呢？还有，自然文学作家“威廉·巴特姆的父亲约翰及其朋友（其中包括本杰明·富兰克林）为威廉设计了种种前程，希望他成为商人、农场主、雕刻家，甚至医生，但都未能如愿。最终，他还是成了一名‘胸无大志的自然爱好者’。威廉大概不会知道，一个世纪之后，另一个大自然的爱好者和独身者亨利·大卫·梭罗，也被冠以‘胸无大志的蓝梅果野餐聚会的领头人’的称号。威廉和梭罗都具有艺术家的敏感、作家的天赋和诗人的灵魂，只是他们都不大适合自己所处的崇尚伟人的时代。他们都是为了内心的精神追求而超凡脱俗之人……他们一生都在寻找一种内心的平静，一种与自然的亲情，一种个人精神之喜悦而非诗人瞩目的功名，这也许正是他们的成功所在。也许正是他们生前的寂寞，造成了他们逝后的殊荣，为众人所仰望”（程虹，2011：41)。“自然文学作家和哈德逊河画派艺术家们虽然有着引人注目的作品，但这些艺术家们多是性格内向敏感，倾向远离社会的人”（程虹，2011：80)。在他们看来，也许散步才是一种最为高尚的职业。他们无视社会对成功的定则，执意探询那辉煌而深层的存在，掩盖在他们朴素“无用”的外表下的是一个容纳了自然万物的大我。

3. 超越性自我实现者往往有更大的惆怅倾向。

马斯洛对超越性“自我实现者”的描述中有一个悖论，就是这些超越性的人在体验到狂喜和圆融的同时，感知到一种深切的惆怅。“我有一种模糊的感觉，那就是这些超越性的自我实现者们不如健康型的自我实现者们‘开心’。他们似乎更容易产生出神的状态，更容易进入一种狂喜的状态，他们比健康型的自我实现者们经历层次更高的‘欢乐’（欢乐这个词不足以表达他们体验到的情感）。但是我有时会有这样一种印象，那就是他们更容易产生某种宇宙式的忧郁和哀伤（cosmic - sadness or B - sadness）。因为他们清醒地看到了人们的愚行——他们的自我幻灭，他们的鼠目寸光，他们的自相残杀”（Maslow，1971：283 - 288）。马斯洛的这个发现虽然看起来具有主观推测性，但是对于生态文化而言却具有重要的意义。马斯洛发现，这些超越性的自我实现者的忧伤来自于一种鲜明的对照：一方面他们看到了丑陋的现实，一方面他们又轻而易举地看到了生动的理想世界，这个世界在原则上是唾手可得的。

这种惆怅也许使这些超越性的自我实现者们直接看到了美好世界，看到人性之可能的神圣景观，看到了人类邪恶的多余性，看到了一个显然唾手可得的美好世界，也就是一个原本可以由具有世界眼光的政府、协作的社会机构、教人向善的教育机构带来的社会，这个社会信奉“君子不器”，而非仅仅是高智商人士或者精于某项短视意义上的行业或职业方面的专家（Maslow，1971：288）。美好的世界唾手可得，无处不在，而人们却鼠目寸光、好高骛远、熟视无睹。这种宇宙式的惆怅与敬畏、谦卑等情感息息相关。超越性的自我实现者们心中有一个更大的世界，常常觉得自我渺小，内在于人类心理的荒谬的自大与短视令他们感慨不已。这些超越性的自我实现者们都是“一些‘严肃’之人，他们是人类中特殊的一个人群，他们认真、执着、迷惑，具有天问意识，他们探问生命的最高层和最深层，他们是具有生命悲剧意识的人群”（Maslow，1964：56）。

虽然马斯洛认为，超越型自我实现者们具有一种与生俱来的惆怅这个说法是一种推测，也没有提供具体的人物作为支撑证据，但是，我们在文学作品中的人物形象身上可以找到这样的情结。中国小说《红楼梦》中主要人物林黛玉就是其中一个。她是大观园中最清醒的一个，也是最忧伤的一个。她“天尽头，何处有芳丘？”的追问带着宇宙觉解者的旷世孤独。她比任何人都忧郁。“在林黛玉葬花的时候，大观园里正是一派欢乐景象：满园绣带飘飘，花枝招展，众女儿们打扮得‘桃羞杏让，燕妒莺惭’，成群结队地玩耍嬉笑，尽情享受青春生命的欢乐；宝钗在扑蝶，探春看鹤舞，人人都沉醉于生的欢乐之中，独有她预感到了死的悲哀。无论生命怎样绚烂美丽，都必然归宿于死亡。聪慧灵秀的黛玉敏锐地感到了生的悲哀，时常与无常觌面，咀嚼生命本体的悲凉与无奈。她的忧患直接指向生命本体，达到了哲学思虑的高度”（李庆霞）。然而，这种感伤和怅惘并不能简单理解为人生失意的产物，而应当看作是对生命的挚爱。黛玉含泪葬花的行为绝对不是简单浅薄的争风吃醋、寄人篱下的顾影自怜，而是一种对意义的追问。在她葬花的时候，那个锦衣玉食、前程无忧的宝玉碰巧也提了一袋子落花来找她，这个巧合说明了葬花的性质与高度。有学者指出：“林黛玉比大观园中任何一个女儿都要更加珍惜自己的生命。”（吕启祥）这里的悖论现象正好印证了马斯洛的印象式结论，那就是这些超越的人对生命的体察极深，他们更容易对生命、对宇宙中的美感动，但是也更容易忧郁，往往能够体验到悲从中来的感受。林黛玉对生命、自然中美的体悟比那些麻木的常人来得要深得多。这从她的葬花之举可以看出。这类惆怅并非个体现象，也不是一个具体的艺术形象特征。中国美学家宗白华曾说：“那时常常喜欢朗诵黄仲苏译的泰戈尔园丁集诗，他那声调的苍凉幽咽，一往情深，引起我一股宇宙的遥远的相思的哀感。”（1981：280）如同前面提到的惊异问题，惆怅在马斯洛那里也被上升到了心理学、美学甚至哲学的范畴。

4. 超越需求对于超越性自我实现者生死攸关。

与人类基本生存相关的本能，如身体需求、安全、爱、尊重、自我实现一样，“似本能”中的对超越需求的满足对超越性自我实现者生死攸关。超越性自我实现者与非超越性的健康型自我实现者的标志性的区别在于他们的超越性。正是这种超越性使得他们获得了一种整体性的视野，而非以对象式、工具性的眼光看待事物。他们以一种无功利的眼光看待外在的事物、人物和世界。他们“将自然看作是自为的，而非为我的。他们并不将自然看作是人类活动的舞台，为了人类的活动而存在的”（Maslow，1964：61）。马斯洛在《人性能达到的境界》第二十一章“超越的含义”中列举出了三十五条，这里选取其中的几条（Maslow，1971：269－279）：

（1）自我意识的消失，自我遗忘，这种遗忘来自于一种对外界的专注。

（2）认同超越性的价值，这些价值有着自身的目的。

（3）超越时间。这种对时间的超越使得自我可以对诸如斯宾诺莎、林肯、杰弗逊、威廉·詹姆士和怀特海等有种惺惺相惜的感觉，似乎他们都活着。这往往使得他们的行为跨越代际，犹如艾伦·威利斯小说《追求者》的主人公在临死时想到的最好的事情是为后代植树。

（4）超越文化。他们有着更多的人类视野，是宇宙人，而非局限于自己国家的人。

（5）超越自己的过去。

（6）超越小我。他们超越低层次的需求。天人合一意味着具有某种对精神之外世界服从的能力、敏锐的感知以及和谐相处的能力。

（7）有着神秘的体验。

（8）超越死亡、痛苦、疾病和邪恶。

（9）如其所是地看待世界，而非以自己的私欲看待世界。

（10）超越我们和他们的对立。

（11）超越基本需求。

（12）更为包容和宽泛的自我认同。

（13）出淤泥而不染。

（14）超越世俗的观念和标准。包括世俗的成功标准。

（16）超越弗罗伊德的“超我”，进入内在良心、愧疚和羞愧等情感。

（17）超越脆弱和依赖，成为自我的主人。

（18）超越眼前的具体事物。

（19）超越二元对立思维。

（20）超越国家主义、民族主义。

（28）超越空间。可以是因为附丽于某物而忘怀自己置身何处，也可以是与全人类认同的倾向。

（31）宇宙意识。这是一个特殊的现象学状态，人无论何种原因能看到整体的宇宙或至少是宇宙的统一和融合。他成为大家庭的一员，而非一个婴儿。他融入其中，而非在世界之外徘徊张望。同时，他也因为宇宙之广袤感知到自身的渺小，但也是一个重要的存在，有着绝对的权力。他是宇宙的一部分，而非一个陌生人或者入侵者。他们往往有着强烈的归属感，而非超越者们一般拥有的遭遇放逐、孤立、孤独、弃绝、无根，缺乏归属感等。有了宇宙体验后，一个人将会永远感到这种归属感、位置感（马斯洛将这种高峰体验中的宇宙意识即 B－认知与另一种意识进行对照。这种意识来自于对意识的压缩进而全神贯注于对某一个人或物或事的专注与痴迷之中。这个专注的对象出于某种原因代表者一个整体的世界或宇宙。马斯洛将这种表现称为高峰体验或 B－认知)。

(35) 超越个人的信条、价值系统或信仰系统。最后的总结是超越意味着在人类意识、行为和关系中存在的最高限度的包容态度和整体意识，将自我、他人、整个人类、其他物种、自然，甚至宇宙看作具有自身价值的存在，而非是自我的某种目的。

第(1)和第(35)中所说的“专注”是对外界事物的纯粹专注，中间没有一个阻碍视线的自我，这正是佛家所说的“无所住方能生其心”。也如清朝小说家蒲松龄所说，“性痴，则其志凝”，“志凝”则产生一种宇宙的广阔意识。这种悖论般的论述在孟子的“尽其心者，知其性也。知其性，则知天矣”中也得到体现：专注于本真自我的人是可以知天的。清代文学家张潮在《幽梦影》中也这样感慨：情必近于痴而始真；才必兼乎趣而始化。情痴带来一种真实的自我，而真实的自我往往存在于附丽在非我之上的自我。正如美国神学家尼布尔（Reinhold Neibuhr，1892—1971）所言：我们只有在自我之外的某个中心才能找到自我。我们只有在使自己专注于某人、某物或某事的时候也许才能找到完整的自我。在某种意义上来说，这里的“性痴”或“志凝”正是生态批评家斯洛维克贯穿于《寻找美国自然文学中的生态意识》一书中的“专注”意识，也是生态批评家布伊尔在他的《环境的想象》中所关注的主题之一。

## 三、马丁·布伯的“我”与“你”

谈到自我与非我的关系，我们绕不开另一位犹太哲学家马丁·布伯（Martin Buber）的“关系哲学”（relationship philosophy）[①]。在他的著作《我与你》（I and Thou）中，自我不存在于人内心的反求诸已，孤寂沉思的体验中，而是存在于一种相遇，一种对话，一种在人际中的超越，因为“与人的关系本是与上帝关系之本真摹本”，世俗与神圣间的重新结合，不是体现为一种实体，而是体现为一种关系（1986：128）。布伯用他的“关系哲学”否定了东西方传统的宇宙观。东方哲学主要是以一个无限大的宇宙或者上帝的形象来吞噬个人，强迫个人放弃自己的意义而投入宇宙的无限中达到超越自我的目的。而西

① 又被称为“对话哲学”（dialogue philosophy）。

方哲学则强调以个人无限扩大的自我意识来取代整个宇宙的客观存在，达到另一种超越的目的。布伯认为，这两种方式都是把宇宙或者个人看作一种“它”(It)，因此其实都是不具有生命意义的对象。他提出真正的天人合一的进路必须借由“爱”的方式[①]。

在关系哲学中，布伯致力于清理唯我主义主体性的同时，也在避免走向整体主义的极端。布伯认为，人不是在荒谬中发现意义，而是在平凡中寻求神圣，在“我”与“你”关系中去发现“永恒的你”。“Thou”这个代词含有尊敬、亲密、热切、注目等意义。在布伯看来，我们就生活于相互性中，“栖居于万有相互玉成的浩渺人生中”（1968：32）。“我”与“你”的相互性不仅表现于人与人，同时也包括人与物，人与神。我们不能漠视来自自身之外的一切音讯。“这充实圆全的我。这是与自然进行纯洁交流的我。自然倾心于他，与他不息地对话，向他昭示其奥妙隐秘其玄秘（1968：87）”。除自然之外，布伯还将师生、夫妻、医患、信徒与牧师之间的关系纳入“我”与“你”关系的范式（1968：159）。“我”与“你”之间关系的最好体现是“言谈”(conversation)。“言谈”使“我”与“你”既保持各自特点，又使其联系在一起，这中间始终存在着一种张力。所以在相遇中“应该根除弃绝的非是‘我’，而唯我独尊之妄虚本能，它使人回避关系世界，进入‘对物的占有’”(1968：100)。

学者孙向晨提炼出“我”与“你”关系对于自我身份的重要性。他分析说：“我”是如何产生的呢？布伯说“人通过‘你’而成为‘我’”（1968：44)。也就是说，关系先于“我”的出现，作为“实体”的“我”的观念是后于“我—你”关系的（孙向晨）。“我”与“你”的关系是双重的，这种双重性体现在言说的双重性。孙向晨对于言说的实质也进行了分析：

---

① 译者陈维纲认为，我们把前者称为“自失”之说，把后者称为“自圣”之说。两者皆肇始于人对超越，或者说，对“获救人生”的追求。超越本于人对存在（自身的存在与宇宙的存在）之绝对偶然性与荒诞性的恐惧，对生存意义的反思。这种反思很自然地与某种更高目的相联系，因为，反思本身就意味着人反抗物性生存，它促使人超脱身内卑下的欲求，透破功名利禄的束缚，进抵不为形躯之我所裹的境界。所不同者乃是超越的指向，换句话说，反抗只是从消极方面表明了超越的性质，但超越本身具有何种价值内容，人于何处获得安身立命之所，却仍是悬而未决的问题。由此便产生出“自失”说与“自圣”说之分。无论是为己的“自圣”，还是丧己的“自失”都不是相互玉成的关系。参见：陈维纲．马丁·布伯和《我与你》．读书，1986（10）：6. 另参见：http：//blog. udn. com/dawweiwang/9223344，2017－05。

> 布伯认为在“我—你”关系中，这种言说是：“对……说”(speak to)；而在“我—它”关系中，这种言说则是“谈及……”(speak about)。这种言说的区分是布伯“对话哲学”的核心之一，正是“对……说”体现了布伯的对话思想。“对……说”是以“你”为开端的，表明“你”是伙伴，是平等的，在你我之间是有相互回应的；而“谈及……”则以“它”为对象，表明我它之间的对象化关系，“它”在言谈中化为对象，人只有在把“它”作为对象来感知，看、听，触摸之后，才能谈及这一对象“它”。这种区分很有意思，体现了不同世界中言谈的特点。要注意的是，作为基本关系的“我—你”是先于任何现实的言谈形式的。如果人们只是“流连于事物之表面而感知它们，由此抽取关于它们之性状的消息，获致经验知识”。以此种方法，人们所发现的只是事物之性质，是事物性质的集合，而不是事物存在的整体。因为存在有许多性质是无法描述的，抽取出来的特点、性质已不复为“你”。

这种言说模式对于生态批评有重要启发意义。我们将看到，斯洛维克关注的“专注”与“叙述”，默菲提到的“让自然言说”（let nature speak）与“替自然代言”（speak for nature），布伊尔的“主动放弃的美学”（aesthetics of relinquishment）与“详述”（particularization），马歇尔的“高峰体验”与“俳句”等都是致力于寻找自我对非我的品味以及表达的策略。因为，生态批评在本质上研究的就是自我与非我之间的关系学。

布伯的“关系本体论”的生态批评意义还在于这种关系哲学致力于抑制膨胀了的、放大的自我，同时也避免自我个性遭遇到扼杀的命运。在布伯看来，自我与非我是一种相互玉成的关系。当自我把非我当成了“你”的时候是获得当下的时候，使人成为人的时刻。布伯的关系哲学将膨胀的自我最大限度地进行了抑制，布伯认为，自我对非我哪怕是从最高的爱的需要出发，都是一种对非我的对象化（1968：7）。比如，对丑陋的、邪恶的对象依然要以“你”相称，即不判断，不歧视。任何人，无论其善良邪恶，聪慧愚钝，俊美丑陋，皆依次转为真切的实存。从爱中萌生出任何情感也无从促成的无别——爱一切人。就是说，他们挣脱羁绊，站出世界而步入其唯一性，作为“你”而与我相遇。唯一性以其辉煌的方式时时呈现，由此人得以影响、帮助、治疗、教育、抚养、拯救。爱本为每一“我”对每一“你”的义务（希伯，1968：31）。在笔者看来，从另一个角度看这是将爱贯彻到了极致的做法。布伯所说的“从最高的爱的需要出发，都是一种对非我的对象化”，是一种取法上的策略。事实上，布伯认为，人在爱的时候领到了自我升华的钥匙（1968：13），没有决然独存的我（1968：18）。

布伯关系哲学所遵循的感性化与生态批评所推崇的五官学，即触觉、听觉、嗅觉、视觉与味觉等有着共同的旨趣。关系“直接无间，没有任何概念体系、天赋良知、梦幻想象横亘于‘我’与‘你’之间……一切中介皆为阻碍”（1968：27）。“精神不在我之中，而在我你之间”（1968：57）。“我”与“你”的关系是具体而非空洞的。“此类（问候）是何等的间接疏远！谁还能从‘愿神降福于你!’中感受到它原有的力量交流，哪怕是一星半点！且把它们与卡菲尔人伴随着身体之直接接触的问候相比较，‘我瞧你!’或者，与美洲人离奇但崇高的致意相比较，“嗅我!”（1968：33）关系“并非太虚幻境，它是真实人生的唯一摇篮。形象惠临人，期望假手于他而成为艺术品。形象非为人心之产物，而是一种呈现。形象莅临我，我无从经验它、描述它，只可实现它。它呈现于人心，要求其奉献创造活力。这一切取决于人之真性活动。倘若人践行此活动，以全部身心对所呈现的形象倾吐原初词，那么创造力将自他沛然溢出，艺术品由此而产生”（1968：24）。“我”必须沉浸于现时，“现时并非指我们观念中，眼下呈现的‘已逝’时间的终点、时光流程里凝固的一瞬，它是真实活泼、沛然充盈的现在。仅在当下、相遇、关系出现之际，现实方才存在；仅当‘你’成为当下时，现时方会显现。原初词‘我—它’中之‘我’，即未曾与‘你’相遇的‘我’，为一大堆‘内容’所缠绕的‘我’，只有过去而无现在时”（1968：27）。为积蓄能量倾吐原初词，替非我代言，自我必须“倾其全部生命来称述‘你’，献身于此，无所保留……她是君主，我当竭力伺奉。否则，不是我使她香消玉殒，便是她令我毁灭殆尽”（1968：25）。

“我”与“你”的关系不是玉石俱焚，香消玉殒，而是“相互玉成”。“关系是相互的。我的‘你’作用于我，正如我影响他。我的学生铸造我，我的业绩抟塑我……不可思议的，我们栖居于万有相互玉成的浩渺人生中”（1968：32）。而能够玉成“我”的“你”却“不招自来，苦留偏去”（1968：48）。“你”与“它”之间“不存在泾渭分明的交替，它们交相错杂，扑朔迷离……'它'恒为蛹，'你'永为蝶"（1968：33）。

布伯的关系哲学是一种"此岸超越"的智慧。他说，上帝绝非意味着某种抽象原理。人须倍加小心，切勿把这种与上帝的对话，看作是日常人生之外的或超乎其上的东西（1968：162－163）。真正的主体间性需要引入"此岸超越"的概念，这一概念在中西方哲学中都出现过，比如中国哲学家冯友兰强调在日常人伦中穷理尽性，最终达到崇高的精神境界。也就是儒家的"道不远人"，"极高明而道中庸"，佛教中的"性相一如，理事不二"，即事、理自必无法单独存在，现象界与实体界是一体不二的关系。

## 四、冯友兰的"天地境界"

最能体现中国"此岸超越"智慧的是中国儒家哲学大师冯友兰提出的"人生境界论"中的"天地境界"。冯友兰提出的人生四层境界由低级到高级，可以划分为四个等级：自然境界、功利境界、道德境界和天地境界。这四层人生境界与马斯洛的需求层次大致相当，两者都体现在境界越往上，实现的人就越少（如图5所示）。冯友兰提到的天地境界与"生态大我"有着极高的近似旨趣。这就是为什么有人将冯友兰学说、马斯洛学说以及"生态大我"进行嫁接的原因。马鹏翔的《冯友兰"天地境界说"与马斯洛"自我实现论"比较研究》，李育红、魏丽华的《冯友兰天地境界说对生态伦理学的意义》，卢风的《天地境界说对生态伦理的启示》，以及刘东超的《天地境界和高峰体验的比较和会通》等都对此问题做了相关的研究。

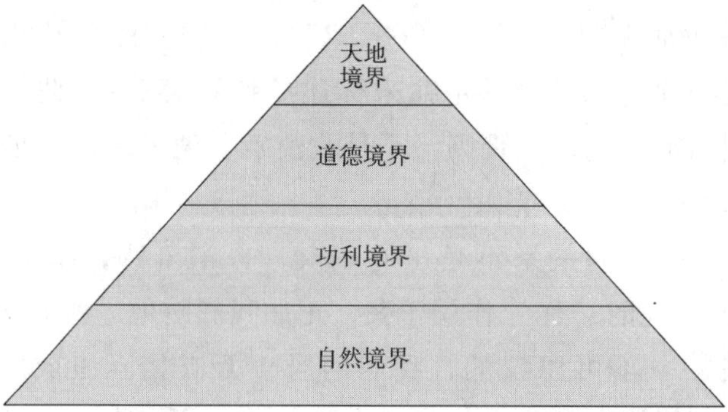


**图5　冯友兰"人生境界图"**

冯友兰曾说：中国哲学有一个主要传统，有一个思想的主流，就是追一种最高境界，但又不离乎人伦日用，不脱离社会生活，这就是“极高明而道中庸”。“生态大我”因为其对整体主义的偏重，对个体主体性的轻视才陷入生态哲学界质疑的包围。正如此，儒家的弱人类中心主义才呈现出其重要性，而适度的人类中心主义恰恰正是儒家的独特性。学者夏光认为：“天人合一不是由天来实现的，也不是在天中实现的。在这一点上，儒学不同于其他传统学说：从儒学的观点来看，超越的东西是内在于人本身的，或超越是人的自我超越（自我修养、自我完善）。一般而言，儒学认为，实现天人合一有两种，即‘内圣’和‘外王’。内圣意味着个人在自己的生活中格物致知，尽性知天并将‘仁’的理念付诸实践，而外王意味着统治者按‘仁’的原则对社会进行治理。不妨说，内圣中的天人合一是天与个人的合一，而外王中的天人合一则是天与人类的合一。进一步说，内圣未必要求外王，而外王则是以内圣为前提的。”（2005：163）超越自我，是一种天人合一的策略。

在冯友兰看来，一个人对天地境界的觉解，有高有底，且人虽有时有此种境界，但不能常住于此种境界。一个人的觉解，使其到某种境界时，还需要另一种工夫，以维持此种境界，以使其常住于此种境界：“我们对于它有了解，它即对于我们有意义，我们对于它了解愈深愈多，它对于我们底意义，亦即愈丰富……宇宙人生等，即使我们对于它们不了解，或无了解，它们还是它们。宇宙之有不靠人的了解，即使宇宙间没有人，它还是有底……人虽都在宇宙之中，虽都有人生，但对于它们，有了解其是如此如此者，亦有了解其是这般这般者，亦有对之全不了解，或全无了解者。《易·系辞》说：‘仁者见之为仁，智者见之谓智，百姓日用而不知。’《中庸》说：‘人莫不饮食也，鲜能知味者也。’对于宇宙人生全不了解或全无了解者，即所谓日用而不知，及饮食而不知味者也。’”（冯友兰，2006：211）。这里所说的工夫和梭罗日志美学的形成有着异曲同工之妙，它始于一种“自发专注”，终于一种更高境界的“无意识的专注”，在这个过程中，自我对超越境界的感知日渐强烈，稳定且不由自主。冯友兰说了解的工夫最初是在自觉。他认为，了解是一种活动，自觉是一种心理状态，且它只是一种心理状态，所以并不依概念。这里的概念也包括伦理概念。

冯友兰的“觉解”工夫说证明了天地境界不是人类进化的产物，而是文化的产物，在《新原人》的“学养”篇中冯友兰说：

道德境界，及天地境界，是精神的创造，不是自然的礼物。……如与欲有道德境界或天地境界，则人需要决地用一种工夫……此所说的工夫，有两部分。一部分底工夫，是求对于宇宙认识能够的觉解。人对于宇宙有完全底觉解是知天。人对于人生有完全底觉解是知性。……孔子说："回也三月不违仁，其余日月至焉而已。"人对于道德境界或天地境界，亦可以是三月不违，或甚至永久不违；可以是日月至焉，或永未能至；或并不知有此境界。永久在自然境界或功利境界中，是大多数人所本来都能的。对于宇宙或人生底觉解，可使我们"日月至"道德境界或天地境界，但欲永久在此境界中，如道学家所谓"人欲尽处，天理流行"者，则除有觉解外，还要有另一部分底工夫。……此所谓另一部分工夫者，亦不过是常注意不忘记此等觉解而已。人常注意于此等觉解，令其勿忘，而又常本此等觉解做事，则他所做底事，对于他即常有如上所说底新意义。他所做底事对于他常有如上所说底新意义，则他的境界即常是道德境界或天地境界。此常注意即道学家所谓敬。朱子说："今人将敬来别做一事，所以有厌倦，为思虑引去。敬只是自家一个心常惺惺便是。不可将来别做一事。"(《与类》卷一百十五）又说："敬却不是将来做一个事。今人却先安一个敬字在这里，如何做得？敬只是提起这心，莫教放散。"(同上）道学家常说"主一""无适""整齐严肃""常惺惺""心收敛不容一物""心不走作""心不放逸""心要放在腔子里"，这都是说敬。他们所谓"操存""求放心""勿忘""必有事焉"，亦都是说敬。常本此等觉解以做事，即道学家所谓集义。常本此等觉解以做事者，所做底事，必是道德底事。所以做此等事，谓之集义。常注意于此等觉解，而又常本之以做事，即道学家所谓敬，"敬以直内，义以方外"。(冯友兰，2006：255)

这段话中，冯友兰所用的"常惺惺"，即是常注意，时刻张开双眼去"看"，拒绝小我的思虑，方可为敬，只有当敬成为常态，三月不违，甚至是永久不违，而非仅仅是日月至的时候，就达到了一种相对稳定的天地境界。常注意，常惺惺是"生态大我"必须做的工夫。

马斯洛对自己所说的宇宙境界倍加呵护，冯友兰对自己描述的天地境界也极为珍视。冯友兰晚年谈到自己的新理学思想时曾说，什么都可以丢掉，唯独天地境界不能丢。但他也注意到了天地境界并非是每个人都能够并愿意去体验，"人对于宇宙人生底觉解的程度，可有不同。因此，宇宙人生对于人底意义，亦有不同。人对于宇宙人生在某种程度上所有底觉解，因此，宇宙人生对于人所有底某种不同底意义，即构成人所有底某种境界"。"天地境界的人，其最高成就，是自己与宇宙同一，而在这个同一中，他也就超越了理智……天地境界则需要最多的觉解……生活于道德境界的人是贤人，生活于天地境界的人是圣人"（冯友兰，1996：863－284）。

## 五、杜维明的"同心圆"

杜维明在《新儒家人文主义的生态转向：对中国和世界的启发》中指出，新儒学思想家钱穆（1895—1990）、唐君毅（1909—1978）和冯友兰（1895—1990）不约而同地得出结论说，儒家传统为全人类做出的最有意义的贡献是"天人合一"的观念。杜维明提到了《大学》首章著名的"八条目"：修、齐、治、平、格物、致知、诚意与正心。他将新儒家生态转向用同心圆的模式进行表示（如图6所示），并提出，新儒家的天人合一观念标志着一个生态转向。他指出：

> 新儒家生态转向的本质之一是：自身与社群之间富有成效的相互作用。由于社群作为"家"必须扩展到"地球村"甚至更远，自身与社群之间富有成效的相互作用就必须不仅超越独我和区域，还要超越民族主义和人类中心主义。用应用伦理的术语来说，修身是整体观的人文主义成为可能的关键。它引进了一个自我超越的不断过程，永远关注着大地、身体、家庭和社群，并以此为立足之地。通过修身，人心像同心圆一样一圈一圈地向外扩展，从自身出发到家庭，到身居其中的社群，再到国家，最后直到全人类。把同情从自身扩大到家庭，人就超越了自私。从家庭扩大到社群，就超越了裙带关系。从社群扩大到国家，就超越了地方主义。扩大到全人类就决不会搞大国沙文主义。要成为完整的人，就要依次超越自我主义、裙带关系、地方主义、种族主义和大国沙文主义。因为人文主义不可能是孤立的、自满的人

文主义。如果我们停留在世俗的人文主义之上，我们的傲慢和自满就会破坏我们与宇宙的联系，使我们局限在人类中心主义的危险境地。

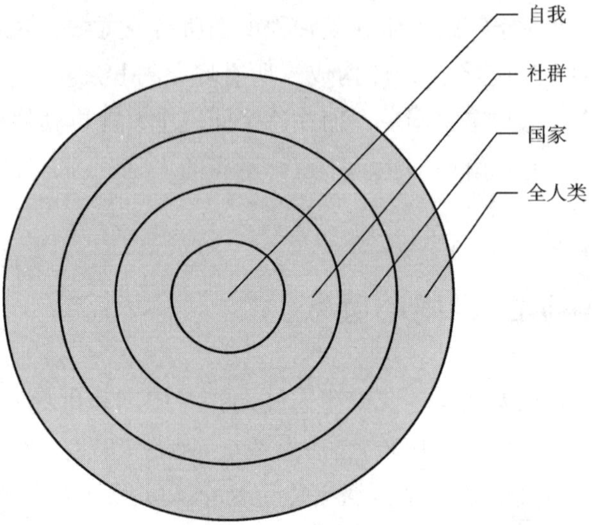


**图6　杜维明的“同心圆”认同模式**

儒家的世界观可以理解为是由一系列的同心圆组成，圆的中心是人，这个人不是孤立的个体，而是以同心圆的形式镶嵌于家庭、社会和宇宙之中。这一点在《大学》中体现尤为突出。所有这些同心圆都包含于自然这个大宇宙中。因此，人的终极语境是万物，也就是纷繁芜杂的大千世界（Tucker，2001：129－130）。人与天的沟通是在“修齐治平”的循环中实现的，人可以被看作不同小宇宙的载体。这个载体包括个人、家庭、社会、天下，并非处于固定的等级秩序之中，而是一个动态的循环互动。每一个环节都与其他环节渗透交错，人处于与其他宇宙的循环之中，而非观照整个同心圆循环的主宰者，因此与其他元素并非是二元对立的关系。儒家的“人类宇宙主义”自然观在承认人的主体性地位的同时，也突出万物，也就是自然的终极语境。人的最高境界是以德“配天”，彰显了儒家的生态立场，不难看出，儒家提倡的慎独甚于慎兵、修身养性、去蔽无息、至诚无息、以物比德的主体本质上正是深层生态学标准的“生态大我”。不同的是，儒家对主体能动性的认可。儒家的主体性之所以具有了“生态大我”的特征，是因为中国儒、释、道三家之间的天然融合，共同受易经思想的影响有着一定的关系，也使得儒家所说的主体具备了一种远非人伦礼义纲常所能囊括的精义。要窥见其中的堂奥，除克服语言障碍之外，理解儒家主体概念还必须抓住其有序但是无等级的特征，抓住其有机而辩证的本质。中国哲学对于人的主体性的认可，与中国“生生”的传统哲学有密切联系。儒家“人类宇宙主义”的立场避免了深层生态学对主体性的弃绝而遭受的诸如法西斯主义等各种微词。

在“同心圆”认同模式中，人类事务与天地境界并非相互凌驾的关系。杜维明在分析冯友兰思想的时候说，冯友兰格外欣赏张载的四句话，认为张说出了儒家关于“人之为人”的理念：

为天地立心
为生民立命
为往圣继绝学
为万世开太平

天地之心、生民之命、神圣之学和恒久的普遍太平使人生在时空中呈现出全然不同的意义。用冯友兰的话来说，“天地境界”代表着最高的人生境界。这里同样呈现出一个同心圆的模式，即天地、生民、往圣与万世。无论是天地还是生民都是“生态大我”认同的重要对象。

值得一提的是，杜维明对同心圆中的圆心之于修身的作用，给予了充分的重视。他引用了《中庸》中的宇宙观表明这一点：“惟天下至诚，为能尽其性；能尽其性，则能尽人之性；能尽人之性，则能尽物之性；能尽物之性，则可以赞天地之化育；可以赞天地之化育，则可以与天地参矣。”说明他将自我的修养看作是整个生态文化的引擎。

总而言之，深层生态学的“自我实现”，马斯洛的超越型自我实现者，布伯的“我”与“你”的关系哲学，冯友兰的“天地境界”以及杜维明的“同心圆”认知模式，都包含着一个共同的诉求，那就是对人的超越性的思索，对自我认同模式的反思。新的模式将提出新的要求，那就是：要有敏锐的感知力、非凡的觉解力和“常惺惺”的定力。而所有这些素养都将成为生态批评者们有意无意关注的对象。

在即将提到的四位生态批评家的著作中，我们也可以大致理出一条共同的线索，即他们都在反思自我认同的模式。美国是生态批评的发源地和重镇，而这四位生态批评家是美国生态批评史上的中流砥柱①。他们在生态文学中阅读到的信息是，现代人必须练习超越自我，从而增强自我的感知力，最终复苏自我的生命力。“能尽人之性，则能尽物之性”，如果人类能实现生命力的完满，万物也将欣欣向荣，这难道不正是我们的生态诉求吗？斯洛维克以文字的魅力为线索，苦苦寻找恢复感知力的良方，为的是在逍遥中拯救；布伊尔以强大的理论勇气，提出了“主动放弃的美学”，为的是一种如其所是的真实叙述；马歇尔以执着的精神，追问如何实现万物时时能如初见，为的是赢得俳句时刻；海斯逆着“地方感”的主流，提出“星球感”，为的是将我们的爱与想象延伸。贯穿于四位生态批评家生态批评著作的红线是否就是“生”与“爱”，这是我们尝试回答的一个问题。在生态批评家的著作里，无论是梭罗的日志体，艾比的陌生化策略，迪拉德的回忆写作，贝里与自然的婚姻式相处之道，洛佩兹的聆听/讲述双元策略和隐喻叙述法，还是布伊尔提到的详述策略，马歇尔所钟情的俳句，海斯的解域理论，都有一个共同的目的，那就是通过这些策略实现对自我的超越，实现自我的心理进化，满足自我的“似本能”。这些策略能有效地抗击内在于我们意识中的麻木与习惯，使自我持久有效地附丽于非我。

## 本章参考文献

[1]巴赫金．巴赫金全集(第一卷)[M]．钱中文,主编．石家庄:河北教育出版社,1988.

[2][丹麦]勃兰兑斯．十九世纪文学主流(第四分册)[M]．刘半九,译．北京:人民文学出版社,1997.

[3][英]戴维·佩珀．生态社会主义:从深层生态学到社会正义[M]．济南:山东大学出版社,2005.

[4]程虹．寻归荒野(增订版)[M]．北京:三联书店,2011.

---

① 本书选取的四位生态批评家分别是斯科特·斯洛维克（Scott Slovic）、劳伦斯·布伊尔（Lawrence Buell）、伊恩·马歇尔（Ian Marshall）和厄秀拉·海斯（Usula Heise）。斯洛维克是美国文学与环境研究协会（ASLE）的创会主席（1992—1995），《文学与环境的跨文化研究》（ISLE）主编。其代表性生态批评论著是《寻找美国自然文学中的生态意识》，这也是他的博士毕业论文。该著作也是本书分析的重点。斯洛维克在生态批评领域著述和编著颇丰，并在世界各地讲学。他最新的学术成果是与洛林·安德森及约翰·P. 奥格雷迪合编的《文学与环境》第二版教材。布伊尔著有生态批评三部曲，在生态批评史上具有里程碑式的意义。马歇尔则是美国唯一一位系统研究自我实现的生态批评家。海斯则是当今美国生态批评第三次浪潮的领军人物和急先锋。

[5]杜维明．新儒家人文主义的生态转向：对中国和世界的启发[J]．中国哲学史，2002(2)：5－20.

[6]方珊．俄国形式主义文论[M]．北京：三联书店，1989.

[7]冯友兰．冯友兰谈哲学/收藏书坊[M]．北京：当代世界出版社，2006.

[8]冯友兰．贞元六书[M]．上海：华东师范大学出版社，1996.

[9]郭永玉．马斯洛晚年的超越性人格理论的形成与影响[J]．华东师范大学学报(教育科学版)，2002(2).

[10]何怀宏．生态伦理——精神资源与哲学基础[M]．保定：河北大学出版社，2002.

[11]黄同，曾永成．论心理美学的价值追求和生态观念——马斯洛心理学价值论对文艺心理研究的启示[J]．成都大学学报(社科版)，1997(4).

[12]雷毅．深层生态学：阐释与整合[M]．上海：上海交通大学出版社，2012.

[13]李庆霞．片言谁解诉秋心——试论林黛玉诗歌的追问意识[J]．海南大学学报(人文社会科学版)，2002(1).

[14]李育红，魏丽华．冯友兰“天地境界”说对生态伦理学的意义[J]．甘肃联合大学学报(社会科学版)，2006(22.2)：19－21.

[15]刘东超．天地境界和高峰体验的比较和会通[J]．反思与境界——纪念冯友兰先生诞辰110，2005.

[16]卢风．“天地境界说”对生态伦理的启示[J]．南阳师范学院学报，2002(1.1)：4－9.

[17]吕启祥．花的精魂·诗的化身——林黛玉形象的文化蕴含和造型特色[J]．红楼梦学刊，1987(3).

[18]马丁·布伯．我与你[M]．陈维纲，译．北京：三联书店，1986.

[19]马鹏翔．冯友兰“天地境界说”与马斯洛“自我实现论”比较研究[C]．反思与境界——纪念冯友兰先生诞辰110周年暨冯友兰学术国际研讨会文集．北京：北京大学出版社，2008.

[20]彭峰．生与爱——古代中国人审美意识的哲学根源[M]．吉林：东北师范大学出版社，1997.

[21]孙向晨．马丁·布伯的“关系本体论”[J]．复旦学报：社会科学版，1998(4)：91－97.

[22]维·什克洛夫斯基，等．散文理论[M]．百花洲文艺出版社，1994.

[23][俄罗斯]维戈茨基．艺术心理学[M]．周新，译．天津：百花文艺出版社，2010.

[24][美]西格德 F 奥尔森．低吟的荒野[M]．程虹，译．北京：三联书店，2012.

[25]夏光．东亚现代性与西方现代性：从文化的角度看[M]．北京：三联书店，2005.

[26][美]亚伯拉罕 H 马斯洛．马斯洛人本哲学[M]．成明，编译．北京：九州出版社，2003.

[27]宗白华．美学散步[M]．上海：上海人民出版社，1981.

[28] Abbey Edward. Desert solitaire: a season in the wilderness [M]. NY: McGraw - Hill, 1968.

[29] Abram David. The ecology of magic [J]. This Sacred Earth: Religion, Nature, Environment, 2004 (179): 476.

[30] Alaimo Stacy. Bodily natures: science, environment, and the material self [M]. Indiana University Press, 2010.

[31] Alan, Yuichi Inoue. The deep ecology movement: an introductory anthology [M]. Berkeley, CA: North Atlantic Books, 1995: 3 - 9.

[32] Barth J Robert. Wordsworth's "Immortality Ode" and Hopkins' "The leaden echo and the golden echo" [J]. Pursuit of Transcendence. Barth, J. Robert. The fountain light: studies in romanticism and religion: in honor of John L. Mahoney. No. 5. Fordham Univ Press, 2002: 111 - 128.

[33] Bakhtin Mikhail Mikhaĭlovich, Michael Holquist, and Vadim Liapunov. Art and answerability: early philosophical essays [M]. Vol. 9. University of Texas Press, 1990.

[34] Bookchin M. What is social ecology [J]. Radical Environmentalism. California: Wadsworth Publishing Company, 1993.

[35] Burroughs John. The art of seeing things [J]. The Art of Seeing Things: Essays. New York: Syracuse University Press, 2001.

[36] Conley Chip. Emotional equations: simple truths for creating happiness and success [M]. Simon and Schuster, 2012.

[37] Dillard Annie. Pilgrim at tinker creek [M]. New York: Harper Perennial, a Division of Harper Collins Publishers, 1974.

[38] Devall Bill, George Sessions. Deep ecology [J]. Environmental Ethics: Readings in theory and application, 1985: 157 - 61.

[39] Frankl V E. Man's search for meaning: an introduction to logotherapy [M]. Boston: Beacon Press, 1992.

[40] Fredrickson Barbara L, et al. A functional genomic perspective on human well - being [C]. Proceedings of the National Academy of Sciences, 2013 (110. 33): 13684 - 13689.

[41] Finch Robert, John Elder. Nature writing: the tradition in English [M]. New York: W. W. Norton, c2002.

[42] Fox W. Toward a transpersonal ecology: developing new foundations for environmentalism [M]. SUNY Press, 1990.

[43] Halle J S. Appreciation and life satisfaction: does appreciation uniquely predict life satisfaction above gender, coping skills, self - esteem, and positive affectivity? [J]. Rutgers The State University of New Jersey, Graduate School of Applied and Professional Psychology, 2015.

[44] Konrath S H, O' Brien E H, Hsing C. Changes in dispositional empathy in American college students over time: a meta - analysis [J]. Personality and Social Psychology Review, 2011, 15 (2): 180 - 198.

[45] Lindbergh Anne Morrow. Gift from the sea [M]. Pantheon, 1991.

[46] London Scott. The ecology of magic: an interview with David Abram [EB/OL]. [2006 - 04 - 18]. http://www.scottlondon.com/interview/abram.html.

[47] Murphy Patrick D. Transversal ecocritical praxis: theoretical arguments, literary analysis, and cultural critique [M]. Lexington Books, 2013.

[48] Maslow Abraham H. The farther reaches of human nature [M]. NewYork: The Viking Press, 1971.

[49] Maslow Abraham H. Lessons from the Peak - Experiences 1 [J]. Journal of humanistic psychology, 1962 (2.1): 9 - 18.

[50] Maslow Abraham Harold. Religions, values, and peak - experiences [M]. Columbus: Ohio State University Press, 1964: 79.

[51] Naess Arne. The selected works of Arne Naess: volumes 1 - 10 [M]. Springer Science & Business Media, 2005.

[52] Naess Arne. The deep ecological movement: some philosophical aspects [J]. Philosophical inquiry, 1986 (8.1/2): 10 - 31.

[53] Naess Arne. Self - realization: an ecological approach to being in the world [J]. Trumpeter, 1987 (4.3).

[54] Naess Arne. The shallow and the deep, long - range ecology movement. A summary [J]. Inquiry, 1973 (16.1 - 16.4): 95 - 100.

[55] Perry Bruce D, Maia Szalavitz. Born for love: why empathy is essential—and endangered [M]. Harper Collins, 2010.

[56] Plotinus. The six enneads [M]. Encyclopaedia Britannica, 1952.

[57] Plumwood Val. Feminism and the mastery of nature [M]. Routledge, 2002.

[58] Roszak Theodore. Where the wasteland ends [M]. Garden City: Doubleday. 1972.

[59] Rubinstein Annette T. American literature root and flower [M]. Vol. 1. NYU Press, 2011.

[60] Ryan Richard M, Edward L Deci. On happiness and human potentials: a review of research on hedonic and eudaimonic well - being [J]. Annual Review of Psychology, 2001 (52.1): 141 - 166.

[61] Seed J. Beyond anthropocentrism. In: Thinking like a mountain: Towards a council of all beings [M]. Philadephia: New Society Publishers, 1988.

[62] Slovic Scott. Going away to think: engagement, retreat, and ecocritical responsibility [M].

University of Nevada Press,2008.

[63]Shear Jonathan,Francisco J Varela. The view from within:first – person approaches to the study of consciousness[M]. Imprint Academic,1999.

[64]Szalavitz M. Shocker:empathy dropped 40% in college students since 2000[J]. Psychology Today,2010.

[65]Thaxter C. An island garden[M]. Applewood Books,2008.

[66]Thoreau Henry David. A Week on the Concord and Merrimack Rivers;Walden;The Maine Woods;Cape Cod[M]. New York:The Library of America,1985.

[67]Tucker Mary Evelyn. Confucianism and deep ecology[J]. DL Barnhill and RS,2001.

[68]Walsh Roger Ed,Frances Ed Vaughan. Paths beyond ego:the transpersonal vision[M]. Perigee Books,1993.

[69]Wood Alex M,Stephen Joseph,P Alex Linley. Coping style as a psychological resource of grateful people[J]. Journal of Social and Clinical Psychology,2007(26.9):1076 – 1093.

## 树根·王成

树根是心形的，爱的能力决定了生命的茂盛度。斯科特·斯洛维克在著作《数字与神经》中说：“没有关爱他人或者自我之外的存在物的能力，人就不是完整意义上的人。”没有一个为之心甘情愿付出的对象，我们的生命将会枯萎。当我们需要照顾一个人的时候，生命之树会因此茂盛起来。“蜡炬成灰泪始干”，与其说表达的是对自我牺牲的哀怨，不如说是在表白燃烧自己、玉成自我的喜悦。我们看到很多人因为成瘾问题，因为抑郁或者其他原因，万念俱灰，生无可恋的人，得救的原因往往不是先进的药物方案，而是没有他/她就会死去的一条狗，就会蔫的一朵花，就会流落街头的孩子。有时他们会在帮助他人、为某个有意义的项目倾心付出中重新萌发生意。没有牵挂的生命是遗憾，不具备牵挂的能力是悲哀。“深知身在情常在”，生命里没有了痴、没有了情，没有了牵挂，我们就无所眷恋，无所附丽，我们的“身”就濒临瓦解。

# 第二章　斯洛维克：专注意识与讲述策略

缺少爱自我之外的他人或者事物，人将难以成为一个完整的人。

——斯科特·斯洛维克

我不太确定怎样祈祷。
但是我知道如何专注，
如何匍匐于草地，
如何屈膝于草地。

——美国诗人玛丽·奥莉芙

为一个念头着迷，让那个想法占据你的生命——想着它，梦着它，倚此为命，为它而生。让你的大脑、肌肉、神经以及身体的每个细胞充满那个念头，心无旁骛。这就是成功之道。

——印度哲学家辨喜

## 第一节　斯洛维克的心理学背景

美国心理学家斯科特·斯洛维克出生于心理学世家，其父亲保罗·斯洛维克是世界知名行为心理学家，研究领域为危机感知（risk perception）、神经麻木（psychic numbing）和大规模人类灾难响应失灵（the failure to respond to mass human tragedies）等问题。可以说，斯科特·斯洛维克的生态批评研究是对其父亲心理学的继承。斯科特·斯洛维克早在1996年就发表过文章《自然文学与环境心理学》，引语中他引用了诗人布鲁斯·伯杰的一句话："荒野首先是一个提升我们感知力的机会，将自我置身于非我。它是走向内心的跳板。那些照耀过、真正被我们体验过和感知过的日子的伟大文字将增强这个过程”。在笔者看来，这话奠定了斯科特·斯洛维克生态批评的底色：用心理学进入生态问题，主要是自我对非我的感知和关注能力，以及关注和感知能力与表达策略之间的辩证联系，简单地说是自我对非我的品味与表达的问题。

在斯洛维克的生态批评实践中，“自我”始终是一个重要的主题。具体而言，是对自我感知的敏感度进行关注。在得知笔者意在以“生态大我”和“自我实现”作为研究对象的时候，斯洛维克立刻指出，“自我实现”在美国生态批评界一直以来且依然是一个重要主题。斯洛维克曾在接受马红军访谈时被问及“是什么东西激发了您对生态批评的研究？”他回答道：“我本科学位论文是关于自传体文学，从那时就开始对作者是如何就身份提问，如何认识自我这样的问题感兴趣。在我看来，很多作者都致力于对自身进行探索研究。表面上看，他们好像是在探寻其他的主题，如描写科学、风景、旅行和不同的人物，但实际上他们都是在探索自我。如前所说，很长一段时间内，我对个人体验的问题非常感兴趣。甚至在我把‘生态意识’这个词应用于这类主题研究之前，就发现自己已经对这类问题满怀好奇之情：我们如何了解自己，对什么进行关注，对他人、社会问题和非人类世界持什么态度？这些看法源自哪里？为什么我们会对某些事物特别关注、感觉敏锐，而在其他方面又感觉迟钝呢？”

在题为《生态语境中“自我”的模型》（The Shape of the “I” in Ecological Context）一文中，斯洛维克回应了生态批评家莫顿提出的客观取向本体（object – oriented ontology），该本体在情感和伦理上都是中立的。斯洛维克指出，“生态大我”不是一套抽象、冰冷而客观的概念。它需要在具体的爱之中，存在于心理意识、精神震颤、心灵感知当中。生态批评应该承认并研究实际的人类认知过程，促进我们对潜在信息产生更加灵敏的反应，而不是简单地将人类作为机器进行重新概念化地处理。斯洛维克将这种认知过程的变化称为意识进化。而在笔者看来，他所说的意识进化具有心理成熟程度的意味，与“生态大我”的升华和对小我的超越有相近的内涵。

斯洛维克认为，意识进化的现象体现在许多的生态文学文本之中，如自然文学作家温德尔·贝里的《吊脚楼》、安尼·迪拉德的《汀克溪的朝圣者》、巴里·洛佩兹的《北极梦》、理查德·尼尔森的《内岛》等。斯洛维克还列举了其他一些具有“生态大我”思想的作品：

> 具有深刻“生态大我”场景的还包括下面这些作家的作品：松

> 尾芭蕉（Matsuo Bashō）、洛伦·艾斯利（Loren Eiseley），艾比、帕穆克、威廉斯……我还想到了影响自我意识的时刻出现在一些生态学者之中，他们是保罗·埃利希、劳伦斯·布伊尔、约翰·埃尔德、兰迪·马拉慕德等。在这些文本中，我们看到了一种持久的关系——那种与超越自我之外的事物的，充满情感的互动。人的心灵——我自己的心灵，或者至少是这些作家的心灵——需要一个非我来涉身这个相互依恋的互动过程，虽然这种互动也许不一定会成功，但这种依恋和互动带来的是关心和责任的可能。仅仅是万物都是共生的这个基本道理并不会激起我对万物的关心。正如 S. R. 桑德斯曾经说的那样：生态的原则几乎只是一个认知上的常识，但是还不是一个情感上的常识。对我们大多数人来说，在大多数时候，自然是一窗风景、一个视频画面或者一幅图画。我们感知不到有机的自然之网穿越我们的五脏六腑。（Slovic，2012）

在这篇文章中，斯洛维克暗示这些生态文学和生态批评存在一种“生态大我”的原型。“生态大我”具备了与超越自我之外的万物进行互动的能力。斯洛维克将“生态大我”看作是一种心理进化或意识进化的结果。与身体进化不同，意识进化主要依靠文化的培育，这与冯友兰的“觉解”说有着异曲同工之妙（冯友兰，2006：211）。冯友兰认为，天地境界不是人类进化的产物，而是文化的产物。

在斯洛维克编写的“信条”文学作品系列中，我们也不难看出“专注力”命题的影响。从该系列中的《将神圣写入现实》一书我们看到“专注”这样的字眼频繁出现，“人类身体不是一个优良的感知仪器，我们感知不到自然界中大化流行的生命现象和节律，而鲸鱼、燕鸥、蝴蝶和大雁却能够准确无误地感知……写日志迫使自我对外界更为专注，使体验更为丰富，而专注又是艺术和精神体验的灵魂……在劳里十七年的田野考察中，她很少听到这样的声响，作为女性，她惊呆了，这得益于她对细节的警觉。她记下了时间、经度和纬度，以及我们的名字”（Deming，2001：6－11）。在《寻找美国自然文学中的生态意识》中，我们看到了类似的表达，“将人在自然中的观察和反应用语言表达出来使人的意识更加敏锐，而被动地吸收经验则不然……通过与自然的照面，以及她语言的使用，她唤醒了自己与有机世界的融合，也提醒自己与有机世界的距离，同时也唤醒了她心灵的维度……作者的终极目的是培养读者对世界的专注”（Slovic，1992：4－16）。

斯洛维克对专注意识的研究贯穿于他的整个生态批评实践中。在其2008年专著《远行深思》的“哦，可爱的石板”一章中，斯洛维克一行为了瞻仰美国著名诗人鲁滨孙·杰弗斯（Robinson Jeffers）在小诗《哦，可爱的石板》中描写的那活泼、可爱、光洁、寂寞的石板，开始了对诗歌中石板的朝圣之旅。传说中的石板，能够促人感叹生命无常的石板，能够给人初见石头之震撼。然而，到了神圣的现场之后，六位参观者并未感受到诗中作者看到石头后的强烈心灵震撼，相反，那石头远远无法像诗歌那样激起那种结实、光洁的印象，大家忙于拍照，并发誓不会再来。诗人能于平淡处见到神奇，而普通人则对身边事物的美好麻木不仁，正是这个现象引起了斯洛维克的好奇，也促使他思考如何才能培育出如诗人般的敏锐感知。

斯洛维克所关注的自然文学不仅仅是某个物理地方令人难忘的魅力本身，主要还包括自然文学作者与读者分享的自己在自然中是如何体验自然的愿望。体验在这里很重要：某个地方也许在常人眼中并无奇异之处，来访者也许会因失望而很快离去；而自然文学作家留给读者的最大影响是一种体验自然的艺术，这种艺术在某种程度上来说，是需要后天习得的，是一种“工夫”。自然文学作家则是我们习得这种“工夫”的老师。在斯洛维克的生态批评世界里，自然文学作家教给人们最多的是一种专注艺术。

“专注意识”在生态批评中并非一个陌生的话题。美国环境批评家罗伯特·鲍格·哈里森在《花园：谈人之为人》一书中有一章专门论述现代社会中人们专注意识的薄弱和观看艺术的失落。哈里森在第十一章“观看——一门失落的艺术”中则这样描述一个无花之园：

> 最受冷落的莫过于“观看”这门艺术了。可以不失公允地说，当今的现象世界丰裕之至（过度刺激，而真正的花园则内敛含蓄，需要极大的敏感力），而我们对它的感知力却贫乏之极，两者间形成了可悲的反差。因此，纵使世上遍布着花园，我们其实生活在一个没有花园的时代。……很多人已经压根儿看不见现象世界了（第一自然），除非是心不在焉、毛毛糙糙地一眼带过。……近一个世纪前，诗人里尔克曾在《杜伊诺哀歌》中提出了一个诗意的假设：大地注

> 定会变得看不见，从有形世界到无形世界的嬗变业已开始。也许如今的年轻人不假思索地置现象世界于不顾，正是诗人预见的一幕。这并不意味着世界不如从前那么可见了，而是意味着我们对世界之丰裕越来越不敏感。嬗变过程发生在我们内心。……原因在于我们运用目光的方式发生了历史性转变，这一方式与我们的存在方式密不可分，且受后者的制约……一个个历史性架构给我们的感知力预先设立或规划了实践范围，决定了人的目光所及与所不及。……主导我们这个时代的感知架构使我们越来越不易看见身边的事物。……为游客制定的旅游线路剥夺了禅寺石庭周围“悠远的时空”……这个世界又一次设置了障碍，压缩了时空的寥廓（Harrison，2008：114－115）。

我们虽然和别人一样伸着脖子张望，可是我们满目荒凉。小我被自我意识占满，我们很难打开胸怀，睁开双眼去欣赏不会言说的非我世界。走入自然的自我需要时刻保持清醒开放的意识，对自然世界时刻涌动的、生机勃勃的信息应接不暇，欣然与之交流，并克服了狭隘的自我，不断认识自我，修正自我。

斯洛维克在书中分析的五位自然文学作家代表着“生态大我”的原型，他们虽然各有特色，但是都有一个共同的目标，那就是克服板结的自我概念，走向与外界时刻互动的自我，从而保持一种谦逊、包容的习惯和态度。“生态大我”将这种态度从非人类世界扩展到人类世界，包括了不同的种族、性别和阶层。正如斯洛维克在书中所说，我们用洛佩兹的自然文学作品作为跳板，作为具有指导意义和预备意义的思考，带我们走向一个全新的包容境界。当我们放下洛佩兹的《北极梦》，或者其他类似的自然文学作品，我们已经具备了欣赏我们居住的世界的能力，这个世界有北极的寒漠和西北潮湿的森林，或者是有火蚁窝的滚滚牧场，精巧的野花，或者，是一片城市景观，在其中，钢筋水泥与绿色植被交相辉映（Slovic，1992：150）。

斯洛维克的学术兴趣与自身心理学家庭背景有着密切的关系。斯洛维克的父亲是俄勒冈大学研究麻木现象的心理学教授，这一点从侧面解释了斯洛维克的研究方向。斯洛维克在多种场合下提到过父母对他的影响：“我一直都在寻找能够使自己的感受力变得更加敏锐的方法。事实上，在我很小的时候，有一次父亲让我观看一个微缩的人的大脑模型。那时，我就在想人类是多么神奇的物种。我们的大脑以一种非常惊奇的方式运转。我们并不能完全了解大脑是如何厘清思想的，因为意识波动不定。为什么我们有时候敏锐警觉，有时候又迟钝麻木。我们会因为某种原因失去对周遭事物的敏感性。有时甚至意识不到自己越来越缺乏意识和敏感性。当大脑进入睡眠状态，我们便无法感知到任何事物。这令我十分着迷。我发现深入地了解人类大脑活动有着重要的社会意义。”（马红军，2010：160－170）随着时间的推移，斯洛维克将对自我、自我身份和自我体验的兴趣与生态语境结合起来。

1995年，斯洛维克出版了自己的博士论文《寻找美国自然文学中的生态意识》。在该著作中，斯科特·斯洛维克从心理学角度，指出自然文学作家不仅是自然的品鉴者，更是人类心灵的研习者，是文学心理师，并认为，自然文学作家大多有着高度的专注意识。这种专注意识体现在自然文学独特的叙述模式中。斯洛维克对人与自然之间“融合倾向”和“分离倾向”的认同模式发生了浓厚的兴趣。他在《寻找美国自然文学中的生态意识》中主要分析了美国自然文学中的这两种具有矛盾张力的认同范式。在自然哲学中，这个倾向传统可以归结为人与自然的两种具有矛盾性的认同模式——“融合倾向”和“分离倾向”的认同模式。他非常明确地阐释了一种联系和分离的模式。斯洛维克认为，这种心理意识最早可以追溯到19世纪中期的亨利·大卫·梭罗。斯洛维克发现，这两个模式在梭罗以及沿袭梭罗写作风格的作家的作品中得到了承袭和发展。在《寻找美国自然文学中的生态意识》中，斯洛维克追溯了与梭罗一脉相承的自然文学作家，他们分别是安妮·迪拉德、爱德华·艾比、温德尔·贝里、巴里·洛佩兹等，在研读这些作家的著作时，斯洛维克对人如何了解他们与自然之间的融合和分离的问题尤为感兴趣。而正是这种意识模式贯穿于斯洛维克的生态批评实践之中。

“融合倾向”和“分离倾向”这两者之间存在着一定的张力，但无论是“融合倾向”的认同模式还是“分离倾向”的认同模式，最终的落脚点都是体验主体对非我世界专注意识的提升。而这一发现正是斯洛维克生态批评的独特视角。我们必须承认的是，在《寻找美国自然文学中的生态意识》中，斯洛维克并没有明确提到“生态大我”①，甚至没有提到深层生态学，著作主要是围绕着五位相关的自然文学作家的叙述策略和自我对专注力的追求。“专注

① 斯洛维克在来信中认为他所做的生态批评就是在探询自我的身份。

力”在该著作中是一个核心词，它以不同的，但是相关的词汇出现，表达了如何提升自我对他者的关注，涉及如何消除小我的先见、自大与偏见，充分领悟非我世界传递的“神圣信息”。虽然著作主要分析五位自然文学作家的写作或叙述策略，但在笔者看来，斯洛维克的生态批评著作超越了纯粹文学技巧分析，其实质是思考这五位作家的“生态大我”诉求，从这些叙述策略分析中，我们也许可以得到一些关于如何进入“大我”或者“生态大我”的启发。

可以说，该生态批评著作从心理学角度审视了美国五位自然文学作家作品中如何实现“生态大我”的不同策略，其共性是提升自我的生态意识[①]。在斯洛维克看来，这些作家表面上看，好像是在探寻其他的主题，如描写科学、风景、旅行和不同的人物，但实际上他们都是在探索自我。“意识”（awareness）一词在书中具有特殊意义，它既有对包括非人类世界在内的事物存在的关注，也包含着主体谦逊、包容、敏感等生态态度。书中频繁出现的与意识一词有关的词汇包括：注意（attention）、意识（aware）、留心（watchfulness）、领会（seeing）、觉悟（awakening）和领悟（understanding）等，这些词都是用来说明主体对自我之外的，尤其是对非人类事物的理解、包容和认同，因此可以看作是描述“生态大我”状态的核心词汇。《寻找美国自然文学中的生态意识》提到了若干提升自我专注意识的策略，包括日志美学策略、写作策略、陌生化策略、熟悉化策略、故事叙述策略等，这些策略看起来各不相同，甚至是自相矛盾，但讨论了自我如何对非人类世界保持一种敬畏之情，并与之保持持久、深刻和丰富的关联。

斯洛维克《寻找美国自然文学中的生态意识》一书的卷首，引用了他即将分析的五位自然文学作家的五段话作为全书的思想概括。贯穿于这五段话之中的是一个醒目的词汇——专注。第一段出自梭罗：“我不打算写出一首忧郁颂，而想做一只清晨的雄鸡，英姿飒爽地挺立高歌，唯愿唤醒我的邻居。”这里的唤醒是呼唤邻居们开启他们感知的天赋，睁开双眼专注于四周，而不是一味陷入自我的领地。第二段话出自缪尔：“当我们与自然相处的时候，我们是清醒的。”清醒与麻木相对，与专注同义。第三段话出自马西森

① 斯洛维克的父母都是心理学家，他自己也曾说：“我喜欢倾向于心理学目的自然书写，我非常喜欢这一类的自然书写。我很想知道，人类的大脑是如何对自然做出反应的，人类的大脑起的是一种什么样的作用，我们是怎么去阅读和接受自然书写的，自然以及自然书写是如何影响我们的感觉和生活的。”参见王诺．生态与心态：当代欧美文学研究［M］．南京：南京大学出版社，2007.

的《雪豹》："当我们紧密关注眼下事物，我们会惊喜地注意到身边的小事物。"精微之美时时存在，只是我们丧失了观看的耐心。第四段话出自迪拉德："我们教会孩子们的只有一样东西，正如我们所学会的：醒来。……醒来是我们每天需要多次练习的功课。"我们需要从自我的执着中醒来，这不是一件容易的事情，我们很容易沉睡于小我世界，自满是需要时刻提防的情绪。《大学》中有句话：汤之《盘铭》曰："苟日新，日日新，又日新。"《康诰》曰："作新民。"若要做新民，需对自我身上的尘埃时时拂拭。而这也正是梭罗在《瓦尔登湖》中引用过的一段中国的古训，以此来鞭策自己日日自新，走向更高境界的自我。第五段话出自洛佩兹的《北极梦》："人类有一个古老的梦，梦想着找到一种尊贵，这种尊贵使得我们拥有包容万物的心。……实现梦想的办法之一就是极目原初的大地。""极目"也可以看作是"专注"的同义词。所有这五位自然文学作家所极力传递的一个愿望就是培养我们人类专注于自我之外的事物。

如前所述，书中的五位自然文学作家培养专注意识的模式不尽相同，用词也不尽相同，但他们无一例外地深知专注的重要性和艰难性。斯洛维克研究的是五位自然作家梭罗、迪拉德、艾比、贝里和洛佩兹，不仅仅是，或者主要不是"对自然的分析和欣赏者，他们是人类心灵的学生，是文学心理师。他们主要关注的是心理意识现象"。斯洛维克指出，为了提升对我们栖居之地的注意以及对我们自身存在的注意，我们必须了解我们的心灵。我们必须学会反复警醒自己使自己保持清醒（Slovic，1992：3）。斯洛维克反复强调，这里所说的心灵状态是一种"提升了的精神境界"，是一种"精神高度"。精神境界的提升和心理发展的高度的重要标志是关注自我之外的能力。如前所述，自然文学作家用不同的词汇表达这种特殊的素养——专注的素养。他们悉心研究各种方法培育这种专注素养：梭罗的日志美学、迪拉德的写作之道、艾比的美学策略、贝里的"长相守"理论、洛佩兹的故事讲述。

可以说，《寻找美国自然文学中的生态意识》一书的红线是让我们醒来，并看见。无论是梭罗的融合/分离策略，还是迪拉德的两种"看"，还是贝里只如初见般"婚姻"式长相守，洛佩兹的讲述/聆听平衡都是为了让我们有效地看见和听见。艾比的陌生化叙述更是为了让我们麻木的神经变得敏锐易感。

# 第二节　关注能力

## 一、数字是把双刃剑

**我思先生看报纸**

头版报道
120 名士兵被杀

战争漫长
你要习惯

紧邻这篇新闻
是一件引人入胜的罪行
附着杀手的照片

我思先生的目光
冷漠地滑过
那些士兵的牺牲
带着强烈的兴趣
投向日常的惨剧

一个三十岁的农场工
身陷躁狂的抑郁
杀死自己的妻子
和两个年幼的孩子

我们被告知他们
被杀的确切方式

尸体的位置
还有其他细节

在地图上尝试寻找
120 个阵亡者毫无意义
距离太遥远了
像一片密林遮掩他们

他们无法激起想象
他们人数太多
末尾上数字的零
使他们变得抽象

进一步深思的主题：
怜悯的算术

### Mr. Cogito Reads the Newspaper

The front page reports
120 soldiers were killed

the war was long
you get used to it

right next to this news
of a spectacular crime
with the killer’s photo

Mr Cogito’s gaze
moves with indifference
over the soldiers’ hecatomb
to plunge with great relish

into the quotidian macabre

a thirty－year－old farmworker
in a state of manic depression
murdered his own wife
and two small children

we are told the exact
way they were killed
the position of bodies
and the other details

it’s no use trying to find
120 lost men on a map
a distance too remote
hides them like a jungle

they don’t speak to the imagination
there are too many of them
the numeral zero on the end
turns them into an abstraction

a theme for further reflection：
the arithmetic of compassion①

---

①　波兰诗人兹比格涅夫·赫伯特（Zbigniew Herbert，1924—1998）曾被赞誉为“欧洲文明遗产的继承人”，作品主要处理个人和时代的危机。赫伯特虚构出了一个著名的文学形象“科吉托先生”（Mr. Cogito），或译为“我思先生”，这源自笛卡尔的哲言“Cogito Ergo Sum”（我思故我在）。赫伯特写下了几十首以这位先生为主角的诗，本首诗写的是我思先生读报时，反思报纸对阵亡士兵的报道只停留在死亡人数上。他同样对琐碎的俗世生活拥有着极其细微而敏锐的洞察力和感受力，并对“物”也有着特别的关照。他的诗集《赫尔墨斯、狗和星星》中的很多散文诗都是以物品为题：贝壳、烟囱、钟、墙、鱼、猫、母鸡，等等。Zbigniew Herbert et al. Mr. Cogito Reads a Newspaper［J］. The Antioch Review，1975：85－85. 中文翻译参见：http：//www. bedtimepoem. com/？p＝6750，2017－06－01。

以上这首诗是反思现代社会人类麻木的现状，尤其是受众对以数据为形式的演说的无动于衷。这种麻木是我们人类对于生态危机不作为、不介入的重要根源之一。这首诗的主题也是斯科特·斯洛维克与其身为心理学家的父亲保罗·斯洛维克（Paul Slovic）合作编著并出版的新书《数字与神经》中的线索。值得注意的是，“在某种意义上，整本书都是我们对兹比格涅夫·赫伯特这首诗（《我思先生看报纸》）的加长版评论……思考‘怜悯的算术’——思考如何让我们关注以数据为形式传递的信息，或者关注那些挑战人类知觉装置和认知过程的局限性的信息”。

在笔者看来，这首诗不仅仅是《数字与神经》的线索，诗中所忧虑的麻木与关注的问题也是贯穿斯科特·斯洛维克整个生态批评事业的问题。斯洛维克是对笔者影响最大的美国生态批评家之一①。笔者几乎精读了他的每一部著作，也聆听了他大部分的讲座。2015 年访学期间，笔者完整地听完了斯洛维克在爱达荷大学英语系开设的“生态批评”和“生态文学写作”两门课程。他学术中的关键词已经深深植根于笔者的大脑。按照出现的频率和对笔者产生的影响大小的顺序排列，这些关键词是：麻木（numbness）、关注（attention）、介入（engagement）、敏锐（sensitivity）、惊讶（amazement）、共情（empathy）、物哀（awareness）、正念（mindfulness）、品味（savor）等。在各类课程和讲座中，斯科特·斯洛维克非常关注自我对非我的关注能力，以各种策略克服自我的麻木，比如他多次提到仪式策略。在对《我思先生看报纸》一诗的分析中，斯科特·斯洛维克将“我思”先生对被屠杀士兵的冷漠，与百牲祭（hetatomb）中人们通过仪式关注被屠宰的牲口的策略进行并置。斯科特·斯洛维克还在不同的演讲和课堂上提到了《鹿的恩典》中神奇的仪式感。

---

① 我和斯洛维克相识于 2009 年 8 月。在北京大学召开的“生态文学与环境教育国际学术研讨会：亚洲跨文化论坛”上，斯洛维克宣读了题为《环境怀旧的类型》（Varieties of Environmental Nostalgia）的报告，从那以后，我就对生态文学中的叙事策略产生了兴趣。我们在随后的几年在不同的场合见过几次面，如 2010 年 6 月的北京大学、2010 年 9 月的山东大学，2014 年 6 月的北京。我在北京大学做博士论文期间，经常通过邮件等形式向他请教一些学术问题，并追踪生态批评领域最新的学术动向和相关文献。曾翻译并发表过两篇斯洛维克的文章，一篇为《调整“大地依恋”的层级：关注跨层级思维的艺术表达》（《求是学刊》，2013 年 7 月，第 40 卷第 4 期），另一篇是《单干还是合作》（《生态美学与生态批评通讯》第 8 期 1012Z）。2015 年访学期间曾采访斯洛维克并整理发表《斯科特·斯洛维克与中国访问学者的对话》一文（斯科特，刘蓓，朱利华，等. 鄱阳湖学刊，2015（5）：38 – 47.）。

以上列举的若干关键词在《数字与神经》这部历时10年以上编著的作品中成为醒目的主线。《数字与神经》关注的是“那些对世界的品味与表达模式更能满足我们的欲望、需求和生活的东西”。本书收集了16篇相关的文章，共分为三个部分。第一部分“敏锐和意义的社会和心理学视角”（Social and Psychologial Perspectives on Sensitivity and Meaning），呈现了在充斥着数据话语的现代社会中的心理麻木的景象以及其可能的后果。第二部分“提升敏锐力和意义感的叙述、分析和视觉策略”（Narrative，Analytical，and Visual Strategies for Prompting Sensitivity and Meaning），收集了对抗感知麻木的文学叙述、艺术呈现等策略。第三部分“如何向公众传递数据信息”（Interviews on the Communication of Numerical Information to the General Public），采访了精于数据传播的艺术家。可以说，本书第一部分是关于感知麻木的问题，第二、三部分则集中讨论了各类处理庞大数据类信息对抗麻木的有效表达，这些表达包括应用社会心理学以及与故事叙述相关的文学。这些新的表达策略以独特的方式描述经验，将数据转化为故事，使之情境化，为冰冷的数据附加意义，探索如何将故事、意象、哲学、心理学和新闻学与描绘抽象“大画面”的数据平衡起来，有效地使信息与听众产生相关性，从而增加听众的行动介入。比如，在第二部分“提升敏锐力和意义感的叙述、分析和视觉策略”中，我们看到了一些处理大画面的精彩典范：特丽·T. 威廉斯（Terry Tempest Williams）在关于卢旺达种族灭绝大屠杀后“愈合”的文章中采用了视觉艺术中的马赛克手法作为其拼贴画式叙述模式；比尔·麦克基宾（Bill McKibben）在作品《自然的终结》（The End of Nature）和《信息丢失的时代》（The Age of Missing Information）中突出了一种将私人化的、叙述化的信息与抽象的、数据化的信息交替进行的手法，而《数字与神经》一书中的散文则展现了文字与数字联手处理复杂问题的力量——数据可以干净利索地总结复杂思想，而文字则可以“解压”（unpack）数据并提供语境和更能为人所接受的清晰明了的特质。美国生态学家和作家桑德拉·斯坦格雷伯（Sandra Steingraber）则号召作家们避免使用专业术语和数据信息，而多用大众可以接受的幽默叙述，使人看见非我的美或者伤是让自我产生爱的前提。广泛的受众对于生态事业而言是生死攸关的，这也是斯科特·斯洛维克对叙述模式高度关注的原因。

对《我思先生看报纸》这首诗的分析是以斯科特·斯洛维克与其父亲保罗·斯洛维克之间的对话展开的。对话者认为抽象的数据、久远的时空难以使受众与自己产生切身关联，最终使人滑向麻木漠然的深渊。斯科特·斯洛维克认为这种对受难者缺乏个体细节化的、故事化的、形象化的漠然呈现也是一种信息犯罪。他认为，在呈现中故事与数据、感官形象与分析总结、仪式化与日常化、个体化与大众化、细节化与抽象化相对抗，相平衡，从而使信息对受众产生意义。斯洛维克父子认为，信息无论拥有多么精确的数据，多么精炼的分析和总结，也只能传递信息。且这只能让受众知道真相，却无法在情感上作用于受众。在“包装”信息的过程中，亚里士多德《修辞学》中的气质（ethos）、逻辑（logos）和情感（pathos）一个都不能少，而且对这三者需要很好地进行平衡，从而对抽象信息做到既专业（proficient）又有效（efficient）地全息呈现（integrative and comprehensive presentation）。

可以说，斯洛维克毕生探求的学术问题之一是如何唤醒自我对非我日益麻木的关注。日益严重的生态问题需要我们培养出相应的感知能力，从而做出相应的响应。我们的肉体可以自动进化，但我们的心理进化则是一个需要人为介入的工程。人类的短视与麻木现状，显示我们目前的心理成熟度无法对严峻的生态现实和惊悚的生态数据产生有效感知和响应。在《数字与神经》的引言中，斯洛维克指出，数据传达信息的效果有限，有效的信息传播需要借助于感性的形式。他说，认知科学研究表明，当数据和叙述，抽象信息和体验型话语结合在一起的时候，人类才能达到最好的思考水平。“大量实验数据显示，数据必须通过传递情感才能在人们的判断和决策中起作用”，冰冷客观的数据不仅难以起到引起人们关注的作用，反而让人“倦怠、冷漠、无力，转向寻求快感、分心之物以及任何可以让我不再关注现实的东西”。在书中，斯洛维克还指出，即使一个人理解了数据呈现的问题，但他很可能认为自己微弱的力量也改变不了什么。为了避免人类沦为麻木的牺牲品，在数据信息中加入情感因素，促进人类的心理进化，提升我们的关注水平，斯洛维克肩负起了研究文字表达策略的使命。

斯洛维克意识到了人类共情能力以及该能力与我们自身生命完满性的联系。《数字与神经》第一部分的一个主题讲到“对他人以及更广泛的他者的共情能力。什么样的思维习惯和表达模式限制或者促进人类共情能力？有的学者认为自我若是没有对非我的关注，意味着人性的不完满”。这段关于共情能力与人性完满之间关系的论述印证了本书中第一章心理学最新的研究发现，即自我对非我的品味能力决定了个体的人性完满程度[①]。为了增强人的感知能力，斯洛维克苦苦求索有效的表达模式。他认为现实中的危机规模超出了人的感知能力，我们需要运用各种表达策略来介入这个感知过程。

《数字与神经》第二部分侧重于“克服我们麻木的表达策略——主要出现在课堂、讲座、书籍、报纸、杂志上”[②]，斯洛维克尤其青睐这些策略中的故事讲述、艺术影像，特别是对于微小细节展示的策略。为了训练人的关注能力，在“生态文学写作”课程中，斯洛维克尤其强调文字的能量。叙述的策略决定了文字能量释放的程度[③]。为了帮助人们克服对日常熟悉化事物的熟视无睹，斯洛维克还让学生做自然笔记的时候要专注细节描写，采用“陌生化”手法抗击麻木。提倡我们要像科学家一样训练专注力。

## 二、以“日志美学”训练专注力的梭罗

美国生态作家阿尔多·利奥波德在《沙乡年鉴》一书的序言中谈到，有一部分人对于荒野的需要犹如对于食物的需要一样，不可或缺。放在马斯洛超越性需要的框架下，我们对荒野的需要不是直接食用，而是专注地去品味它。爱德华·艾比在《大漠孤行》中也表达了同样的态度：荒野并非奢侈品，而是人类精神的必需品，其对于我们的生命如同水与面包。那些对自然没有需求的人，事实上如一个活着却没有饥饿感的人一样，可能隐含着某种健康问题。我们也许需要通过努力提升我们对自然的“饥饿感”来解决其隐含的某种健康问题。斯洛维克所思考的专注就是这样一种努力。有些关注力不是与生俱来的，也不是自然而然获得的身体机能。健康的自然人有幸自觉地注意到食物的诱惑，而对于自然等他者的美丽或苦难的响应力，大多数的人就没有那么自觉了。约翰·弥尔顿曾经感慨，成千上万的精灵在大地上寂寞地行走，无人欣赏和惊叹。人无论是喧嚣着还是深睡着，都对这风景置若罔闻。这是多么让人落

---

① 共情，在某种意义上是“我”对于“非我”的关注，是品味的八种形式之一。

② 当然他主要关注的是让我们看到危机的表达策略，但是这些表达策略也适用于让我们看到美丽。

③ 当代书法家王岳川曾提出“字能通神”。而心理治疗中的“字疗法”也日益受到关注。鲁迅在《汉文学史纲要》中提到：中国文字具三美。意美以感心，一也；音美以感耳，二也；形美以感目，三也。这三美表现在书法上，就是意趣之美、韵律之美和结构之美。字疗法通过视觉转化的具体感觉，通过大脑的生化反应，对人体起到治疗作用。

寞。美国生态作家理查德·尼尔森（Richard Nelson）曾经打过一个很形象的比方，他说，自己对老师在狩猎上所花的时间和精力感到震惊，直到他意识到狩猎也是老师的工作，这份工作和飞行员与心脏手术师的工作一样，需要大量的训练和技术。在这里，狩猎被引申为一种对被狩猎对象的专注仪式。在仪式中，自我的关注力得到专业训练。

斯洛维克通过对自然文学中叙述策略的研究来训练专注能力。该研究从自然文学作家梭罗入手。在自然文学作家群中，梭罗可谓是寻找专注意识的鼻祖。斯洛维克在《寻找美国自然文学中的生态意识》一书中提到，梭罗结合了人在自然中狂喜体验（rhapsody）和冷静观察（detachment）两种体验模式，他发现梭罗之后的自然文学作家几乎都遵循梭罗“将对内在意识和外在自然的迷恋合二为一”的原则，《寻找——美国自然文学中的生态意识》一书之所以选择迪拉德等四位自然文学作家，是因为“他们以现代的模式清晰地呈现了梭罗对自然的两种体验模式：相异性和同一性”（Slovic，1992：6）。这两种模式的平衡构成了一种微妙的张力，即这种人与自然的同一性（correspondence/conjunction）和相异性（otherness/disjunction）之间的张力。同一性体现在人与自然的融合模式，而相异性则体现在人与自然的分离倾向。这两者由梭罗的学生继承下来。迪拉德和艾比主要是对相异性的继承，而贝里和洛佩兹则是主要对同一性的发展，“贝里和洛佩兹与自然世界的同一体验的确也存在摇摆不定的张力，但是大多数情况下这两位作家往往始于某种和自然的相异体验，比如贝里的背井离乡，洛佩兹的异乡远游，但是逐渐地，这种与自然相异的体验通过持久的守护和关注最终被消弭。结局是，贝里获得了对自然不断增加的‘留心’精神，洛佩兹获得了对自然不断深化的敬畏和理解”（Slovic，1992：5）。不难发现，无论是与自然的融合还是分离，都是提升自我对自然专注的策略。

在斯洛维克看来，梭罗提升自我专注意识的手段集中体现在他的日志美学（journal aesthetic）中。日志的功能在于保持自我的警醒，而不至于沉睡于小我之中。斯洛维克认为，后来梭罗的整理者们为了出版梭罗的日志，对其原来并不是太规则的形式进行了加工，以春夏秋冬四季的模式代替了梭罗原始的日志。但是斯洛维克暗示说，梭罗对四季的极度敏感也许不是源自将其出版的初衷，而是源自“将同一性超越理论进行检验，对自我与自然之间永不停息的同一性和差异性关系进行审视的结果”（Slovic，1992：23）。虽然梭罗本人“在日志中反复表示‘艺术的最佳境界是淳朴’”，但最终还是“屈服了出版商的要求和读者的口味”（Slovic，1992：23）。斯洛维克意在告诉我们，日志对于梭罗的意义是对自我与自然之间关系进行动态审视过程的记录，并达到驱除小我，走向大我的终极目标。这里我们看到，和自然文学作家 A. H. 戴明一样，写作成为促进自我对外界关注的手段。

写作的过程，是自我对非我专注力提升的过程。这一点在梭罗日志第一人称使用数量的变化中得到了证实。斯洛维克谈到，第一人称代词的逐渐消失，隐喻小我的被驱除，大我的逐渐形成。斯洛维克指出，在读梭罗“日志”的时候，梭罗对自然的观察模式逐渐富于预见性和惯常化，很像自然四季的变迁。日志中的变化和惊讶只是用以驱除枯燥机械、令人麻木的重复感。在梭罗去掉了对自然场景的描述中自我的存在后，叙述的激情依然使读者保持兴致盎然的状态。第一人称的缺席暗示了小我的消失，叙述的惯常化和节律化则代表“生态大我”的诞生。在日复一日，年复一年的日志中，小我的消失是一个渐进的，几乎难以察觉的过程。日志为梭罗提供了“一个新的视角，使得梭罗能够用眼睛的余光看自然，避开了‘美杜莎之首’”（Slovic，1992：37）。这里美杜莎之首可以看作是顽固的小我，而在日志中，梭罗日益走入一种忘我的境界。斯洛维克引用一位文学评论家的话：“大约在 1852 年后，梭罗的作品呈现出更为客观、更为经验主义的文风”，在其日志中，梭罗则似乎证实了“岁月让人变为现实主义者”（Slovic，1992：25）。此处的现实主义意味着自我，更倾向于对外在事物的关注。体现在梭罗日志中的现实主义倾向完美地展示了一个人走向“生态大我”的过程。在这个过程中小我的消失是自发的，且是愉快的。这个过程的初级阶段需要某种形式的练习，而在过程的后期，则是不由自主的、美的历程。在这个历程中，日志记录者完全忘记了出版的目的，也不再完全遵循线性时间的规律，而是呈现出较为不规则的模式，以至于出版商需要对原生态的日志进行大规模的整理和加工才可以以标准的四季为模式进行出版，即以线性模式出版。

斯洛维克所指的梭罗日志的非线性模式，实际上是提炼了梭罗作品中的非线性时间意识，这是一种对时间的超越。在日志的创作过程中，日志的线性时间美学日渐让位于英国哲学家艾伦·瓦兹（Alan Watts）所说的“舞蹈的诱惑”。瓦兹说：“解放之途显然是指生命没有一个明确的目的地，因为当下就是天堂。换言之，生命就是游戏，那些不善游戏者没有了解生命的真谛。”舞蹈如果有一个目的，那便是一种对专注状态的追求。舞蹈就是生命的真谛，不善舞蹈，不善游戏的人信仰的是一种奔跑美学（Devall & Sessions，1985：9）。只有打破了奔跑美学的魔咒，才能进入“生态大我”的舞蹈境界。在这种状态中，自我丧失了自我，同时也完满了自我。深层生态学家戴维在《深层生态学》中说：“培养生态意识是一个学会欣赏沉默、孤独和聆听的过程，学会接受、信任和融合的过程。”（Devall & Sessions，1985：9）

梭罗在日志创作过程中，“更关注的是某一天、某一具体状况，关注具体某一天之内的变化，而非突出四季大致分明的气候状况”（Slovic，1992：26）。因为自然每分每秒都在变化，且观察者的情绪也时刻在变。值得一提的是，梭罗在日志中第一人称逐渐消失的同时，自我却在逐渐解放。斯洛维克指出，梭罗日志的大部分内容，包括那些最为精彩和瑰丽的段落显然不是为了出版而写的。如果斯洛维克的观点得到证实的话，那么我们也可以说，梭罗日志中那些瑰丽的段落是自我实现的见证。梭罗写日志的原则是“尽可能地以极大的热情写作。‘用心去做自己想做的事情，满心欢喜地去做’，他渴望‘现在获得永恒，渴望这种永恒成为他的日常生活状态’”（Slovic，1992：30）。我们在日志中发现，随着时间的流逝，梭罗日趋达到这种永恒，而与此同时，我们又能感知到自我的隐退。“随着他的日记美学的逐步成型，他的自我意识在写作过程日益消退”。梭罗的“自由与日俱增”，他的主动专注（voluntary attention）日趋变为自动专注（involuntary attention），也就是对非我的专注成为一种无意识的行为，作为障碍的自我意识逐步退去。

当自我对非我的专注成为一种无意识行为时，奔跑变为了散步和舞蹈，焦虑的张望变为欣喜的“看”：“我必须让我的意识和我的思维自由散漫，我的双眼去看（see）而不是去东张西望（look）。卡莱尔说如何观察，意味着要学会张望，但是我却认为应该是去看。你越是张望，你观察的收获就越少。……不要沉迷于张望。不要注目对象，让对象如其所是地到来（let it come）。……我完全不需要张望，而是眼神的自发漫游”（Slovic，1992：52）。这段话有力地呼应了深层生态学家戴维在分析深层生态学思想来源的时候对海德格尔“栖居”的定位：“栖居主要不是居住，而是照料，创造一个空间，使万物如其所是。……在海德格尔的生物中心立场中，人们令万物如其所是（let things be）。”（Slovic，1992：99）而戴维在阐释诗人鲁滨孙·杰弗斯（Robinson Jeffers）小诗《哦，可爱的石板》时，也谈到了张望和“看”的区别：“《哦，可爱的石板》显示了‘张望’和‘看’的本质区别。在看的时候我们往往能于平凡中见奇迹。”（Slovic，1992：102）“看”与“东张西望”的区别在于前者没有小我的介入，后者隔着一个明确的自我意识，正是这个自我意识遮蔽了眼睛“看”的功能。

斯洛维克提醒我们，为了使这种满心欢喜的“看”的状态成为永恒，梭罗在自我意识退去之前经历了漫长的有意识的努力，“这种人与自然的结合对于梭罗而言，并非容易且并非永恒。‘我们必须日复一日地外出，与自然牵手。’梭罗写到。犹如写日志一般，我们需要日日新，又日新，才能维持自我的清醒和注意”（Slovic，1992：33）。这是一个动态的过程，在这个日复一日的艰辛努力中，梭罗慢慢将自己发展成为一个“耐心、细致、忠实而勤勉的观察者”（Slovic，1992：35），最终，梭罗从一个早期“自发的专注”（voluntary attention）进入到后来的自我引退之后的“不由自主的专注”（involuntary attention）阶段。在这个阶段，梭罗沉浸在一种自我实现的平静、祥和与满足的状态中：“梭罗渴望与自然交流。‘在自然中，我全身心沉浸在快乐之中。……自然让我平静满足。’”（Slovic，1992：38）。这种快乐是自我意识消失之后的大乐，是小我消失，大我出现的时刻，“只有当我们的自我消失的时候，我们才开始意识到我们身处何处，以及我们与万物无穷延展的关系”（Slovic，1992：38）。

梭罗日志美学的成型，从自发专注发展到不由自主的专注，以及第一人称的逐渐消失几乎是同步发生的。在后期的日志中，梭罗“不仅逐渐省略了冠词，动词，且省略了代词‘我’。……也许我们可以将‘我’的消失看成是一种新视角的实验。……在后期的日志中，自我要么是一个无形的观察者，要么是一个暗含的参与者。1855 年后的八个日志条目中的动词几乎都不是指的观察者的动作。偶尔的三次对观察者动作的指示也只是限于察觉，如看到、看和听等，没有更主动的词汇。相反，动作，可以说全部的存在都是外部世界，与观察者毫无干系。观察者的物理存在仅仅被简略地暗示”（Slovic，1992：49）。自我的消失伴随着快乐的增长，斯洛维克分析道，随着日志美学的逐步成型，梭罗喜欢上日志本身而没有什么外在的目的，“随着日志美学的形成，自我逐渐消失”（Slovic，1992：51）。即便日志有着自身的目的，但它不是为了知识的增长，而是为了专注的深入。越是专注，自我就越活跃。随着梭罗专注的深入，他就越是倾向于留在家园。“‘不在于你走了多远，而在于你内心有多活跃。’，这种活跃不是外在的，也无法量化。获得这种活跃，需要与外在的世界深刻反复交流”（Slovic，1992：54）。日志则正是带给梭罗活跃状态的重要手段。梭罗自我消失并融入自然的喜悦是一种纯粹自然的状态，“让我们永远追寻自我吧，尽管我一刻也找不到自我。我永远是个在寻找自我途中的陌生人。我对自我的热爱和崇拜消融在对世界的爱之中”（Slovic，1992：54）。梭罗的专注之道告诉我们，大我的形成是一个动态开放的过程，且一定是“消融在对世界的爱之中”。

我们尽管相信梭罗在日志美学中体验到的“不由自主的专注”是一种“不费吹灰之力的专注——他无须张望就能够发现自然之中的细微之美”（Slovic，1992：47）。然而，如前所述，梭罗是在日复一日的艰辛努力中，慢慢将自己发展成为一个耐心、细致、忠实而勤勉的观察者的。这不由得让我们想起冯友兰的境界说。在谈到人们对天地境界的觉解差异的时候，冯友兰讲到：“《中庸》说：‘人莫不饮食也，鲜能知味者也。’对于宇宙人生全不了解或全无了解者，即所谓日用而不知，及饮食而不知味者也。’”梭罗在《瓦尔登湖》“更高的规律”一章中曾发出同样的感慨：“心不在焉，视而不见，听而不闻，食而不知其味。”学者刘玉宇则认为，梭罗对此句的理解完全是望文生义。认为，原文中对“心不在焉”的后果的描述，被梭罗挪用来描述简单天然的食物能够滋养人的天性，可以说除了语言上的勉强相关外，二者毫无关联。梭罗在对中国儒家经典的引用中的确有失误和曲解的地方。就我们所理解的上下文而言，梭罗引用的孔子的这段话绝非仅仅关涉天然的食物这个话题。作者是想借用孔子的这段关于“心不在焉”的话来隐喻人类专注力的丧失，意在告诉我们，人类对他者日益视而不见。梭罗引用孔子的这段话来说明人类不知感恩、丧失品味生活的灵敏和细致，心灵和味觉一样变得粗糙，依赖纯粹的外在刺激获得存在的感觉，以及向外无限升级地索取的病态，抓住了问题的要害，呼应了他毕生追求的对非我的“专注”事业。

## 三、以“回忆性写作”训练专注力的迪拉德

梭罗的日志美学是一种对非我的关注艺术，可以说在自然文学中开启了一种“专注意识”传统。对非我的专注是克服小我限制，走向大我境界或者天

地境界的必要手段，这种传统在他的学生那里得到了很好的继承和发展。作为梭罗学生的安妮·迪拉德和温德尔·贝里通过尽力唤起，甚至颠倒我们的感知模式，激发我们对自然的关注，唤起我们对自身心灵的弱点以及我们虚幻的自信的注意。迪拉德和贝里搜寻自然中的不确定因素，对他们来说，神秘性更能引起人们对自然的关注，吸引他们的更多的是令人惊异的、甚至是绝望的，难以预测的事物。他们抓住一切机会描绘他们钟爱的残酷的、令人恐怖的风景特色，热切地描绘着在自然中变幻无穷的体验。这种以相异性为主导的感知模式与狂喜、宁静、田园等以同一性为主导的自然体验模式完全不同。迪拉德和贝里都继承了梭罗这种相异性感知模式。

就迪拉德而言，斯洛维克首先列举了人们对她的作品抽象、缺乏历史和现实语境等问题的批评，其后指出，从确切意义上，迪拉德并非大多数生态批评家所理解的宗教神秘主义者或环境保护主义者，斯洛维克认为迪拉德“是自然文学作家梭罗与心理学家威廉·詹姆士的私生女”（Slovic，1992：9）。因此，迪拉德既继承了梭罗唤醒关注意识的心理实验，同一性和相异性之间的张力等主题，同时也继承了詹姆士对人类心灵的研究，对人类各种意识的考察。

值得一提的是，斯洛维克在这里将迪拉德的身份与神秘主义者和环境保护者拉开了距离，而和心理学进行关联，因为他关心的是迪拉德作品中人在自然中的心理学体验。我们无须在这三种容易混淆的定位中确定迪拉德的具体身份，但是有一点可以推测的是，迪拉德所触及的现象与深层生态学的“生态大我”有着密切联系。从“生态大我”具有心理学体验的成分这一点来看①，斯洛维克的心理学方法具有独特的意义。

迪拉德习惯并善于用将自己与普通场景和时间疏远的模式激发人的惊异体验，因此在她的作品中，我们往往会看到具有生与死之张力的场景，并使用奇异的语言“使自己对世界和自身思维过程产生警觉”（Slovic，1992：10），从而不至于麻木不仁。斯洛维克指出，语言对于迪拉德来说是一个很重要的策略。“通过用语言描述自己的体验，迪拉德使得自己成为对平常之物更为有意识的、精微的观察者，具备了欣赏这个世界的他性。通过她与自然的接触和她奇特的语言，她觉察到了她与这个有机世界的离与合，觉察到了自我心灵的维

① 福克斯在《走向超个人生态学》第七章中提出将深层生态学心理化的说法，事实上，深层生态学从诞生起就与心理学有着深刻的联系。参见：Warwick Fox. Toward a transpersonal ecology：Developing new foundations for environmentalism［M］. Albany，NY：SUNY Press，1990：204.

度”（Slovic，1992：10）。我们可以说，在迪拉德这里，语言是自我实现或走向“生态大我”的一个重要策略。语言是她走向自然和自我最深层次的拐杖，正是语言使人保持了对自然的一种持久的专注精神，也正是依仗语言并保持了自我的持久谦逊，迪拉德带给读者看的艺术。

斯洛维克在《寻找美国自然文学的生态意识》一书中对迪拉德最精彩、最独到的分析是对迪拉德的两种“看”的艺术的分析。书中分析的两种“看”的艺术，体现了专注的不同层面和维度。斯洛维克认为，迪拉德与其他五位作家一样，其写作基本上也遵循心理学套路，“虽然《汀克溪的朝圣者》几乎被看成是宗教的或者神秘主义题材的，但我认为它在本质上还是一部心理学的记录”（Slovic，1992：77）。因此，斯洛维克主要从心理学角度来分析迪拉德的作品。无论是心理学的还是神秘主义的，在笔者看来，斯洛维克心中的迪拉德是继梭罗之后的另一位追求提升自我专注意识的典范。正如本章中斯洛维克引用的迪拉德本人的文字所表明的那样，迪拉德也是一位潜心“专注”于非我的作家：“书是关于醒来的故事。一个孩子一再醒来，并注意到她是活着的。她如在梦中潜行，深爱着五官感带来的丰美生命，深爱着其力与美，全然忘了自我——突然，她醒来，觉知到自我。她注意到了自己的专注。”斯洛维克指出，作为心理现象的“专注”是迪拉德的研究领域，迪拉德对大脑神秘运行的兴趣体现在她几乎所有的作品中，这继承了梭罗的“专注”传统（Slovic，1992：62）。对迪拉德来说，走向专注最大的障碍是“令人分心的，令人扭曲的自我意识”。和其他许多自传式的自然作家不同的是，迪拉德一心想要在作品中超越自我，走出一条非传记式的道路。斯洛维克申明自己对迪拉德作品的心理分析就是要回应迪拉德在《汀克溪的朝圣者》中提出的一个问题：我能为“心理化的当下写作”做什么？这个问题的核心是，如何超越自然文学写作中自我的干扰，从而实现大我。因为在自然文学写作中，自我是阻碍作家进入澄明之境的障碍。斯洛维克提供的答案就是迪拉德的回忆式写作模式。在回忆式写作模式中，作者找到了将自我意识的干扰降到最低的途径。斯洛维克将迪拉德的靶子“碍事的自我意识”作为小标题摆出来，并将清除自我痕迹作为目标提出来。在这里，我们不难看出，迪拉德的野心就是努力走向一种大我的状态，即一种与对象认同的状态。

斯洛维克还指出，对迪拉德来说，自我意识不仅干扰神秘体验，还干扰艺术创作，“迪拉德一心想要进入一种她所说的‘单纯’的透明自我。‘我所说的单纯是指心灵的无我状态，在这个状态下，人会对某一对象单纯地付出。它是包容的，同时也是专注的。’”（Slovic，1992：64）。而自我意识却顽固地横亘在进入这种无我状态的坦途中，“比理性本身更糟糕的是，对当下自我的关注影响到自我进入一种神秘意识”。尽管迪拉德反复承认了自己的神秘主义倾向，斯洛维克却有意无意地对之进行回避，并从心理学角度阐释迪拉德的神秘体验状态，或者将迪拉德作品中的神秘体验表述为心理学意义上的大我境界①。

在这个地方，我们有必要说明一下神秘主义的相关背景。比尔·戴维尔和乔治·塞欣斯在《深层生态学》中列出了影响深层生态学的12个源头：宗教哲学、美国文学中的自然主义和田园之风的传统、生态科学、新物理学、基督教、女性主义、原始居民的生活方式、海德格尔、东方道教和佛教、罗宾逊·杰弗斯、约翰·缪尔、大卫·布劳尔，其中有相当一部分都是神秘主义者。可以说，从某种意义上来说，将以上各种思想资源联系在一起的是神秘主义。神秘主义可以被看作是深层生态学的一个胎记，没有它，深层生态学在很大程度上就丧失了其身份特征。这一点从它的几大思想支柱可以看出来。美国现代物理学家卡普拉在其著作《现代物理学与东方神秘主义》一书中专门讲述了现代物理学与神秘主义的内在联系。而美国文学中自然主义和田园之风的传统代表如梭罗等更是有着大量的神秘体验：“为了与工业化对抗，超验主义者爱默生把荒野看作精神洞察力的源泉，而梭罗则声称发现了异教和印第安人万物有灵论所说的渗透在石头、水流、山脉中的生命力的证据。”（雷毅，2012：100）至于东方的道教和佛教，则同样包含着丰富的神秘体验。冯友兰在《中国哲学之神秘主义》一文中提到：“本文所讨论，只及于道、儒两家。在中国哲学中，此两家之势力最大。此两家皆以神秘底境界为最高境界，以神秘经验为个人修养之最高成就”（2006：393）。学者郭淑新对佛家和道家的神秘体验及其带来的敬畏之心进行了深刻的论述（2007：89－100）。影响深层生态学家福克斯的超个人主义心理学也具有很浓郁的神秘主义色彩。

---

① 当然斯洛维克虽然回避但也并没有否认迪拉德与神秘主义的关系，他在《寻找美国自然文学中的生态意识》第63页中说：“《汀克溪的朝圣者》面世以来，迪拉德被指重振了文学中神秘主义的传统。……迪拉德这样解释《汀克溪的朝圣者》的目的：艺术是我们的旨趣，神秘主义是我想传递的信息。……她强烈反对自我意识的干扰，但她依然成功而强有力地描述了在她看来是真实的神秘体验。”

在《寻找美国自然文学中的生态意识》一书中，斯洛维克将迪拉德的神秘体验进行了心理学处理，从而避开了不必要的争论与干扰。毕竟神秘体验是一个富有争议的概念。在这一点上斯洛维克是明智的。他认为，迪拉德对作者身份忘却的现象——也就是回避对自我的描述，尤其是在创作的时候——可以从心理学意识的角度进行阐释。心理学分析使迪拉德写作中自我实现之追求更为明确。迪拉德是如何进入她渴望的无我之境界的？斯洛维克得出两个答案，一是回忆式写作，二是区分两种不同的“领悟”（seeing）。

与梭罗的日志美学一样，迪拉德也发展了自己独特的写作之道——回忆式写作。迪拉德在《写作生活》等书中对这种回忆式写作方式进行了说明和辩护：“回忆近前和遥远的过去，对早已远去的记忆进行复苏和分析使我们的眼光更敏锐，而在反思当下的自我情况下是很难有敏锐思维的。……为了避免干扰她的专注意识，她必须寻找一种间接描述自己特殊经验的技巧。”（Slovic，1992：67）这种技巧就是回忆式的写作模式。这种写作模式给她招致了人类中心主义和极端自我主义的骂名，但是斯洛维克对此进行了反驳。斯洛维克指出，作为对内心世界谨慎的探索者，迪拉德向内审视是恰当而有道理的。我们必须区分作品真正的研究主题是作者本人，还是一般意义上的人类意识现象。斯洛维克引用迪拉德自己的话对此进行佐证：“‘我不喜欢将自己作为写作对象。我知道我不是作品的研究主题’。她只是用自身的经验，以回忆或其他距离策略对之进行审视，从而获得对意识现象的知识。”（Slovic，1992：67）迪拉德此处的“自我”指的是具体意义上的自我，也就是小我。在斯洛维克看来，超越了小我的大我才是迪拉德作品研究的主题。回忆策略使得迪拉德在描述自我最显著的段落中似乎将自我作为一个他者进行描述。当叙述者企图研究外部世界的时候，世界开始变幻并消失，但是当叙述者的存在越来越轻盈，甚至消失的时候，她就越体验到一种专注。她本人的感官融入他者世界，而自我变成“飘忽”“半透明的”一个抽象的存在、一个“祷告”。在回忆中，作者可以对当时仅仅模糊意识到的经验进行评论甚至分析。在体验的当下时刻，她过于专注，在若干狂喜时分难以注意到自我的介入。斯洛维克说，这种自我审视的回忆模式对于迪拉德极为重要，它使得迪拉德避开了令人窒息的自我意识之逼视，这逼视有如“美杜莎之首”，令人麻痹，干扰对世界的体验：“当你回忆自我的时候，你将它当作一个他者，它已经不再是那个回忆的主体”（Slovic，1992：69），从而丧失了干扰之力。

除了回忆式写作可以让迪拉德避开自我意识的“美杜莎之首”的逼视外，斯洛维克指出，迪拉德还运用了传统的自传式隐喻手法。他分析了迪拉德《写作生活》中最大的一个隐喻——在《写作生活》的最后一章，迪拉德提到了一个特技飞行员戴夫·拉姆。迪拉德对他在空中的飞行特技表演的描述带有明显的对作家的自我指涉：“空中表演‘将天空切割成不同的形状’‘有乐感地’‘画出’‘阿拉贝斯克芭蕾舞姿’，最后明确给出若干明喻，清晰地将拉姆的空中表演与文学和视觉艺术联系起来”（Slovic，1992：71）。斯洛维克指出，迪拉德从飞行员那里得到的艺术启发是，有些事情你无法通过直接活跃的检视充分领会。你可以迫使自己盯视裂缝重重的山坡，你却无法轻易审视你自己心灵的见解和创见模式。迪拉德从拉姆对飞行艺术的评论中得到灵感：“‘我获得了一个节奏并遵循之’。这句话暗示了一种最小限度的自我意识的即兴创造，它完美地描述了迪拉德所青睐的无我的写作模式”（Slovic，1992：73）。如飞行员一样，迪拉德必须像专注于“控制键”一样专注于她的笔和纸，专注于她的一行行的文字如何呈现给地面上的观众们。她始终觉得有种不可言传的感觉，那就是艺术家就像是别人手中的工具（Slovic，1992：75）。这种创作过程类似于柏拉图所说的全神贯注、物我两忘、如有神助的“迷狂”心理状态。如果将作家分为“我与自我，自我与他人，自我与社会，自我与宇宙”这四类，自然文学作家应该属于最后一类，即自我与宇宙（王岳川，2008：220）。作家或其他艺术家在其中扮演的是宇宙声音的聆听者，自我只是一个媒介和桥梁，最适合自然文学作家的角色是“天地之心”的代言人。这样一个纯净的自我，正是某种大我形象的代表。

斯洛维克专注于从心理学角度分析迪拉德的写作技巧，成功地分析了迪拉德如何通过回忆和隐喻的方法实现最大化程度地回避自我意识的干扰。但是我们需要追问的是，迪拉德极力回避自我意识的干扰，她所想要追寻的境界到底是什么。在斯洛维克的暗示下，我们从迪拉德的《汀克溪的朝圣者》中发现这个境界正是“生态大我”的状态。这个世界，是一个回避了小我意识的，更为完满、丰富的世界。在这个世界中，万物普遍联系：“去‘领会’就是看见宇宙万物之间的普遍联系，它实际上是一个隐喻的行为。”（Slovic，1992：30）在这个隐喻背后，我们清晰地看到一个驱除小我，获得更高境界的大我的身影。

斯洛维克用两种“领会”（Seeing/seeing）来描绘不同的境界。斯洛维克将迪拉德的两种意识状态，即两个层次的“领会”分别进行了描述：第一个是封闭的/物质的“领会”，使得迪拉德关注体验的细节，“‘领悟在很大程度上就是叙述’，迪拉德说，‘我必须将我的注意力吸引到眼前的事物，否则我将熟视无睹。’……第一种领悟在《汀克溪的朝圣者》中是积极的，具有主动的意志”。第二个领会，即小写的“领会”，是开放的/神秘的“领会”，这种领会则意味着如其所是，“‘当我进入这层领会时，我惊恐万状，难以自持，自我消失’，这种神秘的、无我的领悟在迪拉德心中占据很重要的地位：‘当我进入这层领会时，我进入了真正的领会。如梭罗所言，我回归了我的感觉。’”斯洛维克再次用心理学的方法将迪拉德的这两种“领会”与心理学家詹姆士的“自发的关注”与“不由自主的关注”对应起来。这呼应了梭罗对两种层次的关注，充分证明了迪拉德作为梭罗学生的身份，其成功地继承和发展了自然文学中的“专注”传统。

## 四、以陌生化叙述训练专注力的艾比

与迪拉德一样，爱德华·艾比（Edward Abbey）的作品也显示了对一般阐释的轻蔑，他的作品既不是简单的描述自然的美文、对失去的荒野的挽歌，也不是环境保护的行动主义檄文。斯洛维克认为，艾比“真正的工程是他对意识的提升”（Slovic，1992：11）。通篇来看，这里的“意识”指的就是专注意识。迪拉德通过写作提升自我的专注意识，而在艾比这里，则是在审美文本中呈现对伦理问题的观照。因此，我们可以说，在艾比这里，审美是他提升专注意识的桥梁。艾比的美学策略旨在提升读者对环境的专注意识。在艾比的美学中，我们看到的主角是粗糙的、陌生的事物。斯洛维克指出，我们在阅读艾比的《大漠孤行》及其他作品往往体验到的是恐惧、迷惘和惊异等陌生化的效果。表面上这是一个纯粹的美学技巧，是一个文学写作手法，但是这与文学中“为艺术而艺术”的现象完全不同，艾比虽然不愿意被看作是环境保护的倡导者，但是他的作品也不是完全意义上的纯粹艺术品。艾比的陌生化策略起源于他对专注意识的重视，来自于其告别庸常与麻木的现状，走入一种与自然同一的大我之境意图。正如斯洛维克所注意到的，“同时企图控制和归属某种超越自我之外的存在的张力贯穿在艾比的《大漠孤行》之中”（Slovic，1992：97）。

就美学策略而言，我们从《寻找美国自然文学中的生态意识》前言中看到艾比在一次演讲中为自己的身份所做的辩护，他说，自己只是一个艺术家。艾比是拥护野性的，既不愿意说教，也不愿意自己的身份被定性，而只有纯粹的艺术家和美学策略才可以使他永葆自由和野性，从而维护自身和读者的专注力。斯洛维克指出，艾比的作品《有意破坏帮》被进行了过度政治化的阐释，比如人们往往将该作品与环境保护的实际行动及相应的组织如“地球第一”（Earth First!）等联系起来，斯洛维克则认为，该书超越了这种狭隘的解读，认为它有着更具普适性的意义，“艾比尝试在读者心中激起的是一种更为根本的意识，而不是激起某种偏激的政治行动。它涉及个人层面上的意识问题，面对的是道德和美学等问题。《有意破坏帮》与其说是行动的号召，毋宁说是情感的呼唤”（Slovic，1992：104）。在绝大多数的批评家关注该小说的政治意义的时候，斯洛维克却将之与俄裔美国作家弗拉基米尔·纳博科夫的《洛丽塔》进行联系，斯洛维克认为，两者将读者带入一种极富争议的状态：蔑视、遗憾、同情、审美的体验。

两部小说的遭遇比较相似：《有意破坏帮》被狭隘地理解为政治檄文，《洛丽塔》被定位为色情小说；两部小说的作者都申明自己纯粹美学的初衷，“《洛丽塔》的作者在书的结尾处写道：‘我既非一个说教小说的读者，也非说教小说的作者，《洛丽塔》无意说教，小说的存在就是因为它能提供审美愉悦’。……艾比也说‘创作的狂喜对于艺术家来说，一如情人们一样，是一个令人愿意为之忍受劳累、疼痛、受苦、屈辱、质疑的美妙的充足动力，如果幸运的话，它将带我们进入渴望的圆满境界’……保罗·布赖恩特指出，艾比的小说‘是一个呼唤人们关注文本自身文学性的文本。’”（Slovic，1992：107）两部小说都对审美对象有着极为矛盾的态度，斯洛维克认为艾比在这一点上深受弗拉基米尔·纳博科夫的影响：“我认为《有意破坏帮》与《洛丽塔》极为相似，《洛丽塔》的叙述者难以捉摸的激情来自于他对幼年时代占有性的渴望。这一点尤其体现在作品中使用语言的铺陈手法和双关手法来讲述这样一个有悖常情的故事。”（Slovic，1992：106）与弗拉基米尔·纳博科夫的手法一样，艾比对自然的，尤其是沙漠的情感也表现出一种难以捉摸的矛盾，斯洛维克将艾比与纳博科夫进行比对意在表明，艾比的旨趣是对自我的警醒，而不是环境保护。

艾比拒绝被定位为某种作家，艾比在叙述中展现出一贯的不确定性和难以捉摸性，这使得读者有种挫败的感觉，使读者总是处在一种“生活和艺术，实际的忠告、道德规劝和纯净的语言艺术”所构成的张力中，这种张力有着某种警醒的效力，他的作品带给人的感觉“一如他的大漠，布满了没有谜底的谜”。艾比“似乎拒绝给读者带来一个舒适安逸的沙漠，里面水源不稳定，时而匮乏，时而丰沛”（Slovic，1992：99）。艾比力图通过蓄意营造的这种不确定性带给读者一种警醒的状态，避免其沉入某种麻木的境地。

这点与美国自然文学的栖居主流意识相违背，但却代表了自然文学的另一翼主流——荒野情结。艾比对荒野的珍视可以从其著作《大漠孤行》中广受引用的那句话看出：“我们需要荒野，无论我们是否真正走进它。我们需要一个避难所，尽管我们永远也不必去那里。比如，或许在我的一生中，我都不会去阿拉斯加，但是我对它的存在心存感激。就像我们需要希望一样，我们需要躲避的可能性；没有荒野，城市的生活将会把所有的人都逼进犯罪、吸毒和疯狂的深渊。”（Abbey，1968：162）但是，在斯洛维克眼中，无论是艾比的荒野情结，还是审美策略，对于艾比来说更多的是一种自我对非我关注的隐喻，也就是说，艾比的荒野意识主要是指存在于艾比内心的野性。艾比陌生化的审美策略正是为了维护自己内心难能可贵的荒野。内心的荒野与心灵的麻木相对，体现出了生命的活跃状态，同时也体现了自我的专注精神。斯洛维克在援引艾比的一次访谈中说：“我蓄意以粗暴挑衅的文风使人们惊异。我希望警醒人们。我不愿意仅仅是安抚和取悦人们。我宁可激怒人们也不愿意使人们昏昏欲睡。我希望自己的写作在带给人们娱乐的同时也激励人们。”（Slovic，1992：100）斯洛维克通过援引与艾比风格迥异的贝里说明艾比这个不同寻常的策略：“‘艾比只是想要冲击我们的感知，使我们受到震惊，从而激发我们的专注意识。’”（Slovic，1992：100）。

艾比也不愿意被人说成是文化批评家，而希望被看作是纯粹的艺术家。他认为成为一个偶像人物令人生不如死，尤其是成为本科生的偶像。他希望在读者心中引起的变化不是社会变革性质的，而是个人修为性质的。从这一点上看，艾比具有了生态意义上自我实现的终极愿望，“《大漠孤行》的叙述者在开篇就‘梦想着进入到一种结实而野性的神秘体验，在其中，赤裸裸的自我与非人类的世界合二为一，但与此同时，保持自身的完整、个性和独立’”（Slovic，1992：112）。这句话呼应了深层生态学家巴恩希尔曾在题为《关系型整体主义》一文所确立的“生态大我”的形态：个体和整体是同一的，但是个体保持着自身的独特性，个体和个体之间的关系也是独一无二的、相异的。

与大多数深层生态学家一样，艾比关注的是个体的境界提升，而不是灌输一种固定的价值观。在斯洛维克看来，艾比的目的不是在读者心中植入一个统一的环境保护意识，而是使我们专注于心中的生死攸关的野性，警醒我们走出使我们放弃追求自由的自满。这种专注是个人的领域，而非社会的。艾比使用陌生化策略并不是单纯的玩弄技巧。陌生化策略就像魔术师手中的道具，能够给人带来神奇的效果[①]。无论是艺术家还是魔术师，都没有特异功能，其神奇的艺术效果来源于一个朴素的前提，那就是爱与关注。艾比之所以能将一个大家熟知的陌生化策略运用得出神入化，正是源于他心中对于沙漠忘我的爱。这种忘我的爱，不是自我个性的泯灭，而是激发了自我的生机，"欢喜情绪在进化机制里难道没有帮助我们生存下来的价值吗？我觉得是有的；我认为那些郁闷而忧虑的生物容易很快灭绝"（Abbey，1992：113）。在艾比这里，欢喜的情绪起源于忘我的爱。是爱，帮我们度过生死关头，"爱可以粉碎无名的恐惧感。彼此相爱之时，我们就远离了死神"（Abbey，1982：44）。正是因为艾比强烈地感受到了自然鲜活的美，他笔下的自然才给人带来陌生化的效果。我们不能单纯从写作技巧去分析一个作家或者作品。可以说，陌生化的文学效果，是荡漾在艾比胸中对自然之爱的自然流露，"家就是天堂。此处就是乌托邦。现在就是涅槃"（Abbey，1991：4）。艾比不是把玩文学技巧的魔术师，他笔下的陌生化世界不过是他眼中美丽世界的再现。他看到了一般人无法看到的美。这或许就是谁可以为自然代言的答案，"美，令人心碎的美。到处都是"（Abbey，1984：153）。在艾比看来，"我们所拥有的就是美，艺术之美、自然之美与生命之美，以及这些美带来的爱"（Abbey，1977：57）。

在艾比这里，炽烈的爱和对美的敏锐成为他运用陌生化手法的物质基础。陌生化在文学艺术中是增强体验，加深感知的重要手法，这不是技术，而是作者惊异之心的自然流露。孩子般的惊异之心，成为他游刃有余地使用陌生化手法的前提。学者朱振武认为，文学想象，尤其是神话和媒介所创造的虚拟现实通过风景的陌生化处理方式，提供给人们鲜活而敏感的地方想象，重新构建起人们的地方意识，培养人们对地方的忠诚感。如前所述，陌生化的重要作用在

---

① 生态哲学家戴维·艾伯拉姆（David Abram）在一次采访中将现代自然文学作家所发挥的作用等同于古代一些地区的魔术师。因为他们都具有与大自然沟通的神奇功能，就像那些能够读懂空气中、微风里发生的故事的小鸟那样令人叹服。http：//scottlondon. com/interviews/abram. html。2015－05－08。

于创造出客体的可见视像，由此去仔细欣赏事物，而不是形成对事物的认知；由此造成一种特殊感受，使人去充分领略、感悟事物是什么样子的，迷恋沉醉于对其感受和体验之中，而非经常感觉的机械性或直接跨过感受，得到关于事物是什么东西的认识结论和逻辑判断。因此，这种陌生化持续就是：

> 艺术持续，是人的一种有意识的创造活动之中反抗日常的隔离方式和因循守旧的固定模式的活动，使人摆脱了平常和麻木不仁的状态，摆脱了习俗的种种陈腐偏见，抱真归朴，对世界和人生都始终怀有诗意之感，始终怀有一种逍遥自在的审美态度，时时刻刻都感到新颖奇特，从而使人充分领悟世界和人生的丰富含蕴。陌生化的实质就在于不断更新我们对人生和世界的陈旧感觉，把人们从那种狭隘的实用、认知、交流等关系的束缚中解放出来，摆脱习以为常的惯常化的制约，包括无意识性的机械化、自动化的各种控制，使人们即便在面临熟视无睹的事物时也不断有新的发现，不断地推陈出新，从而感受到对象的异乎寻常、非同一般、为之震颤、为之激奋，重新回到观察世界的原初感受之中。(胡经之，175)

## 五、以聆听的包容训练专注力的洛佩兹

斯洛维克在《寻找美国自然文学中的生态意识》中分析的另一位自然文学作家巴里·洛佩兹（Barry Holstun Lopez）则展现出不同的专注策略。自然文学作家讲述内容中的主角是不会说话的他者，是非人类世界，而且不是以对他者的猎奇为讲述目的，而是以分享自己融入他者的感受，增强自我和读者的专注力为旨归，这注定了叙述与聆听的难度。洛佩兹培育专注意识的策略是对自己在自然中亲身体验的叙述，这种独具特色的叙述使其学术的论述更加具有说服力，从而唤醒自我和读者的专注意识，并使之化为行动的动力。洛佩兹明确表示自己北极之旅的使命是“在人迹罕至的异域之旅，对当地的地形地貌、动物植物和居民进行描述，并以详尽的、充满敬意的方式进行叙述，精心设计这种叙述效果以便在听众心中培育出一种关怀意识，不仅是对北极的关怀，更重要的是对读者或听众的家园的关怀。……‘作者的终极目的是在读者心中

培育出一种对世界的专注意识'”（Slovic，1992：15）。斯洛维克指出，洛佩兹写作的另一个目的是培育人与大地的亲密感。洛佩兹认为，这种感觉不会妨碍人们的专注，相反，它还会增进和深化人们的专注意识。从这一点上我们再次看到洛佩兹和贝里之间的相同之处：贝里的“长相守”策略和洛佩兹的“亲密感”都有着对家园长时间的情感投入。斯洛维克还指出了如洛佩兹这样的作家远行的重要目的是为帮助自己和读者关注异域的他乡和熟悉的家园，洛佩兹呼吁他的读者充分利用自己的象征能力（capacity for metaphor），意即将自己的家园与作者笔下的土地联系起来，读者的语言和思维模式与故事中的语言和思维模式进行联系。我们可以将这种象征能力看作是一种视阈融合的能力，不断的视阈融合是有效消除小我的重要方式；同时这种象征能力还可以使自我的爱从自己的家园扩展到其他地域，将对自然世界的爱扩展到对人类世界的爱。这种象征能力正是斯洛维克重点论述的对象之一：“我最感兴趣的是洛佩兹如何促使他的读者沉浸在若干令人大开眼界的象征，或变换的观念/视角中。”（Slovic，1992：17）而这也正是洛佩兹和贝里之间的区别。洛佩兹将不同的学科、文化和物理视角进行多角度交织，使读者意识到静态视角的局限性，而贝里则专注于立足脚下的思想实验。

洛佩兹是以在《北极梦》中描写北极的异域风光而著名的自然文学作家。有些自然文学作家有幸可以享受一种特权，那就是可以摆脱家庭的责任，到异域考察，长久只身一人置身异地他乡，但是需要承担着一定社会责任。有一类自然文学作家的主要目的不是仅仅描写奇异的风光，满足人们的猎奇欲望，因为他们很多人选择的对象并非风光旖旎之地，而是不毛之地或者是极寒之域，这在很多人眼中既没有太大的审美价值，也没有经济价值，甚至连猎奇价值都没有，正如杰弗斯的诗歌《哦，可爱的石板》所描述的石板，平庸无奇。在斯洛维克看来，有着远游特权的自然文学作家们内心承载着一个伟大的社会责任，那就是从自然中盗取智慧的火种，撒向人间，唤醒人们对生命真正的品味能力（Slovic，1992；147）。这里“智慧的火种”指的是自然文学作家在自然中独特的天人合一的体验，指人在面对非我世界时的反应——那种包容、谦逊、圆融和狂喜的反应。

在很多情况下，斯洛维克反复提到的洛佩兹所向往的专注状态正是“生态大我”的状态。的确，深层生态学的“生态大我”状态尽管可能很吸引人，但是，没有任何迹象表明人们会普遍接受它，这种观点也只可能在一小部分人之间流行，且天人合一常常源于一种神秘状态，经过长期的苦训才能获得这种状态。因此，不能将其作为一种适用于每个人的伦理基础（Meyer，2001）。然而，斯洛维克指出，通过研究和品味自然文学作品，可以帮助我们最大限度地了解甚至进入这种状态，“惊异与喜悦——某种合一的感觉——这种感觉来自于自我向本然世界的敞开，无疑是洛佩兹最想表达的。禅宗练习者、土著民和儿童的体验被当作理解世界的模范方式，自然文学作家则正是要将这些人的体验普及给普通读者，而这些读者往往俗务缠身”（Slovic，1992：154）。自然文学作家将极少数人的自然体验和自我实现，最大限度地解密祛魅，并公之于众。这些自然文学作品的焦点不完全是其描写的自然风景，也不是进行某种政治的或者是伦理的说教，而是一种自我发现、自我实现之旅：“对于洛佩兹等自然作家来说，我们往往发现，自我是一个重要的主题，自我的风景如外在的风景一样重要。”（Slovic，1992：154）

对于读者来说，这些作品描述的自我状态具有隐喻和榜样作用，具有以手指月的功能，是一个通向每个人心目中大我的跳板，“我们将洛佩兹的作品看作是一个跳板，作为指导我们做好预备的沉思工作，最终走向一个全新的包容的心灵境界”（Slovic，1992：150）。这种跳板作用能帮助人们形成包容的思维模式，使人打开自我，走向大我，使读者体验到只有少数人才能体验到的天人合一的感觉，还使人走出自己的文化，聆听他者的文化。自然文学与其他类似的文学作品，如旅游文学、探险文学等最大的不同是自然文学将“包容”作为自己的终极命题。这种体现在跳板这个意象中的包容命题既包括人对非人的包容，也包含人对人、人对其他文化的包容。旅游、探险等文学将描述对象当作他者进行凝视，自我的前见或偏见横亘在对象与自我之间，阻碍自我从中获得“更大的智慧”。斯洛维克说：“洛佩兹作品中体现的‘包容’意识极力留住对象的他性。……而探险家洪堡德的作品在用比较视角描述对象，将之与已经想象或见过的风景进行联系，使之丧失了他性。”（Slovic，1992：148）后者是一种带着先见重负的自我俯视他者，将之进行同质化或他者化的处理，体现了一种非包容的自满态度。自然文学作家深知专注于非我的艰难，它与谦逊、开放和理解的精神息息相关。

如前所述，“生态大我”最大的问题在于其乌托邦性和实践的艰难性，默耶尔也认为，因为它需要长时间严格修炼，“生态大我”的实现看起来是少数人的专利，如禅宗练习者。然而，斯洛维克有一段振奋人心的话：“诚然，大多数自然文学作家追求对自然原始的感受性，这需要对专注力进行非凡的培养，但是这种体验必然是罕见的顿悟吗？《北极梦》似乎想要表达的是，无论是鲁莽的石油管道工人，还是旅行诗人都能获得‘对大地本身具体的理解’，这是想象性专注力的结果，不一定是神秘的幻象。若想体察和尊重自然风景的独特面貌，我们需要有质朴、单纯和新奇的心境。洛佩兹说：‘我们每个人都有理由因为悲观而玩世不恭。’但是在我们看来，我们有必要带着充满惊异的心走入故事，我知道我会从故事中获得奇迹，我会将我的惊异之心带入故事，这样读者也可以感受到它，并说‘我上有老下有小，我要养家户糊口，我所生活的世界尔虞我诈，虚伪势利，冷酷残忍或充满索然无味的电视节目。但是，我还保有惊异之心。我在故事阅读中进入一个充满奇迹的世界’。”（Slovic，1992：154）。在自然中体验奇迹不再是少数人的神秘事件，而是每个人都可以企望的境界，我们需要做的就是保护我们的惊异之心。自然文学作家以其充满惊异的自然体验，成为读者的典范，带领读者体验外在世界中完满自我。洛佩兹说，大多数人类社会成员有工作，有家庭，无法到达一些遥远的地方：“洛佩兹自己去了这个遥远的地方，并向读者传递了自己的体验。通过这样的方式，他实现了作者的终极目标，那就是‘培育读者对世界的专注意识’。”（Slovic，1992：166）

斯洛维克指出：“细致地描述异域风情是《北极梦》的重要目的，这个描述过程需要将整个风景看作是另一种文化，这种文化需要我们‘与之达成协议’，这个协议不是战争停火协议，不是双赢的贸易协议，洛佩兹所说的协议在很多情况下指的是‘合一’、‘尊重’和‘亲密’等。”（Slovic，1992：146）斯洛维克一再说明“自我”是他研究的五位自然文学作家中重要的研究对象，这里的“自我”不是刚愎自用，以自我为中心：“洛佩兹对自我和自然的意识具有代表性，生态批评家里昂说，‘这里发展出两种领会（seeing）。一种是带着先见领会，一种是感知，看万物如其所是。’这让我们想起迪拉德的两种领悟。”（Slovic，1992：162）后一种领悟是对万物的尊重、开放、耐心的态度，正是一种生态意义上的认同。斯洛维克进一步分析说，洛佩兹找到了他的理想目标：更为简单的生活、如初的亲密感和精神的重生。

斯洛维克专注于分析这些自然文学作家再现这种自我实现体验的文学技巧，以使得这种少数人才能体验到的境界为普通读者所理解。其中洛佩兹采用的叙述策略是故事讲述。故事讲述策略最适合一位远游的作家将自己在一个人迹罕至的地方的精神之旅完满地传递给听众。他的故事讲述在体裁上讲很难归类。用斯洛维克的话来说，是一个混血儿。它既是感性的，也是理性的；既是一个智者的言说，也是一个哲人的话语；既需要直接的感官体验描述，也需要抽象的反思；既是包含个人亲眼所见的趣闻逸事的自传，也包含一些隐喻性的细节。斯洛维克认为，个体化、细节化的讲述对洛佩兹具有很重要的意义。其最重要的文学技巧是“个人趣闻”（personal anecdote）。作家们“日日亲密而敬畏地接触着非人类的世界，记录、思索着这种生存方式，并以故事讲述的方式告诉他人”（Slovic，1992：146）。自然文学作家最想向读者传递的不是某一具体地区的具体风景，因为他所要带给读者的不是某个异域风情给人带来的猎奇的乐趣，而是一种自我对一般的自然做出的反应——谦逊、包容、开放。这种反应告诉人们：我们不仅应该对北极这个特定的地区保持尊重，而且还应将对此地风景的尊重传递给读者身边的风景，将对风景的尊重转换为对人的尊重。

有趣的是，斯洛维克认为这个隐喻性策略不仅传递的是对北极这个特定地区的尊重，而且还包括对读者的尊重。这种尊重体现在洛佩兹的故事叙述策略之中。故事的讲述者必须确保听众是乐意倾听的，而不是兴趣缺失，讲述者应该时刻将听众的感受放在心中。斯洛维克谈到了洛佩兹的戏剧专业背景，这一点有助于说明其对故事策略的重视（Slovic，1992：144）。讲述的策略对于自然文学作家来说至关重要。自然文学作家在自然中的体验是一种独特的体验，他们的体验既包含外在的风景，也包含内心的风景，他们关心的是最根本的认识论上的问题，忠实地描述这种体验是一种历险。斯洛维克援引洛佩兹对这种叙述的难度的说明，“作为作家，我们必须面对将这种秘密变为有效的文字的难题。这是一个让人退缩的难题，就像描写老虎的生活那么难”（Slovic，1992：147）。他们体验的对象也具有独特性，在他们的写作里，主题不是爱情、战争和历险，“这些自然文学作家开拓的是美国小说家遗忘的角落。这个角落涉及人与上帝、人与国家以及人与土地”（Slovic，1992：145）。自然文学作家的故事策略受特定的内容制约，自然文学作家作品的主要内容是关于各种形式的专注，对大地、文化、语言和听众的专注。正如洛佩兹所说：“许多自然文学作家非常专注于外来文化或异国文化，原因在于这些文化扎根于那些具有灵性，有利于这个星球上人类身心健康的事物中。这就是为什么自然史作家更愿意走向这种古老的故事讲述方式的原因，这些故事讲述着人类世界之外的

宇宙，故事帮助我们理解我们自己以及告诉我们该如何行动。”（Slovic，1992：146）

18世纪以来，英美主要自然文学作家在从内部反省西方文明自然观的同时，也借助他者文明的智慧，对现代文明进行集体反思。自然文学在种族上体现了日趋明显的宽泛性，如美国印第安作家莱斯利·马蒙·西尔科（Leslie Marmon Silko）的《仪典》（Ceremony）和《死者年鉴》（Almanac of the Dead）、墨西哥裔美国作家安娜·卡斯蒂略（Ana Castillo）的《离上帝如此之远》（So Far from God）、黑人作家芭芭拉·尼利（Barbara Neely）的《清洁工布兰奇》（Blanche Cleans Up）、斯科特·莫马迪（N. Scott Momaday）的《通往雨山之路》（The Way to Rainy Mountain）等。不仅如此，“理查德·尼尔森和加里·那伯罕等非印第安人也在寻求领悟印第安人对土地的理解，这些声音汇聚并强化了他们的传统”（Finch，Robert & John Elder，2002：26）。自然文学聆听他者文化的传统早在梭罗的《瓦尔登湖》中就有体现，书中出现了大量的东方文化意象。自然文学作家斯奈德（Gary Snyder）也表现了对中国和日本禅学的浓厚兴趣。文化与土地互为隐喻。土地有着精彩的故事，需要真诚而富于表达的作家来阅读和讲述，更需要真诚的读者和听众来聆听。隐喻则是沟通故事讲述者和故事聆听者之间的重要媒介。在洛佩兹眼中，隐喻的能力是区分人与非人、人与人的重要标志，“隐喻对于洛佩兹来说意味着接受甚至吸收他人的文化并融入自己的世界观”（Slovic，1992：142）。

斯洛维克似乎无意于将洛佩兹这种对于他者或者非我的充分关照进行理论化阐释。事实上，无论是中国美学还是西方哲学，对于这样一种观照都在理论上有所关注。在中国美学传统中，与此最相关的理论是“以物观物”思想。虽然人类还远远没有完成从“以我观物”到“以物观物”的进化，或许这个进化是一个永远开放的历程，但是“以物观物”在中国美学传统中却经历了漫长的过程①。而在西方，美国生态批评学者默菲从身份认知角度利用巴赫金的“外在性”理论，即“人必须站在自己所在位置之外，从另一个人的角度来审视自己”的观点阐释了人与他者的关系，以及人与自然的关系。自我无

① 关于“观物”，中国的各家早有“以物观物”的思想和观点，如老子的“以身观身”，庄子《秋水》中的“以物观物”，孟子的‘万物皆备于我’。近代王国维在《人间词话》中指出：“有我之境，以我观物，物皆着我之色彩。无我之境，以物观物，故不知何者为我，何者为物”，都是对“以物观物”美学思想的沿袭。

论从身份认知还是身份塑造角度都离不开与他者之间的联系。换言之，生命力源自于自我与非我之间的对话与碰撞，自我在对话中获得改变（transformation）与再生（regeneration）。对话或许是我们获得自我身份与生命力量的唯一形式。因为“存在就意味着交际”（巴赫金，1998：378），“对话结束之日，也就是一切结束之日”（张开焱，2000：88），“自我没有自己的历史，只有与他者关系的历史。从一系列关系到一系列标准的历史”（Butler，2005：8）。只有“以物观物”模式能赋予自我以“像山一样思考”的天赋。

洛佩兹文本中体现出来的讲述/聆听二元融合叙述模式实际上是以上提到的“以物观物”之再现。洛佩兹给予各类他者以充分的注意，从人迹罕至的北极、北极的居民、渴望寻找身份的自我，到那些渴望来一场想走就走的旅行却心有余而力不足者，都有着足够的情感投入与想象。这些角色都平等地站在叙述的大舞台，分享着同等分量的话语分量，对话者和聆听者没有任何一方处于心理优势或者道德高地。

## 六、以对婚姻的忠诚训练专注力的贝里

和迪拉德、艾比一样，贝里和洛佩兹虽然也是梭罗的学生，但是他们更多的是继承了梭罗在自然中获得的同一性体验，而非相异性体验。斯洛维克分析道，对于继承了梭罗在自然中相异性体验的迪拉德和艾比而言，激发专注意识最为有效的因子是变化、惊异和不确定性，而贝里和洛佩兹则采用更为舒缓的方式来增强自我的专注意识。他们倾向于将人们认为仅仅是可能和确定的因子进一步牢固化和明确化。斯洛维克敏锐地指出，无论是相异性还是同一性的继承人都强调，专注意识的培养是一个永无止境、持续动态的过程。他们只是以不同的方式靠近培育专注意识的目标。无论是相异性的策略，还是同一性的策略，这些自然文学作家为我们展现的是他们进入专注状态的独特体验，为“生态大我”的实践提供了丰富的范式。

斯洛维克认为，贝里在他的《吊脚楼》中展现了典型的地域归属感模式。对贝里而言，与家园的“婚姻”虽然甘甜，但是也经历了“漫长而艰巨的经营”。在斯洛维克看来，这种努力需要超越自我内心对自己居住或逗留之地的成见，需要培育专注意识，这往往需要依靠文学的作用来激发并引导读者的觉悟。内心的成见是进入“生态大我”的障眼物，驱除成见是一个必经之路，

也是一个坚苦卓绝的历程，这正是为什么人们感慨在生态语境中，知行难以合一①。斯洛维克的发现是，贝里在驱除自我成见之后，家园自然会对观察者展示其无穷的秘密，但是这需要极为漫长的交流过程。

在培育专注意识的策略方面，如果说梭罗采用的是日志美学、迪拉德采用的是回忆式写作，艾比采用的是陌生化写作，而贝里则采用的是漫长的“婚姻式”交流，那么，漫长的交流可以看作是贝里推崇的策略。与梭罗、迪拉德将写作看作是深化自我的专注意识一样，贝里也将写作看成是一项重要策略：“专注力在写作的过程中得到深化。”（Slovic，1992：13）值得注意的是，贝里和梭罗一样也青睐日志体，他也和梭罗一样，在写作中日益关注细节和具体之物，叙述的节奏日趋缓慢，直到对具体的自然观察自发呈现。斯洛维克反复提到培育专注意识的艰难。斯洛维克指出，贝里的专注意识实际上是一种提升了的心灵境界。事实上，这种深层而平静的喜悦贯穿于贝里的作品中。

我们可以将迪拉德和艾比看作是杂技演员和特技飞行员，他们惊悚的表演，令我们眼花缭乱，失去方向感，以此来激发我们的专注意识，避免我们沉睡在自我之中无法自拔，他们继承了梭罗的相异性策略（disconjunction），更多地使用了陌生化（unfamiliarity）手段，描绘的是一些陌生的、残忍的、粗糙的、恐怖的、骇人的、不确定的、带给人迷恋的、诗意的、极端体验的、亢奋的、剧烈的、生动的、辉煌的、自嘲的感受。他们利用了读者对宜人的、田园的、具有稳妥审美感的事物，或者是天真的荒野情结的阅读期待，利用了人们对自然世界中具有破坏性一面的抑制和无知，使读者暴露于惊悚怪诞的体验中（Slovic，1992：117），从而产生一种强烈的专注意识。贝里则采取了与此相对应的熟悉化策略（familiarity），那就是，作家可以被看作是一个园丁或农夫，日复一日地守护着自己的园子，情感日渐浓稠，以此呼唤人们培养自己的专注意识。我们姑且将这个策略称为“长相守”（marriage）。“长相守”不同于令人心醉神迷的蜜月，不同于过山车般的陌生化策略。“长相守”意味着对自己的家园熟悉得如自己的衣服，如园丁般终年呵护自己的园子，生活节奏舒缓如舞蹈。从贝里自己的描述中，我们得知，“人与自己家园之间的关系不仅意味着激情、美感和挑剔，还意味着会存在很多的问题，有很多现实性，并且需要一种责任意识”（Slovic，1992：123）。在长相守中，如何使我们对朝夕相

① 生态批评家布伊尔、斯洛维克和桑德斯等都曾有过类似的感慨。

伴的对象日日相见，却能若初见，甚至情感与日俱增？如何能做到品味宁静，甘之如饴？这是一种艰巨而艰辛的艺术。斯洛维克带我们解开了这个谜。

自我如何在与非我长相守中获得“初见”的新鲜感？答案是保持谦逊、耐心和持久的劳作。虽然贝里短暂的离家“使得贝里后来对家园的重新依恋变得更为深刻”，这种短暂的离家带来的悬念的确促进了贝里对家园的专注感和归属感，但是更为重要的策略则是劳作，“在家园中的劳作带来的归属感则具有一种特别的强度。……对家园单纯的审美欣赏可以是灵敏的，也可以是迟钝的，但无论何种情况，单纯审美欣赏无法带来在劳作中形成的直接接触获得的对家园的敏锐领悟。……劳作、奉献和长时间专心致志的亲身体验将带来心灵与家园的必然汇合”（Slovic，1992：123）。在贝里这里，非占有性、非征服性的劳作是一个培育专注力的重要策略。美国环境批评家罗伯特·鲍格·哈里森在《花园：谈人之为人》一书中也提到，想让我们的不宁之心得以平静下来，必须有一个心灵支点。带着园丁般的呵护心情照料自己工作对象的劳作，正是夏娃得以摆脱伊甸园那无形无度之空虚的根本。这个根本已经被我们忘怀，我们在走向科技伊甸园的道路上一去不返，寻求与土地断根。科技的历史可以看作是人类寻求从土地体力劳作中解脱的历史，实现了一种四体不勤的安逸、舒适和便捷。

贝里认为，现代人无家可归，人们陷入行动的狂热，我们已经不再习惯于过一种安宁的生活，他说：“我的文化背景使得我竭尽全力地工作、行动并在社会上获得立足之地。闲适地生活在阳光下、小河边是我们很难做到的。”（Slovic，1992：130）为了说明劳作在“长相守”关系中的重要性，斯洛维克援引了地理学家堂·米歇尔（Don Mitchell）对自然文学中出现的三种层次的介入，并认为介入越深，就越好，越真实。“第一层是‘纯粹观察’，第二层是‘欣赏自然’，第三层是参与或投入”（Slovic，1992：128）。当然这里的投入是对自然非占有式的观照。第三层显然是最深、最真实，也是最好的介入。这种模式的特点体现在劳作中的动态关系。斯洛维克说：“对大地的劳作和呵护对形成农夫或作家的自我身份至关重要，帮助他理解如何成为一个栖居之人。……贝里了解与一方土地维持富于责任的关系意味着什么，以及长久接触在情感上、精神上和实际认知上的意义。贝里最喜爱的表示是男人和女人的婚姻关系这种长久接触的隐喻。这种关系带有一种关注和关爱。……维护这种与大地的婚姻关系的主要办法之一是持久的劳作”（Slovic，1992：124）。持久的劳作使得人与家园的亲密感日渐增强。斯洛维克想证明的是，如此用心良苦地劳作，不为收成，而是为自我实现，因为劳作对自我身份的形成至关重要。

动态的劳作和守护关系不仅带来的是亲密感的增加，还带来了宁静。斯洛维克这样分析道，贝里在《吊脚楼》中始终将自己刻画为一个安静沉默的观察者，一个对宁静的品味者。贝里的许多作品都强调农夫与他的田野之间深沉的心理上的亲密关系，而这种宁静、深沉和安详的感情正是来自于身体力行的投入。然而这种关系并不是静态完美的，而是处于永不完满的动态变化之中。"贝里的文章描述的不是一种理想的关系，而是对如何习得宁静之道和专注艺术的过程的描述，通过这个过程逐步获得梭罗意义上的'更伟大、更实在的宁静'"（Slovic，1992：124）。斯洛维克通过援引《吊脚楼》来说明这种静态的安详与动态的劳作结合体现于类似于舞蹈的过程："我们（作家和西克莫无花果）在和一种虽然朦胧但是确定的关系和图案互动着，像舞者那样。"

哲学家大卫·艾布拉姆（David Abram）也曾在《感官的魔力》中提到，现代社会线性时间观和虚拟空间遮蔽了人们的专注力，"抽象的、同质化的空间与抽象的、线性化的时间有着必然的联系。人类学家赫尔特克兰茨（Ake Hultkrantz）认为：'西方时间观念包括一个起点和终点；美国印第安人则有着无往不复的循环时间观。一些印第安人的语言中没有过去和将来的时态；一切都在当下获得宁静。'"（1996：185）。只有在专注中才能获得宁静，而在线性时间模式中，人们急于赶路，舞蹈对于现代人没有诱惑。只有在舞蹈中我们才能将贝里所说的人与大地的关系仪式化，"人对地的改造是有限的，有所控制的，就像贝里说的'略带仪式化'"（Slovic，1992：131）。

贝里在宁静中找到了强烈的定力，"在整个叙述中，贝里的家园意识从来没有动摇过，相反，它在光阴荏苒中历久弥新"（Slovic，1992：132）。在斯洛维克看来，和梭罗的日志美学、迪拉德的回忆式写作、艾比的陌生化美学策略一样，贝里也将写作看作是培养专注素养的重要手段："贝里看似在写作，但他似乎主要是在吮吸周遭环境的信息。从《吊脚楼》开头描述了自我意识的历程，到后来慢慢意识到'这个地方生命的复杂性'，贝里说：'我开始认为我自己的生命不过是很多生命中的一种'。"（Slovic，1992：134）这种对生物中心的平等主义的顿悟得益于贝里的日志："贝里的日志日益成为他献身外在自然世界的重要部分，是作者迫使自我专注的重要手段。用梭罗的话来说，日志是使我们专注的机械手段，但无疑是有价值的一个手段。贝里对家园的了解不可能抄近路。这个重要的发现证实了写日志的过程给人带来的耐心与包容：‘当我觉得有必要了解非我的世界时，我急于求成。之后我开始意识到这近乎不可能。知识习得之事是无法生拉硬拽的。它会在合适的时间以自己合适的方式如其所是地显现给在栖居、等待、心甘情愿、细致观察的人。急躁是没有用的，甚至起到反作用。要点是专心致志地在场。安坐、静候与行动一样重要。耐心与劳动一样必要。我们想要了解的已经在那里。当它到来的时候，你适逢在此，那是你的好运。唯一的条件是你在场并专注着’。”（Slovic，1992：135）由此可见，在斯洛维克那里，贝里教给我们的“专注”之道是日复一日的劳作。

自然如其所是地绽出，我们的促逼将无济于事，我们只需要谦逊耐心地在场。贝里在《吊脚楼》的结尾处承认了这种专注永无终止的开放性，认识到这一点，让我们平静而安详。

斯洛维克所用到的词有专注、意识、状态、态度等，都用以指代他心中的某种境界。我们是否可以把这种境界当作自我对他者或者非我爱的体现？在他看来，这些作家最想向读者传递的不是某一个具体地方的具体风景有多么新奇，也不是为某些环境保护组织提供思想依据，而是“单纯的哲学诉求——一种了解世界真相和自我本质的诉求”（Slovic，1992：138）。他们思考的更多的是，自然对于人类意味着什么，人的本质是什么，人性可以达到的境界是什么样的等。这又可以被看作自我生命完满的体现。

《寻找美国自然文学中的生态意识》一书以“专注”为核心词将五位作家联系起来，将培养专注素养作为人的心理成熟和进化的标志。在这里，“专注”一词是指对对象的包容、开放、谦逊、耐心等态度，作为自我改变和进化的一个重要途径。这五位自然文学作家都以培养自己和读者专注素养为己任，他们深知这是一个艰难的、动态的、永无止境的过程。专注素养的形成使自我具备了品味宁静、虚怀若谷的品质。斯洛维克书中的五位自然文学作家都采取了不同的写作模式来寻找某种自我意识：梭罗的日志美学、迪拉德的回忆式写作、艾比的陌生化审美策略、贝里的熟悉化写作策略，以及洛佩兹的故事讲述和隐喻策略。在斯洛维克看来，“自我”是这五位自然文学作家研究的主题，在笔者看来，斯洛维克所描述的自我意识具有“生态大我”的影子，这五位作家一生都在追求改变自我，寻求自我的专注意识、包容素养。用斯洛维克的话来说，他们终其一生都在主动寻求自我的思维进化，避开自我的美杜莎之首，绕开小我的羁绊。克服小我的自满和封闭是他们毕生的、永无止境的事业。可以说专注素养是斯洛维克从生态批评的角度对“生态大我”的一个重要启示。

对非我世界专注意识的提升意味着人类的心理进化和成熟。而这也是“生态大我”的重要标志。可以说，斯洛维克对自我的兴趣实际上是对自我专注意识的研究，对自身身份的兴趣实际上是对“生态大我”身份的研究。换言之，斯洛维克所研究的自我是放弃对小我的执着，走向对非我世界专注、聆听、敬畏的谦逊的大我。贯穿于斯洛维克所研究的五位自然文学作家的一条主线是他们对如何培养自我的专注意识的思想实验，培养自我对非我世界专心致志的“近视”素养。梭罗“日日新”的日志美学、迪拉德的写作之道、艾比的美学策略、贝里的“长相守”理论、洛佩兹的故事讲述都有着这样一个共同的旨趣，那就是如何驱除沉重而顽固的小我，走向轻盈高迈的大我。

作家的叙述模式是其思维模式的投射，无论其使用的叙述模式是什么，自然文学作家笔下的自然都闪烁着生命的光芒，这和作家本身所具备的爱的素养有关联。笔下的他者因为作家们的爱而生。对外界感觉的迟钝，使得现代人生命力逐渐萎缩。或许自然文学和生态批评可以带领我们研习对外界敏锐的艺术，对他者或非我的爱的技巧，从而恢复我们的感知和生命力。我们每日以进食或穿衣等方式与自然发生联系，那是处于一种无意识的本能，而只有自然文学作家才能进化到以一种自我意识去与自然发生更为广泛的联系。

## 第三节　讲述能力

斯洛维克对讲述产生的能量给予充分的肯定。除了分析自然文学作家的写作模式，斯洛维克本人在分析生态批评实践中也采用了讲述的形式。在他的生态批评生涯中，讲述是他“拯救”和“逍遥”的策略。美国自然文学作家约翰·塔尔梅奇（John Tallmadge）是斯洛维克的同事和朋友。他在给笔者的邮件中提到，好的故事、意象或者诗歌是我们赖以为生的东西，这些东西有时候甚至比食物还重要。这句话源自巴里·洛佩兹的一本著作《乌鸦与黄鼠狼》（Crow and Weasel）。其中有这么一句话：“有时候，和食物相比，人们更需要一个故事。”事实上，塔尔梅奇的学术路径和斯洛维克的“叙事型学术”是一致的，塔尔梅奇身兼作家和批评家就证实了这一点。在笔者看来，这个策略已经超越了作为生态批评的策略，成为一个生之路径：在叙述中寻找生机，自我拯救，而这个叙述策略是通过对非我的关注来实现的。

贯穿于斯洛维克学术轨迹始终的是一对二元项，那就是“拯救”与“逍遥”。这对二元项有着若干变体，如远行与深思①、出世与入世、叙述策略上的哀诉与狂喜、行动主义与文学艺术，等等。他关注的是在生态批评领域如何以出世的精神做入世的事业。换言之，生态批评的社会担当注定使之担负起介入社会事务的责任，承担其文化批评的角色，而不是学者们纯粹的思想与语言的游戏。生态批评的紧迫性使得不少学者和艺术家纷纷走向了行动主义。布伊尔在最近的一篇文章《生态批评：晚近趋势面面观》中说：“生态批评必须在这两者之间做出自己的判断：是把自身看作一种批判实践，最终应由环境主义者的社会行动来衡量其对批判的忠实度，还是把自己正当化为一种知识生产或人文理解的学术—专业性实践？尽管多数生态批评家或许会说，这些目标彼此密不可分，但围绕这一问题存在着截然矛盾的立场。”② 生态批评中的行动主义和自然文学中的多愁善感真的难以共存吗？艾比本人就在《大漠孤行》中给出了答案：平衡就是秘密。适度的极端主义，这是一种取法上的态度。急于介入现实，让自己的思想影响决策者的强烈诉求不能淡化自己作为人文学者的角色。文学和哲学一样，从来很少能为历史事变直接提供力量和机会。但是它会通过不可预知的种种途径、种种人渐渐传播开来，直到某个时候降为不言自明之事为止。在生态批评话语中，文学的作为需要在入世的“拯救”与出世的“逍遥”之间找到一个平衡点。斯洛维克就一直在“拯救”与“逍遥”之间寻找一个平衡点。这个平衡点的杠杆就是文学语言与专注精神之间的辩证关系。对于文学语言的信任是他提出叙述型学术（narrative scholarship）的基础。

生态批评的“文学性”体现在生态批评策略从主流的逻辑分析模式（reasoning mode）向将理性的逻辑分析和感性的叙述型学术模式结合的模式转

① 斯洛维克于2008年出版的著作《远行深思》之书名就体现了这对二元项。

② 原文发表于美国《谁语》（Qui Parle）杂志19卷2期（2011年春、夏季号）第87－115页，原文名为“Ecrocriticism：Some Emerging Trends”。

向①。从心理学角度来讲，很多的生态恶化过程漫长而缓慢②。惊人的数据和耸听的结论已经触动不了被真真假假的信息狂轰滥炸的麻木的感知。只要今天还能安然无恙，谁愿意为了一个不明朗的明天庸人自扰？而融入了“文学性”的批评策略则全面、生动、深刻地剖析和治疗了人类的病变。传统的学术方式通过引用等事实依据强调学术的客观性，西方文论由于解构主义、新历史主义文论的出现，在女权主义文论中首次提出了叙述型学术方式，后来又受到生态批评家们的青睐，此种批评模式旨在通过在注重逻辑性、系统性、自律性和客观性的传统学术中注入情感性、文学性以及与生活大地联系的体验性（situatedness），打破或者消弭主客二分思维，甚至做出了质疑学术权威性和有效性的姿态。

如其名称所示，叙述型学术通过讲故事的形式实现其说教功能。它公开承认学术写作中讲故事的维度，同时也承认故事叙述者身份的存在。这是一种嵌入式（embededness）学术方式，个人体验与科学数据同在，想象思维与逻辑论述共存，隐喻表达与宏大叙事兼有，诙谐戏谑与坚定信念并置。黛安·P.弗里德曼把这种学术风格称为“炼金式”写作，“使记忆和阐释、作者和学者融合并循环”，并“高度关注作者或学者的处身性”。叙述只是论点的铺垫和基础，而不是作为论点的论据存在。这种个人叙述和文学评论交织在一起的形式，使叙述型学术有了“散文创作的特征”。正如生态批评具有跨学科性一样，生态批评中的学术性学术在“跨越创作者和批评者、作者和学者的边界”的同时，其隐含条件是“学者的批评眼光是植根于他的政治、社会，甚至是情爱体验的切身性（materiality）”。格林·洛夫（Glen Love）在论证“叙述型学术”在自然文学中运用的两个理由是：学者的故事与自然文学作者的故事相得益彰，生态批评模仿自然文学将科学和文学结合的典范。伊恩·马歇尔（Ian Marshall）则列出了叙述型学术的亲切性、跨学科性，缓和人与自然、学

---

① 劳伦斯·布伊尔（Lawrence Buell）、斯科特·斯洛维克（Scott Slovic）、约翰·埃尔德（John Elder）、伊恩·马歇尔（Ian Marshall）都撰文讨论过叙述型学术方式。

② 斯科特·斯洛维克在题为《美国自然写作中的认识论与政治学：嵌入修辞与离散修辞》中建议生态批评和教学运用心理学家谢利夫（M. Sherif）、霍夫兰（C. Hovland）和扎荣茨（R. Zajonc）等人的理论，充分发挥文学的表现性以应对顽固的“心理麻木”（psychic numbing）等问题。参见：Slovic Scott. Epistemology and politics in american nature writing：embedded rhetoric and discrete rhetoric［J］. Green Culture：Environmental Rhetoric in Contemporary America. Edited by Carl G. Herndl and Stuart C. Brown. Madison：University of Wisconsin，1996：82－110.

者与其他学者，学者与读者的敌对性，文章的野性思维本质，故事可以使思想和理论重归大地的功能，指出语言的叙事本性等将近二十个理由为生态批评“叙述型学术”辩护。罗森布拉特（Louise Rosenblatt）将文学批评的重心重新转移到阅读体验本身，叙述型文论“本身是阅读经历的动态文学性叙述”。富兰克·斯图尔特（Frank Stewart）把叙述型学术的源头追溯到梭罗，他认为梭罗的天才在于用文学的方式看待和描述这个综合了现象和感觉、事实和想象、物质和超验的世界，并且告诉我们需要记住小说、诗歌、自传、科学等文本的文学修辞传统。但是，与此同时，他的文学工程是一个实验。他也清楚地意识到了这个实验失败的可能性。富兰克·斯图尔特呼吁人们关注比喻手法的本质，更重要的是关注比喻性的故事可以把我们从传统批评思维陈旧的、简化文学作品意义的模式中解放出来，让我们更接近梭罗式的更为直接的知识形式①。

劳伦斯·布伊尔在其新作《环境批评的未来》中提到了几个实践叙述型学术方式的生态批评家。如约翰·埃尔德（John Elder）的生态批评著作《阅读山之家乡》（Reading the Mountains of Home）阐释了美国诗人罗伯特·弗罗斯特的诗歌《指令》（Directive），将作者个人生命的节律和自然的节律融合在一起。生态哲学家凯瑟琳·迪恩·穆尔（Kathleen Dean Moore）也在其《松岛隽语》（The Pine Island Paradox）中对阿拉斯加夏日的文学描述和海岛之孤寂所做的观念化论述交织在一起。对于环境危机，布依尔认为，科学、工程、政策等固然重要，但是“环境的人文学科，如历史、哲学、宗教、文化地理、文学以及其他的艺术都同等重要。科技突破、法律变革、契约文件如果要得以实施，或者只是得以产生，是需要以与环境有关的价值、观念和意愿的变革为前提的。为此，故事、意向和艺术表现以及美学、伦理学和文化理论就显得至关重要”。正如尼采、海德格尔等哲学家开始采用语录式的方式写作②，并通过解读艺术作品来昭示真理或道理，而不是诉诸系统逻辑的论述工程，布依尔也认为：“比起对我们‘有显见设计的’、过于辩论的风格来说，随意的、暗示性的艺术或批评更有启发性。”比起以逻辑性和系统性见长的论述而言，文

---

① 参见：http：//www. asle. org/site/resources/ecocritical – library/intro/narrative，2014 –07.

② 德国哲学家海德格尔阐释凡·高的画《农鞋》，既不是建立美学体系，更不是品鉴艺术品本身，而是通过艺术品来表达自己的哲学思想，那就是：彻底转换思维视角，从根本上“超越”任何形式的形而上学，走出无思状态，即走向更本真更源初的“思”。

学艺术对真理的展示更为丰富，也更为直接，正如美国诗人艾米莉·狄金森在诗中所说的“告诉我所有的真理，但是要委婉”一样，“惠特曼漫谈式的、蔓延式的、概揽式的以一句‘纯净的女低音在教堂的风琴台歌吟’的《自我之歌》比程式化的《我听见美国在歌唱》对战后美国的环境状况昭示更多”（Buell，2005）。但是，文学的、隐喻的诗意风格和具有系统的、逻辑的理性风格“虽然有时候相互抵牾，却也彼此需要”（Buell，2005：6）。正如布伊尔所说：“如果生态批评的终极目的是调节人类和自然之间的异化关系，那么完全可以选择排斥理论分析的抽象性和抵抗正式论述的标准模式，而选择将批判思维（critical reflection）与叙述型学术（narrative scholarship）结合起来。”（2005：8）

斯科特·斯洛维克用大量自然文学作品的例子说明，在惊人耸听的数据和系统逻辑的论证，以及骇人听闻的画面难以打动人们日益麻痹的神经的现代生活中，文学性的写作风格是如何有效地打动人们的心灵，改变人们的世界观从而改善人们的行为方式的。这些文学修辞手法包括对自然沉醉式的、欣赏式的描述（rhapsody）和预警式、劝诫式的评述（jeremiad）。斯科特·斯洛维克还通过“怀旧”这一文学性策略来具体说明：文学或文学性的语言将可以被用来挖掘人与自然的关系，并促使人们采取更为智慧和更为环保的生活方式。怀旧是一种艺术表现，也是一种拯救策略（Slovic，1996）。通过自然文学作品间接、迂回、委婉的语言风格但是生动、深刻和丰富的文学意象，实现了在品味中拯救人们无视自然生态恶化的麻木神经。他提出的“品味与拯救”（savoring and saving）的生态批评风格呼应了生态文学文本中沉醉式、欣赏式的描述和预警式、劝诫式的评述的结合。在近作《远行深思：入世、出世及生态批评之重任》中，斯科特·斯洛维克认为，文学语言与数据语言的两种说服方式，可以类比艺术体验和美学理论。体验式的教育方式比耸人听闻的说教更有效，因为艺术形象使人迟钝的感官锐利起来。他认为，文学的形象性有着得天独厚的优势，那就是在改变人们的观念的时候带给人强烈、深刻、彻底、持久的印象。

对于我们人类来说，我们赖以生存的是大自然提供给我们食物和衣物，我们的味觉需要大自然，但是对于我们的生存同等重要的是大自然的气味、颜色和温度等。我们需要重新审视“一天一个苹果，医生远离我”的说法。我们急需知道，对我们健康至关重要的除了每天食用一个苹果，如果要远离医生，我们也许还需要每天拥有亲人或者朋友的一个拥抱，还需要每天闻一闻青草或者是花朵的味道，听一听小鸟或者小溪的歌唱，与我们自己的身体和心灵做深度联系。否则，谁能保证我们的身心健康所出现各种问题不是与这些我们很难意识到、因而忽略了的基本需求有关呢？很难说，越来越多的多动症、抑郁症、痴呆症、不孕症、艾滋病和癌症，越来越高的离婚率、自杀率和吸毒事件不是与自然缺失症，不是与爱的缺失，不是与我们日益麻木的身体和心灵有关系呢？我们人类自身的问题以及我们给自然带来的危机可以说是由一种广泛的“联系缺失症”引起的。我们彼此联系，不是相互利用，而是作为最基本的心理需求。我们需要感知大自然鲜活的声音、气味、颜色，但是大自然和人类的语言被机器压缩了。机器轰鸣压倒了鸡犬相闻，化学制剂的味道驱散了阳光的味道，电视、电话、手机、电脑代替了促膝谈心。试想，我们是否怀念曾经的露天电影院、小贩的叫卖、筒子楼文化、公社集体吃饭。人和自然在我们眼中是没有生命的零件。我们所谓的家园——城市越来越大，大得抽象，大得冷漠；我们的城市很拥挤，拥挤到让人打消去任何地方的念头。

可以预言，爱的艺术直接关乎我们自身的进化与生存。当我们放弃“我执”，对非我变得敏锐的时候，或许能成就自我，拯救自我。这也许就是斯洛维克预测“敏锐”与“麻木”的话题将成为生态批评领域一个新的热点的重要基础之一①。

## 本章参考文献

[1]巴赫金．诗学与访谈[M]．白春仁，顾亚玲，等，译．石家庄：河北教育出版社，1998.

[2][美]巴勒斯．醒来的森林[M]．程虹，译．北京：三联书店，2004.

[3]程虹．寻归荒野(增订版)[M]．北京：三联书店，2011.

[4]程虹．奔腾于心中的河流[J]．文景，2009(54)：48.

[5]冯友兰．冯友兰谈哲学[M]．北京：当代世界出版社，2006.

[6]胡经之，王岳川，李衍柱．西方文艺理论名著教程(下卷)[M]．北京：北京大学出版社，2006.

[7]郭淑新．敬畏伦理研究[M]．合肥：安徽人民出版社，2007.

[8]雷毅．深层生态学：阐释与整合[M]．上海：上海交通大学出版社，2012.

① “敏锐”在这里也可以理解为对他者或者非我的专注意识。

[9]刘玉宇．从《瓦尔登湖》中的儒学语录看梭罗的儒家渊源[J]．外国文学评论,2009(3):197－206.

[10][美]罗伯特·波格·哈里森(Robert Pogue Harrison)．花园:谈人之为人[M]．苏薇星,译．北京:三联书店,2011.

[11]马军红．生态意识和生态责任——斯科特· 斯洛维克访谈[J]．当代外国文学,2010(2):160－170.

[12]王岳川．大学中庸讲演录[M]．桂林:广西师范大学出版社,2008.

[13]张开焱．开放人格——巴赫金[M]．武汉:长江文艺出版社,2000.

[14]朱振武．环境正义,文学做些什么?[J]．社会科学报,1455(8).

[15]Abbey Edward. Abbey's road[M]. Plume Books,1991.

[16]Abbey Edward. Beyond the wall:essays from the outside[M]. Macmillan,1984.

[17]Abbey Edward. Desert solitaire:a season in the wilderness[M]. New York:McGraw－Hill,1968.

[18]Abbey Edward. Down the river[M]. Plume Books,1982.

[19]Abbey Edward. The journey home:some words in defense of the American west[M]. Dutton Books,1977.

[20]Abram David. The spell of the sensuous:perception and language in a more－than－human world[M]. New York:Pantheon Books,1996.

[21]Barnhill David. Relational holism:Huayan buddhism and deep ecology[J]. in David Barnhill, and Roger Gottlieb, eds. Deep ecology and world religions: new essays on sacred ground. Albany,New York:SUNY,2001:78－104.

[22]Buell Lawrence. "Preface" in the future of environmental criticism:environmental crisis and literary imagination[M]. Blackwell Publishing Limited,2005.

[23]Butler Judith. Giving an account of oneself [M]. Fordham University Press,2005.

[24] Deming Alison Hawthorne. Writing the sacred into the real [M]. Milkweed Editions,2001.

[25]Devall Bill,George Sessions. Deep ecology. [M]. Salt Lake City,Utah:G. M. Smith,1985.

[26]Dillard Annie. Pilgrim at Tinker Creek[M]. New York:Harper Perennial,a Division of Harper Collins Publishers,1974.

[27]Fox Warwick. Toward a transpersonal ecology:developing new foundations for environmentalism[M]. SUNY Press,1990.

[28] John Elder, Robert Finch. Nature writing: the tradition in English[M]. New York: W. W. Norton,2002c.

[29]Johnston R J. The betweenness of place:towards a geography of modernity[M]. Balti-

more:Johns Hopkins UP,1991.

[30]Marshall I,S Slovic. Narrative scholarship:storytelling in ecocriticism[C]. Collection of nineteen papers presented at the Western Literature Association Conference, Vancouver, British Columbia. 1995.

[31]Meyer Jeffrey F. Salvation in the Garden:Daoism and Ecology[J]. Daoism and Ecology: Ways within a Cosmic Landscape, Harvard University, Cambridge, Mass. :Center for the Study of World Religions,2001:219 – 237.

[32]Nelson Richard. "The Gifts of Deer" in David Landis Barnhill, At home on the Earth: becoming native to our place: a multicultural anthology[M]. Berkley, California: University of California Press,1999:125 – 152.

[33]Slovic Scott, Paul Slovic. "Introduction" in numbers and nerves[M]. Oregon State University Press,2015.

[34]Slovic Scott. Going away to think: engagement, retreat, and ecocritical responsibility[M]. University of Nevada Press,2008.

[35]Slovic Scott. Nature writing and environmental psychology[J]. The Ecocriticism Reader: Landmarks in Literary Ecology,1996:351 – 370.

[36]Slovic Scott. Seeking awareness in American nature writing: Henry Thoreau, Annie Dillard, Edward Abbey, Wendell Berry, Barry Lopez[M]. University of Utah Press,1992.

[37]Slovic Scott. The Shape of the "I" in ecological context[J]. ELN,2012.

[38]Thoreau Henry David. A Week on the Concord and Merrimack Rivers; Walden; The Maine Woods; Cape Cod. [M]. New York: The Library of America,1985.

## 夕映百川

对于某个地方感知的丰富与深刻程度取决于自我的想象力和与自我与地方的相关性。

如今家门口的清水河和童年时代的水清河一样可亲。转山转水转佛塔，只为看见一条心中的河。

# 第三章　布伊尔：主动放弃与详述

对细节的麻木是衡量人堕落的标志。对细节感知的恢复将疗治人的堕落。

——卡罗尔·克莱斯特

放弃自我的人才能找到自我。

——爱默生

我们只有在自我之外的某个中心才能找到自我。

——美国神学家尼布尔

## 第一节　布伊尔的理论天赋

在生态批评界，劳伦斯·布伊尔是有着较高理论修养的一位批评家，他善于将生态批评实践上升为抽象的理论模式，其三部曲式的生态批评著作《环境的想象》、《为濒危的世界写作》和《环境批评的未来》是美国生态批评界乃至整个西方生态批评界的里程碑式的著作，以其理论高度，引领了生态批评三次浪潮的方向，即生态批评中的环境转向和全球化转向。然而，本书的重心不是分析由他发起的生态批评转向，而是侧重于关注其生态批评实践中对生态批评理论所进行的宏观的、整体的和历史的整理，尝试提出并阐释布伊尔生态批评背后的理论主线——生态大我。

布伊尔是一位极具挑战性的批评家：布伊尔对生态批评有着全局性的把握，以“环境的想象”之宏大气势展示出文学批评家广阔的视野和敏锐的思想，在生态批评实践中，布伊尔常常能抓住一些正面和负面的标志性现象，进行概括和总结，对生态批评的未来趋势有深入的思考和独到的见解。布伊尔展示出了百科全书般的知识，广泛涉猎的作品和话题得到人们的高度赞赏；但从另一方面来看，这也因此使得布伊尔的论述有时出现主题游离，使读者难以把握其思路和论点[①]；此外，布伊尔较为晦涩的文风，著作中大量新词的出现，也增加了读者阅读的难度（方丽，2010）。

本书认为，布伊尔三部生态批评著作虽然视野广阔，思想庞杂，术语众多，但是如果能够找到其中的主线，以一词御万境，就不会迷失在其中，因此，找到他生态批评实践背后的主线对于理解生态批评的本质，构筑生态批评的理论基础，指引生态批评的发展前景具有高屋建瓴的重要意义。一般来说，对于一个作家或文学批评家而言，尽管他们在艺术创作或理论建构时会选择不同的主题和内容，但有意无意地，他们对某一个话题的洞察力或兴趣会贯穿其整个写作生涯。在笔者看来，贯穿于布伊尔生态批评实践的主题之一正是“生态大我”。具体而言，在《环境的想象》中，布伊尔提出了“主动放弃的美学”，体现出自我对小我放弃的本质；贯穿于《为濒危的世界写作》的关键词是“拓展主义”（extensionism），将环境扩展为绿色与褐色的风景，即远郊的景色及城市工业化的景色；包括“自然的”与“人造的”世界两个范畴，将对非人类的自然世界的关怀拓展为同时也对人类世界的关怀，体现出一种同心圆式的自我认同模式；《环境批评的未来》则体现出“修正主义”（revisionism）[②]（方丽，2010），布伊尔试图调和生态中心主义与人类中心主义的对峙状态，使双方构成某种互补的、相互修正的关系。由此可见，无论是早期的“主动放弃的美学”，还是后来的“拓展主义”和“修正主义”，都折射出布伊尔对“生态大我”认同模式的修订和深化，将认同置于广阔的空间中。由于《环境批评的未来》是《为濒危的世界写作》的有机延续，因此，两部著作中同时有“拓展主义”美学和“修正主义”美学的影子。

---

① 布朗大学长期从事自然文学和生态批评教学的圣·阿蒙德先生也曾指出布伊尔的著作艰深晦涩。

② 布伊尔认为，人与自然的认同过于狭隘，需要用人与自然之外的认同模式，如人与其他人的认同模式对之进行修正。

# 第二节 主动放弃

## 一、生之灿烂：主动放弃的美学之终极目标

在《环境的想象》的第二部分“文学生态中心主义的形式”一文里，布伊尔提出并论述了“主动放弃的美学”（the aesthetic of relinquishment）。这个理论精确地描述了布伊尔看待自然文学作家群体的心理模式。关于这个理论的中文翻译版本，有必要在这里做一个解释。在笔者的博士论文答辩现场，有学者质疑，为什么要在“放弃的美学”前面添加“主动”一词。本处之所以采用“主动放弃的美学”，有两个原因：首先，这个版本的翻译参考了一个权威的出处——中国自然文学研究学者程虹在《西方文论关键词》“自然文学”这一词条中提到布伊尔的“主动放弃的美学”（2006：487）；其次，主动放弃与被动放弃之间的差别有必要给予区分。我们在一些特殊条件下放弃过多自我的欲望的做法并没有多少的意义，因为这样的特殊条件并不是常态。梭罗在瓦尔登湖所做的简单生活的实验告诉我们，在特定条件下，我们可以做到放弃过多的欲望，但是更重要的是，带着这种放弃的美学，回到正常的生活环境，并以这种放弃的美学有意识地指导我们的思维和行为。

对于我们到底需要什么，需要多少，在自然文学中是一个重要主题。前面提到，美国自然文学作家林白夫人在《大海的礼物》一书中也讲到了类似于梭罗在瓦尔登湖所做的实验。实验的目的都是想知道我们到底需要什么，需要多少。她的结论是：

> 我想回家之后，没有了小岛。没有了小岛为我做的自然挑选，我必须利用在这里学到的价值观，有意识地做起选择的工作。也许我可以把这种价值观当成我的“岛屿座右铭”，它将引领我开发出另一种生活方式：尽可能地简化生活，真切地了解生命；在体力、智力与精神生活的层面中取得平衡；在没有压力的情况下工作；在生活中留些空间来保存事物的美丽与意义；让自己有独处的时间，也有与他人共

享的时间；尽可能接近大自然以加深对生命无常的了解、对生命循环不断的信心。岛上的生活已经成了我检视自己生活的一面镜子，当我回到北方的家之后将好好地保存它。我将始终记得用一双岛屿的眼睛来看世界，让桌前的贝壳随时提醒我这么做，让这几只贝壳成为我的“岛屿之眼”（Lindberg，2005：111）。

当我们离开了特定的环境，我们需要做的是“好好地保存”实验获得的“主动放弃”的智慧，而不是重新陷入随波逐流的状态。“主动放弃的美学”告诉我们什么才是与生命有关的需要。美国生态批评家伊恩·马歇尔也在《高峰体验》一书中对我们到底需要什么，需要多少，进行了实验、思考和总结。他的实验结论是，我们所需要的生理需求、安全需求、爱与归属需求、尊重需求和自我实现的需求，可以用一种简单但深刻的模式实现。无论哪种关于需求的实验，都旨在传达一种信息——我们需要轻装上阵，直奔生命本身而去。我们不是为了节制而节制。放弃不是目的，而是手段：我们选择瓦尔登湖不是为了宁静，而是为了重生；我们知止，是为了有所为；渔夫垂钓，不是为了清净和养生，而是为了内心的转化和生命的升华。这样的放弃才称得上是“主动放弃的美学”。美国作家海明威在《真正的高贵》中呼应了以上的逻辑关系：“当一个人的内在生活开始过得比较严肃时，外在的生活也就开始过得简朴。”放弃不一定带来生命的提升，而生命的提升却责令我们做出主动的放弃。

布伊尔提出的“主动放弃的美学”体现在对自然文学多元主人公的写作手法及非线性的叙述模式中，以散步式的叙述反拨了线性时间模式。本章通过文本分析，提炼“主动放弃的美学”的“生态大我”内涵：在一般人看来，自我与非我的认同是对自我个性和生命的克制与牺牲，而在“主动放弃的美学”中，自我与他者认同的过程是一个体验深度喜悦的过程。

布伊尔在《环境的想象》中分析了体现“主动放弃的美学”的三部自然文学作品。在《环境的想象》第五章“主动放弃的美学”中，布伊尔用深层生态学家马修斯《生态自我》中的一句话作为引子：“生存的单位是环境中的有机体。如果环境无法存在，自我的存在也就无从说起。”（Buell，1995：143）布伊尔首先对一些放弃美学的叙事模式进行了扫描，之后布伊尔以三部自然文学名著为例来具体说明“主动放弃的美学”是如何处理人与自然的关系的。在这三部自然文学作品中，作者最关心的是人如何最大限度地、最持久地在自然面前保持自我的谦逊。谦逊的程度和持久性可以作为人性完满程度和心理成熟程度的重要标志。自我放弃，是自我最大的完满，是最大限度的自我实现。主动放弃是自我在更高层次的认同。布伊尔深感人们在环境问题上知行难以合一，“美国人日益具有环境意识，但是依然痴迷于消费”（Buell，1995：4）。与斯洛维克一样，布伊尔致力于增强人们对环境的想象和生态的意识，并寄希望于将这种想象力和意识转化为人们的正面行动。体现“主动放弃的美学”的一个重要叙事模式就是第一人称的隐匿。布伊尔在分析女性自然文学作家对自然文学所产生的影响时，认为女性在写作的时候更倾向于一种集体的视角，更少使用“我”这个第一人称。她们坚定不移的现实主义、韧性和与自然环境的亲密关系是使自然文学走向更为独立的文类的重要因素。女性的细腻和现实主义的文风使作者倾心自然，忘记了自我。

在《环境的想象》中，布伊尔分析了吸引自然文学作家注意力的两种放弃形式：对物质的放弃和对自我中心的放弃。第一种放弃在自然文学中是一种常见的情节。第二种放弃，即“主动放弃的美学”，更为激进，它“是放弃了自我的自主权。放弃人在精神和身体与所处环境的分离幻觉。这种放弃美学意味着对情节的消解，对自我意识权威的质疑。这种美学带来了彻底的视野转换，意味着更为生态的存在状态。因为，如哲学家霍尔姆斯·罗尔斯顿三世所说：“生态学不认同封闭的自我凌驾于其所在的环境之上。但是如果我们放弃人类的孤立与自我，我们需要什么样的文学？我们需要的文学应该是放弃文学中最基本的一些要素：人物、角色和叙事意识。什么样的文学可以在这种情况下生存？”（罗尔斯顿，2000：145）答案就在布伊尔所分析的自然文学范例中。主动放弃的美学是一种根本的放弃，是比物质上的放弃更为彻底的放弃。进入主动放弃状态的人，往往能够做到马斯洛说描述的自发简朴。

## 二、梭罗的“不由自主的专注”

梭罗的“不由自主的专注”（involuntary attention）是自我实现的理想状态，可以被看作是一种“大我”的形式。布伊尔在《环境的想象》“放弃的美学”一章中对该概念进行了阐发，其中一小节谈到了无意识的简朴（involuntary simplicity）和自发简朴（voluntary simplicity）[1]。我们可以做这样一个联想，因为自我在对自我之外的世界不由自主的专注中逐渐忘却了小我的存在，进入“生态大我”的状态，自发简朴则自然而然地发生了。自发简朴是大我的素养。戴维在《深层生态学》一书中提出自我实现的一个重要日常生活方式的是自发简朴：“自发简朴是一种促进人格发展和自我实现的术语。杜安·埃尔金（Duane Elgin）在《自发简朴》中提供了许多生活简朴，但内心丰富的实例。他教我们辨识欲望和真实的、生死攸关的需求”（Davell & Sessions，1985：28–29）。梭罗是另一个有力的自发简朴的实例，他的简朴如同他的专注都是不由自主的，他已经将小我放下，处身于一种深刻的大我的快乐境界之中。主动放弃的美学与马斯洛所说的处于自我实现状态的人们往往自发简朴（Maslow，1964：93），与深层生态学八项行动纲领中“除非满足基本需要，人类无权减少生命形态的丰富性和多样性”（Devall & Sessions，1985：70）的原则具有高度的一致性。布伊尔在《环境的想象》中分析了大写的“I”（我）是如何在《瓦尔登湖》中逐渐淡化的。在布伊尔看来，梭罗特意保留大写的“I”。但是作为生态批评家，我们有义务看到《瓦尔登湖》中那个非恒定的因素，那个不断变换的机制[2]。这个机制就是，循着《瓦尔登湖》中叙述者的变化，我们看到的是梭罗自我实现的轨迹。布伊尔指出，《瓦尔登湖》中的叙述者不断地在一系列角色功能中转换，如“我做”“我正在做”“我记得”“我相信”“有”“曾经有”——在不同的场合下，或突出人物角色，或者消退人物角色。在这个转换的过程中，我们看到了一个明显的背离了自我中心主义（egocentrism）的轨迹。在布伊尔眼中，“这种角色的转换标志着一个放弃的过程，在个人主义日益成为富有争议的问题的今天，这种角色的摇摆不定应该被解读成对存在方式中个性自我张扬的合理性的思考”（Buell，1995：168）。

布伊尔以文学研究者们常常忽视的《瓦尔登湖》中的一章“冬天的动物”（Winter Animals）来展现了这个对自我中心主义的背离轨迹。在该章中叙述者告诉读者，他准备去附近的林肯镇演讲，穿过弗林特湖，因为大雾天气，打鱼的人“看起来有点像传说中的生物，我不知道他们是巨人还是小妖精”（Thor-

① 而在斯洛维克那里，自发简朴对应着“不由自主的专注”（involuntary attention）。

② 这个机制是《瓦尔登湖》中的叙述者。在斯洛维克和布伊尔等生态批评家看来，这个叙述者经历了微妙而确凿的变化。

eau，1985：538－547），当叙述者想象他仿佛徜徉于“长满了被雪压弯的橡树、松树和布满冰块的宽广的鹿园时”（Thoreau，1985：538－547），自我中心让位于自我反思，同类的人变成了神秘的动物。该章的其余部分，叙述者大多处于消极被动的地位，如“我看”“我听”“我被叫醒”等。该章的后半部分，他直接的观察被一位经验丰富的老猎人的趣闻轶事所取代，然后又过渡到对各种动物的介绍（诸如，松鼠、老鼠、兔子等）而结束，其间叙述者的作用是用他的食物不经意地吸引各种小动物，以便凸显它们的可见性、主体性。在此，叙述者无任何目的性行为，没有长时间的议论，几乎没有任何思考，他更倾向于让他的讨论话题甚至他本人由环境来界定。该章感情上的高潮是一段富有情趣的回忆：“当自己在村子的花园里挖地的时候，一只麻雀飞落在自己的肩上，我顿时感觉到，因为它我显得更耀眼，甚至胜过戴上任何军功章。”（Thoreau，1985：538－547）布伊尔分析说，在此，叙述者认为人的地位的提升不是靠人世间所谓的“英勇”的举动，恰好相反，靠的是抹去人的个性，借助共情，与其他动物与人建立一种亲密的伙伴关系。梭罗研究者卡梅伦（Sharon Cameron）根据此种情况与梭罗后来的日志联系起来解释“自我不是由自然授权，而是转变成自然”（Buell，1995：168）。

这种向自然转变的追求不仅大量存在于梭罗的日志之中，也以非常规的、冲突的形式存在于《瓦尔登湖》之中，一个明显的倾向是，这个言说的自我已开始将他的权利及主体性让予日益熟悉的自然环境。这种人与自然权利、主体性的冲突也许反映出言说者态度有些暧昧、胆怯，然而实际上丰富了《瓦尔登湖》，为它“提供了广阔的想象空间，使它成了一面从这儿（人的世界）到那儿（自然世界）的更有用的镜子、一个出色的范例”（Buell，1995：170）。可以这样说，在《瓦尔登湖》一书中，梭罗的自我已经到达那儿（自然世界），到达点也许就在“春天”（Spring）一章中描写沙岸的著名的精彩片段，他仔细地刻画了流动的泥浆不断变换的形状，肆意挥洒它们的象征意义。流动的泥浆“真是一株奇怪的植物”（Thoreau，1985：561－577），使他联想到“珊瑚、豹掌、鸟爪、人脑、脏腑以及任何的分泌”（Thoreau，1985：561－577）。梭罗精心描写、肆意想象，其用意是为了说明人的躯体与“无生命”的地球之间是相互交融的，没有本质的区别。《瓦尔登湖》依据《圣经》的模式将生命吹进人类的发源地——大地，“人是什么，只不过是一堆融化的泥土”（Thoreau，1985：561－577）。在此，我们可以看出，梭罗不仅将人的躯体放归环境，而且还将人的主体性还给自然。

## 三、奥尔多·利奥波德的“大地伦理”

布伊尔用以阐释“主动放弃的美学”的第二位自然文学作家是奥尔多·利奥波德（Aldo Leopold）。如果说梭罗的问题是如何避免因对主人公言行的专注而遮蔽环境的主题，那么，对利奥波德来说，他必须成功地将自我塞进环境主题之中，同时又不张扬自我，以凸显包括人在内的大地共同体权利的主旨。在写《沙乡年鉴》之前，出版商要求利奥波德为普通人写一本关于“野生动植物”的书，一本“讲述个人田野历险”的书。他的出版商和同仁鼓励他这位教授级的护林人尽可能多地将自己的经历写进书中，尤其是他对自然环境的态度转变的过程，也就是他怎样修正自己的关于保护的观点的。作为一种回应，利奥波德撰写了本书中最有名的部分之一“像山那样思考”，该章是关于鹿和狼的权利的思考，同时也蕴涵了个人对自然环境态度的转变。按照出版要求，全书分为三个部分：第一部分是对利奥波德全家居住的沙乡农场一年四季不同景象的系列描述，尤其是他全家在这个农场上对如何恢复生态完整性进行的探索；第二部分是一系列随笔，记述利奥波德在美国其他地区的经历，进一步讨论资源保护主义方面的问题；第三部分由四篇关于环境伦理的文章组成。利奥波德经过深思熟虑，达到了这个以生态教育为目的的要求。书的第一部分“年鉴”是最具个人化的记述，这不是利奥波德的初衷，只是在第一个出版商克诺夫（Knopf）拒绝他1944年的手稿，并要求他突出叙述因素和限定在一个地方之后，他才这样做的，而他的一位学生甚至建议他将全书集中在沙乡。利奥波德最终妥协，满足了出版商的全部要求，但是他的书是由牛津出版社而不是由克诺夫出版的。在书中他仍然保留了生态教育的宗旨，只是予以低调处理。牛津出版社接受他的手稿后两周，利奥波德去世，手稿最终由几个朋友和家人共同来修订，几乎每页都有改动，虽然修改规模不大，但是很重要。最明显的是，修订者将最后四篇散文中的第一篇《大地伦理》放到最后，作为全书的总结，这样全书以最富有生态智慧的论点——所有物种都享有生存的权利而结束。也就是说，《沙乡年鉴》从写作到出版是一个不断修订、演进的过程。其间利奥波德既试图将个人融入其中，又不能张扬自我，既要放弃自我，但又保留自我，保持“放弃”与“保留”之间的张力。利奥波德在《沙乡年鉴》中淡化自我，凸显了自然万物存在的权利，他的沙乡实践成了重审人与自然关系的深层思索，人类伦理的大幅度拓展，提出了“大地共同体”的概念。人从万物的主宰、中心转变成生物共同体中一位普通的公民，他必须约束自我，与其他万物平等和谐共存。同时，他的义务也随之转变成维护生物共同体的“完整、稳定和美丽”。由于受到各方面的压力，利奥波德的创作带有自传性，为作品中的人物设定了两个面孔：一个是退休的专家，当他讲述有关森林、鸟学、草原知识的时候，他隐退在各个观点和自然历史的后面；另一个是好奇的自然爱好者，书中到处都有他的身影，他做无明确目的的考察，对大自然的秘密感到困惑不解。总体上来说，如何安排人物，如何运用他的权利，或隐蔽或凸显，都非常具有策略性。很明显，利奥波德情愿让书中人物徘徊在边缘。

## 四、玛丽·奥斯汀的“散点叙述”

引起布伊尔兴趣的另一位主动放弃的美学的化身的是自然文学作家玛丽·奥斯汀（Mary Austin）。虽然环境对利奥波德来说是重要的，但是当我们去阅读玛丽·奥斯汀（Mary Austin）的《少雨的土地》（Land of Little Rain）时，就会发现并非所有的自然文学作家对待自然环境的态度都是如此。对利奥波德来说，《沙乡年鉴》中的自我再现、环境再现最终只是一种获得生态伦理的手段，其伦理思想是通过描写、自传式的口吻来传达的。但是对于奥斯汀而言，再现环境是最重要的，当然，她也隐讳地传达了环境教育的维度（如呼吁保护西部、印第安文化等）以及表现出了一定的自传性特征。奥斯汀在《少雨的土地》中运用去除文本中心化和叙述视角扩散的写作技巧，我们姑且称之为“散点叙述”，即不时地对小说人物做简要的勾勒，让其他的故事占据书的篇幅，她的叙述者似乎是从鸟儿和其他动物的视角来想象荒野。为了让意识中心扩散和不对视角中心施加控制，奥斯汀坚持大地（place）设限的伦理，即“不是人的法律而是大地来设定伦理的界限”。奥斯汀强调的不是大地的脆弱，而是对征服的反抗，外来者对新地方的不适应令她高兴，因为“该地方所有居住者之中，它最不关心的是人”。奥斯汀点燃了环境文学对荒野地区所独有的“冷酷神秘主义”学说的热情，后来，艾比用它来戳穿温情的浪漫主义。同时，奥斯汀也与许多荒野生态学的文学先驱们分道扬镳。奥斯汀用她那铿锵有力的声音述说着“对人毫不友善”的环境，对荒野的那种深不可测的迷人的神话不屑一顾，也对导游贩卖的死亡神话嗤之以鼻。克制而不露声色的叙述与视角中心的扩散的结合是奥斯汀作品的一个显著特征，在一定意义上，这个特征不只是对梭罗的修订，而是她从环境的立场而不是人类中心主义的立场出发强调走进环境的必要性，她让“贫乏”的地方变成丰富的想象。作为女性作家，抹去自我能让她避免自我导向的叙述，从而能够以更具有“环境敏感性”的方式写作。一定意义上，她这样做是为了超越令人生厌的文化成规，设法培植非自我主义的、生态中心主义的情感。对于这种情感，瓦尔登湖畔的梭罗还在追寻之中，使得瓦尔登湖的实践不只是一个经济上自足的生活实践，还是自然与人的关系思索。所以，如果说考虑奥斯汀有别于梭罗是有启发意义的，那么，认为梭罗在写作《瓦尔登湖》时的风格演替是越来越像她一样写作，也别有一番情致①。

## 五、梭罗：放弃与重生

在布伊尔的生态批评中，以上这三位具有主动放弃倾向的自然文学作家们想要传递的不是生态中心主义，而更像是描述自我的某种体验。在布伊尔看来，最能体现这种体验的是《瓦尔登湖》的作者梭罗本人。布伊尔将承载着不同身份的梭罗还原为一个“大我”。这首先是从为梭罗的女性化的叙事方式进行辩护入手。随着荒野叙事的祛魅化，一种新的大女子主义范式也出现在人们的视野：家园的、园艺的，批评荒野精神中展示出来的邋遢性和攻击性，这些特性在文学中的边疆英雄主义有所体现。随着时间的流逝，大男子主义和大女子主义之间的界限将日渐模糊，以至于梭罗“所采用的典型的文类——日志、旅游叙事、自然史、地方素描，这些在文学批评史不曾获得荒野罗曼史或浪漫自然诗歌声誉的文类——使得梭罗与19世纪女性写作有着更深刻的渊源”。然而，“正是因为梭罗散文和日志中的这些女性化的、缺乏观念构造的

① 学者胡志红对布伊尔的“放弃的美学”也有讨论。本书对此的分析与之有两点区别：一是本书认为，对梭罗、利奥波德、奥斯汀等所进行的“放弃的美学”的讨论是布伊尔本人的见解；二是本书认为这三位作家所体现出来的“自我放弃”是主动的放弃，并将之纳入对“大我”形成的讨论中，构成布伊尔对人的自我实现这个主题的思考，而不仅仅是对人类中心主义的挑战。参见胡志红．文学生态中心主义对人类中心主义的挑战——生态批评对生态文学中“放弃的美学”的探讨［J］．四川大学学报（哲学社会科学版），2006（3）：94－99.

精细描述，使一些人对梭罗的日志和散文不以为然”（Buell，1995：26）。而正是梭罗作品中具有的女性叙事手法吸引了布伊尔。这些原本被文学批评家们轻视的极具地方现实主义特性的女性叙事手法，极具精微精神，布伊尔对这种现实主义的精神给予了很高的评价，并将之上升到自然文学中一个重要的叙事策略。这种细致的、不对之进行主观概念化的写作正是体现梭罗“大我”人格的一个重要途径。然而，无论是男性中心主义的梭罗，还是采用了女性化写作的梭罗，都是一个片面的梭罗。布伊尔的意思是“男性中心主义的、帝国主义的梭罗的说法是文学史和标准化的经典准则对梭罗言过其实的定位。将梭罗想象成一个更为广泛的、变化多端的环境散文作家，而不是荒野罗曼史和自然诗歌的男性作家，将会呈现给我们一个更为复杂的梭罗，并将文学恢复到它更为丰富和深刻的原始面目”（Buell，1995：26）。赋予自然文学更为深刻和丰富的特性正是布伊尔所从事的工作之一。在这项工作中，梭罗及其代表作品《瓦尔登湖》起到了重要的参照作用。随着《瓦尔登湖》身份的逐步明确，布伊尔将被误读为不同身份的梭罗还原为生态意义上的“大我”。

正如布伊尔在《环境的想象》前言中指出的那样，梭罗只是他著作中的一个参照点，作为历史人物的梭罗、他的代表作《瓦尔登湖》、梭罗的影响，以及梭罗作为美国绿色思维的代表人物都是该著作的媒介。布伊尔这样说：“梭罗是我整部著作的运作基础，而非我的研究主题。……一如法国叙事学家热奈特（Gerard Genette）以马塞尔·普鲁斯特主要证据建构他的叙事理论一样，梭罗也是我对自然文学进行再理论化的一个主要的试金石。”（Buell，1995：2）布伊尔真正关心的是对自然文学本体地位的思考：自然文学是否可以成为文学经典？自然文学在成为经典的过程中需要满足哪些条件？梭罗及其代表作《瓦尔登湖》则可以作为一个衡量的标准。与大多数文学评论家更关注作品不同的是，布伊尔对梭罗的身份也显示出了同样的兴趣。在布伊尔的分析中，梭罗呈现出不同的面貌，布伊尔为我们呈现出谜一般的梭罗：失恋的梭罗、反叛社会的梭罗、一个在自然中寻求新鲜感的中产阶级富家子弟。然而令布伊尔最为执着的则是一个具有“生态大我”人格的梭罗。同样，作为“大我”的梭罗本人也不是布伊尔的终极兴趣所在，他关注的是类而非个体。布伊尔坚持认为，“作者已死”等后结构主义的观点在梭罗及其代表作《瓦尔登湖》中不具有适应性。布伊尔认为，从某种意义上讲，《瓦尔登湖》实际上是梭罗的自传。梭罗的一生是自我教育、自我改造的一生，他终其一生都在阅读自然、表现自然并回归自然。在阅读发表的文本和先前的手稿及日志材料中，我们看到了梭罗本人自我教育的轨迹——一个一半带有设计因素，一半带有偶然的、略带矛盾的自我重新定位之旅程（Buell，1995：23）。在这个自我改造过程中，梭罗重新思考环境的位置，日益变得谦逊，对于大我而言，自然只是一个媒介，是一个超越时间和空间，超越自然的境界。布伊尔说："《瓦尔登湖》之所以令我感兴趣，不仅因为它是相对更为完整的作品，同时也是因为它的开放性、模糊性和多样性。"（Buell，1995：23）

在《瓦尔登湖》中，我们感知到了一个变化着的梭罗，他从一个追求仅仅是物质上主动放弃的人，成为一个追求彻底主动放弃的人。在布伊尔的分析中，我们看到《瓦尔登湖》承载了梭罗成长的轨迹，以及自我实现的历程。《瓦尔登湖》记录了梭罗自我教育的经历，在这里我们看到梭罗终其一生孜孜以求的缩影，梭罗一生都在思索自然和文化之间的关系，追求从心理的不成熟走向相对澄明的地带。在他短暂的一生中，梭罗终身追求的事业是追寻对自然深刻的理解，对自我的理解，对人性高度的理解。就对自然的理解这个事业而言，梭罗自我教育的起点并不高：他出身商人之家，受过经典的教育，而不是像有些自然文学作家有着植物学等自然科学的教育背景，也没有务农的经验，或者太多其他亲历自然的体验。梭罗对在他眼中如新娘般的自然的追求可谓曲折艰难。他曾流连于二手的自然，曾闭门造车，但最终找到了自己的"新娘"。梭罗在找到自然的时刻也找到了自我。他到底找到了什么？布伊尔在书中的解释是令人信服的。他认为，梭罗对自然的追寻事业不是一帆风顺，经历了许多的波折和试验。但是梭罗有意识地在阅读大地，在思考大地中自我反思、自我教育：在这个过程中，梭罗不间断地探究着自然，探究着自我。

布伊尔对梭罗的成长进行了把脉："在梭罗后期的三部著作中，我们看到了一个明显的变化，那就是随着写作的展开，梭罗对非我的描述日益密集。"（Buell，1995：116）这与斯洛维克在《寻找美国自然文学中的生态意识》一书中对梭罗日志的分析所得出的结论是一致的。斯洛维克注意到梭罗日志中第一人称的逐渐消失，对非我世界的描述日益精细的微妙变化过程，并将这个过程与自我的实现联系起来。而布伊尔则将这个变化过程放置在梭罗整个写作生涯中进行分析，得出了类似的结论。与日志类似，通过布伊尔的分析，我们看到在梭罗后期的三部作品《瓦尔登湖》、《缅因森林》和《科德角》中，前面部分要么是浮光掠影，要么是浪漫的旅游叙事，后面部分的描述则逐渐精微细致，一如在梭罗19世纪50年代的日志中，随着日志的进展，我们能发现，作者个人的思考、引用语、轶事性的花絮开始减少，而经常性的、对自然日常精细的观察则多了起来。布伊尔对梭罗作品的分析独特之处是他没有止于作品本身风格的变化，而是与作者梭罗本人的心理变化，以及成熟的轨迹联系起来，我们可以说，布伊尔更关注的是体现在作品中的梭罗自我成长——从狭隘的小我升华到生态的自我——的历程。梭罗作品中显示出来的日渐对非我之外世界密集的关注是这个自我实现历程的隐喻，“这些变化记录了梭罗从一个年轻的超验主义的学者成长为田园居士的历程”（Buell，1995：117）。

梭罗成长之艰难，不仅是因为他较为富裕的家庭、经典的教育使他的自我实现之路困难重重，布伊尔还从爱默生那里分析了梭罗的人生历程。梭罗的老师爱默生是美国的超验大师，虽然在思考人与自然关系方面，爱默生有着自身的成就，但是，在某种意义上，对爱默生来说，“自然如何服务于人类，才是最重要的”，这使得对于梭罗来说，走向“生态大我”变得更为扑朔迷离。因为梭罗的事业是为着自然本身而探索自然，在他眼中，自然之精神、自然之形体同样令他着迷。这样，梭罗在走向“自我实现”途中，有着三重阻碍：家庭、教育和老师。为了治疗这看似无望的自我中心主义，梭罗将眼光投向了广阔的自然，“为了将自然史作为自己后期写作的主题，梭罗需要克服的是对自我强烈的执着，包括自我的情感、自我的身份、自我的职业，以及自我与他人的关系。梭罗将自己对自然强烈的兴趣和观照看作是自己个性中极为重要的部分，以此来与那种与生俱来的、令人无望的自我中心情结抗衡”（Buell，1995：117）。

梭罗之所以成为梭罗，《瓦尔登湖》之所以成为《瓦尔登湖》，并非是在艺术上有不可以逾越的成就。作为被边缘化的自然文学的代表，《瓦尔登湖》有着比其他美国文学经典权威更为深远的影响力，很重要的一个原因是我们在作品中看到了一个孜孜以求改变自我、提升自我的梭罗。在布伊尔看来，《瓦尔登湖》“之所以伟大，乃是我们看到了一个终其一生寻求自我改变的人。我关注《瓦尔登湖》不仅仅是因为它是梭罗经久不衰的作品，而且还因为它记录了作者对自然思索的轨迹，作品展示了梭罗从学童走向成熟的过程。我们应该将《瓦尔登湖》当作一个艺术品来看，同时也可以将它当作一个过程来看。这个过程历时近十年，在这十年中，作者不断地体验、自我修正并走向自我完善：而正是这十年，成为塑造梭罗内心世界最为关键的时期”（Buell，1995：117）。

《瓦尔登湖》写作的演进伴随着梭罗的人格成熟。布伊尔分析了《瓦尔登湖》中“湖”这一章的修改过程。我们在草稿中看到的是一个浪漫派诗人，一个草草描述自然的诗人梭罗，在修改之后的“湖”中，我们看到的是自然史学家和环境主义者梭罗。在修改的过程中，自然作为主人公的身份逐渐明确。然而这种自我改变是来之不易的。对于梭罗而言，“像山一样思考”，并非一蹴而就的事情。起初，从梭罗反对环境的恶化并非主要是站在自然的角度，我们看到，梭罗对裸露的瓦尔登湖表示哀伤，且主要是从个人口味出发。因为它打断了作者的沉思默想，破坏了作者湖滨散步的宁静。比起环境伦理之父利奥波德轻松地做到像山一样思考而言，梭罗更具有亲和力，毕竟梭罗与自然相隔着重重障碍。

布伊尔通过梭罗的成长告诉我们，要达到生态之境，需要经历难以想象的考验。我们需要对自我心中的顽固性做出充分的估计。审美之境虽然不是终极境界，但是却是一个通往生态之境的重要中转站。利奥波德在《沙乡年鉴》中认为，我们必须在审美的层面培育对自然的谦恭的情感，由此通向成熟的环境伦理：“一种用于补救和指导对土地关系的伦理观，是需要有一种智力上的想象的，即能把土地当成一种生物结构的想象。在对某种事物的关系上，只有在我们可以看见、感到、了解、热爱，或者对它表示信任时，我们才能是道德的。”（利奥波德，1997：203）审美的重要性在奈斯那里受到了很高的重视：“对他人的爱是离不开自我的，利他主义不可避免地要把自我当作出发点；而且，人们仅仅出于义务或道德戒律而做出正确行为的能力是非常有限的。因此，‘在环境事务中，我们应主要诉诸人们的喜好而非道德，使他们做出有利于环境保护的审美行为。不幸的是，生态运动强烈的道德教化色彩给了公众这样一种虚假的印象：他们主要是被要求去牺牲，去展现更多的责任、更多的行为来，这使我相信，扩大认同的范围或许能够实现道德教化所不能实现的道德目标：审美行为’。”（何怀宏，2002：505）

然而，“生态大我”显然不能仅仅停留在审美的层面。布伊尔详细地审视了《瓦尔登湖》中梭罗从自我中心转换到生态中心的艰难过程。布伊尔指出，梭罗在修改《瓦尔登湖》的时候对后半部分做了更多的补充，在书的后半部分，自然不再是人类活动的背景，这个改变显示了梭罗从人类中心主义到生态中心主义的改变。直至第十一章“更高的规律”，我们才听到梭罗重申节制生活原则。而这种对非人类世界的道德责任的扩展不是一帆风顺的。在“阅读”这一章中，作者摆出了说教的面孔，而在“声音”这一章，我们则看到了万物的自动言说（Thoreau，1985：411），从万物自动言说这个时刻起，外在的风景与内在的风景开始融合。这是一个突破性的时刻，“在这个时刻，激烈的内心斗争让位于强烈的感受性，自我专注让位于对非我世界的专注”（Buell，1995：122）。自然从背景变为主角，而叙述者则变得明眸善睐，耳朵则越来越灵敏善听，自我则越来越背景化。布伊尔对《瓦尔登湖》中第一人称出现的数量的变化做了一个精确的统计：“在《瓦尔登湖》中的前两章，第一人称‘我’在每页中出现的频率是6.6次；前六章中，是5.5次；中间五章中，是5.2次；在最后的五章中，则变为3.6次”（Buell，1995：122）。自我的生命境界的提升伴随着对非我专注程度的上升。

叙述者的听力变得更为敏锐，似乎具有了某种听觉的天赋：“有一个初冬的晚上，湖水还没有全冻，大约九点钟左右，一只飞鹅的大声鸣叫吓了我一跳，我走到门口，又听到它们的翅膀，像林中一场风暴，它们低低地飞过了我的屋子。它们经过了湖，飞向美港，好像怕我的灯光，它们的指挥官用规律化的节奏叫个不停。突然间，我不会弄错的，是一只猫头鹰，跟我近极了，发出了最沙哑而发抖的声音，在森林中是从来听不到的，它在每隔一定间歇回答那飞鹅的鸣叫，好像它要侮辱那些来自赫德森湾的闯入者，它发出了音量更大、音域更宽的地方土话的声音来，“胡，胡”地要把它们逐出康科德的领空。在这样的只属于我的夜晚中，你要惊动整个堡垒，为的是什么呢？你以为在夜里这个时候，我在睡觉，你以为我没有你那样的肺和喉音吗？‘波—胡，波—胡，波—胡！’我从来没有听见过这样叫人发抖的不谐和音。然而，如果你有一个审音的耳朵，其中却又有一种和谐的因素，在这一带原野上可以说是从没有看见过，也从没有听到过的。”（Thoreau，1985：539）叙述者的视觉也更为敏锐，看到的信息也越来越丰富，越来越全面，越来越精确。在接近尾声的第十七章“春”中，梭罗的眼力敏锐到可以一眼丈量出距离，数清楚飞行之中鸟的数量，“在黎明中，我守望着雾中的飞鹅，在五十杆以外的湖心游泳，它们这样多，这样乱，瓦尔登仿佛成了一个供它们嬉戏的人造池。可是，等到我站到湖岸上，它们的领袖发出一个信号，全体拍动了翅膀，便立时起飞，它们列成一队形，就在我头顶盘旋一匝，一共二十九只，直向加拿大飞去，它们的领袖每隔一定的间歇便发出一声呼叫，好像通知它们到一些比较混浊的湖中去用早饭。一大堆野鸭也同时飞了起来，随着喧闹的飞鹅向北飞去”（Thoreau，1985：572）。这段话中，我们看到叙述者从成为被动的“守望”者，到叙述者“我”成为背景，站在湖岸上的“我”只是一个时间与空间的参照物，成为自然这个演员的舞台，而在这个舞台上，演员们充分地表演着。鸟儿们的声音、姿态、数量、队行、方向在读者面前一览无余。这些演员本身就是关照的对象，它们已经不再是叙述者用来进行象征的媒介。叙述者对非我世界本身的惊异和尊重增强，将之作为象征的冲动日益消退。正是这种惊异和敬畏使梭罗的浪漫主义热情转化为一种生态意识。

布伊尔在《环境的想象》中拨开了人们对梭罗男性中心主义、后殖民主义的夸张性说法，呈现出一个“生态大我”的梭罗形象：为追寻“生态大我”孜孜以求的自我教育、主动放弃的美学、神圣化的倾向、有所附丽的工作态度等这些特征对“生态大我”概念是一个很好的补充和生动的展示。当我们阅读《瓦尔登湖》的时候，我们需要看到梭罗所指的“月亮”，而非他本人当时的生活方式，否则我们就将陷入一个具体的人的具体生活方式中，从而将一个“生态大我”化约为一个冷漠的独立人，我们需要看到梭罗背后的“生态大我”群像，“对家乡库珀斯敦比对自己更感兴趣的苏珊·库珀，以及在《沙乡年鉴》中描述了不求闻达境界的利奥波德”（Buell，1995：395）。这样我们心中的“生态大我”形象将日趋丰满完善。

“主动放弃的美学”所呈现的亮点和突破性在于，主动放弃绝不是对自我身份的弱化，而是相反。没有看到这一点，可以说就没有进入到这部被誉为生态批评里程碑的生态批评著作的核心，那将是一件很可惜的事情。“主动放弃的美学”和浪漫田园主义、自然人格化、季节感、地方感等文学策略一道构成对人类中心的挑战，从而塑造生态中心主义。布伊尔的高明之处在于，他指出“主动放弃的美学”是人类中心主义的对立面，却不是人性的对立面；相反，放弃了自我欲望的人类是充分实现了人性的人类。这样，布伊尔举重若轻地化解了人类与生态之间的二元对立。

布伊尔在书中讨论的大部分文学作品以及相关的散文体作品的中心情节就是主动放弃，这些作品有：梭罗的《瓦尔登湖》、爱德华·艾比的《大漠孤行》、查尔斯·瑟伯（Charles Seib）的《林地》（The Woods），安尼·迪拉德（Annie Dillard）的《汀克溪的朝圣者》，吉尔伯特·拜伦（Gilbert Byron）的《小海湾的居民》（Cove Dweller），安妮·拉巴斯蒂（Anne LaBastille）的《黑熊湖畔的梦幻与沉思》（Beyond Black Bear Lake）（Buell，1995：326）。

然而，布伊尔并没有沉浸在主动放弃情结中的理想主义元素中。他超拔出来，冷静地回到了人类自身的境遇，“因为放下了物质拖累，文学承诺给人们的是与自然恢复亲密的美好体验。由此，艾克邂逅了熊，梭罗遇见了春，马西森看到了雪豹。体验者的心灵经历到了复苏与荡涤”（Buell，1995：156）。小我的干扰越小，看到的景色越明艳，体验到的心灵升华就越震撼。在大多数读者都沉浸在这些作品中的浪漫主义和理想主义的时候，布伊尔出其不意地回戈一击：对于所有这些作品而言，主动放弃的情节并非意味着对自我的灭绝。相反，它是将自我悬隔到一个微妙的度，使得自然与自我同样值得关注，而且是将体验自我的过程放置在有着众多相互交融的情境之中。这种最大限度体验自我，塑造自我的原始冲动驱使着人们放弃自我，寻觅有着与万物狂欢和交融的语境。这就要求自我充分放下自我，对外界最大限度地感知。正是这样一种冲动驱使着梭罗走向瓦尔登湖，利奥波德来到他的沙乡，奥斯汀走向邻家田地，萨克斯特找到了她的海岛。“大家都指控这些作家灭绝自我”，而这些作家之所以这样做的动机则是“寻求一种置身有着众多演员的、更大更复杂的场景”（Buell，1995：178）。在这个场景中，个体走出小我的中心，成为包含了许多存在物的巨大圆圈的一员。这是一种无可替代的美妙体验和自我实现的形式。而自我实现的个体不再是环境的施害者，也不是欲望的受害者，因为他们必然是卸下了小我，走向大我的个体。这些个体自带光芒，让“善”在空中飘溢，从而使自我实现成为一种有效的生态保护方案。

## 第三节　详述美学

主动放弃的美学是为详述美学铺路。前者是对小我的放逐，后者是对他者的尊重。详述美学并不是布伊尔提出来的。早在亚里士多德就讨论过艺术中具象个体与抽象规律之间的矛盾。感性的具象时刻有淹没在理性的抽象之中的危机。“西方美学之父”鲍姆加登正是通过颂扬艺术中感官所体验到的细节的多重性促成了美学学科的成立。从此，西方哲学家们前赴后继地在感性具象和理性抽象之间寻找平衡。对于黑格尔来说"存在"只在决心拥抱个体特性的时候出现，但是个体也通过遵循普遍真理实现（Bowie，2010：195）。将详述美学运用到自然文学的创作和欣赏中，布伊尔是较早的一个人。在这个创造性的运用中，布伊尔理顺了主动放弃的美学和详述美学之间的关系。前者是后者的前提，而后者反过来又促进前者。布伊尔论证了详述美学对于恢复人的生命力的重要性，他在《环境的想象》中引用美国学者克莱斯特（Christ）著作《更精微的视觉：维多利亚时期诗歌中的详述美学》说明："对细节的麻木，是衡量人堕落的标准。对细节敏感性的恢复可以拯救人的堕落。"（Buell，1995：464）

具有代表性的美国生态批评家心中都有一种难以承受的沉重，那就是如何让人们清理感受的淤泥，让心灵变得清明，更容易感受真善美。有一种境界让他们呕心沥血去追逐：对日复一日却绚丽无比的万物始终保持惊异之心（amazement），对悄无声息却无处不在的他者[①]始终保持共情能力（empathy）。如何消除有如万有引力一样强大而顽固的麻木（insensitivity），达到这种境界是生态批评家们致力于攻克的课题。

除主动放弃的美学可以减轻负担，使我们的感知更加敏锐外，布伊尔还注意到自然文学作家们为了保持惊异之心和共情能力发展出来的独特写作策略：想象策略（imagination）和详述策略（particularity）。想象策略不仅仅是一种文学策略，在这里更重要的是一种心理学实验。人是具有被暗示的潜力的动物。详述策略是布伊尔自然文学研究中重要的理论贡献，是自然文学使用的重要叙述策略之一。它是作家对他者或者非我所进行的如其所是的描述。详述表面看琐碎详尽，但是在生态批评话语中却有着重大的意味：首先，它源自于小我的丧失，也是专注力提升的必然结果；其次，它做出了拒绝将非我对象化和异化的姿态，拒绝只关注非我的某一个特征；第三，它呼应了生态批评中出现的一个新术语"物质性"（materiality）[②]，也是对抽象化问题（abstractness）的反拨。在现代，自然被严重抽象化，很多时候被一个看不见摸不着的数字

① 这里的他者可以是无声的受到伤害、利用和误读的对象，他们/它们没有能力和条件为自己代言，或者声音难以传递；可以是由于时空的巨大跨越性，累积起来的危险而难以被人感知的对象；也可以是某种蕴涵着美与智慧的文化，但是由于巨大的差异性和陌生性难以被人接受和品味的对象，等等。

② 物质女性主义（material feminism）、跨肉身性（trans - corporeality）等这些词汇来源于美国生态批评家阿莱默（Stacy Alaimo）。

代替，或者被没有声音、没有气味、没有温度的图像代替，这种抽象化的存在正是对自然的一种化约，也是使我们人类的感知越来越麻木的根源之一。正如利奥波德所说的那样："只有在我们可以看见、感到、了解、热爱，或和对它表示信任时，我们才能是道德的。"（利奥波德，1997：203）详述策略正是诞生于这样的背景。作者通过对自然物详尽的描述，呈现出心无旁骛的专注精神。

这两种策略往往相互交融。其精妙性在于这两者看似矛盾，但在培育惊异之心和共情能力上，实际上殊途同归。布伊尔的生态著作《环境的想象》主要分析了美国具有代表性的自然文学作品，包括早期的自然文学。自然文学起源于自然史和博物学。属于自然科学领域的自然史和博物学的生命是"精致的准确性"，而属于文学领域的自然文学最可贵的品质则是"精致的浪漫性"，自然文学史鼻祖，英国作家、博物学家塞尔波恩所做的里程碑式的贡献是除将自然界中的颜色、声音、气味等前景化之外，还将虔诚、敬畏和狂喜引入到博物史，使博物史带上了人文情怀和浪漫气质。正是这个贡献奠定了自然文学的基调，提升了自然史的境界和情趣，完成了自然史向自然文学的蜕变。不难看出，自然文学同时具有浪漫传统和科学精神。两者精细化的结合出其不意地实现了对麻木的抗击，对惊异之心的维护，对共情能力的培育。

如果说布伊尔在《环境的想象》中"主动放弃的美学"部分确乎是建立在斯洛维克《寻找美国自然文学中的生态意识》中关于梭罗日志第一人称逐渐减少的讨论之上的话，我们可以断定这两部重要的生态批评著作之间还有着更为广泛的、深刻的联系。与斯洛维克的《寻找美国自然文学中的生态意识》一样，《环境的想象》所寻找的也是某种意识，而这种意识也包含了"专注"素养。正如书名"想象"所示，布伊尔的生态批评著作所探询是一种理想的境界。如果说"意识"是斯洛维克《寻找美国自然文学中的生态意识》中的一个关键词，如果说斯洛维克一直都在寻找能够使自己的感受力变得更加敏锐的方法，那么"想象"则是布伊尔《环境的想象》中的一个关键词，布伊尔则一直都在寻找能够使自我的想象力变得更加丰富的方法。

在这里，无论是"意识"还是"想象"，都强调了人对非我存在的敏感性。布伊尔强调"环境的想象"即艺术想象并再现世界的能力，以此培育作者和读者的生态想象力。可以说，对环境的感知和想象是《环境的想象》的一个重要主题，也是布伊尔整个生态批评生涯中所关注的命题。正如斯洛维克相信人们对个体范例的敏感度要远远高于大量数据和有利论证一样，布伊尔也坚持认为，文学批评能够发掘“环境的想象”的力量，培养读者的环境意识和生态观念。布伊尔正是通过树立梭罗这样一个具有生态想象力的榜样来唤醒读者的环境意识，转变读者对自然的态度。布伊尔在《环境的想像》中指出，如果每个人都像梭罗一样具有一种对环境的高度敏感性的话，环境问题将不复存在（Buell，1995：139）。他指出，被誉为生态批评前身的利奥·马克斯（Leo Marx）的著作《花园里的机器》告诉我们，梭罗所说的位置的意义和价值不在于自然事实或社会机构或者某种外在的事物，而是在我们的意识中，在人类心灵的神话般的力量中。由此可见，布伊尔与斯洛维克一样有着类似的问题意识，那就是探询个人在自然中的心理体验，人如何使自己的想象更丰富，使我们的感受力更敏锐，如何使我们更具有专注力。

在布伊尔看来，纯粹的自然并非生态批评者们的兴趣所在，也不是自然文学作家等环境作家的最终旨趣所在。这也解释了为什么梭罗只在瓦尔登湖栖居了两年而又回归文明世界。梭罗等作家亲近自然，最后又回归文明的做法传递了一种生存智慧，揭示了生命的实质，证实人性能达到的高度。布伊尔一针见血地指出：“质言之，令梭罗真正感兴趣的不是自然本身；自然不过是某种东西的屏障。”（Buell，1995：16）也就是说，在对自然的兴趣背后，有着更深层次的东西令梭罗着迷。那么梭罗真正感兴趣的是什么？答案显而易见，那就是布伊尔此前引用利奥·马克斯说的“人类自我实现的意识”。可以说梭罗将探索人类意识可以达到何种高度看作是自己毕生的事业，而正是这一点引起了斯洛维克和布伊尔等人的兴趣。

布伊尔对“想象”的分析体现在美国自然文学传统中常用的叙事里。“想象”一词体现出布伊尔对自我如何看待包括自然的非我的态度。布伊尔辩证地考察了美国文学中荒野与田园叙事在历史形成过程中的种种形态，指出其在塑造人们的环境想象和生态意识过程中是一把双刃剑，但同时也认为我们不能忽视和消解其在此过程中起到的重要作用。有人认为，对非人类世界的欣赏不可避免地与性别、阶级和种族进行联系，“在二十年中，人们坚信美国文学中的自然主义，一如美国的亚当神话，都是基于英美男性的口味”（Buell，1996：16）。自然主义成为英美白人男性精英阶层的叙事，其中深深地打上了性别歧视、种族歧视、阶级剥削和帝国主义的烙印。布伊尔在《环境的想象》中对此进行了探讨，并认为，自然文学对非人类世界的品鉴与性别、阶级和种族虽然不无关系，但是我们更应关注超越这些因素之外的东西。布伊尔在《环境的想象》中通过大量的文学事例证实，无论是何种性别、种族和阶级的人，对于自然的喜爱都呈现出某种共性。而我们在思考自然文学中存在的性别、种族、阶层等取向的同时，是否还应着力于超越这些因素之外的共性，而避免因消耗在权力话语争夺导致的对某种实际存在的共性的忽略。对此我们需要审慎地思考，以免对自然主义打上本质主义的标签。布伊尔深切地指出，比之男性中心主义、后殖民主义等，更为严峻的问题是人类中心主义（Buell，1996：20）。也就是说，我们需要为处于弱势的性别、种族和阶层说话的同时，也需要为失语的自然代言。我们需要思考的是，谁在为失语的自然代言？如何为自然代言？如前所述，自然文学讲述的是不会说话的大地的故事，叙述人必须真诚而讲究策略，才能产生效果。

布伊尔审慎地甄别了各种田园和荒野叙事背后的种种动机和因素，探讨了美国田园思想传统中对于生态中心思想的适应程度，强调田园文学在塑造人们的生态意识中所发挥的不同作用。在“田园理想”这一章中，布伊尔回顾了美国田园叙事的历史。他指出，逃离以欧洲为代表的文明世界是美国男性作家的心理和历史原因；也有学者从社会历史因素对此进行讨论，他们认为杰斐逊主义[①]也是美国田园叙事的重要影响要素。这些都是以自然秩序来建立一个更为纯净的美国社会为名义的力量（Buell，1996：33）。但是，人们很快开始了对田园叙事的质疑。人们将田园叙事与帝国主义、男性中心主义、精英主义、扩张主义、甚至是商业主义等进行联系。具有消费商品的性质与田园与荒野叙事有关的有旅行叙事，是19世纪休闲杂志中的宠儿（Buell，1996：12）。田园与荒野叙事还可能是地主乡绅利益的表达形式，比如，这类叙事有可能遮蔽了地主乡绅将无耕地的劳动者们驱逐出去从而腾出更多的空间修建园林的事实。田园与荒野叙事还有可能被质疑为脱离语境的对自然的刻板模仿，或者是创造一个截然独立的、自为的语言世界（Buell，1995：13）。就前者而言，田园与荒野叙事成为一种为自然而自然的叙事（nature for nature’ s sake）；就后者而言，田园与荒野叙事成为一种为艺术而艺术的叙事（art for art’s sake），但是无论哪种情况都具有某种文学形式主义的取向。

布伊尔认为，一味将自然的描述作为意识形态的庇护的观点是无效的，如

---

① 杰斐逊自由主义思想中包含着人文主义的精华。杰斐逊反对物质主义，反对肉体享受至上。

果人们只将自然界描述为主观幻想的投射和社会寓言，这样做的后果之一就是将像《瓦尔登湖》这样的作品进行形式主义的解读，比如关注作品的结构形式或意识形态，而忽略其现实指涉的因素（Buell，1995：36）。这样的做法势必导致田园叙事丧失本来的多元性和丰满性。布伊尔通过利奥·马克斯之口指出：反城市主义应被理解为是一种对社会和文化变革的更为广泛的、含蓄的态度和策略，在现代社会和文化变革中，工业城市的出现仅仅只是其中的一个表现而已（Buell，1995：14）。换言之，田园与荒野叙事中的反城市主义针对的并非工业城市本身。与此相对应的是，动植物世界本身也不是主要的兴趣点。这一点对于绝大多数生活在钢筋水泥世界的人们来说，尤为正确。那么，在现代社会中反复强调已经封存在历史中的田园、边疆和荒野主题到底有何意义呢？对于很多的读者甚至学者来说，自然体验都是虚拟的、二手的、纸上谈兵的。

在布伊尔看来，自然文学想恢复的也许并非是人们对动植物世界本身的兴趣，而是某种感知形式。人类在现代社会中感知方式的变异也许是田园与荒野叙事更为关注的主题，麻木的感知是现代社会中一个不容忽视的症候，这种感知方式带来了一种自我意识的板结。自然文学真正的兴趣点正是在于唤醒人们被麻痹的感官，在寻找能够使我们的感受力变得更加敏锐的方法，而不是反对某一具体的意识形态或社会制度，如工业化社会。一如桑德斯在《为自然代言》一文中所指出的那样，塞万提斯眼中并非只有封建社会，梅尔维尔眼中也并非全是清教主义，福克纳也并非只关心种族主义，而加西亚·马尔克斯也不是只局限于他的国家主义和资本主义。他们不满占主导地位的思维，在反思中，他们为我们打开了一个更广阔的视野。

同样的道理，自然文学并非只关心自然，体现在自然文学中田园和荒野叙事中对自然的欣赏背后，我们也看到了一个更为广阔的视野。布伊尔对新旧田园叙事做了一个形象的比喻，“我同意马尔克斯的预测，那就是对人与自然之间不确定关系的新观念将注定带来新版本的田园叙事。现代知识分子习惯于将田园与上帝的命运进行类比，显然两者都是消失于十九世纪的神话。比世俗化更为顽固的都市化，是一个现代知识分子选择继续信仰的更大的神话。即便历史的线性发展规律已经被解构，这种情况依然存在。唐纳德·沃斯特所说的‘生态时代’也许无法带来生态方面巨大的社会变化，但田园叙事注定要作为一个光明的理想留存下来，并在将来很长一段时间内作为革命的力量存在下去”（Buell，1995：51）。田园叙事的力量体现在什么地方呢？布伊尔指出，我们在清醒地认识到田园叙事两面性的重要性的同时，更应意识到田园叙事的潜力，“尽管田园叙事折射出不同形式的自我利益，但是我们也应该看到，田园叙事可以作为桥梁，引导人们从人类中心主义走向更为生态中心的立场。……随着田园叙事回归生态中心主义，其重心从将自然作为人类活动的舞台转移到了将自然作为有着自身利益的角色进行观照”（Buell，1995：52）。

在逃脱自我中心诅咒的冲动下，布伊尔摸索到了两种叙述模式——详述和想象策略。后殖民语境中的田园叙事突出一种如其所是地再现环境的愿望。这类叙事力求将环境作为真实独立的、有着自身身份的实体进行展示。作家试图为景观自身代言而非将自己浪漫主义的想象包袱带入其中，且作家试图以更亲密的、更细致的手法表现所见之地神秘的面貌，这将是一种更为客观的、非自我的表述方式。布伊尔以玛丽·奥斯汀在《少雨的土地》中将自己倒空而非将所见之景倒空的例子来说明这种后殖民语境中的叙事。在《少雨的土地》中，奥斯汀将早期移民者所提供的地名换为当地印第安原住民的地名，用当地的用语描述当地的自然环境，从而尊重当地环境的现实。只有这样才能以一个当地人而不是外来者的身份，专注而细致地描述所见到的一切。奥斯汀力求用“透明的眼球”状态来恢复视觉的权威，恢复人的感知力和生态知识。这就涉及布伊尔提到的现实主义的“详述”叙事。该叙事方法与对环境的想象构成了虚与实的互动。布伊尔对这两种虚实模式都持赞同的态度，从而对之进行辩护，认为可以将这两种模式进行有机的结合。这种辩护无意中透露出布伊尔兼顾内心的风景和自然的风景的思维模式。18 世纪下半叶的田园叙事造就了一批女性文学作家，她们以村庄素描为主。这个“详述”传统始于蒂莫西·德怀特和华盛顿·欧文（Buell，1995：57）。如前所述，女性自然文学作家的现实主义和细腻的文风为自然文学注入了更为客观的立场。移民时期的田园叙事传统中还出现了对不同自然的细化处理。

布伊尔辩护了自然文学中作家们常用的对自然所做的客观而详尽的描述，不仅赋予了详述叙事模式艺术价值，而且赋予了这种叙述模式以非自我中心的内涵。然而，布伊尔并没有因此走向彻底的现实主义。纯粹客观的描述不仅是不可能的，也是不必要的。他开始思考，人们是否有摆脱自我的美杜莎之首的凝视，再现环境之真实的可能？在再现自然这个问题中，语言是否还具有指涉外在的功能？真实地再现自然是否可能，其意义何在？布伊尔带着这些也许没有答案的问题在《环境的想象》第三章“再现环境”中探讨了真实的再现是否可能的命题。在布伊尔看来，作家创造的文本世界与其所表现的外在世界的关系极为复杂。内在于我们感官的缺陷就是我们有过滤信息、选择信息的倾向，这就注定我们吸收的信息是片面的，甚至是扭曲的。文学尤其难以做到真实客观、如实地照顾到所有非我世界。这样，我们欣赏自然文学中的风景就如“亲吻了漂亮女子的代理人”一样，再现的自然并非原汁原味的。但是，再现原汁原味的自然是否是首要的？这在布伊尔看来是一个值得讨论的话题。在布伊尔看来，我们不必过于追究文本与世界之间的断裂。无论是小说还是非小说的描述性文学作品都描述了某种“真实”。布伊尔提出：“在现代文学理论中，文学作家再现真实客观世界的能力在最好的情况下只被看作是显示作者的冷漠。”（Buell，1995：84）也就是说，绝对客观地再现自然已经不是第一位的了。可以说，有时候我们对“真”的机械性执拗，往往以意义和价值的沙漠化为代价。事实上，艺术家的重要使命之一是为永恒冰冷的大理石增添一丝温暖[①]，为反复将石头推向山顶的西西弗的虚空之旅中增添一些风景，将生活中的美以仪式化的形式呈现出来。毕竟，对于相当一部分人而言，艺术是可以助其挨过漫长虚无的人生的救命稻草。艺术性的创造实际上是意义的制造。

对于再现自然的客观性、真实性和权威性这个问题，在美国文学史上有过一场关于“伪自然文学作家”的辩论（nature fakers）。此次辩论始于1903年，当时，自然文学作家约翰·巴勒斯在《大西洋月刊》上发表了一篇名为《真伪自然史》的文章，批评一些错误描写自然的自然文学作家，认为这些作家在动物身上注入了人的特征，歪曲了基本的生物学事实，并将这失真的描述展示给世人。其中包括威廉·J. 朗（William J. Lang）。1903年，朗撰文《自然研究的现代派及其批评者》对此批评做出了回应。朗认为，巴勒斯过于强调作者应以自然科学的标准精确地描述自然世界，自然科学家和自然文学作家的角色是截然不同的。科学家的工作内容是“事实和规律”，而自然文学作家的

① 美学家宗白华说：“马克思很欣赏近代唯物论的第一个创始者培根的著作里所说的物质以其感觉的诗意的光辉向着整个的人微笑（见《神圣家族》），而不满意霍布斯的唯物论里‘感觉失去了它的光辉而变为几何学家的抽象感觉，唯物论变成了厌世论’。在这里，物的感性的质、光、色、声、热等不是物质所固有的了，光、色、声中的美更成了主观的东西。于是世界成了灰白色的骸骨、机械的死的过程。”（原载《新建设》1957年第6期）。

工作内容是“个体”。对于自然文学作家来说，自然世界是“一个充满了鉴赏的世界而不是描述的世界”（Lang，1903：688－698）。巴勒斯对这些自然文学作家的批评是，尽管作家们声称对自然描述的真实性，但是他们所描述的自然史与事实不符。他不是谴责这些伪自然文学作家的情绪化，也不是呼吁他们对自然采用科学的态度，而是不希望看到作家们在描述自然的时候扭曲事实，以一种非真实的方式呈现自然，误导求知若渴的读者。另一位回应者是自然文学作家赖特（Mabel Osgood Wright），她很尊重巴勒斯，但是却无法接受其认为作家不能对自然事实做出丝毫改动的坚定立场，同时她也不同意巴勒斯公然谴责自然文学创作中对自然的人格化处理（Perez）。学者拉兹（Ralph Lutts）在《伪自然作家》一书中对这场辩论的来龙去脉做了详细的梳理。这次辩论讨论的核心问题是，在自然阐释权威性问题中，科学与人文，理智与情感哪一个才是终极裁判，谁具有更大的真实性。作者最后的结论是我们需要一个新的关于自然文学中精确性问题的标准。需要说明的是，对自然进行精微而客观的描述并非是对科学主义和写实主义的崇拜，而是一种对他者和非我的绝对尊重和对自我中心主义进行反思所采用的取法上的策略和姿态。

可以这样说，文学作品很难做到对自然的原始呈现，但是也不能由此否认文学再现的真实性。文学作品无疑要反映作者内心的风景，那么，我们应该采用什么样的标准来裁决文学的真实性呢？我们是否可以将作者内心风景的真实性作为参照物？这里就涉及了自然文学中的主要叙事模式——虚构。虚构模式除了反映作者内心的风景之外，还体现在地方认同中空间的开放性。如果在作品中，自然只是以背景出现，这样即便是对自然进行再细致的描述，也不能证明自然在作品中的地位。比如，在哈代的一系列的环境小说中，建立了一个威赛克斯系统。威赛克斯不仅是地名，还包含着一个地区特有的自然景观和风土人情。但这些作品是关于自然中的人，而不是自然本身。如果自然在作品中“只是作为形式、象征或意识属性，而不是作为思考对象本身”，那么无论是作者还是文学批评家，“都很容易在其职业实践中成为反环境保护主义者”（Buell，1995：85）。

布伊尔曾经提到过“怀旧美学”（the aesthetics of the Not－There），指在再现环境的过程中将“看”的过程前景化而非重视所见之物本身。这种美学更多地依赖文化的投射。此叙事策略鼓励作者“制造景观”，将所见景物与已知的观念或美学进行对应。对于作家而言，自然文学中这种美学涉及对景观的倒空与填充。布伊尔通过分析梭罗、艾比和迪拉德的写作阐述了怀旧美学策略。有学者分析了布伊尔提出的怀旧美学，认为梭罗、约翰·缪尔、里克·巴斯（Rick Bass）等自然文学作家都运用过怀旧美学策略①。怀旧美学策略利用了“相关性”心理机制，经验的相关性是人们体验对象最重要的动机之源。有意识、有针对性地培育相关性，自觉利用天然的或者已经形成了的相关性是增强敏锐性和关注度的重要美学和心理学策略。

布伊尔认为，19 世纪的现实主义地位已经被双重地罢黜，首先是被极端现代主义替代，之后是被英美文学理论中的形式主义替代②。为了重振自然文学的真实性，我们需要参照作者内心的真实。内心的风景和外在的风景究竟哪个更具有权威性和真实性？为此，布伊尔提出“双重标准”（dual accountability），“我所说的双重标准可以通过洛佩兹《北极梦》中的一段话来说明。该作品如其小标题‘北国的想象与欲望’所显示的，展示出作者具有极为罕见的敏感性”（Buell，1995：92）。

在布伊尔对《北极梦》的引用中我们可以看到，自然文学真实性的另一标准——作者内心的风景指的是作者对非我世界的敏感性。这种敏感性赋予了作者挑战任何客观描述标准的极限，这对于处身完全陌生的环境的作者来说尤其重要。作者对外界的敏感性可以最大限度地避免美杜莎之首的凝视——先见——的干扰。主体的这种敏锐性并非等同于主观性，更不是自我中心，因此，主体的敏锐性不仅不是客观性的反面，相反是客观性和真实性的反映。布伊尔引用洛佩兹的观点说明自己对真实性问题的看法，那就是在没有直接证据、无法展开科学实验的情况下，一个人只能推测。然而无论是实验报告还是野外考察都无法真实可信地再现发生在外在世界的丰富与精彩活动。洛佩兹在《北极梦》中描写北极熊偷偷接近海豹的段落运用了两种虚拟的叙事模式——

① 苏姗·科琳（Susan Kollin）、威廉·R. 汉德利（William R. Handley）和乔恩·史密斯（Jon Smith）等学者都进一步阐发了布伊尔的怀旧美学。参见 Jon Smith，Susan Kollin. Nature's State：Imagining Alaska As the Last Frontier［M］. Chapel Hill：University of North Carolina Press，2001；Jon Smith，Deborah Cohn. Look Away!：The U. S. South in New World Studies［M］. Durham：Duke University Press，2004；William R. Handley，Nathaniel Lewis. True West：Authenticity and the American West［M］. Lincoln and London：University of Nebraska Press，2004；Denice Turner Rodopi，Writing the Heavenly Frontier：Metaphor，Geography，and Flight Autobiography in America 1927—1954［M］. Leiden：Brill/Rodopi，2011.

② 极端现代主义和后现代主义认为没有客观性、真理性和科学性的说法，这种极端怀疑主义尤其体现在科学界。

虚构的模式和发现的模式。虽然是人虚构的故事，但是必须符合经验事实。布伊尔解释说，洛佩兹尊重自然科学的权威，但是终极的权威必须同时符合心灵的真实和科学的真实。布伊尔提出用后现代文化理论家琳达·赫奇恩（Linda Hutcheon）提出的四个参照进一步阐释他所说的双重真实。这四个参照是：文本之内的标准（intratextual）、文本之间的标准（intertextual）、文本本身（autorepresentational）和文本之外的世界（the outer mimetic）。布伊尔认为，在洛佩兹的作品中，这四个因素相互作用，如确立叙事的连贯性，与其他文本的互动，承认叙事创造了自身独立的世界以及坚持叙事忠实于外部世界等。洛佩兹的作品之所以是非“虚构”的，不是在其遮蔽前三个因素，而是其将重心放在最后，也就是第四个要素，那就是忠实于外部世界，使之具有对前三个要素的否决权（Buell，1995：93）。绝对的现实主义并不是最高的“真实”。洛佩兹《北极梦》的副标题显示了三个要素：想象、大地与欲望。想象是内心的风景，呼应着外在的风景——大地。内心的风景发挥着调节内在的欲望与外在的风景之间关系的作用。外在的风景塑造着内心的风景，但是内心的风景也不是完全被动地受制于外在的风景。布伊尔指出，在洛佩兹这里，外在的风景是“一个更有趣的变量”（Buell，1995：94）。

在布伊尔看来，对于自然文学来说，重要的是兼顾两种风景，两种风景都具有权威性。这两种叙事共同造就作品的可信度和精确性。布伊尔说：“洛佩兹所谓的外在的风景可以这样解释：文学是作为科学的重要补充，它虽然不是很系统，却是更为全面的补充。两者都寻求解释谜一样的世界。”（Buell，1995：85）在自然文学中，科学事实的精确性和精微性具有重要的地位。虚构模式的阅读往往将主人公看作是主题，此时的选择具有抑制性，所表现的细节是象征性的，无论对于作者还是对于读者来说，环境知识微不足道；而在非虚构阅读中，“主人公最显著的特征是对环境知识的精通——不是达到如职业科学家对数据和理论的掌握程度，而是比常人具有更多的基础性知识，致力于以一种可分享的形式向读者传递他所知道的。主人公主要的修辞手法是阐述，丰富其阐述的那些隐喻、调性以及沉思等手法与阐述水乳交融，文本在这种交融中趋于艺术的成熟”（Buell，1995：97）。而主人公也在这种交融中趋于人格的成熟，内心的风景与外在的风景融为一体。

在笔者看来，这两种叙事模式之不可分离性，代表着外在风景和内心风景的不可分离性。如果主人公对外在风景的精通可以看作是一种格物致知的

“精微”精神，那么主人公内在的风景则可以看作是一种诚意正心的“广大”精神。在非虚构体的自然文学中，主人公必须同时具有精微和广大的精神，且两者相互呼应。具有了广大精神的主人公，其对外在细节的选择不再具有抑制性和偏见，无论是采取故事叙述的洛佩兹，还是采用回忆性写作的迪拉德，都坦然面对自己对外在细节的选择性。因为他们坚信这不会影响作品的可信度和权威性，在他们的作品中，“选择是促进人们对外在风景了解的途径，而不是抑制性的”（Buell，1995：97）。无论选择的性质如何，前提则在于主人公对于外在风景的精通。布伊尔一再强调恢复作者与读者对外在风景的精通。对于自然文学来说，这种精通是使作者摆脱浪漫主义包袱的重要途径。使这种精通达到艺术高度和文化高度则是自然文学作家的职责。这种对外在风景精通的关注精神是使自我处于一种动态性、习惯性自我反省，从而克服僵化的狭隘自我的高明策略。布伊尔认为，无论是虚构还是非虚构的文类，读者与作者都需要掌握足够的外在风景的知识，“对于‘我们是否必须研读罗杰·托里·彼得森的鸟类书籍来读懂文学’这个问题，我的回答是，是的，这是一件好事。无论是对非虚构还是虚构体的文类”（Buell，1995：97）。这对于自然文学尤其如此。这表明了对非我的一种基本尊重。与此同时，对非我的聆听和凝视同时也代表着一种对自我的治愈手段。

想象策略与详述策略的联手是一种双赢，想象策略具有人文的广大，详述策略具有科学的精微。但是在自然文学中，想象策略具备了心理学的原理，想象是一种有意识的科学行为；详述策略也具备了人文的情怀，因为它并非是单纯地对精确性和科学性的追求，其中也蕴涵了情感铺陈，在铺陈的过程中倾注了对对象的敬畏与狂喜之情，而非完全的冷静客观。在两种策略共同作用下，唤起了人们的敏锐之心。

## 本章参考文献

[1]程虹．生态批评[M]//西方文论关键词．北京：外语教学与研究出版社，2006.

[2]方丽．“环境的想象”与“浪漫主义生态学”——论布伊尔与贝特的生态批评理论[J]．名作欣赏，2010(33)：43－45.

[3]何怀宏．生态伦理——精神资源与哲学基础[M]．保定：河北大学出版社，2002.

[4][美]霍尔姆斯·罗尔斯顿(Holmes Rolston Ⅲ)．哲学走向荒野[M]．刘耳，等，译．

长春:吉林人民出版社,2000.

[5][美]奥尔多·利奥波德(Aldo Leopold). 沙乡年鉴[M]. 侯文蕙,译. 长春:吉林人民出版,1997.

[6][美]林白夫人. 海的礼物:女人的生命之书[M]. 唐清蓉,林燕玲,译. 重庆:重庆出版社,2013.

[7]Alaimo Stacy. Trans – Corporeal feminisms and the ethical space of nature[J]. Revista Estudos Feministas,2017(25. 2):909 – 934.

[8]Buell Lawrence. The environmental imagination:Thoreau,nature writing,and the formation of American culture[M]. Harvard University Press,1995.

[9]Christ C T. The finer optic:the aesthetic of particularity in Victorian poetry[M]. Yale University Press,1975.

[10]Devall Bill,George Sessions. Deep ecology[M]. Salt Lake City:G. M. Smith,1985.

[11]Bowie A. Aesthetics and subjectivity[M]. Manchester University Press,2010.

[12]Lindbergh Anne Morrow. Gift from the sea[M]. NY:Pantheon,2005.

[13]Long William Joseph. The modern school of nature – study and its critics[J]. North American Review,1903(5):688 – 698.

[14]Lutts Ralph H. The nature fakers:wildlife,science & sentiment[M]. California:University of Virginia Press,2001.

[15]Maslow Abraham Harold. Religions,values,and peak – experiences[M]. Columbus:Ohio State University Press,1964.

[16]Perez Kim. "Nature as a Field for Fiction":Mabel Osgood Wright responds to the nature faker controversy[J]. ISLE 19,2012(1):24 – 42.

[17]Thoreau Henry David. A week on the Concord and Merrimack Rivers;Walden;The Maine Woods;Cape Cod[M]. New York City:The Library of America,1985.

## 古池·俳句

个体细节被前景化。领悟发生在初见一瞬，禅意发生在池塘的万古长空与跃蛙的一朝风月之间的张力。插图灵感取自松尾芭蕉的《古池》以及朱良志《刹那永恒》书中描述的一个意象：古池的万古长空和跃蛙的一朝风月。

# 第四章　马歇尔：初心境界与俳句

“至人之用心若镜，不将不迎，应而不藏，故能胜物而不伤。”（《庄子·应帝王》）

此处便是天堂。

——葛楚德·斯泰因

应无所住，而生其心。

——《金刚经》

大海不会馈赠那些急功近利的人。为功利而来不仅透露了来者的焦躁与贪婪，还有他信仰的缺失。耐心、耐心、耐心，这是大海教给我们的。人应如海滩一样，倒空自己，虚怀无欲，等待大海的礼物。

——安妮·林登伯格《大海的礼物》

如果说斯洛维克的生态批评关注的是如何提升自我对他者的专注意识，那么布伊尔主要关心的是自我认同模式的改造，而伊恩·马歇尔①则建构了初心境界。初心和专注有共同的旨趣，都致力于祛除将他者对象化的思维危机，倒空自我，细心聆听或者凝视他者，趋于一种物我同一的共通心境。但是它们之间的最大不同之处在于，相比专注而言，初心经营的是对同一对象注意力的持久性。如果置于心理学家马斯洛的学术框架进行观照，专注注重的是高峰体

① 伊恩·马歇尔（Ian Marshall）是美国重要的生态批评家之一，主要著作有《故事线索：探索阿巴拉契亚小径的文学》（1998）、《高峰体验》（2003）、《〈瓦尔登湖〉中的俳句时刻》（2009）、《走向联系：生态批评理论和实践文集》（2007）。马歇尔的生态批评主要是以马斯洛的“自我实现”理论为依托。

验，初心则对应的是高原体验①。如果说专注精神培育我们小中见大的能力，克服视而不见，熟视无睹的宿命，那么初心则是将这样的专注精神贯穿在日常存在中，如汤之《盘铭》所载："苟日新，日日新，又日新。"我们对美丽生命的感动能力、惊异能力和共情能力会在日复一日的庸常和重复中被侵蚀，而这种惊异能力是我们的生命之源，是我们生命力存量的指示器。这种无时无刻不存在的侵蚀力让我们哀叹，无论面对多么不俗的风景，而我们的感觉只是"当时只道是平常"，只因太阳每天照样升起，只因我们天天面对这样的风景。我们多么希望"一切只如初见"。我们向往日日拥有婴儿般的感受能力，无论重复多少次，无论面对多么平常的对象，我们都能体验到惊鸿之美。然而，向死而生的智慧不是与生俱来的，而是靠我们自己学习并维护的。正是为了对抗这种让人麻痹失去警惕的侵蚀力，维护我们感知的敏锐性，马歇尔的生态批评才致力于建构初心境界。

值得注意的是，和斯洛维克一样，在马歇尔这里，初心的概念是明确置于心理学意义的"自我实现"内涵之中的。和斯洛维克一样，马歇尔的生态批评实践以人为中心，具有人的自我实现的旨趣。本章将分析美国生态批评家马歇尔《高峰体验》《〈瓦尔登湖〉中的俳句时刻》等生态批评文本中对初心境界的建构。在其主要的生态文本中，马歇尔将日本俳句美学范畴创造性地运用于对《瓦尔登湖》的阐释，并衍生出初心境界的理论体系。初心是对"只道是平常"的事物始终保持初见时的兴奋与钟情，对微小之美丽、卑微之生命保持始终如一的痴迷。"爱我所有"让人狂喜并达到身心合一，获得丰富的宁静，而"贪我所欲"让人焦躁并导致身心异化，处于永恒的痛苦。

获得并保持初心恐怕是自我实现的最佳捷径，忽略初心的重要性，将是我们生命中难以承受之重。而初心需要我们有意识地培育和习得。

① "高峰体验"是人本主义心理学家马斯洛在他的需要层次理论中创造的一个名词，是指人们在追求自我实现的过程中，基本需要获得满足后，达到自我实现时所感受到的短暂的、豁达的、极乐的体验，是一种趋于顶峰、超越时空、超越自我的满足与完美体验。"高原体验"是自我实现者拥有的一种放松、从容、宁静而平和的愉悦心境，是在日常生活中体验到的神圣的平和与宁静。

# 第一节　马歇尔的马斯洛情结

如前所述，自然文学作家和生态批评家们最关心的并非是肉身意义上的回归自然，他们更关心的是如何培养自我对他者或者包括自然万物在内的非我的感知能力，我们姑且把这看作是对人类中心主义的反思与走向自我实现的跋涉。而从人类中心主义超拔出来，恰恰是自我实现的通途，也再次印证了爱默生说的“弃绝了自我的人，却发现了自我”（Emerson，1903）。这是一个悖论式真理。林登伯格在《大海的礼物》中走向大海，不是为了回归自然，而是为了回归真实的自我，就连她从大海带回来的贝壳也成为铭刻自我实现秘诀的座右铭。梭罗隐居瓦尔登湖也不过两年零两个月，在这段时间里，他并非沉浸于纯粹的自然风景，而是无时无刻在为回归人类社会做实验，做投资，他所投资的是实现自我的智慧或者说价值观。无论是垂钓的隐士，还是种豆的哲人，从自然回归并带回的智慧是要最大限度地简化自我的需求，轻装上阵，最大限度地实现自我对非我的专注，从而实现自我。对他者的关注和痴迷是一种有意识的选择，是一种有意识的纯粹与天真。马斯洛将这样的天真称为“二次天真”，或者成熟的天真，这让一个人同时具备童心与慧眼。

心理学家马斯洛曾说，如果你手里拿着锤子，一切看起来都像钉子。那么马歇尔手里的锤子就是在生态语境中运用马斯洛的自我实现论和高峰体验论，那么他看到的就是初心境界。马歇尔曾于2003年出版过《高峰体验》一书，书中以心理学家马斯洛的自我实现论为框架分析自然是如何满足人的深层心理需求的。2009年出版的《〈瓦尔登湖〉中的俳句时刻》在分析自然文学主题的同时，细致深入地提供了一个关于初心境界的参照系。该书从俳句美学角度探询自然文学的艺术性和思想性，并明确显示出对初心境界的兴趣。具体来说，《〈瓦尔登湖〉中的俳句时刻》从俳句（haiku）美学原则对梭罗的《瓦尔登湖》进行阐释，认为《瓦尔登湖》具有很强的俳句特质。俳句美学原则里面具备了现成的阐释《瓦尔登湖》甚至整个自然文学的方法论，从而使生态批评摆脱了缺乏自身方法论体系的被动局面。不仅如此，在用俳句美学原则对自然文学的阐释过程中，突出了自然文学的艺术性及思想性，在布伊尔等生态批评家对自然文学经典化的基础之上，更为深入细致全面地讨论了自然文学的本体特征。与斯洛维克和布伊尔略有不同的是，马歇尔对自我实现有着更为明确的意识和兴趣。他认为自然文学中自我意识的消失以及作者第一人称的逐渐减少是自我充分实现的体现，而不是自我独特性的消失。

总的来说，马歇尔认为俳句美学和自然文学所遵循的创作原则之间有着高度的相似性，他甚至说自然文学中的亮点在于那些包含有类似俳句的部分，换句话说，俳句时刻的多少在一定程度上成为自然文学作品创作的标准。马歇尔在《〈瓦尔登湖〉中的俳句时刻》引言中提到，自然文学的精彩部分在本质上是那些“俳句时刻”（haiku moments）。在俳句时刻里，作者的自我意识消融在无我之境，自我与世界之间的藩篱逐渐消失。马歇尔认为，梭罗所遵循的美学原则与俳句美学之间高度的相似性体现在“崇尚质朴、低调、古旧之物；孤独；多使用反论、双关、诙谐用语”等原则之中。马歇尔以俳句美学作为阐释《瓦尔登湖》的理论基础，以此挖掘自然文学的主题和思想，他认为通过从梭罗作品中提炼出一系列俳句时刻可以获得《瓦尔登湖》的重要主题和思想：梭罗的生命哲学和写作风格与俳句的共同之处在于对自然的专注和对季节的敏感。

具体来说，俳句时刻是自我对时间的超越，尤其是对线性时间模式的超越，沉浸于此时此刻；具有无常感；澄明的自我；具有自我专注于非我世界的品质；对万物，尤其是平凡的熟悉之物有着如初见般的惊异之力；具有感恩之心；欣赏万物本身的内在价值；崇尚孤独等。体现在美学原则上的是：语言的简约性，意象的丰富性，语言的非象征性。具体语言特色和修辞手法是双关、反论、并置、反题、详述等①。可以说俳句时刻正是自我实现的时刻，是作者处于初心的状态，也就是忘我欣赏对象的体验。在英语俳句中遵循的惯例为：使用一般现在时；以名词为主的由十七个音节构成的自由体诗；简洁的词语和具体的意象的并置；少有抽象的文辞、评论或解释；避免象征的语言。

生态批评一直因为缺乏自身独立的方法论和理论而过于依赖借助于其他文学批评模式。马歇尔在《〈瓦尔登湖〉中的俳句时刻》引言中提到，生态批评是否碰巧关注环境在文学中的地位？抑或生态批评有着自己独特的批评方法？

---

① 需要说明的是，详述手法是自然文学的一个重要的语言特色，作家在处于对非我世界的忘我体验中，对其进行的细节描写，这种描写很少有说教性。作家们无意于说教，更多的是分享自我在自然中的体验。

同样，我们可能会想，是否有自然文学的美学存在，或者自然文学是否就是一种碰巧关注自然的文学？仁者见仁。目前还没有多少探索其独特性的工作。至少人们仅仅认为自然文学和生态批评只是在生态价值观上有交集罢了。其言外之意是，作为生态批评学者，我们需要关注自然文学和生态批评的独特性，而不仅仅是生态和自然这样的主题。马歇尔认为，如果自然文学尚且没有自己独特的美学原则，生态批评缺乏自己的理论方法，那么可以借用早已存在的俳句美学原则。

马歇尔所做的工作正是将俳句中的美学原则和理论方法创造性地运用到自然文学研究和生态批评中。他通过引用研究俳句的西方学者布莱斯（R. H. Blyth）的著作，将俳句美学原则归为十三个：无我、孤独、知足常乐、静无言、非知识、矛盾、诙谐、自由、非伦理、质朴、具体性、爱、勇气。马歇尔认为，自然文学和俳句都有着醒目的天人合一的顿悟时刻。可以说，马歇尔的《〈瓦尔登湖〉中的俳句时刻》是借用俳句为自然文学研究和生态批评建构一种理论框架或者是价值建构，而初心境界则是这个理论框架和价值建构的核心。马歇尔认为，和俳句一样，自然文学中也有一种注意力从观察者到自然世界的转变。鉴于马歇尔对马斯洛自我实现和高峰体验论的兴趣，我们有理由相信这里所说的顿悟时刻与高峰体验有着紧密的联系①。

在《〈瓦尔登湖〉中的俳句时刻》中，马歇尔还明确提到，在《瓦尔登湖》中，梭罗有着自我实现的诉求。马歇尔在《瓦尔登湖》中找到了比较有说服力的例子。在“访客”一章中，梭罗感叹大多数人都没有自我实现的境界：“有一个冬日，我问他是否常常对自己有一种满意的感觉，希望内心有另一个自己代替现在的自己，追求更高的生活目的。‘满意！’他说，‘有的人满足这一些，另外的人满足另一些。你看有些人，什么都有了，便整天背烤着火，肚子向着饭桌，真的！’然则，我费尽了心机，也没有能够找出他对于事物在精神方面的追求来；他想出的最高原则在乎‘绝对的方便’，像动物所喜欢的那样；这一点，实际上，大多数人都如此。”（Thoreau，1985：441－442）对于大多数人来说，终极的目标便是如果什么都有了，便整天背烤着火，肚子向着饭桌，永远只是停留在最基本的动物需求或者是生活上的安全、便利和舒

① 马歇尔2003年出版的《高峰体验》生态批评著作中以马斯洛的“自我实现论”和晚年“超越性需求论”为框架研究自然文学。

适，从而逃避永无止境的劳作与改变。事实上，安全、舒适和便利或许会让我们与做人的真正机遇失之交臂。毕竟，“我们需要通过劳作才能感受到生之绚丽”（Marshall，2009：139）。生命的绚丽没有捷径，也没有一劳永逸的可能。而维持初心同样也需要“日日新”。

梭罗在瓦尔登湖种豆的目的，是传递生存智慧，而非得到豆子的实用功能（Marshall，2009：139）。马歇尔几乎用整本书证明这样一个观点，那就是梭罗在《瓦尔登湖》中所进行的伟大工程事关自我实现：“失去和寻找自我似乎是《瓦尔登湖》的重要主题，如梭罗所说，我们只有放弃了世界，才能找到自我。”（Marshall，2009：192）在“结论”中，我们看到的则是一个明确的自我实现：

> 是否要我们去发现尼罗河的河源，或尼日尔河的，或密西西比河的源头，或我们这大陆上的西北走廊呢？难道这些是跟人类最有关系的问题吗？富兰克林爵士是否是这世上唯一失踪了的北极探险家，因此他的太太必须这样焦急地找寻他呢。格林奈尔先生是否知道他自己在什么地方？让你自己成为考察自己的江河海洋的门戈·派克、刘易斯、克拉克和弗罗比秀之流吧；去勘探你自己的更高纬度去吧，——必要的话，船上装足了罐头肉，以维持你的生命，你还可以把空罐头堆得跟天空一样高，作为标志之用。发明罐头肉难道仅仅是为了保藏肉类吗？不，你得做一个哥伦布，寻找你自己内心的新大陆和新世界，开辟海峡，并不是为了做生意，而是为了思想的流通。（Thoreau，1985：577）

寻找内心的新大陆，勘探更高的纬度，显然意指心灵和精神的提升，暗指一种自我境界的提升。一如马歇尔所提到的“我们大多数人都生活在云层中，但是如果我们能超越云层，我们将柳暗花明，达到更高的万里无云的蓝天”（Marshall，2009：218）。

在《瓦尔登湖》“村子”一章中，梭罗这样感叹那些陷入较低境界无法自拔的人，“每当我徜徉经过那村子的时候，无一例外地看到这些贤达一排排坐在台阶上晒太阳，身子微偏向前，他们的眼睛时不时带着兴奋的表情向这边或那边瞟一眼，要不然便是身子倚在一个谷仓上，两手插在裤袋里，像被女像柱支撑着似的。他们一般都在露天，倾听着风中发生的一切事情”（Thoreau，1985：456）。马歇尔将台阶理解为马斯洛理论中的自我实现阶梯意象，“这些贤达坐在台阶上，目的只是截获并交换谣言。但是阶梯是用于自我向上提升的，达到更高人生境界的手段。我们可以说，阶梯和人类完全可以达到更高的境界。……倾听风中的事情可以指倾听谣言，同时也可以理解为追寻生命中更高的境界，比如‘到底是什么导致他们在谣言传播中浪费光阴，他们本来完全可以为某种更高的生命目标努力的’”（Marshall，2009：143）。马歇尔如此反复地暗示：大多数的人们懒得关心并争取进入生命中更高的境界或者完全没有意识到这样一个境界的存在。

在“更高的规律”一章中，马歇尔看到了梭罗更确凿的自我实现诉求：“有过一两次发现自己在林中奔跑，像一条半饥饿的猎犬，以奇怪的恣肆，想要觅取一些可以吞食的兽肉，任何兽肉我都能吞下去。最狂野的一些景象都莫名其妙地变得熟悉了。我在我内心发现，而且还将继续发现，我有一种追求更高的生活，或者说探索精神生活的本能，对此许多人也都有过同感，但我另外还有一种追求原始的行列和野性生活的本能，这两者我都很尊敬。我之爱野性，不下于我之爱美德。”（Marshall，2009：162）在这里我们能看到在梭罗心中不同层次的需求之间的共存状态。

无论是梭罗还是马歇尔都深知自我实现者之稀有，之珍贵，之艰难。在结论部分，梭罗说：“我们只晓得我们生活的地球上的一张薄膜。大多数人没有深入过水下六英尺，也没有跳高到六英尺以上。我们不知在哪里。况且有差不多一半的时间，我们是沉睡的。”（Thoreau，1985：586）梭罗看到了高处的无限风光，感叹大多数人没有仰望星空的习惯，甘愿沉睡，而不去争取实现自我最尊贵的人性。

在马歇尔眼中，梭罗是追求最高自我实现的典范。马歇尔在分析梭罗“冬天的访客”一章时再次提到了梭罗自我实现的诉求。而梭罗的这段话在一般读者眼中，一定不会引起特别的关注，更不会使人联想起马斯洛的自我实现论。梭罗说道：“其实不管什么天气，都没能致命地阻挠过我的步行，或者说，我的出门，因为我常常在最深的积雪之中，步行八英里或十英里，专为了践约。我和一株山毛榉，或一株黄杨，或松林中的一个旧相识，是有约定的。那时冰雪压得它们的四肢都垂挂下来了，树顶就更尖，松树的样子倒像铁杉木。”（Thoreau，1985：533）松树使马歇尔联想到了马斯洛“自我实现”的金字塔图：积雪似乎压倒了松树精神，然而“树顶就更尖，松树的样子倒像铁杉木”则暗示了人的精神更高境界。“这里金字塔形状让我们想起了马斯洛的需求层次论，梭罗的目光追循着自我实现的最高区域”（Marshall，2009：183）。马歇尔在这里延续了他2003年的著作《高峰体验》中用马斯洛“自我实现论”解读梭罗的思路。

对马歇尔来说，梭罗是一个在生态语境中理想的“自我实现”的典范，因此也是一个完美的“自我实现”的典范。那么“自我实现”作为马歇尔手中的锤子，所寻找到的钉子是什么？

## 第二节　初心境界

马歇尔认为，我们通过获得初心境界达到自我实现。初心到底是什么？初心即初学者的心（beginner’s mind），是一个佛教术语。初心是指一颗开放的心，而不是封闭的心，是颗空的心，是颗随时准备好去接受的心。马歇尔在《〈瓦尔登湖〉中的俳句时刻》中这样解释初心：“然而每次松鸡从地被植物冒出之时，我都倍感惊诧。这正是俳句的精神：面对那些最平凡、最自然的事物，那些与叶子和土壤为伍的事物，那些你也许看到过无数遍的事物——但是每次在看到的时候有如初见般惊异。这便是初心。”（Marshall，2009：194）“自我实现者”能始终维持这样的初心，如马斯洛所说的“二次天真”或“老练的天真”一样。马歇尔指出，《瓦尔登湖》与俳句作品一样展示出这样一个现象：如果我们发现了一个事物新鲜的一面，那是因为我们内心的变化。日本俳句大师松尾芭蕉指出，俳句时刻是关注平凡熟悉的事物——比如青蛙和池塘——而非一些奢华或壮观的场面如彩虹、咆哮的河流或辉煌的落日（彭恩华，2004：155）。

### 一、愿一切若只如初见

在《瓦尔登湖》中的“声音”一章，我们看到梭罗对再平常不过的公鸡的啼鸣惊叹不已，“在冬天的黎明，散步在这一种禽鸟很多的林中，在它们的老林里，听野公鸡在树上啼叫出嘹亮而尖锐的声音，数里之外都能听到，大地为之震荡，一切鸟雀的微弱的声音都给压倒——你想想看！这一鸣可使得全国为之醒来”（Thoreau，1985：423）。梭罗召唤读者去想象鸡鸣的震撼：“你想想看！”，似乎这公鸡做了一件伟大的壮举。如这只公鸡一样，梭罗也试图唤醒读者们麻木的心灵。而“警醒”（wake，awakening）正是斯洛维克《寻找美国自然文学中的生态意识》一书的主题词。如何警醒麻木的世人几乎是斯洛维克等生态批评家们一生的事业。

马歇尔有效地提炼出自然文学作家超乎常人的敏锐性。他们对非我世界心细如发，明察秋毫，且有着神圣化的倾向，对哪怕是最卑微平淡的事物也能产生一种初见的惊异感。马歇尔讲述了梭罗之所以能比常人找到更多的慈菇的趣闻：梭罗的一位同伴问他为什么能找到那么多的慈菇，梭罗回答道：“呵唷，到处都是慈菇啊。”说着梭罗就弯腰去采脚下的慈菇。我们的眼睛只看到我们做好了准备想要看到的。如你一心想着发财，总能找到商机，如果你十分在意落日，你将比别人更能欣赏夕阳。正如梭罗在《秋色》（Autumnal Tints）中说，除非我们成天想着某种东西，否则我们是看不到它的，如我们把它放在心里，我们就会满眼都是它（Thoreau，1996：20）。印度哲学家辨喜（Swami Vivekananda）曾说，为一个念头着迷，让那个想法占据你的生命——想着它，梦着它，倚此为命，为它而生。让你的大脑、肌肉、神经以及身体的每个细胞充满那个念头，心无旁骛。这就是成功之道。大师所指的成功可以运用到世俗的成功，也运用于诸如如何能够比别人看到更多的慈菇的精神性成就。我们似乎只有用心若镜，心无旁骛，才能有所痴迷，才能进入佳境，正应和了清朝小说家蒲松龄所说的“性痴，则其志凝”。

我们看到令梭罗甘之如饴的事物不过是我们日常生活中俯拾皆是之物，“这是一个美妙的傍晚，全身只有一个感觉，每一个毛孔中都浸润着喜悦”（Marshall，2009：425）。如在物哀美学原则中所突出的对卑微而熟悉的事物的同情、爱怜以及由此带来的某种美妙忧伤一样，这种见到任何熟悉卑微的事物也能如初见般的欣喜和敬畏是许多自然文学作家的特点。在这种喜悦的状态中，他们见到了令世人望而却步的美，同时也体验到了世人很少有机会达到的自我的高度和境界。

在《瓦尔登湖》“孤独”一章中，梭罗对极为卑微的事物表现出最大限度的关注：“我在我的房屋中有许多伴侣，特别在早上还没有人来访者的时候。让我来举几个比喻。我并不比湖中似高声大笑的潜水鸟更孤独，我并不比瓦尔登湖更寂寞。……我并不比一朵毛蕊花或牧场上的一朵蒲公英寂寞，我不比一张豆叶，一枝酢浆草，或一只马蝇，或一只大黄蜂更孤独。我不比密尔溪，或一只风信鸡，或北极星，或南风更寂寞，我不比四月的雨或正月的融雪，或新屋中的第一只蜘蛛更孤独。”（431）如此关注微小之物、平凡之物，那是因为他深知生活的目标“不是抓住一整天，而是品味每一个时刻、每一次呼吸，并为之欣喜”（Marshall，2009：129）。关键是，我们需要有这样一份专注的定力。梭罗对那些我们常人完全不会多看一眼的事物浓墨重彩地加以渲染，“然而那些大风大雪却教会我从林中积雪深处开辟出一条路径来，因为有一次我走过去以后，风把一些橡树叶子吹到了被我踏过的地方；它们留在那里，吸收了太阳光，而溶去了积雪，这样我不但脚下有了干燥的路可走，而且到晚上，它们的黑色线条可以给我引路”（Thoreau，1985：526）。与其说马歇尔在感叹梭罗精湛的详述写作技艺，还莫如说他是在感叹梭罗的惊异之力，尤其是于平凡处见奇迹的能力，“梭罗在此再次展现出他敏锐的观察天赋，以及对自然世界中万物运作方式的强烈好奇心——尤其对那些我们大多数人不以为然的事物”（Marshall，2009：179）。梭罗对非我世界的沉醉的确体现在他非凡的详述写作手法上。自然之物在这样的详述中如其所是地绽出。与超验文学中常用到的隐喻所不同的是，在详述中，作者的自我意识最大限度地隐退。由此可见，梭罗的初心素养是马歇尔重点关注的对象之一。对自然万物的详述禀赋乃是因为观察者有着一颗开放谦恭的心，比常人看到的世界更为丰富，他们始终保持了孩子般敏锐好奇的心灵。

## 二、永恒与迁逝的能力

马歇尔认为，无论是自然文学还是俳句作品中，都潜藏着一份深深的无常感。这种无常感是提升初心境界的重要策略。也正是因为这种无常感，令作家们产生一种浓浓的宇宙式哀愁。这种哀愁和惆怅成就了他们对当下事物体验的敏锐。如佛家所说的“无所住，生其心”。正因为无所执着，所以无比留恋。所有生物之所以在他们眼中是孤独的，是因为我们不过如蜉蝣，生是短暂的，死却是必然的，而我们的力量也犹如蚍蜉撼树，颇有一种生如朝露的感觉。而自然界中的草莓、木莓、覆盆子、榛树和黄栌树却一起在向阳的草地上生长，所以是永恒的，或者至少是常青的。“永恒与迁逝，正呼应了松尾芭蕉美学中的‘不易流行’理论（Fueki－ryuko）”①（Marshall，2009：181），这种永恒与迁逝的张力在梭罗《瓦尔登湖》中也有充分的体现。在“冬日的访客”一章中，我们看到：

在门框、门楣、门槛都消失了一个世代之后，丁香花还是生机勃勃地兀自生长着，每年春天展开它芳香的花瓣，给沉思的旅行者去摘；从前是一双小孩子的手种下的，在屋前的院子里——现在都生在杳无人烟的牧场的墙脚边，并且让位给新兴的森林了；——那些丁香是这个家族唯一的幸存者，孑然的遗民。那些黑皮肤的小孩子料想不到，他们在屋前阴影里插在地上的只有两个芽眼的细枝，经过他们天天浇水，居然扎下这么深的根，活得比他们还长久，比在后面荫蔽了它们的屋子还长久，甚至比大人的花园果园还长久，在他们长大而又死去之后，又是半个世纪了，而丁香花却还在把他们的故事叙述给一个孤独的旅行者听，而它们的花朵开得何等的娇艳，香味何等甜蜜，正如在第一个春天里一样。我看到了依然柔和、谦逊而愉快的丁香结的色彩。（Thoreau，1985：559）

在这段话中，禅寂之感跃然眼前，颇有南宋诗人陆游的“驿外断桥边，寂寞开无主”的意境。马歇尔提醒我们《瓦尔登湖》中这种禅寂时刻：

每次从窗口眺望，我常常想到云雀和收割者的寓言，或者那撒播者的譬喻，等等；现在，他们都走了，大约又过了三十天之后，我又从这同一窗口，眺望纯粹的海绿色的瓦尔登湖水，它倒映着云与树，把它蒸发的水汽寂寥地送上天空，完全看不出曾经有人在它上面驻足。也许我又可以听到一只孤独的潜水鸟钻入水底，整理羽毛，放声大笑，或许我可以看到一个孤独的渔夫坐在船上，扁舟一叶，而他的形态倒映在这一面水波上，可是不久以前就在这里，有一百个人安全地站着工作过呢。（Thoreau，1985：559）

① 日本俳句诗人松尾芭蕉提出“不易流行”理论。“不易”与“流行”是一种既对立又统一的关系存在。该概念受到中国哲学思想的影响，如庄子、易学、儒家、宋学等思想的影响。是永恒之物与流变之物的辩证统一关系；这也类似于儒家的动静合一观。

人的渺小与湖的永恒构成了鲜明的永恒/无常的二元张力。这种张力产生了一种平静而忧伤的美感，给人带来一种宇宙式的惆怅。在这里，我们很容易想到松尾芭蕉的《古池》：一只青蛙在寂静的古池边那再平庸不过的一跳，却在松尾芭蕉的笔下成为千古绝唱的惊鸿，这是对亘古绵长的时空背景下乍现之美全力捕捉的壮举。如果对转瞬即逝的美没有足够的惊异能力，这壮举是几乎不可能完成的。这又引入了与初心相关的惊异能力。

在生态批评语境中，惊异力并不是一个冒失的词汇，生态文学作家蕾切尔·卡森的著作《惊奇之心》[①] 就强调惊奇之心的价值并聚焦于对惊异力的培养。在分析《瓦尔登湖》第二章“我生活的地方；我生活的目标”时，马歇尔引用其中的“简单，简单”一节来说明《瓦尔登湖》有着与俳句一样的美学原则和主题，那就是用简单的语言来描写朴素的事物。马歇尔最后的落脚点又回到了作为自我实现典范的梭罗：“在‘我生活的地方；我生活的目标’这一章的结尾处，梭罗说，‘我一直遗憾我的智慧已经远不如初生的时候’，这时，梭罗为我们提供了一个初生者的心灵模式，即时刻以如初见的心情凝视这个世界，放弃所有的前见。”（Marshall，2009：11）这里我们再次看到了一个带着惊异而新奇的眼光看待周围万物的自我，如初生的婴儿，欣赏着，敬畏着身边的一切，忘却了自我，全身心融入周遭的环境。

清代词人纳兰性德的《木兰花令·拟古决绝词柬友》中有一句“人生若只如初见，何事秋风悲画扇”，喟叹维持惊异之艰难。在线性时间思维的牵制下，现代人有太多的牵挂，太多的烦与畏，那双曾如初生婴儿般的眼睛蒙上了各种思虑的灰尘，已然对身边无处不在的生命熟视无睹。惊异之力与赤子之心之间有着互为因果的关联。中国学者张世英在《进入澄明之境》的“论惊异”一章中也意识到了赤子状态对于高一级的天人合一的重要性。他认为：“一般人在对世界能够采取明白的主客关系的‘散文式的看法’阶段里，往往不再前进而停滞在这个阶段，而真正的诗人则通过教养、修养和陶冶，能超越主客关系的阶段，超越知识，达到高一级的主客浑一，对事物采取诗意的看法，就像老子所说的超欲望、超知识的高一级的愚人状态，或‘复归于婴儿’的状态，亦即真正的诗人境界。所谓诗人不失其赤子之心，就是这个意思。当然，真正的诗人只能是少数‘优选者’，不可能要求人人都做到。”（张世英，

① 一译为《感悟奇迹》。

1999：213）只有具有赤子之心的诗人，才能目击道存，获得天地间的秘密，而只有诗者，才有天地心。

惊异与敬畏之间只有一步之遥。敬畏是进入初心的门票。在生态文学中，敬畏是一个经久不衰的主题。生态文学作家理查德·尼尔森在《鹿的恩典》中以仪式般的敬畏和虔诚，用刀处理已经死去的鹿，其小心翼翼、煞有介事的样子就像是对待还活着的鹿、有爱也有怕的鹿。在俳句美学中，敬畏之心也是一个重要的主题。研究现代俳句的西方学者罗伯特·施皮斯这样概述俳句美学：

第一，季节是俳句的重要主题。

第二，直觉的重要性。

第三，描写自然中熟悉之物，但是使之焕发出如初见般的神奇。

第四，重视平常之物。

第五，重视当下时刻的丰盈。

以上五条原则可以作为俳句时刻的参照。贯穿于这五条的一个线索是惊异之道。如何提升对非我世界感知的敏锐性是令如斯洛维克在内的许多生态批评家迷惑的一个难题。因为，如若观察者能够以如初见般的敏锐体验万物，不带先见，真诚地、谦逊地向非我世界敞开，观察者将有着更为善于聆听的耳朵，更为善于凝视的眼睛，很少陷入某种中心。“自以为是”是几乎所有文化和个人都应该时刻警惕的，因为它像地球的引力一样无处不在，令人浑然不觉且难以逾越。在笔者看来，梭罗作品中大量戏谑诙谐的语言带来两个效果：第一，是提醒人们提防观念的僵化，以多元视角看待世界，避免陷入某种固定的模式。无论是在劳动与休闲，还是在地方与全球等一些二元关系中，梭罗有着较为开放且开明的态度，具有很强的预见性和发展的眼光。马歇尔指出，在俳句中，与自然文学一样也存在着一个被称为“戏谑”（karumi）的美学原则。一般是指语言的轻快、幽默、简洁与率真，同时也是一种作家对熟悉的遣词用字进行陌生化处理的策略，作家对我们熟知的用语稍作变动，时刻提醒我们关注构成习语的原始世界，而不要陷入语言的封闭世界。语言无论多么简洁，但是它始终是语言，而非真实的世界。与此同时，双关等诙谐戏谑的语言还提醒我们，日常的语言都可以追溯到自然中的真实体验。第二，有助于培育我们的敏锐性。对于我们习以为常，熟视无睹的事物，以诙谐戏谑的语言为读者呈现出多种对熟悉之物的阐释可能。

马歇尔的主题“不是那些牵强遥远之物。我要讲述的是关于那些家常的、平凡的日常之物”（Marshall，2009：14）。他告诉我们“需要带着惊异和敬畏的情感来看待所有自然现象，犹如看到了闪电。另一方面，我们在看到闪电本身的时候则需要保持平静之心，和那些最常见的和幼弱的事物一视同仁”（Marshall，2009：13）。赋予熟悉之物以神奇的魅力，这不仅是作家的职责，也是一个自我实现的人应具备的境界。如马斯洛在对超越性自我实现者所进行的研究所指出的那样，超越性自我实现者往往具有将万物神圣化的倾向，“自我实现者具有奇妙的反复欣赏能力。能以新奇的眼光欣赏生活中的许多事物和经验。他们常能带着敬畏、兴奋、好奇，甚至狂喜的心情，精神饱满地、天真无邪地体验对于他人或许已经变得陈旧了的人生的各种乐趣。在他们眼中，每一次日出日落都像第一次看见那样美妙，每一朵鲜花嫩蕊都温馨馥郁，第一千个婴儿也仍然如同见到的第一个婴儿那样令人惊叹，结婚数年后仍如新婚那样热恋不已。总之，他们能从基本的日常生活经验中得到巨大的鼓舞并心醉神迷”（马斯洛，2003：324）。以如初见的惊异之心欣赏熟悉陈旧之物具备了海德格尔“向死而生”的智慧，如果我们时常以“我只能再活一年了”的心情看待生命中的事物，将能带来更强烈的欣赏之情。

马歇尔在分析梭罗的叙述策略时多次惊叹梭罗视觉与听觉的敏锐：“梭罗再次展现了他善于聆听和观察的一面。”（Marshall，2009：183）马歇尔列举出《瓦尔登湖》中大量的双关语说明该作品和俳句作品一样具有诙谐的语言风格。《瓦尔登湖》中有大量的诙谐用语，意在提供一种具有张力的弹性空间，同时提醒读者任何熟悉的事物都具有不曾被发觉的微妙之处。在《瓦尔登湖》第二章“我生活的地方；我生活的目标”中，我们看到梭罗就购买田园与农夫进行交谈的时候说“took his word for his deed”，由于“deed”既有行为、行动的意思，还有契约的意思，因此，我们可以将这句话理解为“把他的闲谈当作他的契约”，还可以理解为“把他的闲谈当作他的行动”（Marshall，2009：387）。而在“种豆”一章中，我们又看到了“I was determined to know beans”（Marshall，2009：451），意思是“我是决心要了解豆子的”。这句话与“You don’t know beans”（你什么都不了解）形成双关。而事实是，梭罗对豆子了如指掌。即便是梭罗日复一日，与豆子相依为命：“种豆以来，我就和豆子相处，天长日久了，得到不少专门经验，关于种植、锄地、收获、打场、拣拾、出售——最后这一种尤其困难——我不妨再加上一个吃，我还吃了豆子，尝了味道。我是决心要了解豆子的。在它们生长的时候，我常常从早晨五点钟锄到正午。”（Marshall，2009：451）在这里梭罗意在提醒我们，对于我们熟知的事物，就算是我们与之耳鬓厮磨，我们对它的很多方面也还是熟视无睹。令梭罗无法遣怀的是对他者或者非我的丰富性的忽略或者化约。

马歇尔指出，惊异与感恩之力是梭罗与俳句作家的共同天赋。他说，除了作为被凝视和惊异的事物的集合之外，《瓦尔登湖》还能是什么呢？（Marshall，2009：56）。换言之，《瓦尔登湖》不过是那些令梭罗心动不已的事物的收藏珍品。这对已经丧失了“心动”能力的现代人而言，意义却是重大的。我们观看的能力有多高，决定了我们所能看到的世界，这也正是为什么梭罗说：“为什么正是我们看到的那些事物构成了我们的世界。”（Thoreau，1985：502）世界的本质是什么？马歇尔提出，在梭罗等自然文学作家和俳句作家眼里，世界“充满对布莱斯所说的具象世界的惊异与喜悦。一如爱默生所说，‘于平淡处见神奇’。在收集这些事物并与我们分享凝视他们带来的惊喜的过程中，梭罗展示的是一种知足常乐以及爱的能力。对世界万物中哪怕是并不美丽的事物皆投以感恩之情和爱的喜悦，即便它们乍看起来毫不起眼。……梭罗一再提醒我们，这些构成世界的事物是非凡的”（Marshall，2009：56）。从此处来看，与其说马歇尔关心的是自然文学与俳句之间相近的主题和写作风格，还不如说他更关心梭罗的个人心理。惊异心理是这些自然文学作家和生态批评学者找寻的重要心理模式之一。惊异能力可以说是自然文学中的一个主题，也可以看作是“自我实现”的一个重要标志。正如惊异感带来敬畏和谦逊体验，惊异感同样带来感恩能力。

马斯洛曾经说过，自我实现的人有自发简朴的特征，因为他们心中充满对生活的感激。在梭罗这里，即便是做家务活也是一种娱乐。即便在读者心中留下喜好说教，严厉而脾气乖戾的印象，梭罗也经常“只静静地微笑，满足于自己绵绵的幸福”（Thoreau，1985：411）。马歇尔指出，和俳句一样，知足与感恩是《瓦尔登湖》中一个重要的主题，同时也是梭罗的一个重要人格。在很多时候，即便是梭罗所批判的文明社会同时也能令他心怀感激。梭罗在《瓦尔登湖》“声音”一章中将代表文明的火车汽笛生与老鹰的尖叫进行并置。这种并置说明汽笛虽然刺耳但是也是自然界的声音，“夏天和冬天，火车头的汽笛穿透了我的林子，好像农家的院子上面飞过的一头老鹰的尖叫声，通知我有许多焦躁不安的城市商人已经到了这个市镇的圈子里，或者是从另一个方向来到一些村中行商”（Thoreau，1985：414）。

## 三、肉体的轻盈，精神的充盈

马歇尔指出，与后来的章节相比，在《瓦尔登湖》的前几章中，梭罗有着较强烈的道德说教倾向以及强烈的自我意识，虽然在第一章“经济”中，梭罗阐述了自己的哲学观，强调少就是多，强调物质上的清贫是精神丰富的前提，这和俳句美学有着共同的旨趣，然而，在艺术形式上，梭罗却并没有遵循俳句不做过多阐释的原则，以及用词稀疏纤巧的原则。从另一个角度看，梭罗在开篇清晰地阐明自己“少就是多”的哲学观，为整部作品奠定了基调。在后来的章节中，我们发现梭罗无论是在思想上还是在写作风格上都践行了“少就是多”的原则：在写作风格上，我们看到了第一人称的减少，自我意识的消退，以及有意识地避免阐释和象征性文字，做到了文字上的“清贫”。禅寂原则强调简约、质朴以及物质上的清贫。这样，我们在梭罗那里既看到了美学原则上的简约、质朴，也看到了生活原则上的知足常乐：“大部分的奢侈品，大部分的所谓生活的舒适，非但没有必要，而且对人类进步大有妨碍。所以关于奢侈与舒适，最明智的人生活得甚至比穷人更加简单和朴素。”（Thoreau，1985：334）为了说明梭罗与俳句美学原则的相似性，马歇尔引用了研究禅寂美学的鲍威尔的评论：“禅寂是隐士的生活理想，他冥想自然，品鉴孤独背后的精神和美学价值。”（Powell，2004：6）

与斯洛维克和布伊尔一样，马歇尔也提到了《瓦尔登湖》中梭罗内心的变化曲线，即自我意识从较强到逐渐引退。《瓦尔登湖》第一章“经济”中，“经济”（economy）这个词与“生态”（ecology）有着共同的词根，意在说明自然文学或者至少梭罗的作品中有着与俳句一样诙谐的语言风格。他解释说，虽然“生态”一词出现于1866年，但《瓦尔登湖》的发表时间则是在1854年，但是鉴于梭罗对希腊语的了解，他显然有双关的用意，梭罗强调筑居的极简原则，“经济”显然同时也指物质意义的进步和积累（Marshall，2009：41）。梭罗用诙谐的语言告诉我们，经济的原始宗旨是节省，是减法，而不是积累，不是加法。马歇尔指出，双关等诙谐语言风格并非只是梭罗的风格怪癖或者是纯粹文字游戏的乐趣，这里反映了一些主题上的意义，这就是布莱斯所说的“矛盾性”（contradictoriness），让我们超越理性思维的局限。这恐怕是突破僵局，疗治麻木和习惯最佳的处方之一了。无论在梭罗作品中还是在俳句中，将对立面进行连接暗示了生态普遍联系观。将众多的对立面，如生与死，雪与叶，靴印与天堂，燕麦粥与心灵的生命，来与往，思与行等并置，体现出一种万物的圆融合一（Marshall，2009：65）。无论是一种纯粹的语言风格还是写作主题，马歇尔的落脚点似乎都显示出对梭罗心理的描述。梭罗诙谐的语气体现出一种对万物的感恩之情和包容之心，不去挑剔、选择和抱怨，随遇而安，知足常乐，满足于并且欣然品味自然界所呈现的不同面貌：春有百花，夏有凉风，秋有落叶，冬有瑞雪。

不仅自然界的一草一木令梭罗心动不已，就连一些小小的劳动细节也让他品味良久。在《瓦尔登湖》“乔迁之喜”这一章中，我们看到一个在劳动中感到愉悦的梭罗，“我直到冰天雪地的冬天来到才开始涂墙泥。为了这个缘故，我驾了一叶扁舟到湖对岸去取来更洁白的细沙。有了这样的交通工具，必要的话，就是旅行得更远我也是高兴的。在这期间，我的屋子已经四面都钉满了薄薄的木板条子。在钉这些板条的时候，我能够一锤就钉好一只钉子。这令我万分高兴”（Thoreau，1985：517）。而在后来，我们看到更多令梭罗愉悦的劳动细节，“每一个人含情脉脉地看着自己的柴火。我喜欢把我的柴火堆放在窗下，细木片越多越能够使我记起那愉快的工作。我有一柄没人要的旧斧头，冬天里我常常在屋子向阳的一面砍那些豆田中挖出来的树根。正如在我耕田时我租用的马匹的主人曾预言过的，这些树根给了我两次温暖，一次是我劈开它们的时候，一次是在燃烧它们的时候，再没有任何燃料能够发出更多的热量来了”（Thoreau，1985：522）。梭罗从体力劳动中获取的难言美感不是一种特异功能，而是一种对当下体验的敬畏。他要唤醒读者的也正是以一种如初见的敏锐体验当下。

事实证明，《瓦尔登湖》是梭罗对普通而熟知的事物进行神圣化之后的产物，或者说是梭罗非同常人的专注力和敏锐性为读者呈现出常人看不到的，但是原本存在的事物。正如布伊尔在《环境的想象》的“梭罗式朝圣”一章中列举的瓦尔登湖朝圣者们的反应，这些人除了自然文学作家约翰·缪尔之外，几乎都感到了不同程度的失望。这与斯洛维克对《远行深思》中“哦，可爱的石板”一章所描述的对自然文学经典作品中的圣地进行朝圣的人们的失望反应颇为相似。

与俳句作品一样，《瓦尔登湖》对哪怕最卑微、最普通的事物都以平等之心待之，认为它们都有着自身的价值，要么是身怀绝技，要么是光芒四射，而那些最奇异的事物在人们眼中也可能是微不足道，卑微琐碎的。在《瓦尔登湖》第二章“我所居住的地方”中，梭罗以史诗般的手笔书写在常人眼中最为微不足道的蚂蚁，在他眼中，作为宇宙的精华、万物的灵长的人类也如蚁群般卑劣与渺小。正是这种对卑微渺小之物的同情、怜悯和忧伤造就经典自然文学和俳句的共同特性。在《瓦尔登湖》中梭罗说道：“黎明带回了英雄时代。在最早的黎明中，我坐在家中，门窗大开，一只卑微的蚊子在我的房中做着难以被人察觉和想象的旅行，它那微弱的吟声却令我十分感动，就像我听到了赞美英雄的号角。这是荷马的一首安魂曲，空中的《伊利亚特》和《奥德赛》，歌唱着它的愤怒与漂泊。此中大有宇宙本体之感；宣告着世界的无穷精力与生生不息”（Thoreau，1985：393）。这是对生命本身的赞歌。令梭罗感动不已的正是蚊子对生命的热情。在梭罗这里，衡量一个物种的辉煌与否是看它是否如其所是，是否忠实于自然赋予它的本性。对于如其所是的动物而言，它们欢快而尽性，不知疲倦，满怀激情地劳作，不懂无止境地占有，不为炫耀性需求而劳作，我们看到蜘蛛织网、春蚕吐丝、蜜蜂酿蜜，而黄鸟也只是在自己的山头歌唱……①

在梭罗看来，衡量一个生命是否伟大，需要看他是否是醒着的，是否遵循自己的本性，如蜜蜂酿蜜、鸟儿歌唱、蜘蛛织网、春蚕吐丝，那么人的本性是什么？在梭罗看来是创造性的劳动，只有那样，人才是醒着的，且最具创造性的时刻是黎明。一个人是否处于清醒状态，是否是如其所是地生活着，需要看他黎明时候的状态，需要观察是什么在清晨使他睁开沉重的双眼，是我们内在的禀赋，还是仅仅为着生计：

> 黎明啊，一天之中最值得纪念的时刻，是清醒的时辰。那时候，我们昏沉欲睡的感觉是最少的了；至少可有一小时之久，整日夜昏昏沉沉的官能大都要清醒起来。但是，如果我们并不是被我们自己的禀

---

① 《大学》第三章中描写黄鸟的知止精神，知止大概也是人与非人类世界的重要区别之一。诗云：“邦畿千里，惟民所止。”诗云：“缗蛮黄鸟，止于丘隅。”子曰：“于止知其所止，可以人而不如鸟乎？”诗云：“穆穆文王，于（音乌）缉熙敬止。”为人君，止于仁。为人臣，止于敬。为人子，止于孝。为人父，止于慈。与国人交，止于信。子曰：“听讼，吾犹人也。必也使无讼乎？”无情者，不得尽其辞。大畏民志，此谓知本。

> 赋所唤醒，而是被仆人机械地用肘子推醒的；如果并不是由我们内心的新生力量和内心的想往来唤醒我们，既没有那空中的芬芳，也没有回荡的天籁，而是工厂的汽笛唤醒了我们——如果我们醒时，并没有比睡前有了更崇高的生命，那么这样的白天，即便能称之为白天，也不会有什么希望可言；……感官的生活在休息了一夜之后，人的灵魂，或者就说是人的官能吧，每天都重新焕发一次精力，而他的禀赋又可以去试探他能完成何等崇高的生活了。可以纪念的一切事，我敢说，都在黎明时间的氛围中发生。《吠陀经》说：‘一切知，俱于黎明中醒。’……人们如果不是在浑浑噩噩地睡觉，那为什么他们回顾每一天的时候要说得这么可怜呢？他们都是精明人嘛。如果他们没有被昏睡所征服，他们是可以干成一些事的。几百万人清醒得足以从事体力劳动，但是一百万人中，只有一个人才清醒得足以有效地服役于智慧；一亿人中，才能有一个人，生活得诗意而神圣。清醒就是生活。我还没有遇到过一个非常清醒的人。要是见到了他，我怎敢凝视他呢？我们必须学会再苏醒，更须学会保持清醒而不再昏睡，但不能用机械的方法，而应寄托无穷的期望于黎明，就在最沉的沉睡中，黎明也不会抛弃我们。（Thoreau，1985：393－394）

一亿人中，才能有一个人，生活得诗意而神圣。这个人必然是醒着而非昏睡的，必然是专注的、感恩的，而非麻木的。如若一个生命充分实现了它的潜能，那么他对生活是充满热情和感激之情的，他会产生对生活进行神圣化的倾向，一如马斯洛所说的，超越性自我实现者们都有将万物神圣化的倾向一样。《瓦尔登湖》第二章“我所居住的地方；我生活的目标”中提到：“我没有看到过更使人振奋的事实了，人类无疑是有能力来有意识地提高他自己的生命的。能画出某一张画，雕塑出某一个肖像，美化某几个对象，是很了不起的。”（Thoreau，1985：394）

在马歇尔看来，最能体现出梭罗初心的是他对季节的敏感。梭罗对季节变化的敏锐感知带领他在每日记录下所有季节变化的标记。马歇尔认为，对自然世界仔细地观察是俳句、科学方法和自然文学共同遵循的原则（Marshall，2009：207）。我们听到梭罗如雄鸡啼鸣一般宣布春天的到来。在“春天”一章中，当梭罗看到春天的痕迹时，奔走呼号“春天的第一只麻雀！这一年又在从来没有这样年轻的希望之中开始了！最初听到很微弱的银色的啁啾之声传过了一部分还光秃秃的、润湿的田野，那是发自青鸟、篱雀和红翼鸫的，仿佛冬天最后的雪花在叮当地飘落！在这样的一个时候，历史、编年纪、传说，一切启示的文字又算得了什么！”（Thoreau，1985：569）在梭罗看来，看到春天第一个迹象似乎才是最有价值的新闻。正是当梭罗练就了这种晶莹的初心，我们才看到《瓦尔登湖》一个明显的趋势，那就是解释越来越少，“详述”越来越多，第一人称越来越少，有关自然的细节越来越多。在最后一章，我们看到了被马歇尔称为是最能代表梭罗的俳句精神的诗，“啊，黄昏的知更鸟，在新英格兰的夏日的天空下！但愿我能找到他栖立的树枝！我指的是他；我说的是那树枝”（Thoreau，1985：571）。马歇尔这样解释道：“如最优秀的俳句一样，这句话藐视任何解释。我想它说的是关于具体细节，关于对细节的关注，关于渴望清楚地看到精微的细节，同时也是关于词语的精练，让事物自己言说。”（Marshall，2009：209）《瓦尔登湖》中梭罗写作手法的变化实际上呼应了梭罗内心敏锐程度的变化。

一如梭罗在“结论”一章中所说的：“新奇的事物正在无穷尽地注入这个世界，而我们却忍受着不可思议的枯燥与平淡。我只要提起，在最开明的国土上，我们还在听怎样的说教就够了。现在还有快乐啊，悲哀啊，这种字眼，但这些都只是用鼻音唱出的赞美诗的叠句，实际上我们所信仰的还是平庸而卑微的。”（Thoreau，1985：586）而这也正是“不忘初心，方得始终”的真谛，在梭罗眼中，新奇无处不在，他总能于平庸而卑微处发现无限风光。在《瓦尔登湖》的最后一句中，马歇尔找到了自我实现的钥匙——初心：只有我们睁开眼睛醒过来的那一天，天才亮了。天亮的日子多着呢。太阳不过是一个晓星。同样，只有我们睁开眼睛观看的那一刻，花朵才开了。花开的日子很多。如果眼睛是闭着的，或者视而不见的，那么花朵不过是一粒尘土。如能以“初心”看世间万物，一切犹如初见般新鲜，练出这样“常惺惺”“日日新”的功夫，那么我们将能在每天见到一个如初生般的世界。马歇尔认为：“于平淡处见神奇——这是《瓦尔登湖》的精神，也是俳句的精神。”（Marshall，2009：225）

初心的境界给我们带来精神上的丰富，而精神的丰富性是建立在心灵的宁静之上的。宁静源于对自我的超越，源于一种不滞于时空的出世精神。只有获得了心灵的轻盈，才能赢得精神上的丰富。在马歇尔那里，自然文学与俳句在世界观上有一点格外引人注目，那就是它们对时间的超越，注重当下体验的丰富性和深刻性。禅寂中的“寂”（sabi）和另一美学原则“物哀”紧密关联。寂，是内心的安宁，沉静和独处带来的隐士理想，包含着“美丽、惆怅、宁静和孤寂”等元素，与外在的喧嚣形成鲜明对比。在“寂”的背后有一个时间观，那就是对无常现象的敏锐感知，无常观是“知物哀”的前提。“知物哀”者有一种深沉的宇宙哀愁，源于、内在于所有生命终有一死的宿命中。然而，在马歇尔看来，这样的认知并没有带来“悲哀和沮丧，而是平静地接受”（Marshall，2009：26）。这样的彻悟带来定力，使人们对无谓的烦畏产生一种免疫。他们对独处甘之如饴，视之为奢侈，因为在“独处中有更多的机会与自然世界融为一体。美妙的感觉在于独自一人的夜，在于凝视夜鹰、桤木、潜鸟、蒲公英和北极星”（Marshall，2009：27）。独处是减少过多自我意识的最佳条件，使自我具备超越时间的力量。大卫·艾布拉姆在《感性的魔力》中论述了线性时间观的演进及生态关联：现代性中的线性时间已经内化为社会制度，内化到每一个人的心中，而社会成员则时刻扮演着他者的角色，以线性时间为标准相互监督从而强化着线性时间观（Abram，1996：194）。

## 四、此刻便是天堂

马斯洛认为，超越性自我实现者最大的特点是对时间的超越。他们很少受制于追求多、快、好的线性时间思维模式中。马斯洛建议人们要“站在历史学家的高度对自己的生活进行反思，一百年、一千年后它会是什么样子呢?”（马斯洛，2003：250）。许多被我们放大的东西，如果站在永恒的角度去看，就会丧失它的重要性，而被时间智慧还原的东西将不再遮蔽我们体验世界的心灵。对时间的超越会令我们悟到：那些极尽繁华的事物最终也不过是一粒流沙，而一朵谦卑的小花，却可以隐藏着无限的乾坤，这也许就是英国诗人威廉·布莱克（William Blake）所描述的“一花一世界”之中蕴涵的道理。马歇尔认为：“在词源学上，‘独处’（alone）与‘合一’（all one）有着相同的词根。”无论是梭罗的文学创作还是俳句作品，独处都是一个重要的主题。独处使欣赏自然，与自然世界交融成为可能，“是消除自我意识，进入无我状态的途径”（Marshall，2009：27），由此可以看出，“离群索居”或“独处”固然是自然文学和俳句的主题，但体现更多的是自我实现的模式。但这也并不是说自我实现只能在杳无人烟的地方找到，而是因为独处可以带来超越时间更为便利的条件。独处令人直面存在，专注于当下。

在马歇尔的指引下，我们在“结论”一章中看到梭罗超越性的时间观：

> 在柯洛城中，有一个艺术家，他追求完美。有一天他想做一根手杖。他想，感知到时间的因素的存在，就不能创作完美的艺术作品，凡是完美作品，其中时间是不存在的，因此他自言自语，哪怕我一生中不再做任何其他的事情，也要把它做得十全十美。他立刻到森林中去找木料，他已决定不用那不合适的材料，就在他寻找着，一根又一根地选不中意而抛掉的期间，他的朋友们逐渐地离开了他，因为他们工作到老了之后都死掉了，可是他一点也没老。他一心一意，坚定而又高度虔诚，这一切使他在不知不觉中得到了永久的青春。因为他并不跟时间妥协，时间就站在一旁叹气，拿他没办法。他还没有找到一个完全适用的材料，柯洛城已是古湮的废墟，后来他就坐在废墟上，剥一根树枝的皮。他还没有给它造出一个形状来，坎达哈朝代已经结束了。他用了手杖的尖头，在沙土上写下那个民族最后一人的名字来，然后他又继续工作。当他磨光了手杖，卡尔伯已经不是北极星了；他还没有装上金箍和饰有宝石的杖头，梵天都已经睡醒过好几次了。为什么我要提起这些话呢？最后完成的时候，它突然辉耀无比，成了梵天所创造的世界中间最美丽的一件作品，他在创作手杖之中创造了一个新制度，一个美妙而比例适度的新世界；其间古代古城虽都逝去了，新的更光荣的时代和城市却已代之而兴起。而现在他看到刨花还依然新鲜地堆在他的脚下，对于他和他的工作，所谓时间的流逝只是过眼幻影，时间一点也没逝去，就像梵天脑中闪过的思想立刻就点燃了几人脑中的火绒一样。材料纯粹，他的艺术纯粹；结果怎能不神奇？（Thoreau，1985：582－583）

即便是在世俗意义上一事无成，但是只要他体验过对自我的遗忘，对时间的遗忘，那他便是成功的，在这个超越时间的过程中艺术家获得了“青春”。艺术家正是通过附丽于某一项事业而完成了对时间的超越。抓住一个时刻并痴迷于它，这样这个时刻就不会消解到过去之中，同时意识到，无论是自然世界还是我们自身都必然要经历永恒和变迁，经历不变和无常。如果一个人沉浸在艺术品的雕刻之中，或者沉浸在品味花香的时刻，或者欣赏太阳角度的时刻而超越了时间，那么他是超越了一秒钟还是几千年都无关紧要（Marshall，2009：220）。

超越时间需要勇气和自由，这就是为什么在很多时候，独处是一种奢侈。自由是俳句中的一个重要主题，那不是做什么的自由，而是不做什么的自由："不遵守惯例、传统或艺术规则。"自由与时间捆绑在一起，独处之所以提供了自由，是因为提供了直面对象的机会。自然文学和俳句都将当下的深度体验当作天堂，不将时间耗散在对"戈多"的无谓等待之中，不将自我囚禁在对过去的怀念和对将来的张望中。在他们看来，沉浸在当下即是走向无限的捷径。美国环境批评家罗伯特·鲍格·哈里森在《花园：谈人之为人》一书中指出，让我们的不宁之心得以恬静下来，必须有一个心灵支点，即带着园丁般守护心情照料自己工作对象的劳作，而这劳作正是夏娃得以摆脱伊甸园那无形无度之空虚的根本，这根本已经被我们忘怀，我们在走向科技伊甸园的道路上一去不返，寻求与土地断根，科技的历史可以看作是人类寻求从土地体力劳作中解脱的历史，实现一种四体不勤的安逸、舒适和便捷。非占有性、非征服性的劳作为对土地的呵护性关系提供了一个达到自由状态的契机。这一点类似于深层生态学所主张的直接行动。深层生态学通过深层的追问、直接的行动以及和自然的直接接触培育一种生态良心，直接行动"包括瑜伽、呼吸练习、非我型登山运动以及其他一些融入性的活动。直接行动意味着表达深层生态的直觉，促发更多的直觉洞见，对我们的生物区域、家园、自然和自我有更多的知识和了解"（Devall & Sessions，1985：204）。

在《瓦尔登湖》"湖"这一章中，梭罗将生命的真谛看作是对实际生活的体验，以及对过程的品味。这就意味着劳作和忧思是人的宿命，也是生命的本源，无所事事的伊甸园是生命的终结之地，只注重果实而不注重开花过程的伊甸园是无花之园，而这正是对时间意义最大的曲解，"从来不采越橘的人，以为已经尝全了它的色、香、味，这是一个庸俗的谬见。从来没有一只越橘真正到过波士顿，虽然它们一直默默地生长在波士顿的三座山上，波士顿的人们也从不曾知道越橘的存在。水果最本质的芳香和美味，在装上了车子运往市场去的路上，就跟它的鲜丽一起给磨损了，它变成了仅仅是食品"（Thoreau，1985：461）。波士顿的人等着卡车将水果运进城，自己坐享其成，正如来瓦尔登湖的许多人不是为了在此游泳或饮用，而是想着将这里的水用管道引入村里用于洗碗，他们仅仅“通过打开龙头和拧开活塞就能挣来他们的瓦尔登湖”（Thoreau，1985：476）。在线性时间框架的指引下，人们对果实过于着迷，却错过了生命中最甘甜的部分，而这部分往往是用对当下过程的专注精神换来的。

自然文学中时间超越的主题体现在对当下的直接照面，而不是对言而无信的“戈多”做无谓的张望和等待。自然文学中的“主人公”识破了现代性为人们带来的幸福的许诺，附丽于当下的自由之境。虽然梭罗反对以物质上的繁荣为驱动力的劳动伦理，但是他反对的是异化的劳动，他拥护热忱地工作，从而成为一位“最严肃的游戏者”。他建议人们，如果要避免不洁和一切罪恶，就热忱地工作吧，即使是打扫马厩也行（Thoreau，1985：498）。异化的劳动钳制人们的自由，用时间的双扼套住人的生命，令人无法充分品味当下，总是游离于对象之外。

马歇尔分析了《瓦尔登湖》第七章“种豆”中双关语的妙用。在这里“豆子”（bean）和“存在”（being）是双关的，暗示了体力劳动或体力活动与存在的关联，可以说，体力劳动或体力活动是进入存在性世界的秘密。人的存在性成长与豆子的生长过程是类似的，因为“你必得是为你的生命培育土壤、播撒种子、锄掉杂草、进行收割”（Marshall，2009：34）。要全然地专注于当下的每一个步骤，就必须把焦点放在生命的最新层面上，必须专注于内在的“临在”（presence）上。你不能心浮气躁。我们每个人都是独一无二的，我们的使命就是成“其所是”。

在梭罗看来，我们应该带着游戏的心情工作、成长。在“倍克田庄”一章中，梭罗建议人们在云下躲避大雨，“他们要跑到车下、木屋下去躲雨，你可以躲在云下。你不要再以手艺为生，应该以游戏为生。只管欣赏大地，可不要想去占有”（Thoreau，1985：488）。在云下躲雨，是一个浪漫而又矛盾的意象，我们需要带着冒险和游戏的心情体验生活，哪怕这意味着冒着被雨淋湿的风险。工作和劳动的态度也应作如是观，我们应学会如何艺术地生活，而不仅仅是如何生存的手艺，把工作和劳动仅仅当作糊口的手段。因为在梭罗看来，“每天生命的最真实的收获，也仿佛朝霞暮霭那样的不可捉摸，不可言传。我得到的也许只是一点星辉，我抓住的也许只是一段彩虹”（Thoreau，1985：495）。即便是不曾有鱼儿、豆子的收获，也是值得的。

马歇尔以大量的例子证明：与俳句一样，《瓦尔登湖》中存在大量的诙谐语言，这些诙谐的语言并非是一种单纯的语言游戏，在这诙谐和戏谑背后有着深层的哲学。马歇尔指出，《瓦尔登湖》中的人们很少关注“冬天的禽兽”，我们看到梭罗在观察冬天的飞禽走兽时流露出了诙谐戏谑的语气，然而在滑稽语言的背后，虽然作者没有进行阐释，我们却能慢慢地感受到一种宇宙之悲哀的弥漫：

> 通常总是赤松鼠（学名 Sciurus Hudsonius）在黎明中把我叫醒，它在屋脊上奔窜，又在屋子的四侧攀上爬下，好像它们出森林来，就为了这个目的。冬天里，我抛出了大约有半蒲式耳的都是没有熟的玉米穗，抛在门口的积雪之上，然后观察那些给勾引来的各种动物的姿态，这使我发生了极大兴趣。黄昏与黑夜中，兔子经常跑来饱餐一顿。整天里，赤松鼠来来去去，它们的灵活尤其娱悦了我。有一只赤松鼠开始谨慎地穿过矮橡树丛，跑跑停停地在雪地奔驰，像一张叶子给风溜溜地吹了过来；一忽儿它向这个方向跑了几步，速度惊人，精力也消耗得过了分，它用“跑步”的姿态急跑，快得不可想象，似乎它是来做孤注一掷的，一忽儿它向那个方向也跑那么几步，但每一次总不超出半杆之遥；于是突然间做了一个滑稽的表情停了步，无缘无故地翻一个跟斗，仿佛全宇宙的眼睛都在看着它。（Thoreau，1985：540）

梭罗似乎若无其事，兴致盎然地欣赏着那只可爱的赤松鼠，没有任何说教的动机，然而，按马歇尔的理解，这里体现了梭罗与俳句共同青睐的诙谐手法。在这段话中，我们看到赤松鼠的奔忙，梭罗用到的词是“一忽儿”，作者有意识地选择了“fits and starts”等带有浓厚的滑稽意味的词汇，给人一种漫无目的，无谓而徒劳地奔忙之感。该词与“like a leaf blown by the wind”进行搭配，更增加了这种滑稽感，令人想起莎士比亚的《无事生非》（Much Ado about Nothing）的无事空忙。这些轻松的用词和语气带来一种幽默的氛围：忙乱的赤松鼠似乎总是被新的事物吸引，频繁改变生命的方向，几乎是每秒钟就改变一次，自得其乐。马歇尔提醒我们，在赤松鼠的生活中，各种主角你方唱罢我登场的繁忙景象背后，我们需要思考：这诙谐的语言是否仅仅增加了欣赏赤松鼠的乐趣。自然文学并非如人们想象的那样充满了花鸟虫鱼，而是呈现出作者的隐喻式的人生观和世界观：在这里我们看到了赤松鼠和树叶的并置，所有自然世界的存在者，无论是人，还是赤松鼠，还是树叶都有着近似的生活方式，都遵循着类似的自然规律（Marshall，2009：69）。梭罗通过近乎令人眼花缭乱的语言传递着一个信息，那就是人与万物同处一个大舞台。而在这个大舞台中，野兔等是自如的表演者，而具有自我意识和有教养的人却与这个大舞台有着巨大的隔膜，有如一个局外人。我们看到梭罗似乎凄然地看着这些表演者，感叹横亘在森林与自我之间的鸿沟，梭罗在欣赏野兔的时候，有这样一段带有双关修辞的评论，"我走上一步，瞧，它弹力很足地一跃而起，奔过了雪地，温文尔雅地伸直了它的身子和四肢，立刻使森林横亘在我和它的中间来"（Thoreau，1985：546）。"立刻使森林横亘我和它的中间来了"在英文中是"soon put the forest between me and itself"，马歇尔指出这与英文中"将我们与某物之间隔离开来"（put something between us）形成某种双关（Marshall，2009：69）。我们总是与代表舞台的森林若即若离，无法沉浸在当下的丰富之中。

文明与自我意识锁住了我们舞蹈的双脚，这些锁住我们双脚的镣铐之一正是等级意识，使得作为舞者之一的人心事重重，难以沉潜于当下自如优雅的舞步。《瓦尔登湖》中的并置正是起到了一种消解作用，梭罗用足够多的并置，使自然文学摆脱超验文学的影响，并置可以说标注了自然文学身份的独特性。在梭罗这里，在自然世界和精神世界的关系中，自然世界并非充当精神世界的回声或影子。在爱默生的眼中，自然始终是精神世界的附属物。在爱默生的超验文学中，人依然有着较为强烈的自我意识。在爱默生的学生梭罗这里，只有放弃了太多自我意识的人，才能沉浸在此刻。马歇尔指出，强烈的当下意识是《瓦尔登湖》和俳句所体现出来的共同特点。这种当下感与无常感及季节的轮回意识有着深刻的联系。在《瓦尔登湖》第十七章"春天"中，梭罗明确地指出了活在充盈的当下的重要性，而不是左顾右盼，瞻前顾后，"一场柔雨，青草更青。我们的前景因注入了更美好的想法，便明亮起来。对于常常生活在'现在'的人，是有福之人，对任何发生在身边的事情，都能极力品鉴，就像青草因为最小一滴露水给它的影响，而表白它的感激；别对失去的机会惋惜不已，把光阴耗费在抱怨中"（Thoreau，1985：572）。马歇尔指出，与俳句一样，这种当下感伴随着清醒的四季轮回意识，他引用俳句大师松尾芭蕉的一句话来说明当下感的重要性："俳句其实描写的就是此时此刻上演的一切故事。"《瓦尔登湖》的当下感还体现在其现在进行时态之中，尽管有着斯洛维克说的"野外写作的谬论"（fallacy of field writing），但是此种尝试用现在进行时态进行写作的手法使自然充分呈现，使得人与自然的交流更具有当下性和直接性。

马歇尔思考的角度似乎是注重当下的写作方式，或者是将注重当下的时间体验作为自然文学和俳句创作的一个共同主题。在我看来，马歇尔始终都关注着人在自然中的体验模式。将自然当作主角的梭罗成为马歇尔生态批评的主角。在这里，梭罗超越时间的智慧成为主线。马歇尔提醒我们，早在《瓦尔登湖》第一章"经济"篇中，梭罗就申明"在任何气候，任何时辰，我都渴望提升此刻的状况，并要在手杖上刻下记号；过去和未来的交叉点正是现在，我就站在这个起点上"（Thoreau，1985：336）。马歇尔认为，将当下时刻理解为过去和未来的交叉点类似于俳句时刻。在某种意义上说，俳句时刻被马歇尔理解为自我实现的高峰体验。在他看来，此时此刻，是我们处于真实世界的时刻，与之直接接触，真实地把握它，而不是在记忆或期望中构思它。在这个时刻，广袤的过去和现在交汇在一起（Marshall，2009：83）。

马歇尔所指的俳句时刻与海德格尔的"本真时间"类似，这是相对于物理的一维时间或线性时间的四维时间或循环时间状态，也称为本源时间。奥古斯丁将时间的存在全部缩至现在，将"自在之流缩成此刻的内心状态，开时间内在化之先河"（吴国盛，2006：83）。伯格森提出了时间的"绵延"："在与尘世隔绝地静谧地冥思苦想时，也许能直接领悟到绵延……只要抛开一切理念，一切外在的干扰，沉心于体验内心的生活，我们就可以懂得什么是绵延。它是主动的而不是被动的，这个流变过程挟带着过去的一切滚滚向前。"（吴国盛，2006：83）海德格尔的本真时间、时间性、原初时间等概念是对奥古斯丁内在化时间观的继承。他用"嬉戏"来概括这种本真时间状态，"三维时间的同一性存在于那种各维之间的相互传递之中，这种传递在时间的本真性中嬉戏着达到，仿佛就是第四维——不仅好像是，而是事情从来就是如此。本真的时间就是四维的"（王昌树，2008：72）。海德格尔揭示了正当人们把时间遗忘，以一种忘我的精神或无我的境界来操劳时，人们此时恰恰与时间相遇，即使人们自身对此一无所知，但时间的意义却在此时达到它的最高度。哈贝马斯评论海德格尔通过提升自我的极端性来得到对时间原始意义的占有。

马歇尔这样描述梭罗所体验到的"嬉戏性"当下，"处身当下性是指充分地专注于那个时刻，完全清醒，完全专注。这正是梭罗所渴望的状态，无论是在他的生命中，还是在他的作品《瓦尔登湖》中”（Marshall，2009：83）。由此可见，马歇尔的重心主要是放在梭罗体验时间的方式上。随着梭罗在《瓦尔登湖》中将过去和现在交汇在当下，在他超越时间的同时，他也超越了自我，直到他最大限度地放弃对象征的依赖，更多地诉诸对非我世界的详述和将不同的意象进行并置。在这种时刻，“他似乎认为自然本身即是超验的——实在性、可靠性、真实性本身正是精神追求的目标”（Marshall，2009：90）。在自然与精神之间是否存在一个等级这个问题上，如俳句一样，梭罗以并置的方式超越了这个二元项之间的对立，在并置中，非此即彼的思维被放逐，不存在谁在谁之上，而是“鱼与熊掌可以兼得”，从而回答了梭罗提出的那个疑问：“难道自然在一般情况下仅仅被理解为象征？”（Thoreau，1985：310）。

对时间的超越还体现在梭罗对修行的坚持意识，一如佛家所说的“常惺惺”和“时时勤拂拭”。在《瓦尔登湖》“我居住的地方”一章中，梭罗说，“每一个早晨都是一个愉快的邀请，使得我的生活跟大自然一样简单，也许我可以说，同样地纯洁无瑕。我向曙光顶礼，忠诚如同希腊人。我起身很早，在湖中洗澡；这是个宗教意味的运动，我所做到的最好的一件事。据说在成汤王的浴盆上就刻着这样的字：‘苟日新，日日新，又日新。我懂得这个道理。’”（Thoreau，1985：394）马歇尔告诉我们，梭罗将这种道德说教以诙谐的双关修辞表达出来。在以上那段话中，“宗教意味的运动”（religious exercise）里面的“exercise”具有双关的效果，既可以指精神的修炼，又可以指身体的锻炼；“religious”有时令我们想起季节的时令，只是此处梭罗日日以节日的心情举行他自己神圣的仪式。

《瓦尔登湖》体现梭罗时间超越性的另一个方面是其中透出的隐隐约约的残缺美与迁逝美。在“冬日的访客”一章中，梭罗散步回来，我们看到了一个如林黛玉般多愁善感的梭罗，“有时残雪犹存，我散步回来，还发现樵夫深深的足印从我门口延伸出来，在火炉上我看见了他削尖的木片，屋中还有他的烟斗的味道”（Thoreau，1985：534）。马歇尔深刻地分析这里渗透出的禅寂之美，“请大家注意这个未曾邂逅事件中的禅味。这里有着挥之不去的凄凉之感。梭罗只与访客残存的味道和留下的足迹相遇。但是这里也沁出一种别样的美”（Marshall，2009：184）。“期待那些永不会再到来的客人”，人走茶凉的凄凉之美在文学中并非新鲜的主题，然而这里的禅寂之感与梭罗体现出来的整体的时间超越意识有着密切的联系。无常感与迁逝感带来的是一种自我的澄澈，与专注于当下的体验有着某种因果关系。我们可以说，只有悟出了生命的“无常”，才可能对当下心无旁骛。

尚未悟出“无常”者容易陷入“我执”状态。在“冬天的湖”一章中，我们听到梭罗这样谈论：人们被一种储藏性和占有式的线性时间思维所困扰，“还在寒冷的一月，冰雪依然很厚很坚固的时候，一些精明的地主老爷已经从村中拿冰回去，准备冰冻夏天的冷饮了；现在只在一月中，就想到了七月中的炎热和口渴了，这样的聪明给人留下深刻的印象，甚至使人觉得可悲——现在，他还穿着厚大衣，戴着皮手套呢！况且有那么多的事情，他都没有一点儿准备。他也许还没有在这个世界上准备了什么可贵的东西，让他将来在另一世界上可以作为夏天的冷饮”（Thoreau，1985：554）。人们总是活在对未来的虚幻追逐中，陷入以身发财的怪圈。我们将过多的生命用来关照未来。

只有在超越时间的状态下，自我和自然之间的疆界才能被跨越，同时也意味着走入自然即是走入内心，反之亦然。在《瓦尔登湖》“声音”一章中，我们看到作者如痴如醉地沉浸在某一个完全忘却时间的状态，“有一些时候，我无法牺牲眼前的美好时光去做任何事情，无论是脑力的还是体力的事情。我爱给我的生命留有更多余地。有时候，在一个夏天的早晨里，照常洗过澡之后，我坐在阳光下的门前，从日出坐到正午，坐在松树、山核桃树和黄栌树中间，在没有打扰的寂寞与宁静之中，凝神沉思，那时鸟雀在四周歌唱，或默不作声地疾飞过我的屋子，直到太阳照上我的西窗，或者远处公路上传来一些旅行者的车辆的辚辚声，这才使我察觉到时间的流逝”（Thoreau，1985：411）。无时间性或永恒，也是俳句中一个重要的主题。马歇尔提道：“似乎整个世界和生命都浓缩到了某一个时刻，时间之河凝固在瞬间。梭罗走出了时间的桎梏。将内外世界分界线描述为‘宽阔的余地’，表明梭罗的自我世界与自然世界之间交汇地带的宽阔——提醒我们在生态交错带中存在一个润泽的栖息之地，在此内心的宇宙和外在的宇宙在肥沃的边界交融”（Marshall，2009：114）。在一个不觉时光流逝的永恒瞬间正是走入自我内心和自然世界的时刻。

马歇尔还分析了《瓦尔登湖》中一种有所附丽的孤独，这也是对时间的超越性存在，是一种禅寂。所谓“寂”即是指当我们并非独自一人的时候，我们感到寂寞与隔膜，当我们独处的时候，我们品味到了它的充实。《瓦尔登湖》“孤独”一章指明了梭罗为何能在孤独中超越时间的玄机，那就是让生命有所附丽，有所“痴”，“我喜欢独处。我没有碰到比寂寞更好的同伴了。到国外在人海中旅游，大概比独处室内更为寂寞。一个在思考着、在工作着的人总是单独的，让他爱在哪儿就在哪儿吧，寂寞不能以一个人离开他的同伴的里数来计算。真正勤学的学生，在剑桥学院最拥挤的蜂房内，寂寞得像沙漠上的一个托钵僧一样。农夫可以一整天独个儿地在田地上、在森林中工作，耕地或砍伐，却不觉得寂寞，因为他的生命有所附丽”（Thoreau，1985：430）。

除了体现出时间的超越性之外，《瓦尔登湖》还体现出除了空间的超越性。几乎所有的自然文学都体现出对某一个具体地方的偏爱，这在生态批评的第三次浪潮中遭到质疑，认为这样的地方体验模式过于偏狭。但这在梭罗《瓦尔登湖》中是不存在的。这与梭罗一贯的超越精神和包容精神有关。在“声音”一章中，我们看到了作者宽阔的空间视野，“第一列货车在我旁边经过之后，我感到清新，气概非凡，我闻到了一些商品的味道，从长码头到却姆浡兰湖的一路上，商品都散发出味道来，使我联想到了外国、珊瑚礁、印度洋、热带气候和地球之大。我看到一些棕榈叶，到明年夏天，有多少新英格兰亚麻色的头发上都要戴上它的，我又看到马尼拉的麻、椰子壳、旧绳索、黄麻袋、废铁和锈钉，这时候我更觉得自己是一个世界公民了”（Thoreau，1985：417）。

“世界公民主义”或者“宇宙主义”是生态批评家海斯在2008年的专著《地方感与全球感》中提出的，引领了生态批评对全球化语境下生态批评实践的关注。是否是主张地方性的还是主张全球性的并不重要，因为“生态大我”应该具备超越空间的“内心的宇宙主义”精神①。在“结论”一章中，梭罗更为明确地指出：“你得做一个哥伦布，寻找你自己内心的新大陆和新世界，开辟海峡，并不是为了做生意，而是为了思想的流通。每个人都是自己领域中的主人，沙皇的帝国和这个领域一比较，只成了蕞尔小国、一个冰天雪地中的小疙瘩。然而有的人都不知道尊重自己，却奢谈爱国，而为少数人的缘故，要大多数人当牺牲品。他们爱上他们将来要葬身的土地，却不理睬使他们的躯体活

---

① 在生态批评中，地方性和全球性的争论已经成为新的议题，如2013年10月在山东大学召开的“第三届海峡两岸生态文学研讨会”的第一个议题为“地方意识与全球意识”；发表在《求是学刊》2013年第4期的斯洛维克的《调整“大地依恋”的层级：关注跨越层级思维的艺术表达》也体现了对地方与全球二元问题的关注。

泼起来的精神。爱国只是他们脑子里的空想。”（Thoreau，1985：578）这段话让我们想起生态批评家理查德·尼尔森对超越狭隘国家主义的呼唤：“我们是否有想象力重新发现激发同情心和对骄傲和国家主义进行反思的真实的爱国主义？”（Nelson，2002：56）。

如英国文论家伊格尔顿所言，是不是“诗”，取决于你此时之所在。在笔者看来，也取决于你此刻之所在。

## 第三节 俳句·美学

马歇尔在《〈瓦尔登湖〉中的俳句时刻》中将“俳句时刻”理解为人在自然中的高峰体验，并将俳句的审美原则与创作方法创造性地运用于对《瓦尔登湖》的评论中，从而展现他所构建的“初心”境界。马歇尔提到“生态批评家们从深层生态批评家们那里获得灵感，意识到了自然文学中注意力从观察者转移到自然世界的倾向，并将这种倾向提升至生态中心主义的高度。在生态中心主义者那里，自我中心的自我被生态中心的自我代替”（Marshall，2009：227）。换言之，生态中心论并没有消除自我，而是指向一个更高层次的自我，或者是自我实现的自我。在马歇尔看来，探索这个自我实现者正是生态批评的重要使命。俳句中一系列美学原则不仅为研究自然文学的生态批评者提供了理论框架，同时还为找寻自然文学中“生态大我”的研究者提供了线索。虽然生态批评者们在深层生态学的启发下，发现了从观察者的自我到自然世界转变的倾向，但马歇尔认同斯洛维克所说的，即自然文学事实上并没有实现从观察者的角度转变到自然世界。自然文学依然体现的是某种人类中心主义，它反映的是观察者的意识，与其说自然文学作家所寻找的是与自然世界的接触，莫如说是在寻找某种心理意识（Marshall，2009：227）。斯洛维克的观点是：生态批评谋求的是将中心从人类世界转移到自然界，然而，这个转变离不开对作为人类观察者的意识的研究。因此，依然是以人为中心的，只是主角不再是一般意义上的“人类中心主义”的人，而是自我实现的人。

把研究对象聚焦在自我而不是自然，也是与斯洛维克学术联系密切的马歇尔进行生态批评的兴趣所在。如马歇尔所说，在他之前有许多西方学者将梭罗的作品和哲学与俳句结合起来进行研究，马歇尔想要做的是进一步发展这种研究并通过将梭罗作品《瓦尔登湖》进行俳句的改写，系统整理出俳句美学原则和《瓦尔登湖》中的生命哲学之间的联系。马歇尔按照《瓦尔登湖》中章节出现的顺序，将散文叙述形式的《瓦尔登湖》改写为俳句，并提炼两者相近似的美学原则。他认为，日本俳句作家松尾芭蕉（Matsuo Basho）的《奥州小道》（The Narrow Road to the Deep North）与梭罗的《瓦尔登湖》在美学原则和主题上有近似的旨趣。这就是为什么近年来西方生态批评学者对日本美学范畴关注的原因。日本的俳句集中体现了日本美学的范畴和原则。在马歇尔看来，“俳句时刻”（haiku）的数量与质量是衡量自然文学品质的重要标志。

俳句是日本韵文学的一种传统形式，也是世界文学中最短的格律诗之一。它有两个基本规则：第一，一首俳句由十七个音组成，构成俳句和划分诗节的单位都是音，而不是假名（日文字母）。这十七个音又分成三节，第一节五个音，称为上五；第二节七个音，称为中七，这就是为什么川本皓嗣将俳句美学称为“七与五”的诗学；第三节五个音，称为下五，因此称为5－7－5音。第二，季题。每首俳句必须有一个季题。季题就是与四季有关的题材，范围极广，举凡与春夏秋冬变迁有关的自然界现象及人事界现象都包括在内（彭恩华，2004：1－3）。日本古典俳句是一句话，往往是由两个意象或思想构成，中间没有标点符号，只用切字隔开①。体现在日本俳句中的美学原则有“物哀”“禅寂”“幽玄”等。就日本美学范畴与自然审美及生态批评的关系而言，有几个审美原则尤其引人注目。

与生态批评关系密切的第一个俳句美学原则是“物哀”（Mono no aware）。物哀是日本传统文学、诗学、美学理论中的一个重要概念。中国学者王向远认为，物哀是理解日本文学与文化的一把钥匙，“知物哀”既是文学修养，也是一种情感修养。字面上是指对物的感伤，也译作对物的共鸣与同情，或对蜉蝣般极短暂之物或生命的敏感，以及对生命无常与迁逝的觉知与领悟，并体验到一种温柔与美妙的忧伤与惆怅。物哀美学强调对于细节不厌其烦的描述，以及无休止的追忆。日本民族对美有一种特殊的敏感，认识到对方和自己一样是要离开这个世界时，就不由自主地产生了彼此在瞬间是一起生存着的张力，认为一切美好的事物都是转瞬即逝的，产生了对瞬间状态的极度留恋，带有零落成

① 切字是日文中的一种特殊的文言虚字。就其作用而言，切字是为了丰富“也”“哉”“乎”等。切字的插入，将十七个音节切成5－7－5，显示分隔点，并暗示并列元素之间相互关联的方式。

泥，落花一瞬的残酷之美。物哀是于锦簇花团中对死亡的凝视。

中国学者李冬君在2007年的著作《落花一瞬：日本人的精神底色》中讨论了日本民族对“美”的体会、对死生之道的领悟等诸多论题。她认为，日本人将精微之美演绎到了极致。她指出：日本的茶道，讲究瞬间的味觉体验。瞬间缘分，人生无常，显示出那份无待的高贵和无常的淡雅。花道，讲究瞬间的视觉感受；香道，讲究瞬间的嗅觉体悟。书道，又称入木道或笔道，追求力量和速度之美，趋于武士刀法境界。武士道，所谓“武士道者，死之谓也”。这是一种小中见大，于有限之处见无限，于平淡处见神奇的美学。中国学者叶渭渠等在《物哀与幽玄：日本人的美意识》中认为，日本人重于从微小之物表现自己的生命，日本文学对自然季节的感受之纤细和洗练无与伦比。在日本文学中，落樱、残月、薄雪成为歌咏的重要对象。古代的“哀”是朴素的爱的表现，这种爱可以是赞叹、喜悦、共鸣、同情、怜悯、哀伤等多种发自心灵感动的形式（郑民钦，2008：45）。“哀”的前提是心的澄明。人必须有一种倒空自我欲望的状态，才可以进入“哀”的状态。学者郑民钦将无常感看作是哀的重要条件：心灵处于一种开放的状态，使所有物象相沁入心中，这是感受“哀”的前提条件。然而，一切物象又都是短暂的虚像，无常表现为世间的无常和自身的无常，前者指如花开花落、盛衰枯荣的不可逃遁的命运；后者指人生如梦，瞬间即逝，回归于无，所以人总是以末世之眼观看万象变迁。变化万端，姿无常态，心见其虚幻，所以日本中世纪歌谣家心敬说：“此道之心须悠闲而艳，亦知无常，落一滴泪水，应知物哀。”既然观一切皆虚幻，何来“一滴泪水”？能够打动具有无常观人心的就是“哀”。心敬认为，具有无常观的人才能知“哀”，知“哀”才能知“物哀”“世哀”，知“物哀”才能从一切物象中发现“哀”，才能知道沁入心底的“哀深”，也才能流出感动的泪水，表现为“无常述怀”之歌。日本中世纪歌谣家心敬说：“常常观赏飞花落叶或草上的露水，就会懂得人生短暂犹如梦幻，那么，行为就会变得温和，内心世界也会更加幽深。”（能势朝次，等，1929）（郑民钦，2007：53）。

物哀审美原则强调对美的追忆。这种追忆成为一种对美的品味，而在自然文学和生态批评中，这种对美的品味转化为一种拯救的力量。1996年斯洛维克在其文章《美国自然文学中的认识论与政治学：嵌入修辞与离散修辞》中讨论了狂喜式的美文与警示性的檄文，在某种程度上，该文具备了品味与拯救模式的雏形。在2008年的专著《远行深思》第一章“品味、拯救与生态批评的实践”（Savoring，Saving and the Practice of Ecocritical Responsibility）中对作为生态批评策略的“品味”进行了详细的论述。美国生态批评学者詹妮弗·K. 拉地诺（Jennifer K. Ladino）在其2012年的专著《重返怀旧：美国文学对自然的憧憬》中梳理了以自然为主题的怀旧叙事，通过追溯1890年边疆丧失以来的美国文学和文化，考查了怀旧现象对意识产生的影响。中国生态批评学者程虹在《永恒的瞬间——自然文学中的记忆》一文中也将记忆看作自然文学中一个重要的叙事模式，她认为，自然文学作家不仅是自然的描述者，也是文学心理学家。该文旨在探讨记忆在自然文学中的作用，说明在自然文学中个人的记忆是如何交汇成集体的记忆，继而发展为文化的记忆，从而唤醒人们对土地的意识，改变人们的观念及行为。下面一段话清晰地论证了回忆策略是如何在自然文学作家笔下成为救赎之方的：

> 自然文学作家不仅仅是自然的分析家，或自然的欣赏家，而且是人类心灵的学生，是文学心理学家。他们试图通过自己的作品，来唤醒人们对自我和自然的意识。在心理学中，我们知道有“短期记忆”（short - term memory）和“长期记忆”（long - term memory）之分。如果说“无意识的记忆”展示的是自然文学作家瞬间的灵感、个性的张扬的话，那么以作家群的形式共同书写自然则成为自然文学作家的共性，而这种共性如同将“短期记忆”转变为“长期记忆”，可以唤醒人类对土地的意识，让大地的故事世代相传。2004年出版的《环保的词语》（Conserving Words：How American Nature Writers Shape the Environmental Movement），以在美国历史上颇具影响力的五位作家及其作品促使了环保组织的建立及环保运动的发展为例，说明文学是如何向社会传递环保的价值观念，从而导致了人类正确的行动。（程虹，2008）

诚如戴维·默里（David Murry）所述：“土地有着自己不可抹杀的故事，但是必须由真诚的作家来阅读和重述。”[①] 很多时候我们需要靠艺术家帮助我们与时间相遇。艺术家的真诚、敏感以及天才的想象可以带我们超越钟表时

① 转引自程虹．永恒的瞬间——自然文学中的记忆［J］．外国文学，2008（5）．

间，与本真时间相遇从而真正秉有时间，一个小小的不起眼的浪花在一个自然文学作家笔下是那么变幻多姿，那么富有生命力，足以让他们冥想两到三个小时而浑然不觉时光的流逝。在这与时间相遇的状态下，也就找到了回乡的路。

在题为《日本的自然经验》一书中，西方学者沙纳（David Edward Shaner）在自然审美的框架中，对日本的美学范畴“物哀”进行了梳理。沙纳抓住了该审美范畴的日本本土性，对自然经验时间范式的启发，对破解西方二元对立的思路，对现代人时空感知变异的救治都有非常独到的见解。沙纳将敏感性上升到美国生物学家威尔逊的“爱生命”的高度。从考察日本的自然经验思考如何有效地补充现代环境哲学研究。沙纳认为，在日本传统里，生态中心主义和自我修炼是两条织出天衣无缝的伦理结构的线索，该伦理结构的特征是通过培育一个人对他人和自然的敏感心。所以，“敏感心”是日本自然经验的一个关键词。形而上的彼岸世界如自我的身份、死后的生活等都被看作是制造概念灰尘的蒙蔽物。

日本的自然经验注重经验本身，山就是山，水就是水，没有附加的象征意义，但具有冲淡简洁与诚实的美感。人们需要有庄子所说的“用心若镜”① 的境界，方可充分体验到“哀”之滋味，“一个人原初的心灵，是一个人原初的脸庞，就像清晰照见万物的镜子。充分觉解自然需要使自我成为一个好的听众，听万物之如其所是的本真面目。空如镜子，才能在花道、茶道、书道、香道、戏道、武士道中与纸、笔、听众，甚至对手充分交融”（李冬君，2007）。无论是本体论还是认识论，日本美学的一个重要特点就是对生成性（Becoming）的强调，而这与具有本体性特征的日本美学“无常观”紧密相连。重心在于对变化无常的现世和现象世界的“事”的体悟，而不是对苦难的憎恨。冥思训练不是对现世苦难的否定和弃绝，而是一种修炼形式，在此修炼过程中，清空多余的欲望和妄念。

无我观与无常观紧密相连，两者都不是对世界或自我的弃绝，而是一种时间体验模式。时间在禅宗大师道元看来，可以被理解为衡量我们变化观的工具。道元的“生成时间”指的是与人和事具有意向性的交流的时间观。道元提出了多种体验时间模式的物哀形式。最根本的要点是，对时间流逝的不同体

---

① “用心若镜”出自《庄子·内篇·应帝王》：“至人之用心若镜，不将不迎，应而不藏，故能胜物而不伤。”意为心像明镜一样，纯粹客观地反映事物。

验显示了我们是否培育出了敏感心和与万物是时间中的间性交往。换言之，对时间性的敏感强化了我们对生命的体验。感知我们在时间中的存在，我们存在的时间性，会使生命感更为强烈，因为我们体验到了时间。这里还涉及四季的变迁。时间的迁逝是在我们与自然照面中察觉到的。在这种照面中生发出一种“我”与“你”的无分别心的关系。

在日本美学范畴中，超脱（detachment）和依恋（attachment）有着辩证统一的关系。只有“无所住”才能“生其心”；“用心若镜”者，才能“目击道存”。一般来说，当日本佛教徒说到超脱，不是对现象世界的弃绝，而是对自我妄念和欲望的弃绝。当一个人超脱了对长生的渴念，他就进入了与自然照面的生成性关系中，从而得以长生。相反，如果一个人带有自我的妄念，执着于现象界，那么世界的澄明将被遮蔽。这也是一种用心若镜。同情、共情最终取决于一个人参与的能力。总之，这里没有伦理的意味，关心和同情来自于进入与他人和世界亲密关系的能力，而这些都是个人的……紧迫的问题是如何培育我们的敏感心，以更亲密地体验自然。无论禅师还是生物学家，他们同自然照面的角度虽然不同，但都具有极强的敏感心，都可以被归结为威尔逊所说的爱生命情结。培养心灵敏锐性最终依赖审美体验。学者沙纳在文章《日本的自然经验》中谈到与环境哲学的关系时认为：“东西方之间的文化隔阂可以通过培养或承认对自然的情感依恋来克服。一旦一个人与自然的亲密依恋关系得到培育并内化，这就进入了具有审美性和体验性的整体主义。对威尔逊而言，正是这样的感觉构成了环境哲学的基础，‘用情感和理性的联姻来创造更深刻、更持久的环保伦理’。”作者在结论部分提出这种联姻的重要环节是日本的物哀论。“本居宣长的‘知物哀论’代表了日本对自然情感和审美的态度。通过培育人对万物的敏感心，人可以更为有效地直觉到与万物的圆融”。

禅寂（wabi - sabi）是俳句美学中的另一重要范畴。西方学者伦纳德·科伦这样描述禅寂美学原则：“削减到本质，但不要剥离它的韵，保持干净纯洁，但不要剥夺生命力。”（Koren，1994：74）禅寂美学原则讲求简约、质朴、自然、干净，清水芙蓉，月白风清，但却生意盎然。极尽形式的简化，实现生命的繁华。这让我们想起深层生态学的理念“simple in means，rich in ends”（手段简单，目的丰富）。“侘”或“禅”（wabi）最初指离群索居的孤寂；而“寂”（sabi）有清寒、枯萎之意。禅寂美学包括不对称的、粗糙的、质朴的、谦逊的美，讲究一种简单与复杂并存的原则。学者朱尼珀（Andrew

Juniper）认为："如果某个事物或者某个表达能引起我们内心沉静的惆怅和精神上的渴望，那么这个事物就是禅寂。"（Juniper，2011：11）鲍威尔（Richard R. Powell）认为，禅寂美学遵循下面的基本事实：万物皆短暂，皆残缺（Powell，2004：19）。无论是自然之物，还是人造之物，禅寂传递着一种质朴、清新和沉静的美感，低调的优雅。它还指在创作的过程中出现的古怪、反常现象，为创造之物带来独特性和优雅感。"寂"是指伴随年龄后的增长或时间的流逝，带给人的一种美丽和沉静，有如年久而产生的光泽、磨损或修补之处讲述着物什的生命感和迁逝美。戈尔德（Taro Gold）指出："大约700年前，日本的贵族对空无和残缺的理解是开悟的第一步。在现代日本社会，禅寂被简单理解为自然质朴的智慧。在艺术著作里，一般被定义为残缺美。"（Gold，2010：20－21）这是一种由无常感、迁逝感生发出的对人情、物趣自然恬淡的审美体验。

谈到俳句美学，我们还要提到"幽玄"（yūgen）。"幽"是暗的意思，"玄"是深奥、奥妙和神秘的意思。该审美原则强调言外余韵，类似于中国古代审美范畴中的"意境"，因此，"幽玄"的核心是"余情"，讲究"境生象外"，意在言外，追求一种以"神似"的精约之美，引发欣赏对象的联想和想象，传达出丰富的思想感情内容。日本学者大西克礼对幽玄做了详细的分析，认为幽玄的含义主要有以下七点：①隐藏不露，笼之于内。②与露骨、直接、尖锐的感情表现相反，具有优美、安详、柔和性，如"霞满春花之所"。③带有与隐微荫翳相伴的寂静。④深远。⑤具有内在的充实性，其中凝集着不可言传的意蕴。⑥有一种神秘性和超自然性，虽关乎宗教、哲学的观念，但仍可感受到其中的"美的意识"。⑦以一种非合理的、不可言喻的、微妙的意味为主。总之，幽玄有着与佛教思想相关的神秘之美，在文学中或表现为凄厉之境中的妖艳之美，或一定程度的壮美。在自然文学中，与幽玄审美原则类似的艺术主张是避免将自然作为人的主观感情的投射，让自然自己说话，而不加过多的阐释，留有充分地阐释空间和阐释张力，保持词语的多义性。这与超验派所使用的说教、象征和隐喻等表现手法有明显的分歧，而正是这种让自然自己说话的原则成为自然文学与超验派文学之间的分水岭。具体来说，以《瓦尔登湖》为例，在自然文学中，我们能看到双关、并置。这些文学修辞和写作手法显示出对他者、非我丰富性和复杂性的尊重和敬畏。

总之，俳句美学追求的是对自我与他者界限最大限度的超越，对他者最大限度的尊重和关注。与此同时，自我得到了实现。在马歇尔看来，梭罗对自然与精神对立的超越，实际上实现了对自我与世界对立的超越，从而实现了生态的自我：

> 我认为俳句实践实现了对另一个二元对立的超越，而这个实践似乎也是统领《瓦尔登湖》阅读的重要一条——那就是对自我与世界对立的超越。人们在阅读《瓦尔登湖》的时候都认为梭罗经历了从对自我的念念不忘到对外部世界的执着。事实上，这与俳句时刻出现的频率变化是对应的，也就是说，这个过程呼应的是俳句时刻频率的上升。而俳句以新的视角看待梭罗的变化：从对自我的念念不忘过渡到对外部世界的执着的临界点不是自我的消失，而是自我的专注。那是专注或投入带来的体验，投入到令人惊叹的世界，令人失去自我意识。这绝非是对自我的减损，而是自我的扩大——自我向自然世界的流出，与此同时，允许世界向自我流入。这是一种自我与自然之间边界的消失。（Marshall，2009：91）

在这段话中，我们清晰地看到了贯穿于马歇尔生态批评的一条红线，那就是生态意义的自我实现。马歇尔是一位明确表明了深层生态学立场的生态批评家，并且突破了将生态批评聚焦于自然世界而非自我实现的人的误区。无论是在斯洛维克的《寻找美国自然文学中的生态意识》，还是在布伊尔的《环境的想象》中，自我意识的消失（erasure of the self）都是一个终极目的。在布伊尔提出的“主动放弃的美学”中，自我更为被动消极，在这个美学结构中，自我以消失告终，将中心让位于非我世界（Buell，1995：143－180）。而在马歇尔的生态批评实践中，他有意识地将自我的意识特点作为中心，可以说，我们在马歇尔的生态批评中看到的是一个以自然为中心的自我。在马歇尔那里，自我对非我世界的专注并非意味着自我的消失，而是意味着对自我的完满。

马歇尔坚持认为，俳句时刻出现在自然文学传统中并非偶然，而是两者相同的主题带来的必然产物。在马歇尔看来，这个共同的主题是追踪那些与自然世界接触的时刻，在他们眼中，自然世界是如此令人沉醉，以至于人与世界的界限消融在俳句时刻（Marshall，2009：94）。我们完全可以做这样一个假设，那就是曾经著有《高峰时刻》一书的马歇尔所说的俳句时刻与高峰时刻有着密切联系，甚至是同一个概念。马歇尔认为，我们可以将自然文学作品中俳句时刻的出现作为自然文学文类的标志性结构和修辞特色。俳句时刻是作者放弃小我，走向对自然世界专注的时刻，从而走向自我实现的大我。马歇尔以俳句时刻的数量和质量来衡量自然文学的层次，“我们完全可以说，在《瓦尔登湖》这样最优秀的自然文学作品中，我们将找到简单与深刻，禅寂与幽玄极致的融合”（Marshall，2009：94）。而这种融合的时刻体现的不仅是一种文学修辞和美学原则，还体现了自我走向大我的高峰体验。

我们做此深入考察，是想说明，马歇尔生态批评提炼出的修辞手法与叙述策略的落脚点都是人的自我实现，都落实到自我对他者爱的深度决定了自我的生命高度。在这里，我们既不需要消灭自我，也不必担心自我对他者的侵蚀，这是一种自我与非我之间的共生。

## 本章参考文献

[1][日]本居宣长．日本物哀[M]．王向远，译．长春：吉林出版集团有限责任公司，2010.

[2]程虹．永恒的瞬间——自然文学中的记忆[J]．外国文学，2008(5).

[3][日]川本皓嗣．日本诗歌的传统——七与五的是诗学[M]．王晓平，等，译．南京：译林出版社，2004.

[4]李冬君．落花一瞬：日本人的精神底色[M]．北京：北京大学出版社，2007.

[5][美]马斯洛(Abraham Maslow)．马斯洛人本哲学[M]．成明，译．北京：九州出版社，2003.

[6][美]马斯洛．自我实现的人[M]．许金声，刘峰，等，译．北京：三联书店，1987

[7][日]能势朝次，大西克礼．日本幽玄[M]．王向远，译．长春：吉林出版集团有限责任公司，2011.

[8]彭恩华．日本俳句史[M]．上海：学林出版社，2004.

[9]能势朝次．心敬僧都の芸術境．大谷学报，1929，10(4)，1－39.

[10]叶渭渠，康月梅．物哀与幽玄：日本人的美意识[M]．桂林：广西师范大学出版社，2002.

[11]王昌树．海德格尔——生存论美学[M]．北京：学术出版社，2008.

[12]吴国盛．时间的观念[M]．北京大学出版社，2006.

[13]张世英．进入澄明之境：哲学的新方向[M]．北京：商务印书馆，1999.

[14]郑民钦．和歌美学[M]．银川：宁夏人民出版社，2008.

[15] Abram David. The spell of the sensuous: perception and language in a more – than – human world[M]. New York: Pantheon Books, 1996.

[16] Buell L. The environmental imagination: Thoreau, nature writing, and the formation of American culture[M]. Harvard University Press, 1995.

[17] Buell Lawrence. The future of environmental criticism: environmental crisis and literary imagination[M]. Malden, MA.: Wiley – Blackwell, 2005.

[18] Devall Bill and George Sessions. Deep ecology [M]. Salt Lake City, Utah: G. M. Smith, 1985.

[19] Emerson Ralph Waldo. The divinity school address[M]. No. 9. Philip Green, 1903.

[20] Gold Taro. Living Wabi Sabi: the true beauty of your life[M]. Andrews McMeel Publishing, 2010.

[21] Juniper Andrew. Wabi Sabi: the Japanese art of impermanence [M]. Tuttle Publishing, 2011.

[22] Koren Leonard. Wabi Sabi for artists, designers, poets and philosophers[M]. Imperfect Publishing, 1994.

[23] Ladino Jennifer K. Reclaiming nostalgia: longing for nature in American literature[M]. University of Virginia Press, 2012.

[24] Marshall Ian. Walden by Haiku[M]. University of Georgia Press, 2009.

[25] Nelson Richard. At home on the Earth: becoming native to our place: a multicultural anthology. [M]. Berkley California: University of California Press, 1999: 125 – 152.

[26] Nelson Richard K, Barry Lopez, Terry Tempest Williams. Patriotism and the American land[M]. Great Barrington, MA: The Orion Society, 2002.

[27] Powell Richard R. Wabi Sabi simple: create beauty. Value imperfection. Live deeply[M]. Adams Media, 2004.

[28] Shaner David Edward. The Japanese experience of nature[J]. In Callicott, J. Baird, and Roger T. Ames, eds. Nature in Asian traditions of thought: essays in environmental philosophy[M]. SUNY Press, 1989: 163 – 183.

[29] Slovic Scott. Epistemology and politics in American nature writing: embedded rhetoric and discrete rhetoric[J]. Green culture: environmental rhetoric in contemporary America, 1996: 82 – 110.

[30] Slovic Scott. Going away to think: engagement, retreat, and ecocritical responsibility[M]. University of Nevada Press, 2008.

[31] Thoreau H D. Autumnal tints[M]. Applewood Books, 1996.

[32] Thoreau Henry David. A Week on the Concord and Merrimack Rivers; Walden; The Maine Woods; Cape Cod[M]. New York City: The Library of America, 1985.

## 幸福的拾荒者

拾荒者的拾荒之举与脸上的宁静表情的并置。灵感取自演员胡歌的《幸福的拾荒者》一书。

# 第五章 海斯：解域叙事与游牧主义

感知是既不可能用学位，也不可能用金钱取得的。它生长在国内，同时也生长在国外。一个几乎一无所有的人可以和一个百万富翁一样拥有运用它的条件。从追求感知的角度来说，休闲性的乱跑一气是缺乏依据和没有必要的。

——奥尔多·利奥波德

不出户，知天下；不窥牖，见天道。其出弥远，其知弥少。是以圣人不行而知，不见而明，不为而成。

《道德经》（四十七卷）

## 第一节 海斯的后现代性旨趣

或许生态批评界已经意识到太多出世性的逍遥、品味并不足以彻底改造自我，也难以实现真正的自我。他们意识到只有将出世与入世结合起来，才可能达到效果的最大化。但是，即便是入世也依然立足于自我实现，具体来说，是立足于自我的感知能力（empathy）。

现代人的感知变异不仅体现在我们对于微小、卑微之物的视而不见，还体现在我们对广大、广袤之物的熟视无睹。总之，我们“看”的功能开始退化。我们感知的麻木不仅仅体现在我们近视能力不够，或者不愿意也没有近视的自我意识，还体现在我们远视能力欠缺。这种欠缺有我们主观的惰性，也有我们客观的局限性。在美国生态批评家罗布·尼克松（Rob Nixon）的著作《缓慢的暴力及穷人的环境保护主义》（Slow Violence and the Environmentalism of the Poor）中，作者关注环境问题中的社会权力分配问题，聚焦鲜为人知的多种环境危机中磨耗性的杀伤力。由于其巨大的时空跨越性，这些致命性的杀伤力超出了我们常人的感觉范围，数字的巨大，时间的绵长，空间的广袤，对自然世界的无知，使得我们很难感知到无时无刻不存在的变化。那些可怕的变化可能需要几百年甚至几千年才能完成，一旦完成，我们却错过了最佳干预的时机。所以对巨大之物"似看见"是个异常艰巨的工程。如果斯洛维克、布伊尔和马歇尔等致力于培养我们对肉眼看得见的事物的专注力和认同感，他们教会我们一种精微精神，那么，美国生态批评家厄秀拉·海斯（Ursula K. Heise）[①]则是培育人们对看不见摸不着的事物的想象力，旨在拓展我们的感知力，培养一种广大精神。在现代语境中，我们很多时候需要培育理解巨大的事物的能力。巨大的事物往往超越了我们肉身的理解能力，对于帮助我们理解巨大事物并产生心灵的震动这件事情上，单纯的数字与逻辑，无能为力。而这正是海斯生态批评的重大命题。因此，在某种意义上来讲，海斯的生态批评具有一种拓疆意义。

与前面几章提到的生态批评家一样，海斯也关注自我的认同模式。因此，我们可以说，海斯的生态批评实践也是一种对自我的思考。与前述几位生态批评家不同的是，海斯对自我认同的对象有着较为明显的着眼点，那就是对传统狭隘的、本质主义地方体验的决裂，对极端全球主义的支持，她的思想实验是先锋式的，所抵靠的艺术文本也是极端现代性的。在笔者看来，这是对"生态大我"进行的有效语境化，同时也是对原有认同模式的精彩补充，并非与地方体验相抵触。

在题为《生态语境中"自我"的模型》（The Shape of the "I" in Ecological Context）一文中，斯洛维克提到了两种模式的"生态大我"。第一种"生态大我"的模式是保罗·埃利希（Paul Ehrlich）、布伊尔（Lawrence Buell）、埃尔德（John Elder）、马拉默德（Randy Malamud）等传统自然文学作家所体验到的立足脚下的自我。在他们那里，所有的文字都饱含与非我世界的深情交流。斯洛维克认为，人类心灵——他自己的心灵，至少是这些作家的心灵——要求一个"大我"来专注于这个深情交流的过程。第二种"生态大我"模式是艺术家乔丹等所寻求的奥恩斯坦和埃利希所说的"意识进化"，那就是探索人类如何理解个体的自我与大范围内的集体之间的关系，也就是生态批评家汤玛斯

① 海斯被认为是美国生态批评三大代表之一，另外两位是斯洛维克和布伊尔。她是生态批评第三次浪潮的弄潮儿，急先锋。是生态后现代主义的代言人。海斯的生态批评以理论深度和逻辑严密著称，著有《时间组织分裂：时间，叙事，后现代主义》（1997），《地方感与全球感》（2008）等。

豪（Mitchell Thomashow）的书名所显示的那样，“将生态圈带回家”。本章所要谈到的正是第二个“生态大我”模式，即走向宇宙主义的意识进化。美国生态批评家海斯提出的“生态宇宙主义”，是在全球化和多元文化的新语境中集中批判生态批评中僵化的田园传统和荒野情结，并在此基础上拓展我们关注的非我的范围。在笔者看来，这种对拓展的诉求背后有着深刻的自我实现的影子。如前所述，通过关注达到“自我实现”是一条贯穿在本书所提及的四位生态批评家著作中的线索之一，只是前三位生态批评家更多地关注脚下的自然，而海斯则将关注的范围扩大到看不见的远方。

## 第二节　从桑梓之情到四海为家

对于近在咫尺的对象，我们的感知受制于过于熟悉的事实，也就是说，过于熟悉让我们眼盲，让我们不再有感觉；而对于远在天边的对象，我们的感知受制于包括时间和空间上让人挫败的距离感。在这样的距离感面前，我们的同情心和感知力变得无效。生态艺术家们正是秉持一种知其不可为而为之的精神，叫板这样的时空距离感，用艺术和意识在我们心中培育起一种生态宇宙感。可以说，海斯是第一位明确对传统生态批评实践中地方性进行倒戈一击的生态批评理论家，她揉醒我们执着于当下和脚下的双眼，让我们抬眼注目远方与远昔。

不过，在海斯 2008 年出版《地方感与全球感》一书之前，就有一些学者对地方体验进行反思，同时全球化命题也开始复苏。海斯的生态批评著作可以看作是将这种反思推向极致，并为之命名为“生态宇宙主义”的总结性成果。全球化，尤其是污染的全球化使得旧的地方体验模式显得过时，对地方体验模式的更新成为时代的必然要求。

在第三次生态批评浪潮中，有一个明显的转向，那就是由自然向环境的转向，由地方向全球的转向。学者唐建南、郭楼庆等对地方的理解基本上经历了从空间到地方、从绿色到杂色、从地方到全球、从单一的地方到多元的地方这几个方面的变化。生态批评从诞生之日起就出现了绿色与褐色的分野。雷蒙·威廉斯、迈克尔·本内特、劳伦斯·布伊尔、斯科特·斯洛维克、厄秀拉·海斯等学者都寻求在生态批评中纳入杂色，并将地方感扩大到全球感，建立一种全球意识。传统的生态批评话语注重的是立足脚下、重回大地尺度等现实主义原则，而美国生态批评学者海斯则颠覆了这些传统的感知模式。本书介绍的前三位美国生态批评家都关注到专注力的重要性以及如何培育人的专注力，他们注重的是对非我世界关注的深刻度、细致度和丰富度，是以精微的精神走入并接触有形的自然，从而走入内心。而在生态批评第三次浪潮中，我们看到了生态批评正在经历一个全球化和环境化的转向。在新的浪潮中，环境危机、环境正义、新的全球化语境成为关注的重点。在这个新趋势下，具有代表性的生态批评家海斯则提出需要培育自我的想象力，以广大的精神走向时间之久远，空间之辽阔，因此可以看作是现代生态批评的代表。无论是传统的生态批评，还是现代的生态批评，两者的共性是对麻木冷漠情感现状的反思，对认同模式的改造，因此，可以统一在自我实现之中。

在海斯之前的生态批评早已酝酿着对地方感的反思。可以说，海斯的革命性思想的提出及其相关文学与艺术等手段上的实验是基于先前的开拓者的。这些实验主要是有关修辞和叙述等艺术手段上的实验，旨在增强艺术的感染力和冲击力，其中具代表性的是“变焦艺术”[①]。传统的生态艺术文本中早就存在跨越狭隘的地方感的诉求，只是这些文本并没有太多的理论提炼。

## 一、斯洛维克对地方感的反思

斯洛维克在《调整“大地依恋”的层级：关注跨层级思维的艺术表达》中列举了若干海斯提出“生态宇宙主义”之前就存在的跨越狭隘的地方感的生态艺术作品。斯洛维克所列举的例子有的是一些传统的，甚至是具有典型地方感的生态艺术作品。文章认为，那些生态艺术作品都在“生态宇宙主义”提出之前就意识到了传统地方感的局限性。斯洛维克的文章参考了一些熟悉的环境文本，如巴里·洛佩兹的《南极梦》（Arctic Dreams）、阿尔·戈尔（Al Gore）的《难以忽视的真相》（An Inconvenient Truth）和一些人们较少讨论的作品，如猎户座协会（The Orion Society）的《爱国主义和美国大地》（Patriotism and the American Land）（出版于2002年，收集了洛佩兹、理查德·纳尔逊、特丽·威廉斯等作家的作品）、猎户座杂志（Orion Magazine）1995年春

① 变焦艺术来源于摄影中的特效技术。这种富有视觉冲击力的摄影特技，成为摄影家求新、求奇、求变、求异的艺术创作新形式，也为文学创作，尤其是后现代文学创作提供了参考和灵感。在生态文学和批评语境中，变焦艺术为突出表现对象、震撼麻木的心灵起到了重要作用。

季关于“你所生活的地方”主题特刊、约翰·弗朗西斯（John Francis）的《徒步地球者》（Planetwalker）以及克里斯·乔丹（Chris Jordan）的数码创作等，以思考各类环境文本是如何践行“调整大地依恋的层级”这个概念，以期帮助当代读者以多种视角理解自我与位置的深层联系。斯洛维克的文章所提到的艺术作品都致力于拓宽人们认同的范围，提升人们对他者关注的意识。这显然是一种思想实验，其目的是促进人类意识的进化，在新的语境中发展新的自我认同模式。

斯洛维克提到，美国摄影师博·罗杰斯（Beau Rogers）的代表作《大彩虹》（Big Rainbow）将其视觉的关注焦点从人类活动和竞争转移到美国西部风光。斯洛维克解说道：“在我看来，这幅作品似乎将沙漠美学和地理细节与星球的广袤（其代表是拱形的彩虹）联系在一起：同时将本土的精微与星球的广大紧密连接。”这幅作品既有着对精微之美的关注，也有着对广大之域的向往，通过这两者的并置寻求一种脚踏实地的地方感和仰望星空的宇宙感的完美结合。该摄影作品的重要策略是“动态感”，在具有移动感的镜头中将小我逐渐消融，向着更为宽广的大我开放。斯洛维克在文章中评论道：“摄影师的巨大投影象征着将人类在非人类之上的影像扩大：太阳持续西下，头上汹涌的乌云不断重组，人的影像必然随着时间的流逝而变化。尽管这样一幅摄影在某种意义上是静态的，然而凝视影像，我们可以从某个静态的时刻对其发展进行推测，并促使我们领会人类对世界产生的变化着的，不断增加的影响，同时也领会到非人类世界如何支撑和挑战我们生活的各种方式。”这样一幅作品兼顾了个体的位置感以及远在天边之物的存在感。作品有意无意地采用了海斯情有独钟的变焦（zooming）手法。这种视觉艺术手法将人们难以注意到或者视而不见的现象赫然呈现在人们的眼前，从而唤醒人们的警觉，改造人们的认同模式。

另一位同样具有将聚焦无形之物并将之拉近的艺术家是一位活跃于美国西雅图的摄影艺术家克里斯·乔丹（Chris Jordan）。他的作品曾出现在世界各地的杂志、报纸和纪录片中，其代表作有：《不能承受之美：美国大众消费的写照》《卡特里娜飓风之后：一场非自然灾难造成的损失》，以及最新的《流动数字：一幅美国自画像》。乔丹作品重点关注美国的大众消费习惯。乔丹的代表作《流动数字：一幅美国自画相》将与垃圾有关的抽象数字以视觉的方式呈现出来。在他的《流动数字》系列中，我们可以看到，无数的塑料瓶汇聚成一片汪洋，进而又激起了一阵海啸。该作品是大幅面电子作品系列，该系列最典型的影像是《塑料瓶，2007》。“从远处看，这幅作品呈现的多色小圆点很像多砾石的海滩，抽象而美丽，然而，影像的说明文字是‘您看到的是200万塑料饮料瓶，这是美国每五分钟所消费的饮料瓶的数字’。随着画廊参观者走近作品，个体的瓶子越来越清晰，作品带来的是对美国消费强烈的感官体验。从远到近，从许多东西的集合到消费物品的更为个体的呈现的处理方法，实际上是乔丹所说的‘转换层级带来的幻觉’（trans-scalar imaginary）。……我们可以在乔丹自己的网站（www. chrisjordan. com）上看到这些作品，通过点击大幅面影像，观众可以激活软件，产生跨越层级的效果，放大影像来观察其中呈现的具体事物”（Slovic，2016）。该作品的独特之处不仅仅在于它将令人麻木不仁的垃圾数据转换成活动的影像，给人带来巨大的视觉冲击和思维震撼，还在于它对垃圾堆积所形成的影像进行了审美化处理。乔丹以及作品的观众同时被画面“震撼”和“迷住”，但是，“他拒绝为这样的行为提出明确而具体的解决方案，很显然，他的作品的旨意是要促成更多新思维的诞生”（Slovic，2016）。我们可以推测，这种新思维与海斯所提出的“生态宇宙主义”有着高度的一致性。与海斯所推崇的具有生态意味的艺术文本一样，乔丹的作品对现代性中无处不在的令人忧患的事物如消费、病毒、污染物、单向度等都带有一种矛盾的、平面的，甚至是积极的态度。犹如病毒被看作是治疗药物和有毒物质一样，一如人们欢呼身份与个性的泯灭一样，有着同样的“解域叙事”手法。斯洛维克带着“视觉创作是如何促使观众对他所探索的一些可能让人麻痹而抽象的问题产生一种感觉和关联的，包括塑料的消费和监禁在美国监狱的人数等——也就是他的创作是如何激起观众感觉到他们自身与他的艺术所呈现现象的同构关系”的问题提问，乔丹本人答道：

是这样的，200万塑料瓶的影像（《塑料瓶，2007》）的确在最大强度上产生了您所描述的效果。很多人给我写信说看了这幅作品后不再用塑料瓶喝水或汽水。一次，我和我的一个朋友在科罗拉多州的博尔德市的博尔德现代美术博物馆参观展出，我们就站在那幅作品前面。当时我朋友手里正拿着一瓶水喝。然后，他说，等一下，随后他离开并将瓶子扔进垃圾桶。后来他回来重新站在作品前，脸上现出难为情的表情说：“嗯，还好只是一个瓶子”，之后他回头来看我的作品，我发现他似乎是绕回来的。他的脖子猛地往后扭转，睁大眼睛看

> 着我说："我理解了你的作品，那是200万个一个瓶子。"我说，"对，就是这意思。"这是《流动数字》系列作品提出的问题之一。我希望触及个体在集体中的角色这个话题。在我的每一幅作品中，你后退就能看到集体。我调整了作品的比例，这样你在远处就看不见构成集体的个体，这时你看到的仅仅是同质的集体，等你走近了，你会看到个体，等你一直走近，你就看到了所有的个体，这时，你就看不到集体了。这是一种谷歌地图程序。我一个朋友称之为"跨越层级的视觉幻象"：当你后退，你看不到细节，当你看到细节的时候，你必须用你的记忆或者想象回忆整幅大影像的样子。(Slovic，2016)

在引发个体反思自我个体行为是如何影响到集体利益的问题上，乔丹显然采用了艺术中所谓的"变焦手法"。海斯曾在《地方感与全球感》一书第一章"从蓝色星球到谷歌地球"中专门谈到了蓝色星球、飞船地球、谷歌地图等具有的寓言性震撼效果的影像，以及其对培育人们生态整体感的作用。这些作为全球主义的话语对生态运动产生了极大的启发作用。海斯认为，生态运动中具有里程碑意义的一些组织、提案和报告都借助了一些诸如蓝色星球等一系列具有大众基础的影像和叙事模式，包括保罗·埃利希（Paul Ehrlich）的新马尔萨斯宣言《人口爆炸》（The Population Bomb）、丹尼斯·米都斯1972年罗马俱乐部第一个报告《增长的极限》（The Limits to Growth）、《全球2000年度总统报告书》（The Global 2000 Report to the President）、布伦特兰报告《我们共同的未来》（Our Common Future）、1992年里约热内卢地球高峰会议、联合国千年生态系统评估、人类行为千年评估（The Millennium Ecosystem Assessment of Human Behavior）等。尽管这些都是"关于世界状况的报告，也都超越了政治和科学的范畴。但是它们的技术细节往往难以被大众接受。它们所以能够有如此大的受众，乃是因为它们借助了一些流行的影像和叙事手法"。海斯这段话旨在表明视觉艺术在表述人类新身份中的作用，就对视觉效果的依赖和对美丽、脆弱与邪恶进行并置的手法而言，乔丹的作品和海斯所推崇的艺术手法有着高度的一致性：蓝色星球"如珍稀珍珠一般躺在天鹅绒般的盒子里，有着漆黑的背景，蓝色星球独立、浑整、柔弱，并且美得让人心碎"（Heise，2008：22）。这种将美与丑，善与恶并置的手法是典型的极端现代主义的表现手法。这种手法在生态语境中将大显身手，协助人们超越自身感知的生理局限，冲破麻木狭隘的监禁。

除了这些视觉艺术家外，斯洛维克还提到具有同样变焦效果的文学作品。其中就有美国前副总统戈尔 2006 年的专著《难以忽视的真相》：“尽管几乎没有哪位环境作家明确将自己的作品描述为使用过跨越层级的幻象这种技巧或者训练读者跨越层级，但是这个倾向在我开篇提到的一些作者的作品中已经充分显示出来。其中在 2006 版的专著《难以忽视的真相》这个最显著的例子中，作者阿尔·戈尔将该书名与他著名的纪录片材料进行并置。在书的封面，读者能看到一幅图片，图片上，飘散的白云笼罩在蓝色大海之上（暗指天气或气候），但是，除此之外，读者还能看到蓝色星球的一边站着急切地做着气候变化演讲的作者本人。这个意象代表了渺小个体的人正表达着对我们所栖息的广袤地球的忧虑和眷恋。书的下一页则有一幅缓缓流经作者家乡田纳西的青色河流。从太空俯视所见的冷漠广袤的星球，到地球上所熟悉的风景，我们穿越了一个跨越层级的认知过程，该过程在书中反复出现。在书的结尾处，也就是第 292—293 页，我们看到一个美国宇航员站在月球上，注目他刚刚插在黑色月球土壤之上的美国国旗——这一点可以看作是星际殖民，或者是一个对更大太空的探索以及获得令人惊异的更新了的爱国情结。几页后（298 - 299 页），我发现太空一片漆黑，唯有一个小小的蓝点（地球）和宇航员卡尔·萨根（Carl Sagan）著名的演说，演说将这个孤寂的地球家园确定为‘我们唯一的家园’。之前图片所显示的美国狭隘的爱国主义（美国国旗所显示的）被扩展为一种更宽广的星球感，这也正是戈尔想要在读者心中培育的感情。之后我们又回到了从翠绿树丛中缓缓流过的家乡河。”作为政治家和环境保护主义者的戈尔深谙具有煽动性的宣传技巧，而这里很巧合地也用到了变焦手法。具体体现在对熟悉的风景和陌生的景观循环快速切换和并置，在达到批判狭隘国家主义的效果的同时，保持了对个人身份感的尊重。

斯洛维克还提到了一些没有使用到上述变焦等视觉技巧的传统文学文本，它们以自己传统的叙事手法传达着比一般意义上的地方感更为广阔的位置体验模式。“一个有力例子是加里·斯奈德有关‘重新安居’（reinhabitation）的各类作品。斯奈德一般被看作是生物地域主义运动的化身，这是一种地方主义的思维和行动，但是，事实上这代表着一种远非狭隘地方主义的地方观。他的作品并不仅仅呈现出一种‘临近伦理’（Ethic of Proximity），用海斯的话来说，更是一种包含了临近性和普遍联系性的伦理。斯奈德在若干明确的哲理文章

《重新安居》、《奇奇地斯：网上的一个结点》（Kitkitdizze：A Node in the Net）等介绍过他关于地方的思想。这些文章的第一篇所突出的思想是：即使是对新来乍到的非本地居民来说，一个地方也具有神圣性——地方的神圣性并非只是土著或部落文化的专利”。“临近伦理”正是海斯为具有地方感意识的生态作家和批评家所设计的标签，也是她解构的重点对象。而斯奈德“重新安居”则突破了单纯地方感所遵循的临近伦理，带上了一种游牧民的味道。而游牧范式正是解域理论借助的重要意象。因此，斯奈德的“重新安居”及相关的诗歌在斯洛维克看来是跨越层级思考的例子，它不仅作为认知的或审美的训练，还作为一种伦理诉求。这种重新安居思想在于斯奈德讲到的“地球上的一方土地，犹如大的马赛克之中的小马赛克——一片片土地都是其他更大或更小的土地完美的小型复制品”。斯奈德对地方感和全球感关系的矛盾态度完美地体现在他著作的名称《天地一隅》（A Place in Space）。海斯从斯奈德旅人身份中找到了一些线索，认为斯奈德对地方感的矛盾态度源于其得天独厚的游牧身份：“斯奈德在思考跨国家主义问题上似乎比别的环境作家更有优势。他20世纪50年代在中国和日本学习汉语和日语，50到60年代末旅居京都，并一直在其作品中吸收古代中国和日本的文学和哲学以及土著美国居民的叙事传统”（Heise，2008：43）。即便如此，在海斯眼中，斯奈德仍不能代表一种真正具有全球感的人，原因是“贝里的阿巴拉契亚农场、斯奈德的奇奇地斯、桑德斯的自建家园都被其主人描述为用以践行自主自足，与主流消费主义生活方式对立的智慧的场所。无疑，我们从这些作家们对一隅土地的爱恋与守护中学到很多，诸如如何将自身对环境产生的影响最小化。然而，考虑到他们如何有环境意识地生活的特殊范式，我们不禁要问，社会什么阶层这样有钱、有闲、有灵活的工作、有足够的教育来开展这样的生态实验”（Heise，2008：48）。由此我们可以看到海斯将解构传统地方主义进行到底的决心。

另一吸引斯洛维克注意的传统生态文学文本是巴里·洛佩兹获美国国家图书奖的作品《北极梦》（Arctic Dreams）。斯洛维克说：“我想提到的是，有很多更为传统的环境文学致力于挖掘地方概念（或培育一种超越地方感的思维）——我们不必抛弃现有的环境文学，来追求新的文类和媒介以及表现手法。”巴里·洛佩兹在《北极梦》中说，我们需要寻求一种将北极以及地球其他遥远地方之间的联系进行概念化的途径。他用若干页以文学散文的形式描述了一个从北极到赤道的想象性漫游，以此作为阐释这种跨越地方和层级的诉求。他在“北极”（Arktikós）一章中写道：

> 在培育我们对北极地区中的理解的所有描述中，最为有效的也许是每年太阳跨越北极天空的意象……
>
> 把握太阳在北极地区的活动并非易事。想象自己在6月21日那天，也就是夏至，正好站在北极。你的双脚下是一层雪和被风吹着的冰。
>
> 如果我们能在一天的24小时内，沿着第100条子午线走向墨西哥城，你将首先会发现天空中太阳轨迹的细微变化。然而，很快，你就会开始感知太阳的轨道倾斜了……
>
> 如果你在12月21日从北极往南走，你会发现一切倒回6个月之前的景象。那天的北极伸手不见五指……
>
> 你必须在12月21日那天一直往南走很长的路，大约1611法定英里，一直到北极圈，且你的眼睛需要几乎时时盯着太阳。（Lopez，1999：20－23）

这个想象中的跨越半球之旅旨在利用赤道将我们如何能在远北和赤道地区对太阳光有着不同的体验进行概念化。这个徒步者的叙述所蕴含的道理是：即便一个真实的人无法在夏至或冬至的24小时内快速徒步如此长的路程，这些地区在本质上是相互关联的，且它们之间的距离是可以用脚步丈量的。体验与我们息息相关，但遥远的无形之物需要有一个复杂而艰辛的心理过程，而作家则替我们模拟了这个过程，用以培养我们的环境想象力。环境变化的细微性和漫长性为生态艺术家的叙事模式提出了很大的挑战。这一点在最为坚定、最为传统的地方感拥护者那里也得到了共鸣，他们在坚守脚下的同时，也在摸索着如何将全球体验概念化的途径。

其他诸如戴维斯·古根（Davis Guggenheim）导演的电影《难以忽视的真相》（An Inconvenient Truth）、纳迪亚·康纳斯（Nadia Conners）和利拉·C.彼得森（Leila Conners Petersen）导演的《第十一个小时》（The 11th Hour）等都展示了类似的抱负，运用了与变焦手法相关的叙事和修辞模式，只是在前卫的程度上有所差异。以上所有这些传统的、非传统的、文学的、视觉的艺术都有意无意地进行着全球想象的艺术表达实验，它们孜孜以求的目的，正如斯洛维克在《调整“大地依恋”的层级：关注跨层级思维的艺术表达》中所说：“我们无法加快我们的身体进化，但是我们必须改变我们的思维方式来获得一种可以使我们适应变化中的世界的‘自觉进化’（conscious evolution）。乔丹、戈尔及各类艺术家们都投入到塑造跨越层级思维的过程中，包括塑造对小层级地方的情感和对大层级地方的情感。……（乔丹等）为了不使我们自身因具有剥削性的科技力量而麻木，提议我们要训练自己体会到我们的个人生活方式在被放大到社会层面时所呈现的破坏性。”这些作品虽然没有明确提到“生态宇宙主义”，但是沉淀在这些艺术作品中的全球感为海斯“生态宇宙主义”的提出做好了铺垫。

不仅艺术家意识到全球性思维的重要性，一些生态批评家和思想家也都注意到全球性思维在新的语境中的位置。斯洛维克建构的生态批评第三次浪潮将生态批评的第一次浪潮（始于20世纪80年代初）的特征定为“自然文学”“荒野情结”“英美中心”等；第二次浪潮（始于20世纪90年代中期）的特征为“文体多样化”“出现了绿色文化研究”“多元文化研究”“关注全世界本土文学”“环境正义”“城市与郊区并重”等；第三次浪潮（始于2000年）则提到了该阶段具有明确自觉的全球化意识，“全球化的地方感”“新生物地域主义（Neo－bioreginalism）”“生态宇宙主义”等并行不悖。可以看出，生态视阈下地方体验的多元范式构成了第三次生态批评浪潮的特殊景观。而在这个景观中，传统地方感显然失去了在第一次生态批评浪潮阶段的霸主地位。布伊尔在《环境批评的未来》中说：“地理学家多利恩·马赛（Doreen Massey）建议说，尽管全球主义可能压制区域甚至消灭某些特别的区域，但是它也通过与其他区域交流而不是对抗，建构出了新的区域的‘身份’。……全世界越来越少的人口会终其一生生活在某个地方，最终是这个地方受到全球化势力的巨大影响。那些有代言地方情结的人面临一些内在于家园概念难以控制的晦暗，如面临着陷入感伤环境宿命论。”（Buell，2009：63－66）在斯洛维克建构的第三次浪潮中，马格利特·罗德曼指出，后现代的、以区域为基础的身份更有可能成为“多声音”和“多地域”而不是传统地域主义想象当中的封闭的社区。斯洛维克在分析第三次生态批评浪潮时尤为关注犹太走向。他认为，第三次生态批评的浪潮和犹太研究的相互交织基于与犹太批评倾向避免乡村空间的相同原因——它们表面的种族同质、保守主义、陌生恐怖，以及它们和原初神话的联系……它们弱化了把乡村看成是被封闭的、沉静的“当地人”占领着的空间的逻辑。可以说犹太气质和游牧美学在生态第三次浪潮中独领风骚。阿克塞尔·古德博迪的文章《游牧民：全球化世界中生态居住的理论模式和文学模式》重点关注了“游牧主义”这个观念，认为在对新的居住方式的思考中，游牧主义已成为一种核心意象，古德博迪借用德勒兹和居塔里等的“解域”“根茎学”（rhizomatics）等术语表明，游牧民是一个强有力的、有建设性的形象。游牧主义的本质在于一种不同的空间居住方式——在移动中栖居。古德博迪通过对艺术作品的分析，宣扬了一种游牧美学。就冲破肉体感知局限而言，游牧美学和变焦艺术有着共同的旨趣。

对地方感的革新实验中，一些生态批评家开始寻求新的突破口，把眼光投向新的文本和叙事模式。海斯和斯洛维克同时注意到生态批评界的两位反思地方感的先锋。一位是生态批评家米切尔·汤玛斯豪（Mitchell Thomashow），他在2002出版的专著《将生物圈带回家》（Bringing the Biosphere Home）中强调一种感觉上和心理上的挑战，这是由内在于我们人类的对一些我们明知很重要的广大（如生物圈的）现象有限的理解能力所带来的。他指出，这是为使我们从眼前的现象推测到全球范围即将缓慢发生但极难察觉的现象必须产生的一种“令人震撼的层级并置”。……米切尔·汤玛斯豪认为，每日观察自然史的练习有助于人们克服胶着在体验的静态当下性的倾向。自然会变化，而我们很麻木。当我们训练自我长时间观察自然世界时，我们从根本上变得对变化敏感，同时我们的想象力也变得更加灵活，更易于从可见的过程进行预测，理解其在广阔的时空之中的含义。汤玛斯豪曾说：“理解生物圈真的是一个非常深奥的概念性难题，因为它会带来震撼性的层级并置——从十五分钟的暴风雨到一万年的气候走向，从照料你的花园土壤到观察生物多样性的模式和趋势。”（Thomashow，2002：106）

这些观念都挑战将直接身体经验确定为理解我们身在某一位置的生命意义之最为重要的途径的普遍倾向。汤玛斯豪意识到了生态问题的抽象性以及由此带来的感知挑战，这同时为生态艺术家提出了一个永恒的难题。海斯在《地方感与全球感》中高度评价了汤玛斯豪的全球意识转向：“一旦意识到美国思想和作品中的地方感传统，我们就有可能重新使用汤玛斯豪所提倡的进路，即带着目前全球化理论研究的新成果对地方环保主义修辞进行革新。”（Heise，2008：49）海斯还指出：“汤玛斯豪的全球性生态主张起源于蓝色星球的影像和杜博斯的口号‘全球思维，地方行动’，汤玛斯豪深刻意识到思考地方和全球经验的转换需要复杂的表述模式，了解科学原则和过程并且懂得求助于隐喻……同时汤玛斯豪还意识到电视网络等媒介使得大众得以用前所未有的感官细节和想象视界体验到众多遥远地方，因而也就看到了这种联系感带来的环保效益。”（Heise，2008：37 – 38）可以看出，无论从终极目标还是从具体叙事模式，汤玛斯豪的主张都十分接近海斯的“生态宇宙主义”。然而，海斯同时也看到了汤玛斯豪的局限：“这似乎听起来是个反思现代社会中位置感的杰出方式。只是，我们不禁要问，为何人们的日常生活与全球感之间的联系必须强调对某一地方的依赖。”（Heise，2008：40）如海斯所忧惧的，地方感的幽灵十分顽固，人们始终对它难以释怀。海斯要做的是一种果断的而非藕断丝连的实验，意即彻底摆脱地方感，培育全新的“生态宇宙主义”。

## 二、布伊尔对地方感的反思

生态批评家劳伦斯·布伊尔也是最早反思地方体验模式的生态批评家之一。这体现在他对自我认同范围的拓展。布伊尔在 2001 年的著作《为濒危的世界写作》与 2005 年的著作《环境批评的未来》中有两个重要的词汇，一个是“拓展主义”（extensionism），另一个是“修正主义”（revisionism）。布伊尔的拓展主义主要体现在他的认同模式中将对非人类世界的认同扩展到对人类世界的认同，同时，将地方情结扩展到宇宙情结。但是，与海斯的极端拓展主义不同的是，布伊尔试图将两者进行调和，认为在全球化背景中，地方情结依然在个人安处和集体认同的形成中发挥着重要作用，地方感和全球感是某种修正的关系，而不是对峙的关系。布伊尔的著作《环境批评的未来》在“地方情结”（place – attachment）的情境中讨论有关空间和地方的文学，突出了将两者联系的思想，认为地方情结是一系列地方体验重叠交织的结果，而不是孤立和静态的。

布伊尔的拓展主义体现在将认同从非人类中心拓展到人类中心主义，体现出认同的全面性和平衡性，同时拓展主义还体现在将认同的地方范围从肉眼看得见的地方拓展到不曾到过，且永远没有可能到达的地方，甚至是不存在的想象出来的地方。就地方认同范畴的拓展这一点而言，布伊尔在 2001 年出版的《为濒危的世界写作》中对主观地方依恋的现象学做了五点总结，在 2005 年的《环境批评的未来》中，他依然坚持自己的观点：地方认同不仅涉及空间的拓展，还涉及时间的延伸。在空间层中至少有三种可以在头脑中绘制出来的映像，即同心圆型、群岛型和想象型。同心圆型的地方依附意识，其情感认同从大部分时间生活的家园基地或家园范围向外发散开去，随着向外发散距离的增加，其认同感则减弱。该类型最为传统，现在依然存在。传统上，人的工作地点和家园距离很近，有时则是同一个地方，如小农场主和小商店主。他们很少外出旅行，周边的小商贩构成居民的一小部分，且他们的光顾是村子里的一道风景。随着距离的增加，人们的地方认同模式进入群岛型：工作地点越来越远离家园……虽然多地方化和分散可以减轻对任何一地的依附，却没有任何规则。关心家园地方的公民可以证明，在第二家园社区，他们的地方依附意识会更加强烈。地方认同中第三种模式是想象型。该地方依附类型是仅仅通过想象的力量对某些地方产生依恋。想象的形式可以远古自传统民间故事，以及给予荷马史诗和《贝奥武夫》以灵感的吟游诗人的表演，这些史诗最终都被延展为由媒体生产出来的虚拟现实——第三自然。从一个让人魂牵梦绕并在某种程度塑造了个人性格的真实可感的地方，拓展到完全虚构的世界。想象者不曾去过，且将永远不会去的事实几乎不会减少这些故事中的和想象中的地方唤醒人们归属和依恋的潜能。第三种地方认同模式在很多时候甚至会影响民族行为和世界事物的轨迹。人们完全有可能更关心那些从没有见过的地方——想象中的非洲、以色列或者巴勒斯坦——而不是亲历的地方。而对于那些从来没有在文学等艺术媒介中得到描述、渲染，甚至虚构的地方，我们的依恋程度就会大大降低。

这三种地方体验模式可以用一个同心圆来表示（图7）。

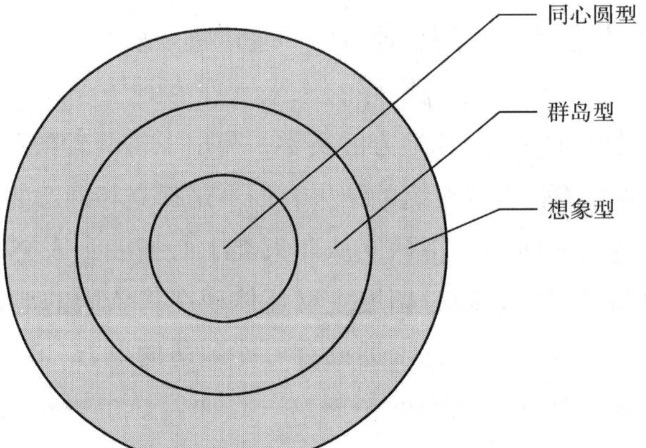


**图7　布伊尔地方体验层次图**

就范围来讲，地方体验的模式体现出由小到大的趋势，同心圆型地方体验模式范围最小，以看得见摸得着的物理自然空间为中心，体现了自然文学中传统的立足脚下，对抗无根的流动式和游牧式的地方体验；群岛型地方体验将地方的范围扩大到第二家园；而想象型地方体验模式则范围最大，超越了物理空间的约束和肉身体验的束缚，这个地方甚至可以是不存在的、虚构的、想象的空间。

这三种类型形成的同心圆，从圆心的第一自然到最后一圈的第三自然，呼应了布伊尔此前所说的：地方依附意识可以小到厨房，大到地球上那些从来没有去过的地方。

在布伊尔这里，地方感还有时间的维度。首先，它体现在对一个地方一生的地方体验积累。人们对自己生长的地方的记忆影响着之后对所有居住过的地方的反应，人们发现那些在年轻的时候过着更流浪的生活的人也是这样。自我是否且在什么意义上将一个特定的地点体验为“地方”，取决于自我先前的生活稳定或流浪的程度，取决于自我对什么样的环境感觉熟悉或陌生。其次，地方自身也会变化。如场所理论家凯西说的：“地方不是地基，它不是实体性的、本质性的，而是事件性的，是处于过程中的。”（Casey，2013：337）

这五个时空一体的地方依恋模式将地方批判性地理解为一个主观的内容，并思考地方对于亲身体验的意义，对于艺术表现的意义。布伊尔用美国西南部环境作家芭芭拉·金斯洛芙的散文《记忆中的地方》对地方依恋的五个维度进行了阐释。他说，五个地方依恋的维度是这样的：肯塔基的小镇是最初的家园基础，在它之外引发了对其他地方的依恋，形成了一个岛屿，这些地方包括她的第二家园，她将之描述为南亚利桑那州的沙漠边疆。作者对肯塔基的地方感既有着个性化的地方经验积累，还有着在过去的一个世纪地方变迁的时间烙印。在任何一种情况下，地方都听起来更像一个动词，而非名词。至于想象维度，也许作者女儿对记忆中的地方的顿悟是来自于母亲故事的力量。

布伊尔对于认同模式的另一重要贡献是认为地方认同是一个动态的过程，而非固态的或静态的模式。在他看来，生态批评和自然文学并非超然物外的，而是对时代有着动态的响应。他认同兰斯·纽曼的观点，那就是，自然文学不是对一个一成不变的问题反应一成不变的形式。这是传统对资本主义世界生态社会秩序的兴起和发展的动态响应。自然文学家对自然的理解和他们对社会的理解有着千丝万缕的联系，他们在思考如何改善人与自然的关系，同样也在思考如何改善社会各种关系。比如，梭罗的《瓦尔登湖》中对自然世界的兴趣实际上是一个人类政治批评的舞台（Buell，2009：27）。

最能体现出布伊尔对地方认同范围动态延展的是《环境批评的未来》中“边界和层级：从地方文化到全球想象”这一章：

> 环境文学和批评最大的作用体现在从内部和外部介入对空间分配的标准概念的调节，具体做法是挑战边界和层级的假设。具体来说有三点：第一，对当地化的地方进行重新想象；第二，在“生物地域”层对地方进行概念重构，批评守旧的、国家一州的边疆；第三，进行想象地球归属感的实验。关于地方的传统文学对有边界的小型区域更感兴趣。当前的生态地方主义更关注如何应对来自于外在的对于有边界的整体性社区的威胁。在有些作家那里，地方是一个省，有的是一整个国家，有的是一个商品化的抽象空间。以贝里为代表的自然文学传统作品中犹如殖民地的小型社区显得越来越宜人，这使得环境批评和后殖民批评潜在的合流越来越成为可能。换言之，传统的地方依恋模式具有殖民地的排外心理，而新的环境文学和批评在某种意义上是一个对后国家主义的呼唤，也就是呼吁人们超越国家民族的狭隘边界。现代生物地域主义与传统的地方主义的区别是，在现代生物地域主义这里，地方是一个脆弱的、变动不居的概念。生物区域主义必须超越简单的地方视角：地方不可能一厢情愿地与跨地区力量隔离开来。（Buell，2009：76－81）

可以说，传统自然文学和新的环境文学是现代性和后现代性在生态文学领域的较量，而布伊尔寻求的是两者的调和路径。

布伊尔的“修正主义”则体现在其寻求将人类中心主义和生态中心主义进行调和的实验。是偏向于人类中心主义还是偏向于生态中心主义可以看作第一次、第二次甚至是第三次生态批评的分水岭。第一次生态批评浪潮进入第二次生态批评浪潮，一方面意味着生态批评内部的分野，同时也意味着对生态批评的深化和丰富。从《环境的想象》到《为濒危的世界写作》和《环境批评的未来》，标示着布伊尔生态批评的变化趋势。生态批评的不同阶段，无论是在主题、文本对象还是方法论上都有些差异。但人类中心和生态中心两者的关系不是对峙的，而是一种修正、丰富和深化，使生态批评走向更成熟的阶段。就主题而言，第一次生态批评浪潮更注重于对人类中心主义的批判，生态地域主义、生态和谐观、诗意栖居观、处所意识、家园意识、宣扬主动放弃的美学，更注重立足脚下，致力于促进个人化的生态觉醒，是人与自然的言和。第二次生态批评更注重将城市与荒野，人类事务与生态中心结合考察，更关注环境问题、正义问题。就文本对象而言，第一次生态批评的主角是美国的自然文学；第二次生态批评将文本扩大到不同文类、不同的艺术媒介，以及不同族裔的文学经验，比如科幻小说、有毒叙事（toxic narrative），将生态批评从荒野拉回到城市、人类、正义，是人与人的言和。就方法论而言，第一次生态批评采用更传统的文学批评方法，如文本细读，历史分析方法，对五花八门的理论持保守态度，其理论支撑多是深层生态学的理论；第二次生态批评则以更开放的心态迎接各种文学批评理论，比如后现代的解构主义、游牧主义、风险理论、对话理论（Buell，2009：22）。总之，开放是生态批评的大趋势，无论是文本、主题还是地方概念，尤其是地方概念。

布伊尔一直在思考：第一次和第二次生态批评浪潮之间是否有一个共同的支点，人与非人的利益是否可以找到某种平衡点，这样生态批评则能带给人们对该学科的信心，让人们相信生态批评将走向成熟而非因为分歧而分崩离析。布伊尔这样分析：正如生态批评家本内特在对生态批评家尼尔·埃文登的反驳中质问："鼬鼠黑黝黝的眼睛与贫民窟中即将被污染的环境夺取生命的孩子刚刚闭上的双眼相比，哪个更能触动人的灵魂？"埃文登在分析安妮·迪拉德的《汀克溪的朝圣者》时，认为人只能在与非人类世界的直接接触中才能找到人在自然世界中的位置（Buell，2009：22）。我们或许会再次感叹：令爱默生倾其一生对于如何调解"自我"与"非我"二元主题的思索，果然顽劣且执着地穿行在整个美国文学和文学批评里，当然不会放过生态批评。

带着人与非人类利益之间的关系这个问题，布伊尔描绘了一个坐标图，以表达他心中的认同模式。而这个认同模式与杜维明自我认同模式中所表达的思想比较相似，都包含了修身、养性、治国、平天下等元素。当然，这里的"天下"是褪去了政治和国家色彩的天下，是与人类事物无关的非人类世界。在布伊尔所描绘的坐标图中，相关的，但是并非完全对等的两极是生物中心论或生态中心论与人类中心伦理（都有着不同派别，在这个谱系中间有许多过渡的立场）。两极中其中一极将物理环境的健康看作是关注的中点，另一极将社会健康和人际公正看作是关注的焦点。将上述两对两极作为两个轴可以画出一个坐标图（图8）。在这个坐标图中，横轴的左边是生态中心主义，纵轴的上轴代表了物理环境的健康，绿色和平组织和地球第一组织位于坐标图西北部的某个区域，生物地域主义位于坐标图从西北部往东北部偏移的某个区域。布伊尔所设计的这个坐标图体现了他将认同对象进行统一的艰辛工作。

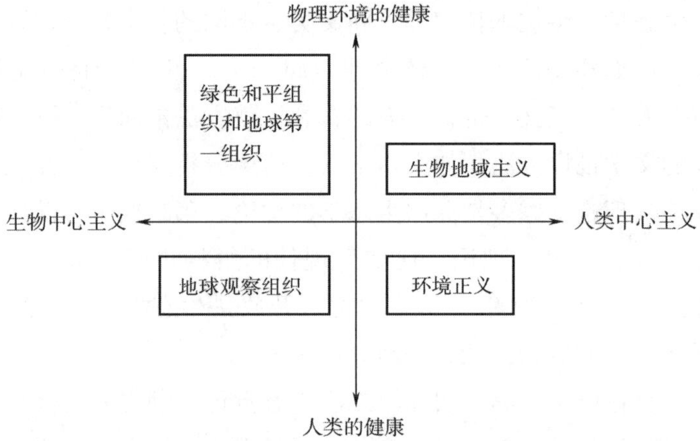


**图8　布伊尔的"生态立场对峙"坐标图**

无论是对地方体验范围的拓展还是对关注对象的拓展，生态批评所应该遵循的前提是，这种拓展不是对先前立场的抛弃，而是一种补充。布伊尔也意识到了拓展的必然趋势，他说："非洲裔美国人自传作者杰弗里·加拿大（Geoffrey Canada）只在他上大学期间于缅因州小镇里看到过树木、植物和其他非人类的生命，而在他成长工作的地方纽约城中土匪出没的地区却从来没有见过那些。"（Buell，2009：29）的确，在现代社会中，这是很大一部分人经历过的事实，而且将是一个趋势，环境批评应该重视这一变化。无论是从自然转移到人类，还是从地方转移到全球，生态批评的宗旨应该体现出对他者的深度关怀，且对自然世界的关注则应该是生态批评的本体性问题，若以生态正义、生态女性主义等遮蔽这个本体，那么生态批评将面临被合并，成为女性主义、后殖民主义等的一个分支，丧失了自己的身份的命运。如前所说，生态批评的驱动力是问题意识，而不是方法论意识，将对自然的关注转移到对人类弱势群体的关注，将对自然的代言转移到对人类弱势群体的代言，有可能使生态批评丧失自身的本体，丢失自己的堡垒。生态女性主义和社会生态学以及生态正义等本身应该是生态批评的修正、补充和深化，而不是一种彻底的取代。从永远没有答案的争论中跳出来，与其胶着于把谁的利益放在第一位，不如换个角度，去关注如何训练和培育人的认同能力和关注素养。关注是一种爱，爱得越深越广，生态危机得到缓解的希望就越大，而自我恰恰也在爱的提升中得到了更好的实现。

令布伊尔忧心的是“各色松散的绿色话语归根结底都是深层生态学的观点，而在第二次生态批评浪潮中，环境批评家们则将绿色话语的主要使命确定为人类之间的环境公正，而不是物种间的和谐，不是人与自然的和谐”（Buell，2009：46）。如何将具有人类中心主义立场的环境公正和生态中心立场的深层生态学进行调和始终困扰着布伊尔。令人欣慰的是，他似乎最终通过认同范围的拓展调和了两者的立场，并没有走向人类中心主义或者生态中心主义的某个极端。这对生态批评有着很大的启发作用：我们要树立的态度并非一定是人类中心主义的或者生态中心主义的，而是对他者，包括人类和非人类在内的他者的关注。换言之，关注的广度和深度才是生态批评的中心问题。

布伊尔对深层生态学是持同情态度的，“环境人文主义者们经常的，有时是误导性的将深层生态学简单地等同于生态中心思想。对深层生态学批评最多的是认为它带有乌托邦生态主义色彩，‘在深层生态学这里没有具体的，没有关于国家、意识、科技或经济的理论’，深层生态学具有对现代主义的本能敌对的反应，而且它还是伪装的带有消费倾向的弱人类中心主义、纳粹主义，以及胡子头发一把抓的武断、粗鲁和愚蠢”（Buell，2009：102－103）。在某种意义上，生态女性主义属于社会生态学领域，因为它将中心放在了人与人的关系平衡上。然而，布伊尔注意到社会生态学领军人物的跟随者们开始撤销对深层生态学的“上诉”，这让我们看到了生态文化内部走向统一而不是分散的希望：“然而，如今布克钦的批评者及跟随者开始拆除他的堡垒，使之向深层生态学开放。”（Buell，2009：111）这种开放心态使各方走向更多的共识和互补。社会生态学的志向与深层生态学一样，也具有乌托邦的性质。只不过其志向是挑战并最终消除资本主义、社会等级以及国家制度（这些在他们看来是生态危机的客观根源）。在布伊尔看来，虽然同为乌托邦，相比深层生态学而言，社会生态学强调集体行动、社会给能以及小型社区构造的民主平等，这些对于怀疑深层生态学理念的人来说更具吸引力。深层生态学强调唤醒人们的意识和个人的转变以及普适性的人性而不是强调社会和历史关联的情境。因此，无论是生态中心主义还是人类中心主义，都可以尝试统一在自我的认同模式之中，这样，无论生态危机的根源是社会的，还是文化的，建立了健全的、对他者的认同模式之后，问题或许就会迎刃而解。由此，布伊尔立足自我的认同角度，超越了生态中心主义和人类中心主义之间胶着式的论争。当我们把着力点从不同的中心，比如人类不同群体、自然等转移到人的认同能力的培养时，就豁然开朗，柳暗花明了。

不难看出，布伊尔对深层生态学的“自我实现”是基本赞同的，“深层生态学强调人类通过对自然的敬畏而实现自我的说法是否会与其生态中心立场相冲突，这是一个令人棘手的问题。因此，将深层生态学看作是本体的或美学的问题，而不是伦理或实践的方案，可能更有说服力”（Buell，2009：102－103）。本体的或者美学的方案令人怦然心动，通过对自然等他者的敬畏和爱等情感练习，达到自我实现，等于是一箭双雕：“我”得到了实现，“非我”得到了保护。事实上，如果放在“自我实现”的框架中来思考，对自然的敬畏、自我实现和生态中心立场之间并没有冲突，相反，它们之间是相互印证的。因为，对自然的敬畏正是自我实现的必然结果，所需要修正的是自我，不只是对自然的敬畏，而是对所有非我世界的敬畏，这里也包括人类。

布伊尔对人与人之间的事物，对人与自然之间的关系同样关心，他指出，像《寂静的春天》这样的现代环境主义作品之所以能够对公共政策产生即时的、重要的影响，而其他同时代关于同样话题的、进行了充分研究的著作却没有，是因为《寂静的春天》的作者同时也是《感悟奇迹》的作者。反之亦然：如果欣赏自然之美是卡森唯一的焦点，那么她的声音将会被淹没在历史中。这句话暗含着人的认同不能仅仅局限于非人类，同时还应将人类的事务放在其中。这个反思同样适用于深层生态学及其“自我实现”的思想。布伊尔在《环境批评的未来》引言中指出：“深层生态学并没有被生态女性主义或社会生态学所取代，生态正义也没有取代生态女性主义或者社会生态学，这三者虽然是重要的代表，但其中任何一个立场都无法涵盖整个环境批评。”正如我们的“似本能”中包含对一朵花的欣赏，但不影响我们对一个受害者的同情。深层生态学“自我实现”不会也不应该从第三次生态批评浪潮中隐退，相反，它应该适应新的语境充实自身的内涵。三者应该是相互补充，相互促进的关系。由此我们可以看出布伊尔对传统的文类和理论基础是持同情而非否定和放弃的态度，认为传统的生态中心主义应集思广益，与生态女性主义和社会生态学以及生态正义等流派相得益彰，使个人的修养和理想与集体的行动和社会的实践结合起来，不再不食人间烟火。只关心人类，哪怕是生态危机中的受害者如女性，就偏离了生态批评的学术话语；而只追求保护和欣赏纯粹自然，对那些受害群体的冤屈和挣扎在生存边缘人群的苦难无动于衷，则是一种冷血甚至是法西斯。

调和生态中心主义和人类中心主义，正是布伊尔在《为濒危的世界写作》中反复确认的立场。在书中，我们看到了布伊尔在坚守传统生态批评立场中对之进行修正的努力。在《为濒危的世界写作》中的第七章“动物的苦难与人类的苦难：人类中心伦理 VS 环境正义理论”集中体现了布伊尔的“拓展主义”观念和将人类中心主义和生态中心主义进行调和的态度和策略。布伊尔在这一章的开头同时引用了两段题词，一段出自极端反对生态中心论，支持生态正义论的印度学者罗摩占陀罗·古哈。古哈列举了为保护野生动物给人类带来的灾难：“生态系统的人们因为保护野生动物所蒙受的巨大损失很少受到城市中热爱野生动物的人们的关注。”另一段出自《闷雷》的作者凯蒂·佩恩，描述了受到人类攻击的大象的悲惨情形，催人泪下。在这一章中，布伊尔描述了人类中心主义和生态中心主义的对垒，抛出了一个揪心的命题。在第八章“分水岭”美学中，布伊尔提出了一个环境想象传统，希望它帮助人类超越人类中心主义和生态中心主义，或自然文学和城市小说之间的对峙。

在第七章“动物的苦难与人类的苦难：人类中心伦理 VS 环境正义理论”中有一个关键词——“拓展主义”，布伊尔列举了“拓展主义”的两个主要的源头——英国的法理学家杰里米·边沁的《伦理和法律原则导论》以及达尔文的《人类的由来和性选择》。前者是从权利话语的角度，后者是从情感话语的角度来说明文明进步的标准是将尊重的对象拓展到更广的领域，先是不同的阶级，然后是不同的种族，最后是不同的物种。关于“拓展主义”，有很多复杂而深刻的问题，如拓展的范围与标准。然而，布伊尔认为最大的分歧存在于人类中心主义和生态中心主义之间：如何将福利分配给受威胁的人类和受威胁的非人类或生物地域？不断减少的大象群和正在挨饿的村民？伐木者和花斑猫头鹰？热带雨林生态多样性和城市公共健康？这些对峙双方的利益在很多时候是相互冲突，水火不容的。它们各自有着自身的拥护者，成为不同文学类别的主角，而不同的文学类别又有不同利益集团的拥护者，似乎两者的利益必然是相互排斥的，一如在第七章开篇所引用的两段话那样。布伊尔感叹道德拓展的艰辛，因为“一个人必须在两个阵线同时作战，而不是一个”。但是对峙的双方在很多方面是有共性的，而正是这些共性可以为同时在两个阵线作战提供可能和便利。其中最大的共性是“代言”，只是，“一个是替社会‘他者’代言，一个是替物种‘他者’代言”。

在第八章“分水岭美学”（watershed aesthetics）中，布伊尔提出了一个环境想象传统，希望它帮助人类超越人类中心主义和生态中心主义或自然文学和城市小说之间的对峙。在这一章中，布伊尔提出了分水岭美学，分析了分水岭文学史传统。该文学是介于以荒野为主角的自然文学和以人类为主角的城市小说之间的文类，是对两者的修正，因此布伊尔认为从中可以看到调和人类中心主义和生态中心主义的希望之光。而分水岭美学则是基于生态地域主义（bioregionalism）的生态立场。

而正是这一点透露了布伊尔与深层生态学之间共同的旨趣。因而，布伊尔提出的分水岭美学背后有着深层生态学“自我实现”的影子，并且在此基础之上进行改良，使之成为“耀眼的，融美学、伦理学、政治学与生态学于一身的美好形象”（Buell，2009：247）。在这一章中，布伊尔分析了加里·斯奈德、温德尔·贝里等生态地域主义者们的观点，以证明“‘分水岭’的文学想象是变化中的作品，一如生物地域主义本身那样”（Buell，2009：252）。深层生态学与生物地域主义之间有着深刻的联系。如果说深层生态学的哲学主张体现在自我实现和生态中心主义平等原则上的话，其实践层面则体现在生物地域主义上。深层生态学主张直接的行动和与具体地方和地方环境紧密相连。早期生物地域主义者彼得·博格（Peter Berg）和雷蒙德·达斯曼（Raymond Dasmann）将生态地域定义为是有着共同独特地理特征的一个区域，如土壤、分水岭、气候、本地动植物等，它既是有形的地理地貌，也是无形的意识和心理地貌，是关于人类如何认同，家园重新安居的学问，以期恢复被工业文明遮蔽的人类经验与情感。

许多生物地域主义者和深层生态学家将生物地域主义看作是恢复人类与具体地方的精神纽带的途径。戴维在《深层生态学》中这样评价生物地域主义：对深层生态学生物中心主义原则的讨论始于我们对这样一个事实的认同，那就是，在实践层面，作为个体的人、作为由人构成的社区都有着超越衣食住行的基本需求，而具有爱、游戏、创造表达和与一个具体地方（就整体而言则指自然）亲密互动的需求，还具有精神成长、人格成熟的重要需求。我们人类的基本需求也许比大多数人想象的要简单。在工业科技社会，扑面而来的宣传和广告煽动并激发了我们虚假的需求和破坏性的欲望，刺激了生产和消费。实际上使我们偏离了真实的自我，偏离了开始精神成长和人格成熟的真实工作（Deuall & Sessions，1985：21）。戴维认为，生物地域精神并非体现在某一个具体的宗教实践中，它可以体现在不同的宗教中，并可以以不同的形式体验。为了帮助人们实践生物地域主义，建立一种家园感，戴维在《深层生态学》中引用了牧场主吉姆·道奇（Jim Dodge）提出的二十七条方法，包括饮水思源、关注月亮的盈亏时间、描述家园周围的土壤、道出当地五种可以使用的植物和它们的季节、庆祝与自然变化有关的节日如冬至和夏至，等等（Deuall & Sessions，1985：22）。

具有先见之明的是，布伊尔在《为濒危的世界写作》中对深层生态学意义上的“自我实现”进行了有益的修正：“现代分水岭意识往往且日益成为一个清晰的多元文化模式。加里·斯奈德将分水岭想象成微型地球村。他写道，‘加利福尼亚中央大峡谷对英国人、葡萄牙人、日本人或者苗族人一视同仁。如果它有何偏好，那也是因为像是听习惯了几千年的语言那样，如迈杜语，仅仅是因为习惯了。在理想状态下，它会欢迎所有愿意遵守这里的规矩，表达感激，利用工具，学那里的歌曲的人。’在这一点上，分水岭和生物地域都是对不同文化潜在的调节者。通过遵守它们的‘规矩’，就会达成某种社群主义。”（Buell，2009b：257）

布伊尔分析了分水岭文学的三种常见的叙事策略。一是将社会历史叙事内置于自然史之中，使河流的主角身份更为明确，并按照居民与河流以及与其他居民共生的敏感程度来判断人类社区的成熟度。二是修正主义的叙事。M. S. 道格拉斯在《沼泽地：一条被草覆盖的河》中就将无用丑陋的沼泽描述为生态的、审美的、吸引人的湿地。这种反功利主义的、环境保护主义的分水岭美学在主张环境正义的人看来是可疑的，但是对于大多数的分水岭修正主义来说，分水岭伦理的目标是整个地区的人口和自然世界的双重健康。另一修正主义的叙事是重新想象分水岭的历史。对个体社区的实践采取以地方为基础的微型叙事，其中一个例子是关于“灌溉水渠”文化创造性和批评性的作品。关于灌溉水渠的许多故事里有当地独特的气质：“这里有关于谁得到了水源，谁没有得到水源的故事。这里有关于在水沟里淹死的山羊、绵羊和母牛的故事……”（Buell，2009b：258－259）在布伊尔看来，这些分水岭文学及时地修正了荒野去魅的新史学，该新史学意在留给人们非此即彼的两个选择：一个是解构荒野浪漫化的虚假意识，二是将自然看作是有机机器的马克思主义自然观。当代分水岭作家使传统直线——描述式的远足叙事逐渐动摇，在其中安插了历史上因为环境恶化未能实现的梦想（Buell，2009b：262）。

最后，布伊尔对分水岭美学的调节功能做了如下的归纳：在都市化程度日益提高的今天，通过分水岭美学想象大地有着这样一个优势，那就是提醒我们即便是在人口密集的都市中心（很多最初都是在海湾或河流的基础上建造起来的），人造的和自然的元素是可以共存的，提醒我们将乡村和城市隔离是不可能的，反之亦然。每一寸土地，都是源自某个地方的上游地区或下游地区。从分水岭美学来看，我们不能忘记的是：乡村注定要流向城市，这更多的是由万有引力决定的，而不是由城市化进程决定的；城市注定与即将被遗忘的、被认为是已经被城市取代的穷乡僻壤血脉相连。鉴于此，虽然不是唯一选择，但是分水岭美学是一个潜力巨大的环境保护代表性模式，虽然也许不是全能而充足的（Buell，2009b：264）。布伊尔分水岭美学预见了一种超越狭隘地方主义的“生态宇宙主义”的到来。

布伊尔注意到了地方的复杂性和矛盾性，他强调并非所有与地方的联系都是本质的，自然的，越来越多的生态批评家和其他环境学者开始反思地方问题，尤其是开始探索地方和全球、小范围和大范围之间的关系。劳伦斯·布伊尔在《环境批评的未来》中“空间、位置和从地方到全球的想象力”一章中很好地总结了一些当代的“地方”概念：

> 对于环境人文主义者们而言，地方是一个不可或缺的概念，不是因为他们准确而稳定地定义了这个概念，相反，是因为他们没有……我们在认真论述“地方”这个概念的时候，不可能回避其脆弱性问题，包括我们会面临诸如传统意义上的地方是否还有任何意义这样的问题，因为我们处在一个越来越少的世界人口一辈子生活在不受跨地区——最终是全球——因素影响的地方。地方概念还同时指向三个方向——环境物质性，社会观念或建构，以及个体的情感或联系——这些使得地方概念对于环境批评来说，是一个意味深长，且错综复杂的舞台。（Buell，2009a：62－63）

布伊尔看到了地方问题的动态性现代语境，也看到了理解这种动态语境的难度，呼唤一种环境想象力，也就是突破我们目之所及，耳之所闻的生理限制，培养符合新的全球化语境的时空想象力。海斯也注意到布伊尔对地方问题的反思，“布伊尔指出，确定地方问题的一个问题在于其层级与规模变化万千：‘地方可以小到是一个厨房，也可以大到是一个星球’”。尽管如此，布伊尔在海斯眼中依然不够彻底，过于“骑墙”，海斯还是为布伊尔“书中主要的例子还是来源于身边的景观”感到遗憾（Heise，2008：42 –45）。

## 三、段义孚对地方感的反思

另一个引起海斯注意的是在生态文化界受到广泛关注的华裔美国地理哲学家段义孚（Yi – Fu Tuan）。和斯奈德一样，段义孚也旅居多处。段义孚1930年生于天津，后随家到澳大利亚、菲律宾旅居。在牛津大学完成本科教育。1951年在美国伯克利大学完成研究生教育，1957年获博士学位。之后，分别在印第安纳大学、芝加哥大学、新墨西哥大学、多伦多大学、明尼苏达大学、威斯康星大学教书。自任教于明尼苏达大学始，段义孚在地理学上贡献陡增，声名鹊起。1973年，获得美国地理学家协会授予的地理学贡献奖，1987年美国地理学会授予他克拉姆（Cullum）地理学勋章。段义孚的人文地理学徘徊在地方感和全球感的中间地带。我们可以从他的一系列著作看出：《空间与地方》（Space and Place），《宇宙与炉台》（Cosmos and Hearth：A Cosmopolite’s Viewpoint）。段义孚在《美国的空间，中国的地方》一文中精彩地分析了美国人的空间情结和中国人的地方情结。在他看来：

> 美国人有空间意识，但没有地方概念。如果你去住在郊外的美国人家中做客，你要做的第一件事，几乎总是不由自主地走向观景窗。说来真是怪，你在主人屋内首先赞扬他屋外景色多么美！主人很高兴，你会欣赏他户外的远景。远方的地平线不仅仅是天地间的分界线，而且是未来的象征。美国人不会扎根于他的寓所，不管这寓所多么舒适；他目光被辽阔的空间引向地平线上的一点，那是他的未来。相对而言，中国人的传统住所是四面围墙、院子的角落里会有一个小花园。当你进入这种四合院式的建筑时，你就能体会到一种由排列整

齐的屋舍、小道、假山、花草而形成的宁静之美。但你不可能再有更宽阔的视野了：你的眼前除了天空已经没有其他空间了。这就是中国人，他们已深深地扎根于这片土地上了。我们能够深深地体会到中国人对地域的情节，流浪的生活那只是外国人的情怀。（Tuan，1980）

海斯评论说，有些人在全球感和地方感中“态度暧昧，有时甚至是自相矛盾的。最显著的例子就是段义孚。他虽然没有明确讨论生态问题，但是却被生态文化学者们广泛引证。在他的‘恋地情结’（topophilia）中，他强调了人地恋情，尤其是与某一个特定地点的恋情，但与此同时，他又称全球情结也是可能和必要的”（Heise，2008：36－37）。段义孚矛盾心理还体现在他既明确指出直接经验在我们体验位置时的角色，在“位置是由经验建构起来的意义之中心”，他强调感官的敏锐对地方感的重要性，同时又尖锐地指出人的恋地情结带有一定的奴役心理：

地理学家和环保者都忽略了一点，即我们奴役着自然，并从中寻求快乐——我们从建造园林、饲养宠物中都能得到这种快乐。地理学家，和大多数人一样，认为园林和宠物，较之贪婪而自负的大型机械工作和经济发展，相对纯真自然。然而，从心理学的角度讲，以自然为乐，限制的仅仅是人们幻想的空间，显示出的却是对奴役自然更为强烈的渴望。…… 作为人本主义者，我们还应该看到：我们在玩弄自然、玩弄弱者。……我们都知道，动物因此地的推动力而迁徙到彼地，人也如是。但是人还会因为彼地的拉力而发生迁移：也就是说，当他们设想一个地方——比如说新世界——会更有吸引力的时候，他们就迁移了。（Tuan，2010）

我们恋地是因为我们的奴役心理，我们迁徙是因为我们想玩弄自然。无论怎样，人的位置感在这里打上了人欲的烙印，地方感和全球感的伦理色彩都招致了解魅。

## 四、全球化背景

“生态宇宙主义”出场的另一个背景是20世纪90年代不同学科的领域对全球化和宇宙感的前期跨学科研究，尤其是有关学者对全球化命题复苏所进行的努力。学者们在新的全球化语境中重新对传统的位置感和地方感进行诠释。海斯用道格拉斯·亚当（Douglas Adam）的科幻戏剧片《银河便车指南》（The Hitchhiker's Guide to the Galaxy）中的场景来说明现代人更新地方感的急迫性：“地方不仅包括地球，还包括遥远的人类没有涉足的太阳系。无论亚当是否有意说教，至少作品中人类突然面临前所未有的空间、政治和经济的广袤语境，为研究当下整个星球变得袖珍如自家院落的文化运动提供了一个很恰当的隐喻。”海斯的“生态宇宙主义”正是“在这样一种文化批判和反批判的语境中产生的”（Heise，2008：3－8）。

海斯在《地方感与全球感》中分析了全球主义复苏的复杂历程。在20世纪末，全球化命题受到了广泛的关注。政治学、社会学和人文社会科学的文化学研究学者都围绕着该命题进行了深入的研究。对全球化的研究几乎夺走了后现代研究的风头。人们对全球化褒贬不一，众说纷纭。一些社会学家如吉登斯（Anthony Giddens）将全球化看作是现代化进程的结果；有些社会学家如德国学者贝克（Ulrich Beck）将全球化看作是走向新的现代性的起点；英国学者马丁·阿尔布劳（Martin Albrow）将全球化看作一个新时代的开端；一些理论家如大卫·哈维（David Harvey）则将全球化看作是一个经济过程，是最新的资本主义扩张的形式，学者阿尔·阿柏杜雷（Arjun Appadurai）将全球化看作是一个非均质的经济、政治、科技、文化的发展过程，其进程不是按照同样的逻辑，同样的速度进行。然而对于是否这种非均质意味着另一资本主义的北方企图控制和剥削南方，大家意见不统一，认为情况复杂。文化和政治角色与从地方到地域再到国家最后到全球等不同概念的地方之间的关系呈现出极为重要的地位。人类学家、社会学家、历史学家、哲学家、政治科学家都曾考察了用想象性策略为个人和社区塑造与上述这些地方的关联，在一段时间内维系人与地方的不可分割的身份意识。地方带给人的身份感在全球化命题成为显学之前，是一个中心的议题。在20世纪80年代和90年代中期，这样的身份感被看成是建构的，而在此前，身份感却具有本质主义倾向，即假想个体或群体的内在特征是从某些特定的范畴如民族、种族、国家、性别、性取向等获得的。

20 世纪 90 年代中后期，大量文化研究对地方情结产生了怀疑，转而证实个人和群体的身份是从大量多元的地方和位置经验获得的。就对全球感进行复苏的贡献而言，海斯提到了几位具有代表性的学者，他们“开始对宇宙主义进行复苏，将它看作是想象自我归属感的重要形式，而不仅仅局限在地方或国家”。她提到一串长长的名单，包括哲学家安东尼·阿皮亚（Anthony Appiah）、马莎·努斯鲍姆（Martha Nussbaum）、人类学家杰姆斯·克利福德、王爱华（Aihwa Ong）、社会学家贝克、吉登斯、约翰·汤姆林森（John Tomlinson），社会科学家帕特里克·海登（Patrick Hayden），以及文学批评家霍米·巴巴（Homi Bhabha）等。

风险理论对全球化命题的复苏起到了推波助澜的作用，并使环境危机日益概念化。由德国社会学家乌尔里希·贝克（Ulrich Beck）提出的风险理论（Risk Theory）的跨学科讨论将环境思想和生态批评联系起来，认为环境正义理论和生态批评都将从宇宙主义的研究中受益。事实上，“生态宇宙主义”在本质上起源于对跨越国家范围的风险进行的讨论。

不同领域的学者都关注在新的全球化中，在经济、政治、社会联系日益增强的语境中，我们如何培育新形式的身份和归属感受到关注。至此，我们对宇宙主义呼之欲出。正是在这样的学术背景中，海斯将这种宇宙主义嫁接到生态与环境的语境中。与其他学科相呼应的是，在生态语境中，对地方感范式的争论可谓是陷入了一种僵局，“地方感”阵营和“全球感”阵营旗鼓相当，各执一词，且“公说公有理，婆说婆有理”（Heise，2008：50）。斯洛维克在文章中这样评说这种场面：“当代‘地方’理论似乎细分为若干范畴，对其讨论也陷入僵局，人们各自盘踞在自己直觉上认为正确的立场。当代地方（或家园）理论的生态批评家和环境读者们似乎分为几个阵营：那些始终坚持具体位置的本土经验优先性的人，那些相信全球宇宙主义胜过生物地域主义的人，以及那些力求通过诸如“全球地区主义”（Glocalism）、“生态宇宙主义”（Eco - cosmopolitanism）及“筑巢生物地域”（Nested Bioregions）等新词语和概念将地方性和全球性思维融合在一起的人。这些都是富有成效且饶有趣味的讨论，但是我们似乎走入了僵局，人们深陷自己认为是更好的立场的直觉之中。”（斯洛维克，2013：4）

海斯在 2008 年出版的《地方感与全球感》中分析了 20 世纪 60 年代以来

的生态艺术作品，探究地方感、全球化、现代性、宇宙主义、生态正义等较为热门的生态议题，并首次提出了“生态宇宙主义”的概念，呼唤与时俱进，适应新的全球化语境，将建立在地方感的个体身份扩大，建立具有宇宙意识的自我新身份。新的身份将自我不仅与可以肉身感知到的周遭环境进行联系，还与肉身感知范围所不能及的其他区域、其他文化、其他物种进行联系。新身份的建立将促使生态批评放眼新的生态艺术文本及叙事范式，而新的艺术实验也将催生新的身份。“生态宇宙主义”的提出建立在如下几个语境的基础之上：对高度全球化的生活方式与狭隘地方感之间反差的新语境进行的反思；对已有的具有新的地方感和全球感意识的艺术作品的借鉴；对已有的具有超越现有地方感意识的生态批评家和思想家的借鉴；对“全球化”命题所进行的跨文化、跨学科的新的研究成果的借鉴；对生态批评第一次浪潮中的主角“地方感”及其所依赖的“预警”“美文”叙事进行的批判和反思；对采用了“解域”叙事的生态艺术作品进行分析将之升华到艺术理论高度。

## 五、与顽固的地方感划清界限

海斯对传统认同模式——立足脚下的地方感所进行的反思具有非凡的理论勇气，所做的剖析也是迄今较为透彻的。对地方感的讨论背后涉及现象学、后殖民主义和后现代女权主义等理论，异彩纷呈，也极为复杂。而有着后现代学术背景的海斯显然是站在传统地方感的对立面的。海斯在分析了地方感的种种问题之后，得出的结论是地方感已经走入了死胡同，“尽管地方感诉求相当顽强，我却在我这本书中通篇说明：环境运动恢复地方感的做法尽管在许多其他环境诉求中不失为一种有效的工具，然而，如果将它理解为根本的意识原则或根本的说教途径来帮助个人和社会回归自然的话，恐怕将走入死胡同。与一心恢复地方感不同，环境运动需要理解多元的自然和文化的位置以及过程是如何相互联系、相互界定的，以及理解人类行为是如何影响和改变这种联系的”（Heise，2008：21）。

海斯在《地方感与全球感》这本书的“地方主义、现代性：临近伦理”一节中对地方感进行了系统的检修。尽管对生态问题的全球诉求与日俱增，但是在美国生态批评舞台中，地方感还是一个非常有生命力的势力。海斯引用并描述了一位伯克利大学教授的生态批评课程："在一个温和宜人的九月的下午，美国一所最好大学的约一百名学子们聚集在蒙特雷一棵枝叶蔓生的松树下上课。老师问，这是什么树？沉默。老师又问，有多少个同学仅仅只知道它是一棵树？同学们几乎都举起了手。他们对专业抽象的术语如含氯氟烃、臭氧层可以夸夸其谈，但几乎都无法将松树与冷杉，甚至栎树区别开来。老师很不安。他说，如果我们对身边之物熟视无睹，我们如何能够改变我们与自然的关系？"（Heise，2008：28）

海斯对这种被许多生态批评学者、作家和教授体验到的不安不以为然。海斯将这段话放在这里不是为了引起人们对地方感缺乏的谴责，而是作为一个对在她看来比较幼稚的场景进行批评所做的铺陈。在对地方感传统进行解构之前，海斯为各类具有地方感的哲学家、作家和批评家找到了一个共同的特征，那就是他们都信奉的是一种"临近伦理"（The Ethic of Proximity）①。在"临近伦理"这把大伞下，我们看到了生态文学的先驱梭罗、"山之王国"中的约翰·缪尔（John Muir）、美国人类生态学奠基人保罗·谢帕德（Paul Shepard）、有着杰弗逊式风格的生态作家温德尔·贝里、有着沙漠情结的生态作家爱德华·艾比、大地伦理的创始人利奥波德、生物地域主义者斯奈德、"大地恋情"的始作俑者威廉斯（T. T. Williams）、《立足脚下》（Staying Put：Making a Home in a Restless World）的作者桑德斯（Scott Russell Sanders）、《恋地情结》（Topophilia）的作者段义孚、深层生态学家奈斯等。所有这些有着地方感话语的人都运用了各式各样但是类似的术语如"栖居"（dwelling）、"重新安居"（reinhabitation）、"大地伦理"（land ethics）、"生物地域主义"（bioregionalism）、"大地恋情"（land erotic）等作为凝聚他们的口号。海斯描绘了临近伦理在美国的悠久历史背景，举出若干例子说明该伦理在美国根深蒂固，就连文学达尔文主义者们如洛夫（Glen Love）和卡罗尔（Joseph Carroll）提出的主张也是只能屈居边缘地位，"作为地方派们的点缀，力量之微，如蚍蜉撼树"（Heise，2008：42）。

在海斯看来，这些临近伦理主义者们所依赖的"情境化的知识"（situated knowledge），即对地方的自然和历史倾情投入，持久关注身边的环境的知识，主要是依靠感官知觉和身体沉浸，如通过在自然风景中漫步，观花赏草，打猎

① 哲学家汉斯·乔纳斯（Han Jonas）、社会学家汤姆林森（John Tomlinson）提到的一个术语。

垂钓，采集果实，耕种土地，饲养动物等活动，身体得以融入自然，即更大的生物圈。立足脚下虽然被看作是现代性问题的解药，但这种作为对全球化大叙事进行反叛的生活方式却遭到了来自第三世界的批判。海斯引用了罗摩占陀罗·古哈的判词，“早期环境运动对荒野和自然原始风景的厚爱遭到彻底批判，因为他们（这些早期环境保护运动者）曾卷入驱逐土著居民的不光彩的历史，显示了对有着生态方式的居民的不尊重”（Heise，2008：30）。这个批判具有极强的杀伤力。

海斯还借用学者唐纳德·亚历山大（Donald Alexander）之口指出了生物地域主义的内在矛盾，认为不同的生态标准包括分水界、植被带等定义不同的区域，但是像大湖区这样的生物地域则大到足够囊括三千万的人口，横跨几个国家。换言之，对以自然界标准界定的地方的忠诚和对小范围地方的忠诚往往不是一致的。因此主张身心浸润在家园的主张也有站不住脚的时候。定义地方的标尺的变换意味着培育地方感“不一定需要回到自然本身，而是从一个全新的文化框架接近自然。在很多文化理论家看来，地方具有内在的物质和精神特质，使得其栖息者与之产生精神和肉体呼应的说法应该被改变，取而代之的应该是分析这些特质是如何被社会或文化建构的”（Heise，2008：30）。海斯列举地理和空间学家们如哈维（David Harvy）和列斐伏尔（Henri Lefebvre）等的研究成果进一步揭露了人与地方关系的社会或文化的建构性的本来面目，使人与地方的文化和精神的关系被进一步撕裂。人的地方经验不再是自然的、原生的或真实的。

既然人的地方感及地方经验是文化建构的产物，不具有稳定性，因此，通过这种体验达到与自然的统一受到了质疑，而且地方感还带来了意想不到的负面效果。地方感带来自私、狭隘甚至暴力，所以“在众多的选择中，无须以这一种途径支持环境保护和达成进步的政治观念”。“环境政治史上可见许多地方团体为保护自己的经济利益反对环境保护……最极端的无疑是深层生态学的批判者们所指出的一个血腥的例子，那就是德国社会主义中的本土观念与纳粹意识形态——鲜血和土壤有关的例子。”海斯的结论是“地方感的政治后果很难预料，环境保护主义者要时刻警醒地方感，或许能够为有利的政治理念提供服务，但是，我们没有理由认为地方主义本身能够确保其与草根民主和平均主义的政治之间的必然联系”。也就是说，地方主义很可能化身为独断和垄断。最具说服力的是作者将被浪漫化的荒野情结与地方感背后的经济利益因素进行了曝光，使得地方感带来的民主光环和生态作风转而带上了中产阶级和上流社会甚至是贵族阶层的色彩，“贝里的阿巴拉契亚农场、斯奈德的奇奇地斯、桑德斯的自建家园都被其主人吹嘘为用以践行自主自足，与主流消费主义生活方式对立的生态智慧的场所。无疑，我们从这些作家们对一隅土地的爱恋与守护中学到很多，诸如如何将自身对环境产生的影响最小化。然而，考虑到他们所谓的具有环境意识的生活的特殊范式，我们不禁要问，社会什么阶层这样有钱、有闲、有灵活的工作、有足够的教育程度来开展这样的生态实验?”（Heise，2008：48）如果地方概念降格为一种少数人才有条件开展的实验品和奢侈品，那就不具备普适意义和推广价值。至此，作为美国寻根文化结晶的地方感就这样被连根拔起了。

## 六、“生态宇宙主义”的价值

树立于风起云涌的生态批评话语的前沿，海斯的“生态宇宙主义”赢得了学界的欢呼。哥伦比亚大学学者布鲁斯·罗宾斯（Bruce Robbins）认为，海斯的“生态宇宙主义”宣告了一个新的生态宇宙主义时代的到来，旨在带领我们超越狭隘的地方感，超越回归大地母亲的单一情结，超越临近伦理和临近美学，使得跨越疆界的环境运动愿景成为现实。英国著名生态批评学者，《生态批评》（Ecocriticism）的作者格雷格·杰拉德（Greg Garrard）评论说：“海斯使得生态批评真正开始进行全球思索。该书以非凡的社会学精密论证和批判视角，曝光了‘立足家园’的晦暗地带，以‘生态宇宙主义’式的开放心态迎接全球化中的欢乐、希望和独特风险。”这本提出“生态宇宙主义”的专著将再次拓宽生态批评关注的文本类型，并进一步促进生态批评的跨学科性。如果说生态批评第一次浪潮的主角是地方感，那么在海斯的影响下，“生态宇宙主义”将成为新的主角。

布伊尔在《为濒危的世界写作》中提到的五种地方经验模式中，“想象型”的地方依恋模式应该是这五种地方经验模式中最具开放性的一种。然而，布伊尔的着力点是平衡每一种地方经验，使地方体验模式呈一个更为完整的、动态的同心圆模式，因此对于某一种具体地方体验着墨不多。海斯提出的“生态宇宙主义”则将重心放在了自我地方认同的宇宙意识中。这在新的全球化语境中，对传统的地方体验模式是一个很重要的补充。

“生态宇宙主义”力求激发和培养人们“四海为家”的环境想象。我们的生活已经高度全球化了：我们可以吃到世界各地的美食，我们身上穿着全球各地的名牌服装，电视在半个小时内就可以切换50处世界名胜，我们的旅游愿望延伸到包括濒危极地风景的各个角落……然而，我们的思维和行为却还远远是个人主义的和狭隘民族主义的，我们的爱心和同情并没有如我们的生活方式那样延伸到我们的邻居、我们的邻国、我们的下一代，以及和我们同处的非人类物种，我们很难“像山那样思考”，当“最后一只美洲野牛离开威斯康星时，几乎没人悲伤”，“几乎没有人知道松树也开花，而且就是那些知道这一点的人中的大部分，也实在太缺乏想象力，因此在这样一个鲜花怒放的节日般的日子里，看不到比一个日常的生物功能更多的任何东西”。人们狭隘到只看得见看似有形的、有用的东西。如利奥波德在《沙乡年鉴》中描述道：“公路像一条绷紧的带子，横穿过种着玉米、燕麦和苜蓿的田地，公共汽车报着行驶了的庞大里程数，旅客们谈论着，谈论着，一直在谈论着。谈论什么？谈论棒球、税收、女婿、电影、摩托车以及葬礼，但是从不谈论那从疾驶着的公共汽车窗边掠过的伊利诺斯的大地”。(1997：47－113)

我们不够近视，连身边的小花的花期都不知道；我们也不够远视，很难意识到自己的一举一动是怎样加剧或减轻环境压力的。惊人耸听的数据和系统逻辑的论证以及骇人听闻的画面难以触动人们日益麻痹的神经。预警式地、劝诫式地评述电视、汽车等现代化生活工具像蚕茧一样包裹住了人类的生活，但是这并没有有效地改善现实。人类体验和感知自然和危机的能力依然日渐萎缩，人们固执地沉浸在高度仿真、高度便利的文明世界里，对野性的自然已经丧失了应有的敏锐性，这才是最可怕的。人们的感知不应局限于空间、时间、种族、生命种类，等等，爱应该泽被我们看不见的万物。这需要与内在于人类的麻木和短视抗争，这也正是生态伦理所呼吁的。大地伦理运用达尔文进化理论推理出利他主义是进化的结果。然而我们无法乐观，我们需要在培育人类的想象潜力，把同情投向遥远的时空的道路上继续前行。正如罗马俱乐部总裁贝恰所说：“人类的这种被遗忘的，但可以利用的潜在能力，是非常丰富的，非常有希望的；如果它受到启发和开发，恐怕——不，确实——会充分地补救所有人的弱点和局限。人类的这种潜在能力，可以成为关键时刻的一张王牌，帮助我们扭转局面。”自我的狭隘性体现在对时间空间理解的局限性之中，大部分的人先天短视，缺乏想象力，对遥远的时空及相关事物的敏感度有限。狭隘性限制了我们对抽象问题的感知和认知，如气候的变化、数量的积累、遥远的危机、他人的苦难等，“生态宇宙主义”正是培养我们对这些抽象问题的认知所需要的想象力。

“生态宇宙主义”日趋成为生态批评的焦点。2012 年 8 月，在悉尼召开的以“生态宇宙主义”为主题的会议“全球感：地球视阈中的艺术与生态”上，海斯宣读了论文《数据库与全球的生态想象》。在论文中，海斯发展了她在 2008 年专著《地方感与全球感》中提到的“数据库美学”，丰富了解域叙事的手法。她认为，许多媒体理论家都认为数据库并非仅仅是办公或科技的工具，它还是当代文化的新形式，甚至是新的美学和诗学。对于生态文化而言，这是一个令人激动的新诗学。艺术史学家、文学批评家以及媒体学者们都一直在讨论数据库与其他艺术表达类别如叙事和地图之间的关系。该论文集中讨论了全球生物多样性数据库，如生命大百科（Encyclopedia of Life，EOL）、世界自然保护联盟红色名录（IUCN Red List）等是如何促进百科全书、叙事、测绘等模式更新的，以表达一种全球生物整体性的新观念。这样的数据库可以被看作是当代的信息化史诗，促进人类重新思索自身与其他物种的关系，将后人文主义的环境形式概念化。

## 七、“生态宇宙主义”的盲区

“生态宇宙主义”呼吁将地方感给予的个人身份扩展到新语境下的宇宙身份，这是一种与时俱进的举动。然而，即使是在新的全球化、现代化的现代语境中，地方感都是人们寻找身份感的重要来源，无论我们和身边家园的关系如何被现代性和全球化所撕裂，无论家园在何种程度上不过是一种文化建构，无论地方感在何种程度上是一种不可救药的本质主义，肉身可感的事物还是界定我们身份的主要来源。海斯认为，建立地方感从而感知到人与万物的普遍联系，在现代社会不是大多数人可以支付得起，地方感模式的天人合一一直是富人的专利，普通人没有财力获得一片自己的宅地或花园，也没有时间打理和悉心照料自己的家园，地方感过多地依赖身体有限的感知力。而事实是，海斯提出的“生态宇宙主义”模式也同样不具备普适性。为了获得这样的生态宇宙体验，人们需要经常接触视觉艺术等来体验自我与世界的普遍联系。从某种意义上来说，这也是一种依赖身体感官获得的经验。视觉艺术的确帮助人们突破了肉身体验的感知能力，但毕竟也还是一种感官冲击，依然会受制于感官体验内在的局限，即人是健忘的动物，需要时时体验这样的感官冲击才能获得海斯所说的那种生态宇宙体验。一个疲于生计的人是不会为了关怀宇宙的生态命运而去花时间体验视觉艺术带来的感官冲击的。

英国巴斯大学德国研究和欧洲文化教授阿克塞尔·古德博迪（Axel Goodbody）针对海斯提出的“生态宇宙主义”提出自己的疑义。他认为，海斯的观点过于极端，没有吸取环境心理学和社会人类学的研究发现，忽视了地方感在个人幸福感和集体身份形成中所发挥的作用。我们所需要的不是对地方归属的重新定义，地方居住和居住方式仍是社会和文化的目标。……但这就意味着生态批评家可以忽视作为文化现象的地方，忽视作为环境意识关键因素的地方感吗？海斯写道：“当今社会全球化和日益紧密的社会联系要求我们在不再依附于当地居所的前提下，设想如何代表非人类世界和更伟大的社会环境正义来恰当地阐述我们的生态学主张。”但环境心理学和社会人类学发现，地方在个人安处和集体认同的形成中依然发挥着重要作用；海斯的观点若忽视这些研究发现，走得太远，就会陷入困境。正如汉学家苗建时（James Miller）所说：“对人类而言，知晓‘四海之大’和‘万物之广’有一个心理变化过程。因此，在追求人与自然同化的过程中，需要真正的宗教投入，将环境中的野地与人体的神秘性相融合。”虽然寓言和拼贴等具有创意的艺术形式，如博·罗杰斯（Beau Rogers）的摄影作品，克里斯·乔丹（Chris Jordan）的数码创作，具有无限变焦功能的因特网工具谷歌地图，也许“标志着观念的正式转变，这个转变深刻地暗示了通过各种各样的环境艺术和心理实验来描绘全球的重要契机”（Heise，2008：21），并提升了人类的敏感度，扩展了人类的时空想象力，革新了人类的新位置范式，然而，从深层次构建人的大宇宙胸怀，传统的叙事和地方感依然扮演着重要角色。

尽管海斯的观点看来是比较极端，在传统的生态批评和自然文学研究学者看来更是令人难以接受，然而，她的观点和传统的地方感可以在某种意义上统一起来，那就是都关注在新的语境下“如何看”的艺术。在新的语境中，人们的熟视无睹，麻木冷漠不仅仅体现在人们不够“近视”与“精微”，还体现在人们不够“远视”和“广大”。我们可以说，这两者本质上并无太多冲突。如果说传统的生态批评强调与物理自然接触的必要性，那么海斯所代表的现代生态批评突出的则是对肉眼看不见的，肉体体验不到的自然的想象力。无论是传统的生态批评还是现代的生态批评在某种意义上都是关于“观看”的艺术，都致力于恢复人的观看和聆听机能。传统生态批评强调用生理的眼睛去发现有形世界的精微与生机，而现代生态批评则强调用想象的眼睛去发现无形世界的广大与力量。本书想强调的是，无论何种观看和聆听艺术，都是同时泽被“我”与“非我”的。当生态伦理幻化成为艺术，使人们沉浸其中并升腾起共感与同情时，这个双赢的目的就达到了。因为体验共感与同情的过程实际上是一个自我救赎的过程。在某种意义上，每个人都是麻木和健忘的受害者，每个人都需要救赎，都需要生机而非麻木。这就回到了我们“生”与“爱”的主题。我们需要在对非我的爱与关注中恢复我们的精力与活力。

沃尔夫（Christa Wolf）的小说《核故事》（Storfall）中描写了一个六七岁的男孩与他爸爸的对话。男孩在琢磨一个在大人看来也许不是问题的常识：浴室的门那么大，我的小眼睛怎么看得见它呢？这位爸爸非常耐心，他认真地给儿子解释了视觉形成的原理，并在纸上画图来表示光线是如何进入眼球，形成微小的图像，然后通过神经系统传递给大脑，大脑再把它还原为正常大小的图像……但孩子对这样的回答并不满意，他皱着眉头问：“那我怎么确定我大脑里反应的就是浴室门真正的大小呢？”马修斯也曾提到他的儿子约翰关于视觉原理的另一个疑问。约翰问：“爸爸，为什么我用两只眼睛看见的不是两个你呢？我明明每只眼睛都可以看见你啊？”这个复杂的问题其实涉及光学、神经科学、心理学和哲学。父亲无法解释，只能说两只眼睛里的图像会在头脑里合成一个，所以人只看到一个图像，但约翰拒绝接受父亲简单化的解释，他嚷嚷着说：“我得再好好想想。等我想好了，我再告诉你！”

这个小男孩问的问题正是生态学者要思考的。为什么我们的生命只有几十年，而我们却需要具有想象几百年、几千年、几万年甚至几十亿年的能力？为什么我们所活动的场所也许只是一个小城市、一个小村庄甚至是一斗室，而我们却需要具有想象一个国家、一个地球，甚至一个宇宙的能力？“这是作者在这既寻常又不寻常的一天，在这‘一天如同一千年，一千年如同一天’的一天中对世界的反思，对时代的反思”。这部小说的结构由“我”在这一天的经历及“我”对许多事件的反思构成，回忆常被思虑打断，描写常和议论交替……反思追溯到人类的起源，追溯到史前时期及人类的演变。这一切也正是作家克里斯塔·沃尔夫自20世纪70年代中期以来的创作特色。

值得注意的是，现代和传统生态批评的关系并非历时的关系，而是共时的关系。就在写这段话的时候，笔者收到了一封来自于研究自然文学的学者、美国布朗大学退休教授圣·阿蒙德的邮件。阿蒙德教授发来的是一张自己种植的兰花的照片。它在原产地的名字叫“Hono Hono”，学名叫“无香”（dendobium anosmum），但是具有讽刺意味的是，这种摇曳生姿的兰花散发着浓郁的幽香。阿蒙德教授解释说，这也许最初是由一位居住在距离花的原产地遥远的分类学家根据寄去的干花标本给花起的名字。阿蒙德教授得出的结论是：我们对自然的知识应该永远是从第一手的接触得来①。立足脚下的能力和放眼无形的能力缺一不可。因肉眼所及带来的爱，和因想象之力带来的爱的强度和性质可以无限趋近。

乔纳森·贝特在《大地之歌》中提出在生态语境中诗人何为，深层生态学家如奈斯、大地伦理的提出者利奥波德认为，伦理必然始于爱，始于具体的爱。无论全球化是如何割裂了我们和自然的关系，割裂了我们和自我的关系。诗歌或者广义的文学作为在于引起人们对美好环境的热爱。从这个角度讲，文学的生态作为依然在于培育和训练我们的地方感，将我们的桑梓之情复位。如果地方感文学话语主要是关于亲身体验式的地域情结，那么其叙事策略主要是美文与檄文的结合体，因此其中蕴涵着一种爱的策略，而这种爱的策略也包孕了生态的伦理意识。正如斯洛维克在《生态批评的第三次浪潮》中所问的，如果诗歌带动了我们完整的人性，它们是否可以加速对我们所栖息的、被蹂躏的、任劳任怨的大地存在的意识并支撑对它的尊重？当时代需要环境科学、政府领导、组织和消费者的节制、非营利组织的行动主义、地方的动议的时候，诗歌何为？当一个全面响应时代到来的时候，为什么要呼唤诗歌带来的愉悦？响应始于个体，而正是个体成为诗歌的作者和言说的对象。一个接着一个，行动的愿望会在我们中间升起和传播。因为我们是诗歌的美丽与力量所触及的对象，我们有机会意识到，在一个所有自然界因素都充满生机地存在着的世界有我们的足迹，我们要轻轻留下我们的足迹。

我们欣赏诗歌的初衷也许不是出于生态使命，而是自我救赎，如果能够带来有效行动，那又有什么关系呢？就这一点而言，笔者特别欣赏路易斯·克拉克森州立大学开设的生态心理学的方案：个体在环境保护项目中治疗心理创伤。今生事业让人气馁的根本原因是，人是短视而健忘的动物。这就是为什么

① 2013年3月19日邮件。

任凭我们如何呐喊，没有人能听见和践行的原因。我们从这个死胡同换一个角度，让生态行动变为一个可以“渔利”的事情，或许就柳暗花明了。

海斯的“生态宇宙主义”是在全球化已经不可逆转的语境下提出的。它主张在全球化的背景下思考我们的独特性和与世界万物的紧密关联，它是对地方感话语的有效补充，使之更具有时代感和情境性，是在新的语境下对自我身份的一种更为细致入微的处理。家园并非只能是自己肉身栖居的固定地方，我们要训练一种四海为家的思维，预示着一种游牧美学。游牧主义是在新的语境下对传统的、浪漫的、静态的家园观的一种细致化和再情景化。

凯特琳·里格比（Catherine E. Rigby）在《神圣之地的地形学》中说：“维持我们不公平的、高消耗的生活方式固然不可取，但是回到过去也是不可取的，而且显然是不可能的。那么我们需要探索另一条路。在这样的语境下，也许有必要重新思考一条从来没有走过的路，来展示即使是在西方，另一种现代性也是有可能的——那是一种可以提供忠告的现代性。”（Rigby，2004：258－259）这表明，生态批评不能沉迷于对前现代生活方式的怀念，而需要直面新的时代语境，提炼出顺应新的语境的认同模式。“生态宇宙主义”就是这样一个认同模式的典范。在这样的认同模式下，解域叙事是一个被普遍采用的艺术形式。

不过，正如斯洛维克所言，传统的艺术也一样可以增强人们对更宽广的、更遥远的事物的感知。解域叙事只是其中一种有效的叙事。海斯的“生态宇宙主义”建立在对传统地方感的解构之上，在拓展自我的认同极限中起到了突破性的作用，从而刷新了“生态大我”认同的范围。但这只是对传统认同模式的补充，而不是对峙和颠覆。

## 第三节　从解域叙事到游牧主义

### 一、全球感呼唤新的叙事模式

海斯的理论建构依托于近半个世纪迅速兴起的极端后现代生态艺术作品。随着生态批评日益关注大众文化，科幻小说成为生态批评的新宠。科幻小说吸收前沿科技的新发现，如控制论、人工智能、基因工程、人机混合等，更为重要的是，科幻小说同时还伴随着一些实验性的叙事模式——蒙太奇与魔幻现实主义、计算机科幻小说与电影。在过去的半个世纪，科幻小说对生态问题表现出浓厚的兴趣，如星球的危机、环境伦理、人与非人类世界的关系等。海斯“生态宇宙主义”的理论建构建立在对美国及世界其他国家小说、诗歌、电影、电脑软件和装置艺术等的叙事手法的分析之上。这些作品以其富于创意的美学形式，如寓言、史诗，以及运用了前卫现代和后艺术手法的星球影像作品等传达了星球、国家和地方等不同意识之间的新关联。

与其他主张跨越狭隘的地方感的生态批评家如布伊尔和汤玛斯豪等不同的是，海斯更注重具有后现代色彩的艺术形式，如视觉艺术（visual art）、装置艺术（installation）、科幻小说、前卫科技、谷歌地图，具体涉及的手法包括碎片化（fragmentation）、蒙太奇（montage）、拼贴（collage）、变焦（zooming）、反题（antithesis）、并置（juxtapozation）、寓言（allegory）、数据库美学（database aesthetics）等。在万花筒似的现代艺术手法背后，我们不难发现，这些艺术都可以归结为解域叙事（deterritorialization narrative）。海斯与前面几位生态批评家的共同追求是用不同的艺术形式培育“我”对非我的关注。虽然对非我的范围和重心理解不尽相同，采用的艺术形式也风格各异，但在笔者看来，这几位生态批评家主观上旨在唤醒自我的生态意识，客观上却做到了一箭双雕：在唤起自我对非我的欣赏和共情（empathy）的过程中，自我获得了新生与生机。“自我”与“非我”不再是对峙的二元项，而是双赢的依存体。

解域理论来自于法国哲学家吉尔德鲁兹（Gilles Deleuze）和心理学家费利克斯·伽塔利（Felix Guattari）共同提出的后结构主义“解域”（deterritorialization）理论思想。德鲁兹和伽塔利首先在他们合著的《反俄狄浦斯》（Anti - Oedipus）一书中提出了“解域”这个概念，它是从拉康的“定域”（territorialization）概念中演变而来的。中国学者张在新分析了文学批评语境中的“解域”概念：

> 德鲁兹和伽塔利十分推崇游牧民。游牧民的“根茎”性就在于他们游牧的轨线不断解域“国家机器”对定居的管理和控制，即对空间的定域。他们从来不在某一点“扎根”或形成定居空间，因此

他们的游牧点不成为定点，而是自由空间的短暂的接力点，一旦游牧轨线重新起动，他们的居住点就随之被抹去。人物角色的解域一般可以伴随着地域迁徙或地理跃进，也可以是“静止旅行”（motionless travel），即没有地理位置的变化，但关键是要对文化解码（decoding）。它意味着背叛主流社会的道德，打破文化代码对我们的约束，并放弃自己在社会框架内约定俗成的地位和身份等。（张在新，1997：98－108）

由此看来，解域具有极强的文学理论及文化理论研究价值，它揭示了个体对传统抗争的策略，为文学评论提供了又一个全新的视角。

我们曾提到，海斯“生态宇宙主义”的提出主要是依托全新的文本，全新的叙事模式。新的地方经验培育了新的艺术文本，而这也呼唤新的方法论；新的语境、新的经验呼唤新的艺术表现形式，呼唤新的生态主张。在全球化语境下，家园意识、人口问题、环境污染问题、气候变化问题是每个普通人耳熟能详的话题，大家潜意识里深知的这些严重的问题，并不会对其日常的行为和思维产生实质的影响，原因是这些问题及其影响所涉及的规模、速度等超出了人的肉身官能的感知能力，处身于某一个具体的区域和时间的人很难感知到另一极的景观，这一极也就是整个星球、甚至整个宇宙以及漫长的时间布景下的景观。海斯表示，这样情境和经验呼唤人的宇宙想象力，对生态艺术表现形式提出了新的挑战。单纯专注于个人地方性土地经验的怀旧、预警、狂想等艺术表现手法已经无法适应新的需求。新的全球化经验要求“表述呈现出极端差异的不同层次经验之间的联系”（Heise，2008：205）。这些经验的层次可以精微到如梭罗在《瓦尔登湖》“秋色”篇中提到的“把精美的紫色薄雾留给散步者来收获”的紫色小草，或者缪尔在《夏日走过山间》“心醉神迷地跪下来凝视一朵雏菊”的体验，也应该广袤到黑色布景下的蓝色星球。

生态哲学、生态批评和生态艺术构成了生态文化的复合景观——生态艺术作品，尤其是生态文学在长期历史积淀中形成了深厚的生态体验范式地方感（sense of place）、全球感（sense of planet）、生物地域主义（bioregionalism）和新生物地域主义（neo - bioregionalism）[①]；生态批评则系统地分析这些作品中的生态体验范式，有些体验范式直接构成了生态哲学如“土地伦理观”，有的则经过生态哲学家的思考上升为不同的生态哲学主张，如生物中心主义、生态整体主义、深层生态学、社会生态学、生态正义等。生态艺术中的叙事模式是显示生态主张的一个重要信号。“生态宇宙主义”背后的一个重要动机就是寻找新的生态叙事模式，而这些新的叙事模式则体现着自我认同的新模式。这里的一个背景是生态艺术中现有的主流叙事已经显露出一些软弱，如预警叙事（apocalyptic narrative）和田园叙事（pastoral narrative）。新的语境催生了新的叙事模式。“生态宇宙主义”的提出者及倡导者认为，新的全球化语境呼唤一种新的地方体验模式，即体验的宇宙意识，而非仅仅是具有地方感（sense of place）的家园意识。海斯认为，新身份的建构依赖新的叙事模式，“生态宇宙主义”身份则主要依赖一种新的叙述模式——解域[②]。这种提法让读者关注预警叙事和田园叙事等主流叙事之外的、具有不同叙事模式的、更为边缘化的生态艺术作品。运用解域叙事是这些生态艺术作品的一个共同特征。解域叙事可以看作是对主流叙事的一种精细化。生态艺术作品中就形式而言有文学艺术、装置艺术、摄影、电影等视觉艺术，其中，就文学作品而言，有小说、戏剧、散文、诗歌等。海斯所关注的“生态宇宙主义”很多都蕴涵在具有解域叙事的极端现代艺术形式之中。

我们从海斯对地方感的解构模式及其对解域叙事的期望不难猜出她的后现代学术背景。海斯现为斯坦福大学英文系副教授，讲授当代文学和文学理论，著有《时间组织分裂：时间、叙事、后现代主义》（Chronoschisms：Time，Narrative，and Postmodernism）。该书探讨了通信和信息技术如何滋养了西方新的时间文化，讨论了后现代主义和叙事学理论，并展示了后现代叙事如何塑造了后历史主义的时间观。海斯在 2008 年的《地方感与全球感》一书中几乎使用了同样的模式，首先探讨了现代性和后现代性如何催生了西方新的空间文化，并以后现代理论中的解域叙事塑造了一种新的适应全球化语境的空间观

---

① 如体现在美国西部边疆文学中的新生物地域主义。参见：Lynch Tom. Xerophilia：Ecocritical Explorations in Southwestern Literature［M］. Lubbock：Texas Tech UP，2008.

② “解域”是后现代理论中的一个概念，后文将对此概念进行具体解释。作为叙述手法的解域主要体现在拼贴（collage）、变焦（zooming）、反题（antithesis）、并置（juxtapozation）、蒙太奇（montage）、装置艺术（installation）、视觉艺术（visual art）、数据库美学（database aesthetics）、寓言（allegory）等。这些手法将在下文生态艺术文本的解读中进行具体阐释。

“生态宇宙主义”。可以说海斯的“生态宇宙主义”是一种后现代生态学。她的生态观念建立在对艺术作品的叙事分析上，并对后现代理论进行了创新性阅读，她提出的“生态宇宙主义”建立起环境主义和生态批评之间，全球化（globalization）、跨国主义（transnationalism）和宇宙主义（cosmopolitanism）之间的概念性联系。通过探讨“生态宇宙主义”其所立足并强化的文化和美学形式，批判性地反思了北美环境主义的地方感。作者认为，在今天，个人身份更普遍地通过与多元处所，而非单个居住地的联系来界定。海斯不认同基于感官经验的环境意识是通过身体接触而获得的，并给出了合理的论证。她指出，那些与处所无关的事物也塑造着我们的身份和行为。

如果说第三次生态批评浪潮中有一个显著的特征的话，那就是对全球化语境的关注，以及由此带来的一种游牧民美学。阿克塞尔·古德博迪（Axel Goodbody）认为，游牧主义试图打破国家界限，隐藏他们的群体结构，并保持着各个群体的分散。作为游牧隐喻的“根茎”意象有着短暂急剧繁殖的特征，是社会和文化革新的永久源泉。游牧民随遇而安，四海为家，他们没有把自己固定在一个封闭的空间里。不仅如此，游牧民空间的瞬息万变，迫使他们较多使用听觉和触觉，较少使用视觉，从而打破视觉的垄断，形成了一种独特的游牧美学。在“生态宇宙主义”的语境中，解域的主要对象或文化代码是美国文化中对位置感或者说地方感的“定域”（territorialization）。在漫长的地方感传统中，看似有一种人与自然之间必然的、自然的联系，人的身份由身边切近的环境给定，并且这种身份相对稳定和单一。

在《地方感与全球感》“解域与‘生态宇宙主义’”一节中，海斯将解域看作是对地域进行解码的重要武器。她援引了后现代文化理论家弗雷德里克·杰姆逊（Fredric Jameson）的术语“后现代超空间”（postmodern hyperspace）描述现代空间体验的新模式，这种新的空间模式对个人的位置感造成了极大的威胁，“因为它藐视方向感、空间认知和记忆”。海斯还用地理学家哈维的“时空压缩”进一步证实了空间遭遇谋杀的现实。“时空压缩迫使遥远地方拥挤在一起，触发了空间的同质化，对地方独特性的鉴定都发生在全球资本主义的大伞下”。海斯还指出，一些学者对现代性进程的研究“突出了作为解域动因的不断增加的流动性”。流动性概念的引入至关重要。因为在汤姆林森看来：“流动性——无论是悠闲的旅人自发的流动，还是愁苦的民工被动的流动——都构成了撕裂文化与地方关系的重要因素。”这样，文化与地方之间本质主义的关联遭遇到事实上的解构。全球化通过流动性将人与地方的关联切断，还通过同质化的商品、电视节目、街道、病毒等复杂的纽带进一步弱化文化与地方的关系，也弱化了地方给予个体和社区身份感的能力。我们已经处身这样的同质境遇，无力回天。全球化席卷了中产阶级，也同样影响着贫困人口："那些偏远贫困地区的人们更是不能从全球化中幸免，他们也遭到解域，恰恰因为他们的贫困与被剥削使他们深陷全球化。发展中国家的工人被迫追随资本流动，农民则被迫栽种第一世界所选择的产品。"在这样的语境下，解域成为一把双刃剑。在海斯眼中，"解域被看作是社会和文化动乱的根源，……但解域过程的重要性还大多来自它的效用很快被个体接受为日常生活的一部分的事实。乌尔里希·贝克（Ulrich Beck）将此过程描述为'宇宙化'或者生活世界的'平庸的宇宙化'，而个体对此往往并无察觉"（Heise，2008：53）。在海斯看来，对地方知识的解域并非必然给环境带来负面效应，相反还为生态意识打开了新的通道，"在快速全球化的过程中，对于生态意识和环境伦理至关重要的不是地方感而是全球感——一种对政治、经济、科技、社会、文化和生态之网是如何塑造我们的日常生活的感知。如果解域突出文化实践如何与地方分离，它同时也昭示这些实践是如何与更大网络相随相生的"（Heise，2008：55）。海斯认为，我们急需使目前包括生态批评在内的美国环境叙事转向，使之走向更为细致的理解地方文化和生态系统是如何与全球系统相生相随的。她辩护道，日益强调全球感，强调认知的和情感的全球意识，并不代表我们应该对全球化不假思索地接受，也不能否认土著传统、地方知识或国家法律所钟爱的认知模式，那些在很多场合都是有用有效的（Heise，2008：61）。

传统的自我概念主要建立在人与地方的认同，人对自我身份的认同之上。在海斯的生态宇宙意识中，人们不再为受到威胁的个人身份揪心，也不再留恋日益空间化的家园①。海斯分析了维护身份稳定感、家园感的徒劳。海斯对自我认同模式的改造和重构有两个入口：一个是地方体验，另一个是个人的身份体验。两者都是放在全球化和人口爆炸等新语境中进行思考的。超越传统的地方感是海斯"生态宇宙主义"的一个目标。海斯在"从蓝色地球到谷歌地图：

① "空间化"是相对于"地方感"的一个概念。布伊尔在《环境批评的未来》一书有一章题为"Space，Place，and Imagination from Local to Global"专门论述空间（space）和地方（place）的关系。空间只是一个地理概念，没有身份和情感依附力量，而地方则带上了个人化情感与身份的色彩。

环境主义、生态批评以及对全球的想象”一章中这样写道：

> 最近在国家主义和全球化讨论语境中恢复“宇宙主义”……为思考超越地方和国家的环境忠诚提供了很有益的基础。这样的思考会给我们带来什么？这不仅关涉在新的第三个千年之始，对个体和群体如何确实地在特定地点居住的准确理解，还关涉对类似寓言和拼贴等艺术形式是如何塑造对全球的环境想象的更为精微的理解……在这样的语境中，从“蓝色地球”的影像转换到具有无限变焦功能的因特网工具谷歌地图，标志着观念的正式转变，这个转变深刻地暗示了通过各种各样的环境艺术和思维来描绘全球的重要契机。（Heise，2008：21）

这段话说明海斯立志于通过新的艺术形式培养人们的环境想象力，训练人们的游牧思维。而培养想象力过程中最大的阻碍就是传统的地方体验。传统地方体验遵循的是“临近伦理”（the Ethic of Proximity）。海斯在“解域与‘生态宇宙主义’”一节中明确表示，“生态宇宙主义”的关键目标是“超越上面提到的‘临近伦理’，从而考察个体和群体是如何在具体文化背景下能够以同样具体的方式把自身想象成全球生物圈的一部分。与此同时，正如凡达纳·西娃（Vandana Shiva）在其作品中强调的，这种视角需要关注可以在其中把自己想象成是全球社区的一个部分的政治框架”（Heise，2008：62）。西娃所指的“政治框架”正是某种超越传统地方体验的生态宇宙意识，即自我不仅仅与某个具体的地方认同，还意识到自身与全球其他任何地方之间的普遍联系，我们可以用游牧主义来概括这个政治框架。

## 二、解构地方感的本质主义属性

海斯的学术功力大部分用在了质疑地方感和自我身份的本质主义倾向。海斯还通过德国艺术家洛泰尔·鲍姆加登（Lothar Baumgarten）的《亚马孙河与莱茵河》剖析全球化语境中家园的身份处境与危机。亚马孙河一直作为一个复杂的意象存在：奇异丰富的自然资源，全球生态普遍联系性，欧洲和北美公共环境危机的化身。在这个地区，最白热化的斗争发生在当地居民和全球化势力之间。一方面，当地居民急需脱贫，开垦雨林用作耕地；另一方面，雨林并不适合做耕地，且保护雨林已经成为保护世界绿肺的需要，因为这是地球上物种最丰富，资源系统最无法复制的一个地区。大片燃烧的丛林、古老树木的树桩、废弃的荒地成为环境危机的醒目意象。由于在国际环境争端中亚马孙河扮演着重要的角色，因此也不难理解作家和艺术家们都选择这个地方作为背景来探索地方和全球生态之间的关系，探索地方、国家与国际政治经济之间的关系。而海斯从中选取了两部作品，一个是德国艺术家洛泰尔·鲍姆加登（Lothair Baumgarten）的实验性自然纪录片，另一个是日裔美籍作家山下凯伦（Karen Tei Yamashita）的小说《穿过雨林的弧线》（Heise，2008：91－114）。二人都将巴西丛林作为范式，描绘了一个对自然环境进行世界性再想象的过程。在二人的作品中，雨林的地方特异性被证实不过是一个视觉幻象，随着雨林与全球的普遍联系性的展开，这种视觉幻象随即消失。通过他们实验性的叙事技巧，电影和小说都巧妙地将亚马孙河地区解域。解域是对狭隘地方主义的解放，对全球性问题的时空想象力的训练。解域之后的亚马孙河不再仅仅是一个具有生态权威性的地理意义的地方。换言之，在全球化语境中，亚马孙河作为一个具体的地理位置，其真实性和独特性是值得怀疑的。鲍姆加登通过巧妙设置视觉和听觉的骗局，迫使观众审慎思考亚马孙河和作者家乡的莱茵河之间的联系，而山下凯伦则通过借用拉美魔幻现实主义叙述策略以及北美少数族裔写作风格促使读者做洲际的思考，而这时读者沉浸在一个经济全球化的故事之中。在这些作品中，亚马孙河具有了全球化的身份，与其他地区有着密切联系，成为一个地球普遍联系的重要隐喻，由此指向一个没有任何地方不曾遭受通盘“被全球化”的事实。海斯以此告诫人们，任何维护地方独特性和封闭性的努力都是徒劳的。

鉴于鲍姆加登作品中运用了大量的媒介，如摄影、幻灯投影、自然界的东西、找到的物件、博物馆墙上简单的文字等，海斯将鲍姆加登的纪录片《亚马孙河与莱茵河》定位为装置艺术。鲍姆加登对我们塑造自然世界并对之人为分类的做法有着持久的兴趣，他同时还关注土著民、文化和他们的知识形式。土著民对自然界的认知途径成为该纪录片的框架。电影开始之际，我们听到一个妇女用德语讲述图皮人[①]的神话；海斯所选择的故事是一个关于白天和夜晚交替的宇宙起源的故事，也讲述了一个特殊的物种起源的故事，在其中，动物起源于一个语言异化的过程。这个神话将宇宙的、性学的、动物学的和语言学的问题联系起来，构成了观众欣赏作品的背景知识。在神话的高潮部分，蛇神叛逆的仆人打开了一个本该保持完好的坚果，黑夜就此被放出，“黑夜立刻降临，森林里所有的东西都变成了四足动物和鸟类；河里的变成了鸭子和鱼类；篮子变成了美洲虎；渔夫和他的独木舟变成了鸭子——人的头上长了一个喙，独木舟变为了身体，桨变成了脚”（Heise，2008：95）。神话中各物种变形的能力对于理解鲍姆加登纪录片中使用的电影特效，以及电影中在地理上相隔遥远的不同地区普遍联系的命题有重大的启发。魔幻的变形手法有效地冲击了人们对地方的忠贞，以及对自我身份的迷恋。电影的中心不是为在殖民和现代语境中的土著文化命运担忧，而是关心自然世界不同部分的产生、分类和消失。作品中有些画面极度唯美，更像是一系列的静物画，而不是正常的电影：折射着光的水面、闪电的光束、游移的云朵、悠然闭合的树皮或青蛙眼睛，以及运动中的兔子和鸟儿。这些不仅给人带来视觉上的审美体验，还令人联想起艺术史上的成就。水中的一些倒影让人想起莫奈的睡莲，一些植被以印象派的笔触进行了处理……给观众打造了一场极品的视觉盛宴。

然而吸引海斯的不是这些高超的摄影技巧，而是它背后的游牧思维和解域叙事。鲍姆加登真正的电影技巧不是超现实手法，甚至都不带有一般意义上纪录片的意图。在海斯看来，作品特殊的表现技巧是要传递一种观念，那就是观众不可能确切地知道他们看到的是什么。这与普通的纪录片的原则是相违背的。而海斯正是通过这些作品特定的表现技巧表达自己的宇宙主义。常规的纪录片都竭尽全力将那些模糊的生物全屏展示，使之呈现各种细节真实，而在这里，我们看到的是相反的努力。作品极尽变形之能事，极力呈现的是一种视觉上的挑逗效果，故意让人觉得似是而非。在海斯看来，电影无意拉近观众与自然界的距离，相反，有意将观众与影像及声音拉开距离，意在提醒观众他们所看到和听到的事物很可能是建构的（Heise，2008：96）。

鲍姆加登的电影在表面内容和实际影响之间制造的断层给观众带来了巨大

① 说图皮语群诸语言的南美印第安人。图皮语诸民族遍布于亚马孙河以南的地方。原住民在亚马孙河口到拉布拉多河之间的大西洋沿岸。

的不适。在电影中，观众被一步步带入这样一种恐惧，那就是他们所看到的根本不是那个原始的自然生态系统——亚马孙河。电影最后的字幕“摄于莱茵河”证实了观众的不祥之感。电影原来不是在巴西而是在德国的莱茵河拍摄的。海斯评论说，这个消息的暴露促使观众开始反思，所谓真实究竟是如何建构起来的。观众会对照相机选择和制作影像，我们对世界的理解模式，甚至对观众身份本身进行反思。海斯旨在提醒我们，那种生态批评中传统的地方感或地方感的真实性和权威性也可以作如是观，“通过对洲际之间生态和文化联系的召唤，对与自然界照面时对不同角度和历史时刻的戏谑，该影片指向我开篇谈到的生态宇宙意识”（Heise，2008：98）。

无论从叙事策略还是从主题选择，山下凯伦的《穿过雨林的弧线》都与鲍姆加登的电影《亚马孙河与莱茵河》有着近乎相同的追求。山下凯伦的小说围绕美国、拉美和日本之间的流动和移民展开，其写作技巧吸取了北美多文化写作手法以及拉美魔幻和技术后现代的文学写作手法。该小说有着明确的生态主题，因此海斯认为是反思生态和文化全球主义之间联系的一个很好的媒介和跳板。

小说围绕如何发现某一未知物展开。该物是土壤中一个巨大的、无法穿透的、类似于石头的片状硬物。该物首先被当地居民发现，这个所谓的石板使得当地居民无法凿井或灌溉农田。因为科学家最初无法判定该石板是从哪里来的，各种猜测和论断顿时扩散，这个古怪的石板立刻变为一块吸引各种项目的磁石。正是这块石板构成了小说的核心。其中一个项目是圣保罗一对夫妇巴蒂斯塔和塔尼娅·阿帕雷西达开办的一个小型信鸽饲养企业。他们选择这个石板所在的地方展示信鸽的技艺，招徕生意。在众多的项目中，来自日本的移民和正，是巴西铁路系统的查票员。此人长相独特：打小时候起，一个来历不明的高尔夫大小的球体在他前额盘旋着。而这个球体与古怪石板之间竟然能产生磁力，且由相同的物质构成。这使和正被所在单位“扣押”，用以找到新的石板所在的场地。其他伙伴都对此很感兴趣。

可怕的是，石板最大的一个特色就是具有完美模拟其他物体和物质的能力。众多项目中的公司之一“微生物”毫无顾忌地推销这个波德里亚式的物质，用它制造各种东西，从假冒的医用羽毛到信用卡甚至汽车。但是随着与石板有关的各类生意向全国甚至全球推广，全球经济危机开始出现，几乎所有主人公都遭受到了持久的社会和情感的隔绝。对所有男性和一些女性来说，无论是信鸽的全球网络业务，还是公司的扩张都伴随着主人公痛苦的孤独感。起初，故事听起来很像是反全球化的：自然资源在遥远的第三世界被发现，跨国公司和媒体涌入，结果是当地生态和社会被破坏。然而海斯指出，这并非是小说的兴趣所在，作者在引出全球化的主题后质疑其基本的预设：石板既非自然之物，也非当地之物，甚至都不是真正的石头，而是聚合物，类似于塑料，因此极具变易性。

令人不解的是，如此大的一块塑料是如何来到亚马孙河雨林的下层土壤的？这个谜底在小说的最后才揭开，"'石板'的主要构成部分经科学家认定是上个世纪形成的，基本组成物是塑料、聚亚安酯、泡沫聚苯乙烯。大量不可分解的物质填埋在几乎地球每个有人口居住的角落，它们经历了巨大的压力，被一再推移到地幔的更底层。亚马孙河雨林因为是地球上最大的处女地，所以就有了最多的不可分解物"（Heise，2008：101）。新发现的物质被证实是人造的，是工业垃圾的副产品，因为经受了如此大的地质变化，"自然"和"人工"的区别似乎不再重要。一如在布林的小说《地球》中，地质的作用和高科技的作用之间的边界被模糊了。最初看起来像被跨国公司入侵的原始森林结果在很久以前就被国际化入侵了，而且是以更邪恶的方式：属于全球性的塑料却冒充了当地的石头和原料，全球性的石头的确已经成为地方性的，但是这个区别本身已经没有意义了。小说的主要意象"石头"意味着世上早已没有任何原始野性的东西存在。更确切地说，地球上没有哪个所谓地方性的地域不曾受到全球普遍联系的影响，是时候断绝我们对地方的执着念想了。

海斯此处的分析撮破了当地人地方情结的虚幻性。当地看似稳定的底层岩石被暴露为同时也是全球性的塑料垃圾，在海斯看来是一个极为有说服力的隐喻，证明了她开篇所说的解域叙事模式的合法性。解域思维是全球化带来的一个重要的文化趋势。地方中有全球，全球中有地方，相互交织，彼此难解难分，最终使得文化和地域之间的纽带完全松开。地方培育出来的情感和文化在海斯看来是徒劳的。山下作品中那些一直被认为是象征当地土生土长文化的原生态环境，同时也是全球的，是人工的，并非那让人产生"立足脚下"之情感的自然之物。人们在一片土里深挖，并没有找到那坚定的磐石，那被认为具有历史感的，象征当地文化与身份之根的不过是一块工业材料，海斯为此感到兴奋：在全球化已经渗透到世界的每个角落，就连最"原始"的地方都未能幸免的新语境下，通过融入地方、立足脚下而回归自然，是自欺欺人。

在新的全球化势如破竹，无孔不入的时代，海斯对传统生态批评中的地方感真实性和权威性的质疑，有着重大的意义，提醒人们站在新的高度与身边的自然接触，“无所住，而生其心”。家乡的土壤被解域，变身为人类工业的产物和全球化的产物，同时也是脚下的土地遭受地质变化的过程。在新的语境中，曾经植根脚下的自我的身份显然需要以新的形式出现。在这样的语境中，回归乡土无疑也是一个痛苦的经历，故土带给人的不过是孤寂、荒凉和无根的感觉。起初给人最具家乡意味的石板意象不过是一个旅游目的地。现代社会中，人们似乎已经没有天然的家乡可言。人们的孤独感不仅仅来自于他们与家人和故土的分离，更主要的是来自于故土在全球化语境中已经失去了意义，毕竟就连家乡的基岩都不过是某个遥远而陌生的国度漂泊而来的垃圾组织。小说中所描述的孤独既是心理的、社会的、文化的，也是生态的。对于个人和社区而言，这种解域话语发生在这个最为切身，最为自然的环境中。

在全球化语境中如何处置人与自然的关系？在小说中信鸽上演着无论被放在什么地方都能准确无误地找回原处的特技，是继“石板”之后另一个重要意象，来表现在全球化的语境中现代人类文化和精神寻根之徒劳。有如《亚马孙河与莱茵河》中那些变形能力极强的事物一样，在山下的小说《穿过雨林的弧线》中，巴西的景物也时刻面临着难以预测的变形。无论是有生命的生物还是没有生命的物体，似乎没有什么本质特征。无论是自然的还是人工的世界，在任何时刻都有可能遭受突然的未知的变形。象征家乡的当地的石板遭到了全球化的彻底洗礼。这块所谓家乡的基岩不仅来自第一世界，象征着它的全球身份，且它的用途也被彻底全球化：基岩协助完成的最为异想天开的项目是一个类似于迪士尼的游乐园。在这个游乐园里我们看到，一切都是以这个基岩为原材料制作的，从过山车，到大棕榈树、低垂的兰花、建筑，等等，这些设施从内到外都是用来模仿吉尔伯托电影的场景。……用这个百变基岩做成的还有栩栩如生的动物：大象、狮子、袋鼠、斑马、食蚁兽、骆驼、树懒、水牛、熊猫、秃鹫、企鹅和鳄鱼等，它们动作千奇百怪，有的咚咚跳，有的在爬行，有的在蠕动，有的吊挂着，有的在飞行。这些动物穿行在一个辉煌的迷宫中，制造出了一个奇幻的生态世界。在迷宫中，我们看到了荒漠绿洲中的巴比伦塔、泰姬陵、阿姆斯特丹码头、纽约时代广场、迈阿密国际机场、法国里维埃拉、拉斯维加斯大道、巴塔哥尼亚、加利福尼亚淘金潮、埃及金字塔、印度尼西亚庙宇、中世纪城堡、泰坦尼克号、古罗马、神话中的希腊、月亮

(Heise，2008：111)。总之这个基岩可以在任何时间、任何地方变成任何事物。

《穿过雨林的弧线》中的解域是在最后一页才展现出来的。叙述者自己的未来，就连叙述者本人在故事的最后都不存在了。事实上，叙述者在开头就不存在，他不过是呼唤了对过去的记忆。叙述者的性别是模糊的，甚至可能连人都不是。在小说即将开始的时候，故事叙述者"我"是将自己依附在和正额头上的球体，从此伴随着和正，犹如一个小型卫星或一个小型行星自转着。海斯认为，这种在人的额头上自转的奇特意象象征着人类中心主义的宿命。如果是这样，那是一个精致的意象。小说中突出的是，未来环境是持续存在的，一个有着无尽变形能力的雨林，这是人类活动带来的必然变迁。即便是在小说最后的场景中，当地自然环境也并非是一个人类可以植根于斯的稳定牢固的地基，而是一个持续变化的引擎。

小说想表达的是，尽量抵制将地方环境想象成固定生存基础的诱惑，而是更多地将之想象成被全球化入侵和自身内在动力机制不断改变和重塑的栖居地。带着这种对传统生态批评中地方感的解域，人类生态学者的任务将不再是保护所谓原始真实的生态系统，而是确保它们持久变化和演变的能力。当然，即便这个新的地方观乍看起来是替代了更为静态的"立足脚下"的地方概念，但它却有自身棘手的理论难题。从环境角度看，它必须回答这样一个问题，那就是在认可不断变化的状态的同时，如何在系统内在演进与导致严重生态危机的破坏性变化之间进行鉴别。鲍姆加登的电影与山下的小说都花费大量的叙述精力对生物与技术、自然和人工进行区分，最终提出的问题比回答的问题要多，因此还是没有给我们提出一个解决问题的方案。但是，海斯指出，至少这两部作品都尝试着提醒我们重新想象我们自身与环境的关系，环境的本质也许比我们想象得更为全球性而非地方性。两者都反思环境想象如何将人们对地方认知上的和情感上的能量转移到对全球宇宙式的情感（Heise，2008：114）。

在海斯眼里，这并非一个科幻小说用于吸引读者的花哨情节，而是为其"生态宇宙主义"理念寻找依据。海斯所选择的作品都直接或间接地采用了解域叙事，实现地方、生态、文化等实践在全球化网络中的交错，在这个网络中，一切因素不断重组，呈现出一个最新全球化理论中的解域模式。但是与那些更为明确的，更为主流的美国环境文本不同的是，这些作品对这个过程有着矛盾的心理，表明这个解域过程有时也需要某种归域对之进行调节。但是一般情况下，解域思维是生态或文化上宇宙意识的理论基础。同时，所有这些作品都极力探索有效的艺术模式来表达对地球的这种双重感情——解域和归域。这些作品都在探索能够表达新的“生态宇宙主义”环境保护论的故事和意象，海斯希望能够借此持续有效地适应不断强化的全球化联系，包括那些不断扩张的生态危机全球化。

具有讽刺意味的是人们对这块石板所投注的情感，认为它是当地文化和地方身份的象征，具有独一无二性和真实的权威性。也许有一天我们被告知，那棵承载着童年故乡情思的村头柳树也许吸取着遥远国度的肥料，其根将有可能漂洋过海作为根雕艺术的材料，其主干所做成的家具将不再与我们为伴，我们的回乡之情很可能不再浓稠。

## 三、解构自我身份的本质主义倾向

海斯在建构“生态宇宙主义”中选择的另一个入口是人口问题，同时也与人的身份感问题密切相关。人口问题是生态问题中最大的议题之一，它和私人空间问题息息相关，也与个人个性丧失问题相关，因此这个主题受到很多学者和作家的青睐。自保罗·埃尔利希（Paul Ehrich）的新马尔萨斯宣言《人口爆炸》（The Population Bomb），莱斯特·R. 布朗（Lester Russell Brown）的《第二十九天》（The Twenty - Ninth Day）之后，人口问题成为文学家的热门话题，如库特·冯内古特（Kurt Vonnegut）的《明天，明天，明天》（Tomorrow and Tomorrow and Tomorrow）、安东尼·伯吉斯（Anthony Burgess）的《不合格的种子》（The Wanting Seed）、哈里·哈里森（Harry Harrison）的《让地方！让地方！》（Make Room! Make Room!）、约翰·布鲁纳（John Bruner）的科幻小说《站立桑给巴尔》（Stand on Zanzibar）约翰·赫西（John Hersey）的《请给我更多空间》（My Petition for More Space）等。

不同的学者对人口问题有着不同的理解。科学家和人口学家主要关心持续增长的人口对人类与地球环境的关系造成的影响，他们探索人口增长带来的生态和社会问题，也就是超出地球承受力的问题。他们关注人口增长最快的发展中国家，同时他们也强调西方高消费对自然资源匮乏带来的影响。而文学家们则将人口问题放置于西方城市背景下考察，分析人口拥挤背景下个人和社区身份的命运，如描述拥挤状态下人的行为，人口密集城市产生的社会和心理变化等。在海斯看来，虽然文学中对人口过剩问题的处理让人“感知”到人口的过剩，而不仅仅是提供令人麻木的人口过剩的数字，但是这些作品总的来说对有关人口过剩的问题的处理基本都采用的是预警叙事，并且在主题上更多的是关心个人的隐私空间、宁静权利，以及个人与其他人的距离权。一个有趣的现象是，在现代语境中，解域叙事更多的产生于被迫囚禁在一个地方的焦虑而非与一个地方分离的惆怅。

海斯通过《站立桑给巴尔》和《地球》两部科幻小说透析了全球化语境中人的身份处境。个人竭尽全力地维护个人身份独特性在海斯这里已经成为一个妄想，因而，维护个人身份的独特性也并不是海斯所追求的目标。在新的全球化语境中，传统自然文学培育地方意识以及地方性给人带来的身份感已经过时。海斯对《站立桑给巴尔》的关注主要集中在它的解域叙事以及其培育“生态宇宙主义”的契机。这主要体现在两个方面：一是作品对传统叙事的叛逆；二是作品对传统主题的叛逆。海斯写道：“在小说中，作者将中心从对深陷拥挤环境中的人们的描述转移到具有宇宙视野的全景式的描述。在这个视野中，我们看到了各不相同的社会、种族和国家群像。小说借用了20世纪20年代极端现代主义城市小说中的叙事程序，而非一般的20世纪中期的反乌托邦叙事手法。”（Heise，2008：76）具体来说，这些极端现代主义的叙事手法包括了拼贴、碎片化、马赛克、变焦等手法。小说打破了传统的线性叙事方法，里面不再有明晰的主人公。作者通过对多元叙事片段进行拼贴展示未来世界。晚会中的闲聊、广告片段、新闻简报、电视影像、法律文书、数据资料、作品文摘以及大量短篇小说朝读者扑面而来，伴随着形形色色来自不同国家、社会、种族、政治、宗教背景的人们，这些人物的背景之广，是其他任何复杂的叙事方法都无法驾驭的。

正是在这种马赛克式的视角和话语中，读者逐渐了解了2010年的世界图景，先是纽约，之后是世界其他地方。这种扑面而来，令人招架不住的感觉是对全球化中人类境遇的一个很好的隐喻，面对汹涌而来的外界影响，人最要紧的不是站稳脚跟，找到自我，而是欢呼这种与外界的联系，因为顺应不可逆转的潮流是唯一的出路。小说的情节和人物的个性都被做了背景化处理，让位于更为广阔的现代社会景象，景象的呈现则是通过异质话语拼贴自动形成的。在小说中，一些文本的碎片被称为小说的背景。“意外事件”“特写镜头”等都是蓄意设计的，以变焦手法捕捉政治的、经济的、社会的、文化的以及生态的发展状况中的细微与广大的场景。视觉媒介与文本媒介并置。一些段落被打碎成并列的文本栏，同时描绘着影像和声音，并被频繁地从一个场景拼贴到另一个场景。正如一位评论家所说："将一瓢《尤利西斯》、一勺《美丽新世界》调和配制成枝蔓横生的电视脚本，然后将其中一些改写为小说。""《站立桑给巴尔》不是小说，它是小说形式的电影。"然而，在海斯看来，《站立桑给巴尔》还不如电影连贯。"桑给巴尔以马赛克手法对书摘和故事进行堆积，勾勒出全球化传媒网络的功能，该网络本身就是一个象征着全球范围的社会和生态复杂联系网"。小说运用了不同寻常的极端现代性艺术表现手法，使得它具有了一种视觉艺术所特有的动态感、过程感和变焦维度。拼贴、剪切等技法使人眩晕，人的安定之感瞬间荡然无存，断绝了人在固定之物中寻找方向的念头，进一步割裂了人与周遭环境的联系。传统本质主义的个人身份建构失去了地基。

在海斯看来，小说的可贵之处是作者不再为全球化语境中个性丧失的境遇而忧惧，"在小说的虚拟世界中，人群都做了标准化处理。最能突出这个标准化过程的前卫技术之一的是定制的电视机。在公共区域的电视机屏幕中，对代表观众的角色在性别、年龄、种族和体形上做了标准化处理。比如当主人公唐纳德·霍根登机时，乘务员立刻将他的电视机调至'白人健壮年轻成熟版本的男人'"（Heise，2008：78）。有趣的是，出价越高，个性化程度就越高。小说是否关涉全球化背景中人们失去个性的悲剧？在海斯看来，小说中对该技术讽刺性的描述似乎给人这样一种印象："批判个性的表达是富人精英的专利，然而，小说不仅止于此，它还象征着一个宇宙主义的视角，因为它帮助个人在不同层次的社会群体中找到自我，或者扮演与真实自我大不相同的虚拟自我。"（Heise，2008：78）虚拟自我不是一种感官的狂欢，而是一种培养想象力的工具。通过体验不同的自我，想象不同范围、位置带来的身份感，在更加深切地体验真实自我的同时，获得了一种全球视野。自我的个性极具弹性，我们原先精心维护的自我身份使我们处于一种封闭心态，而个人被抽象化之后意外地带来了某种张力，"这个技术用以使标准化程序更具个性，却将真实的世界标准化，且将个体合并成了'可以进行互换的人'。但是作者并没有像其他人口过剩类作家那样简单地批判或拒绝这种科技；相反，作者感兴趣的是大众先生（Mr. Everywhere）和大众女士（Mrs. Everywhere）的模糊身份，他们同时是具体的个人、抽象的类型以及虚拟的概念。随着具体的身份和技术带来的自我影像之间的界限开始模糊，新的可能性开始呈现，从中看到了自我与社会集体以及全球地理位置之间的联系”（Heise，2008：78）。

技术社会既成事实，覆水难收，人与地方的文化关联已然断裂，我们丧失了培育地方感的实用主义动力，比如，我们无须判断风向和风力决定次日的农事活动。立足脚下在新的全球化时代不再具有生态意义上的普适性，那么我们如何自救于不可逆转的全球化浪潮？答案似乎是打开我们的视野，挖掘新的自我身份的源泉。和布鲁纳一样，海斯是乐观的：布鲁纳并没有断然判决这个社会变革的过程。通过一个乐观的结局，我们看到遗传学等技术成为解决全球问题的手段。就叙事手法而言，他通过互不相干的马赛克话语塑造了一种全新的全球感，将现代城市小说的标准外延到整个星球，力求捕捉其中的多相性和复杂的整体性。正是这被重新激活的拼贴结构慢慢变为一种后来文学中的叙事模式，借此模式思考日益拥挤的全球社会语境中的地方感（Heise，2008：79）。

海斯通过对《站立桑给巴尔》叙事策略的分析，找到了一种游牧民的世界观：面对全球化的语境，不是悲悯自我身份的丧失，而是激发游牧民的多态性——野性而又异质，富于极端的创造性和建设性，具备了根茎般的自由，抵制身份和阶层的固化。

大卫·布林（David Brin）是美国著名科幻作家，其代表作为《地球》。布林1950年出生于美国加利福尼亚州，是空间科学博士，物理学家，科幻小说家，并担任NASA顾问。布林擅长将浩渺的宇宙空间和各种外星生物独特的文化展现在读者面前。布林的生态惊悚小说《地球》涵盖很广，既有对我们所生活的绿洲的担忧，也不乏希望。书中提及全球气候变暖、环境污染和臭氧层破坏等话题。这些话题都引起了科学家和环境运动的极大关注，也是目前和未来信息高速公路上备受青睐的讨论议题。这部小说讲述了16岁女孩玛雅（Maia）的冒险经历，她要在一个性别政治完全错乱的世界中寻找出路。人口过剩问题早在20世纪70年代就已经不是文学界的一个突出问题，但是在20世纪80和90年代重新出现在文学界的时候已经不再是以早期有关人口过剩问题文学中的预警模式，而是在对问题的忧惧中透露出一丝谨慎的乐观。相比简单的预警叙事，这个时期的人口问题写作在处理问题上显得更为精细、复杂，更具语境意识。人口增长的问题被置于一个复杂的环境之网中，包括污染，气候变化，社会正义，权力均衡和国际竞争与争端。相当一部分的作品发展出适当的乌托邦主义，尽管我们感到了恐惧和预警的效应，但是这样的预警叙事已经不再是最重要的叙述模式，它已经让位于热衷使用实验性的叙述模式，让位于反思全球生态和技术系统如何得以再现的解域叙事和游牧主义。

基于同样的原因，海斯青睐布林的叙述技巧，以及其展现的在新的全球语境下对人口过剩问题等生态问题的思考进路。而这种思考对于在全球化语境下重新定位自我有着重大的启发。布林的《地球》与《站立桑给巴尔》有着类似的叙述技巧，但是更倾向于解决新的全球媒体网络与生态问题以及什么样的人类社区能够解决这些问题。海斯显然是在带头反思深层生态学和有些生态女性主义流派推崇的生态地域主义，即以自给自足的生产和生活为主的小型社区为社会的主要组成模式。小说的背景是2038年，作者以全景式的手法展示了一个世界性的社会，该社会关注社会、生态和科技的发展。其中，在电子科技和国际司法中，隐私不再作为一个正面的价值被保护，而是成为被清除的对象，作者的主人公将隐私与政府的罪恶联系起来而不是和个人权利联系起来。海斯指出，虽然各种问题如老年社会以及老年人与工业社会中年轻人的冲突、先进武器的贡献、全球变暖、海面上升、污染、人口压力、大面积物种灭绝等许多生态问题存在，但《地球》中所呈现的景象却并非完全是预警的。相反，小说反复强调人类如何持续与这些问题抗争，并似乎能找到新的解决方案，尽管这些方案并不长久但也具备权威性（Heise，2008：81）。

小说围绕着一个地壳深处的微小黑洞展开。该洞日益扩大威胁着星球。因为人造黑洞是最新科技的分支，所以大家起初怀疑这个黑洞是由某个国家或几个国家制造的，或者是哪个公司失去了对实验的控制引起的。但是在调查过程中，科学家很快发现这个黑洞比人造黑洞技术要古老得多，因此也许是外来的。他们企图用地心引力激光消除它，然而却带来地震等全球性灾难。很快，政府、军队、秘密组织与科学家之间为控制黑洞展开了持久的战争。这最终导致消息泄露到互联网络。此时一直从事打击污染和破坏自然的游击战争技术高超的环保黑客黛西·麦格伦农，在寻找并核实了电子传播信息的过程后，发现并占有了地心引力激光技术。她起初将此技术用于对付它的发明者，之后将之用于暴力活动：系统灭绝几乎所有的人类。因为在麦格伦农看来，人类是最具破坏力的物种。她只计划留下对自然生态系统无害的一万或者两万的狩猎采集者。然而这个全球性人类物种灭绝计划带来了意想不到的后果，因为随着不同地区出现地心引力激光持续从地核射出，地球自身的电流日益被激活。当麦格伦农袭击一个工作站时，诺贝尔奖获得者、生物学家珍妮佛·沃琳正在网上建造一个复杂的人类认知模型，这时，沃琳的意识与电流融合致其身亡，引发了网络的准自然扩张，并与地心纵横交叉。麦格伦农自身也被由此引起的自然灾害击中。这一富于创意的类似于电子盖娅的人工智能，带来了一种新的更具生态意识的生活模式。

在大多数批评家看来，这不过是科幻作品中的一个离奇情节，然而海斯看到了一个新的生态模式，“多余的人口被麦格伦农转移到人口剧减的地区，矿物质提取物被转移到小行星。这个行星人工智能被作者布林描述为集体意识，在此意识中我们可以听到许多人类的声音和思想，不干涉普通政治事务，却设置了任何政府都无法超越的开采自然资源的限制”（Heise，2008：82）。在这里我们不难看出，海斯宇宙政府的设想以及具有宇宙意识的人格意在帮助我们扩大想象的幅度。同时我们也不难看出，海斯对虚拟空间的信任和对传统生态批评中对物质性，也就是对空间的具体性（materiality）和有形性（physicality）以及身体的可渗透性（porosity）进行了解构[①]。

在海斯看来，我们似乎可以借助于电子的虚拟空间来协助突破我们想象的局限：

> 布林将人类先进的科技地质学与地球的具象性进行融合，使之构成一个叙事结构。他将小说十二个史诗性篇章分解为一些小章节，取名为各种“圈”，每一个圈都与相应一系列的人物角色有着联系。这些圈的名字分别为地心、地壳、岩石圈、电离层、外气层，指示地球地质和大气的不同部分。有些如“精神圈”则与沃琳蜕变为新的盖娅意识模式相关，这个模式起源于法国神学家和古生物学家德日进，用于指他所看到的由不断发展的科技普遍联系性带来的集体人类意识。即便是在构建小说的时候，布林也意在表明有形空间与最新科技带来的虚拟空间之间的连接。布林此处的神话意象，即地球盖娅与网络之间的融合，小说的结构将作为具体地方和可见物体的地球与抽象的无形的数码电子网络矩阵空间进行焊接。（Heise，2008：82）

① 在第一次生态批评浪潮中和以深层生态学为理论基础的生态批评中，与自然的实际接触是一个重要的原则。

在这段分析中，我们清晰地看到了海斯寻求对有形空间突破的诉求。如果说传统生态批评寻求对看得见的空间培育起感情依附，那么以海斯为代表的现代生态批评则寻求对无形空间单位和无限时间单位的想象情感的培育。这种具有宇宙之广的想象能力正是海斯赋予小说《地球》的一个特殊维度，也是她带来的对非我理解模式的一个重要补充。

丰富的时空想象力在《地球》中是以隐喻性的星球形式出现的，“布林的叙事技巧将地球本身呈现为自然物体的同时，也具有科技产品的身份，地球在某种意义上来说，蜕变为叙事的主人公。在小说的十二章中，每一章前面都有一小段斜体文字。每一段都对地球历史的某个部分进行了总结，从其 40 亿年前宇宙起源到 21 世纪。一些宇宙叙事用上了地球构造和地质变化的科学语言，但是其中一些语言将地球变为类似于人的角色——诚然是一个宇宙的或地质意义上的人”（Heise，2008：83）。海斯借助于《地球》中的这个宇宙人为人类的生态意识树立了一个榜样，“这位宇宙人或地质人意识到了自我。这些斜体的文字并没有与小说的故事情节明确一体化，但这些文字显然是用来起补充作用的，为在主要叙述中原本发生在短暂时间之内的事件提供了一个宇宙视野。将地球寓言为史诗人物角色，与小说情节中出现的极端现代主义的碎片化写作技巧产生一种对比效果，为我们呈现出一个既统一又多样，既整体又异质的全球环境”（Heise，2008：83）。

海斯指出，在这样的概念背景中，人口过剩问题在小说中占据着与 20 世纪六七十年代小说不同的位置。小说中描述的生态和社会问题可能会为那个时代预警式的小说提供足够具有说服力的材料，在这里却从生态学转移到物理学。威胁地球的灾难出现在颇为离奇的黑洞情节之中，而黑洞并非是生态问题的产物。海斯提到，正如小说中的一个网络段子所指出的那样，人口增长不过是许多社会、经济、环境和技术问题中的一个，这些问题永远得不到解决，但也永远不会带来预警叙事中所说的灾难，“就饥饿而言，我们的确看到了一些惊悚的地方性事件，如世界上一半的耕地消失，更多的耕地也受到威胁。然而大家都在谈论的死亡预言看来似乎永远是十年左右之后的事情，抑或是永远往后延迟。技术革新总是让我们在千钧一发之时虎口逃生”（Heise，2008：83）。看来，海斯并不寄希望于预警策略，也无意于解决那些被认为是生态危机元凶的社会问题。同时，我们也没有必要夸张性地指认这些问题正是生态危机的根本源头，更没有必要夸大生态危机的严重性。小说中另一位科学家思索同样的问题，那就是尽管有着极为可怕的预测，人口过剩导致的大规模死亡是如何被推迟的，“马尔萨斯主义的灾难及所谓的S曲线。一面是无望的毁灭，一面是最后关头一系列缓期执行……就像是自花传粉的谷物、常温超导体、基因拼接的鲶鱼……总能在最后关头到来，助人类维持一年的生计”（Heise，2008：84）。

而谈到人口过剩的另一个问题——拥挤的时候，海斯也发现了《地球》与传统人口过剩文学不同的套路。在海斯看来，布林与传统文学的不同之处在于其用极端现代主义的拼贴叙事手法展示了一个“后隐私社会”（post - privacy society）。在这个社会中，大多数形式的秘密是非法的。极富阐释空间的极端现代作品《地球》将隐私问题前景化，证实了海斯对狭隘封闭地方主义的忧虑。在海斯眼中，《地球》比传统的作品更为乐观，认为无论是饥饿还是个人神圣的隐私等人口过剩带来的肉体和精神的痛苦都被神经质地夸大了。小说突出了地球和网络的融合，在海斯看来，这是一个应对空间危机的另类方式。因为小说中的空间危机主要存在于虚拟空间，在那里人们通过各种电子手段不断地交流获得关注。沃琳从一个实体的人蜕变为一个电子的存在者，夸张地展现了布林世界中弱势群体常见的蜕变过程。在这个蜕变过程中，空间焦虑消失了。尽管隐私的缺乏令巴拉德的双年城、哈里森的纽约、赫西的纽黑文和西尔弗伯格的城市单子显得十分可怕，布林全球社会中的居民却为信息隐私的消失而欢呼。他们认为，保护隐私跟保护富人的私有财产一样，或者是政府或企业组织非法行为的保护伞。小说中这种对有形世界的偏执，对隐私的开放态度吸引了主张宇宙主义，反思狭隘地方主义的海斯。

海斯认为《地球》中的这种从有形性和具体性向无形性和虚拟性的转换乃是一个隐喻。该隐喻旨在通过叙述形式想象一个全球化的乌托邦空间。在此间，资源匮乏、财富问题、阶级问题和地方问题等根本问题将在新的语境中被重新思考。换言之，它提供了一个寓言，这个寓言代表了全球环境意识的兴起。它是一个更为浓缩的代表各种声音的世界社会版本。将全球人类描述为多样化的，但是同时又是整体性的实体并非易事。布林选择一个单一的角色作为临时的秩序形式，组织各种思想的全球大会的做法来自于极权主义科幻作品中仁慈的首脑自上而下解决人类纠纷之套路的启发。但是这些问题与布林宏伟的工程相比都是次要的（Heise，2008：85）。那个令海斯激动的宏伟工程是：寻找一个叙事形式，表达一种宇宙意识，用以将横跨不同文化的生态和科技的问题联系起来，以及表达一种乌托邦式的人类集体，在这个集体中无论是个人还是小社区都不会被消除，可以既维护个体的独特性，同时又照顾宇宙和全球的整体性正是深层生态学的初衷（Heise，2008：85）。海斯通过文学作品的独特叙事和故事情节强调人类宏大的想象力的重要性：想象那些终其一生都不可能看到或听到的时间和空间的维度。

海斯在小说中所看到了微弱的乐观主义和乌托邦主义。作品中，预警叙事的主导地位被替换成极端现代主义的解构叙事模式。解构叙事将已经上升为宏大叙事的预警叙事罢黜为边缘叙事。在现实情形中，沉重的预警叙事和生态启蒙已经越来越无济于事，越来越令人无助和麻木。我们需要从文学中获得希望甚至是行动的指南。《地球》中的方案虽然并不权威，但是也为自我塑型提供了一个基本的原则，那就是不懈地寻找自我。在《地球》中，通过不同的任务，大量的片段，各种媒体和机构的引文，如新闻公告、信笺、法律文书、电子书籍的节选，网络新闻聊天室等来塑造自我（Heise，2008：81）。海斯指出，利用这个21世纪复杂的马赛克式的游牧生活来隐喻我们稳定而狭隘的自我观是不可靠的。海斯呈现给我们的信息是，在现代社会，无论任何人、任何机构和政府以及国家都不可能掌控生态的命运，只有建立一个超越以上局限的集体意识。这里的集体意识显然具有极大的想象空间。

## 四、新语境中海斯学术的意义

海斯用解域策略和游牧主义打破了前三位生态批评家立足脚下的品味与表达的常规模式，拓展了我们品味的视野和表达的媒介。在新的游牧主义表达模式下，我们看到了海斯生态批评理论与时下流行的生态心理学联姻的前景。尼采曾经说，一个人知道自己为什么而活，就可以忍受任何一种生活。同样道理，如果我们知道了为什么（why），做什么（what），以及怎么样去做（how），一切问题就会迎刃而解。如果在自我面前呈现出一副生态全景图，让我们全面深刻地了解到我们的行为表达对看不见摸不着的非我产生的必然影响，或许会有更多的人参与行动。很多人从演员胡歌志愿到青海捡垃圾中想到的是他的感情变故或者其他八卦，我们完全可以推想这可能是一个非常前卫的行为[1]。因为看到这个新闻的时候笔者正好和一个朋友聊她所选的课程，她说她最近（2016 年 7 月）在路易斯克拉克州立大学（Lewis - Clark State College）辅修了一门很有趣的课程——环境心理学[2]。她举例说，通过给社区捡拾垃圾可以医治某些心灵伤痛。笔者想起一个戒毒多年不成功的艺人在 2012 年汶川地震的援救活动中终于成功戒毒的故事。这些生态行动是基于对生态危机世界图景的充分了解。笔者认为，这种了解更多的是来源于游牧主义，来源于自我对于更遥远的“他者”的“看见能力”，来源于对自我身份的“解域”，而不是预警叙事的影响。自我“看见”并施爱于遥远的“他者”，满足了自我爱的“似本能”。自然出了问题，往往是人类出了问题，当人类返身医治自己的问题时，自然也就痊愈了。

2017 年 5 月 26 日，Facebook CEO 马克·扎克伯格（Mark Zuckerberg）在哈佛大学毕业典礼演讲中表示，在当代社会，机器正在夺走人类的工作，社群变得不再稳定，这导致了孤立主义和国家主义。在这样的情况下，大学毕业生应当帮助他人探寻目标，团结全人类去解决问题。在这场毕业典礼演讲中，扎克伯格主要讲到了三点：我们作为千禧一代，仅仅找到我们个人的目的或使命是不够的；我们这一代面临的挑战是，要创造一个每个人都有使命感的世界，这是真正幸福的关键，也是我们保持社会进步的唯一途径；那就是建立起一个连接的世界社群，先从本土的社群做起。扎克伯格看到了解构“立足脚下”的紧迫性：“今天我想谈谈创造一个每个人都有使命感的世界的三种方法：一是一起做有意义的项目；二是通过重新定义平等，使每个人都有追求目标的自由；三是在全世界建立社群。”他同时也看到了环境保护语境下爱的表达活动对于自我个体治愈的非凡契机：“当我走过很多地方的时候，我曾和许多被拘

---

① 此新闻标题为《你们成双成对 胡歌却在青海捡垃圾》http：//ent. ifeng. com/a/20160706/42646814_ 0. shtml（2017 年 4 月 15 日）

② 课程简介如下：An introduction to environmental psychology which study the interactions between individuals and their physical settings. Through these interactions，individuals change the environment，and the environment changes the individuals. Environmental psychology includes theory，research，and practice aimed at improving our relationship with natural and built environments. The course is designed as a service learning course in which the class as a whole，and/or as individuals，will aim to improve the natural environment in the local area through service projects. An emphasis on natural beauty will be suffused throughout the course，as will issues of conservation，sustainability，and ecology. http：//catalog. lcsc. edu/course - descriptions/psyc/and http：//catalog. lcsc. edu/academic - programs/social - sciences - division/academic - certificates - minors/environmental - studies - minor/，2017 - 04 - 15.

留的、阿片类药物成瘾的孩子们坐在一起，他们告诉我如果他们有事可做，参加课后活动或者有地方可去，他们的人生会变得很不一样……每一代都有属于自己一代的作品。比如数百万志愿者为世界各地的小儿麻痹症患者打疫苗；数以百万计的人为建立胡佛水坝和其他伟大的项目贡献了自己的力量。”扎克伯格也很清醒地意识到，这个契机的催化需要众多人的参与，给自我参与这些治愈自身同时有利环境的活动提供一个为什么的全景，做什么的设计，为什么做的依据：“在地球摧毁之前，如何阻止气候变化？如何让数百万人愿意参与制造和安装太阳能电池板？如何治愈所有疾病？如何要求志愿者跟踪他们的健康数据和分享他们的基因组？今天，我们可能要花上50倍的价格去治疗病人，而不是找到一种治疗方法让人类第一时间无法染上疾病。这并不合理，我们可以解决这个问题。”① 而海斯解域策略和游牧主义所做的正是为这些问题提供理论依据。

在某种意义上，爱的表达是生死攸关的事情。在精神疾病治疗中，目标疗法、意义疗法和义工疗法已经被广泛地运用。海斯的游牧主义和解域叙事为寻找目的和意义植入了理论框架。我们似乎可以看到，环保局与医院、戒毒所、精神病院合作的前景也有了理论雏形。

## 本章参考文献

[1]唐建南,郭楼庆．生态批评中的地方研究[J]．外国语文,2012(4),28(2):31－35.

[2][美]利奥波德．沙乡年鉴[M]．侯文蕙,译．长春:吉林人民出版,1997:5－14.

[3][美]斯科特·斯洛维克．调整“大地依恋”的层级:关注跨层级思维的艺术表达[J]．求是学刊,2013(40):4.

[4]张建国．生态批评的第三次浪潮:新世纪美英等国生态批评的新动向[J]．名作欣赏:文学研究(下旬),2013(1):132－135.

[5]张在新．笛福小说《罗克珊娜》对性别代码的解域[J]．外国文学评论,1997(4):98－108.

[6]Buell Lawrence. The future of environmental criticism:Environmental crisis and literary imagination[M]. John Wiley & Sons,2009a.

① http://news.harvard.edu/gazette/story/2017/05/mark－zuckerbergs－speech－as－written－for－harvards－class－of－2017/, 2017－05－28.

[7]Buell Lawrence. Writing for an Endangered World[M]. MA. :The Belknap Press of Harvard University Press,2009b.

[8]Casey Edward. The fate of place: A philosophical history[M]. University of California Press,2013.

[9]Devall Bill,George Sessions. Deep ecology[M]. Salt Lake City,Utah:G. M. Smith,1985.

[10]Heise Ursula K. Sense of place and sense of planet:The environmental imagination of the global[M]. Oxford University Press,2008.

[11]Girardot Norman J,James Miller,Liu Xiaogan. Daoism and ecology:ways within a cosmiclandscape[J]. Girardot N J & James Miller eds. Daoism and Ecology:Ways within a Cosmic Landscape,Harvard University,Cambridge,Mass. :Center for the Study of World Religions,2001:243.

[12]Goodbody Axel. The Nomad as theoretical and literary model of ecological inhabitation in a globalised world[J]. The Future of Ecocriticism:New Horizons. Vol. 82. No. 99. Cambridge Scholars Publishing in association with GSE Research,2011:82 – 99.

[13]Lopez Barry. Arctic dreams:imagination and desire in a northern landscape[M]. Random House,1999.

[14]Rigby Catherine E. Topographies of the sacred:the poetics of place in European Romanticism[M]. University of Virginia Press,2004.

[15]Slovic Scott. The third wave[J]. Ecozon,2010(1.1):4.

[16]Slovic Scott. Re – scaling geo – loyalty:considering expressions of trans – scalar thinking [J]. Sense of place = Sentido del arraigo: Transatlantic perspectives = perspectivas transatlánticas. Servicio de Publicaciones,2016.

[17]Snyder Gary. The place,the region,and the commons[J]. Practice of the Wild. San Francisco:North Point,1990.

[18]Tuan Yi – Fu. Place: An experiential perspective[J]. The Geographical Review, 1975 (4):151 – 165.

[19]Tuan Y F. Humanistic geography——a personal view. Progress in geography, 2010, 25 (2),1 – 7.

[20] Tuan Yi – Fu. American space, Chinese place [M]. Lee and Kelley Brandon eds. Sentences,Paragraphs,and Beyond(6th edition),Cengage Learning:Boston,1980.

[21]Thomashow Mitchell. Bringing the biosphere home: learning to perceive global environmental change[M]. Cambridge,MA:MIT Press,2002.

# 结语　花痴学：因为爱，所以生

那些感受大地之美的人，能从中获得生命的力量，直至一生。

——蕾切尔·卡森

谁沉冥到那无边际的“深”，将热爱着这最生动的“生”。

——荷尔德林

如果知道了为什么，我们就有了关于怎么做的一切答案，对于棘手艰难的事情来说，这恐怕是最有效的解决方案。生态事业就是一项艰难棘手的工程。

德尔斐神庙所刻的箴言“认识你自己”是一个永恒的命题。作为人类的我们到底需要什么，我们并没有完全了解。我们需要安全感、食物、衣服、社会归属和尊重，而我们需要的远不止这些本能。马斯洛的心理学研究发现，我们人类还有一个能将人与动物区别开来的“似本能”。“似本能”与本能最本质的区别是后者是以自我为中心，所满足的需求是匮乏性的，而“似本能”体现在个体寻找一个外在于自我的中心的表现，体现在人类的超越性需求之中。“似本能”不是以人的需要和兴趣为中心的，而是“以宇宙为中心”（马斯洛，1987a：6－10）并“和一个人自己、有重要关系的他人、一般人、大自然以及宇宙发生关系”（马斯洛，1987b：271－288）。简单地说，我们有一种“为我”的本能，也有一种“为他”的本能①。若要成就自我，需要找到一个自我之外的中心，欣赏之，品味之，并为之付出。为什么利奥波德在《沙乡年鉴》中说：“有一部分人对于荒野的需要犹如对于食物的需要一样，不可或缺？”为什么洛佩兹在《乌鸦与黄鼠狼》（Crow and Weasel）中说：“有时候，和食物相比，人们更需要一个故事才能更好地活着？”而且，更神奇的是，为什么捡拾垃圾等义务行为可以缓解甚至治愈心理创伤与精神顽疾？

① 需要强调的是，这里的“为他”“利他”等概念和动物的利他行为有着本质区别。

人的本能大多是先天的，强烈的，往往能得到自觉主动的满足。而“似本能”则更多依赖于后天的环境和条件，需要习得。它是微弱的，难以被人察觉的，因此往往得不到自觉主动地满足。人类是如此短视与健忘，自然之美、自然之伤是如此隐晦与广袤，使得在生态批评框架中认识并有意识地满足“似本能”变得更加艰难。无论是何种本能，如果得不到充分的满足，都会出现问题。相比对于食物等需求的本能而言，“似本能”本质上较弱，但是也需要得到才能获得身心的完全健康。只有对自己的需求充分了解并满足，人类才能实现与生理进化相应的心理进化。本书认为，充分认识到这个“似本能”的存在及其重要性，并为之实现创造社会环境，对于拯救自然、拯救自我都是至关重要的。在生态批评语境下，“似本能”包括自我对非我的关注、品味与表达的需要，自我对非我有所附丽的需要，自我找到一个外在的中心并为之付出的需要。这些需要长期得不到疏通，则会对自我和非我造成双重伤害。现在的问题是，这些“似本能”很少被关注，很少有人意识到其重要性，更难有人有意识地去创造满足“似本能”的条件。生态批评则在一定程度上提供了系统专业的训练。无论是自我对非我之美的关注、品味与表达，还是自我看见极精微、极广大的非我的存在，并产生为之付出的冲动，都不是自然而然发生的本能，而是需要去习得的“似本能”。生态批评对于拯救自然和实现自我都有着生死攸关的重要性和紧迫性①。用一整本书来阐释“自我实现”，或者说“似本能”的满足，自我对非我的爱是生态批评的一个重要线索，是需要勇气的，因为“自我”是一个在生态话语中不受欢迎的词汇。本书的立论是：“似本能”的实现是以放弃自我为出发点和落脚点的。

生态批评的制高点在于受众的数量和信息传递的效度。本书希望从三个方面提升生态批评话语的受众和效度：将生态批评话语劝诫人们做“好事”升级为劝人既做“好事”又做“好人”；将生态批评话语只能大众言说升级为既对大众言说也对个体言说；将生态批评话语从只“为人”升级为既有“为人”的责任也达到“为己”的幸福。为了实现生态批评以上三个升级，本书以充

---

① 马斯洛在提出“自我实现”这一概念之后不久，就对它的使用产生了忧虑，主要是这个概念似乎含有利己而不是利他的意思；似乎忽视了对人生的义务和贡献；似乎忽略了与别人和社会的联系；似乎忽略了无私和超越自我；似乎强调的是能动性而不是接受性，等等。因此，自我实现的概念遭到误解，似乎成为一些人自我中心倾向的理论依据。以上这些问题促使马斯洛提出“超越性需求”“似本能”等概念。参见：［美］李安德．超个人心理学［M］．若水，译．台北：桂冠图书股份有限公司，1994：170－173，188.

实深层生态学“生态大我”为目的，结合前沿心理学、哲学等研究成果，将中国传统美学范畴“生”与“爱”进行扩展提炼，使之成为阐释生态批评研究的工具之一。生态批评单纯的劝诫和空洞的说教已经无法撼动人们的心灵，难以引起人们内心的共鸣，“生”与“爱”理论从自我实现角度出发进入生态批评话语，使得人尽其性，物尽其性。在该理论的观照下，四位生态批评家所从事的生态事业正是培养我们爱的艺术，使我们获得心理进化，人性完满。

强大的问题意识是成就一部著作的引擎。本书的问题意识是：我们人类的心理进化发生了倒退，我们怎么办？在现代社会中，自我对于非我的感知日益麻木，我们的短视和健忘越来越严重，这对我们自身和作为非我的自然都是双重的伤害：自我呈现出空前的精神问题症候，而自然也是千疮百孔。自我与自然会在人类这个心理进化的倒退过程中玉石俱焚。如何使自我与非我之间相互玉成，避免香消玉殒的下场构成了本书的引擎。

国内外生态批评界气氛都显得疲惫、沉重而挫败。对于生态批评中的荒野话语和田园话语，人们褒贬不一，它可以被看作是天人合一的美好境界，也可以被理解为有钱有闲的人们把玩自然，将自然对象化的表现，还可以被当作是“为自然而自然”的不介入、无作为的自娱自乐，而生态预警话语和劝诫话语又收效甚微。生态批评柔弱的肩膀上承受了太多难以实现的理想主义悲情；承载了太多批判的使命；有太多需要代言的弱势群体。积重难返的现实，不容乐观的未来让生态批评显得举步维艰。笔者曾经读到一篇题目很刺眼的文章《人类的各项宏伟环保计划为什么没有实现预期目标?》[①]，文章罗列了始自卡森《寂静的春天》的环保呐喊，人类与环境污染宣战以来的各种环境保护公约，几乎所有公约中的环境保护的雄心壮志，都无一例外地落空了。最后文章的作者列举了五条原因：技术上的还原论思维，导致头痛医头脚痛医脚；强大的利益集团撕扯；发展中国家的崛起；发达国家不愿承担义务，不愿放弃优越的生活；重理论、轻行动。若仔细审视，这五条原因中的任何一条都是无法回避的。完全依赖技术力量与自然对峙是盲目自信，而通过空洞的劝说让人类遏制发展和欲望更是一种妄想。

但是，我们不能坐以待毙。也许，返身自诚能给生态批评提供一个柳暗花

① 蒋高明．人类的各项宏伟环保计划为什么没有实现预期目标？http：//blog. sciencenet. cn/blog－475－937876. html，2017－04－15.

明的思路。我们可以尝试从为人转变到为己，从做好事转变到做好人，从改变世界转变到改变个体，以个人的自我实现或者心理进化为线索进入生态批评。在生态批评语境中谈论个体的自我实现也许是一件大逆不道的事情，但是倾听各种声音符合了生态批评的包容精神。美国自然文学作家林白夫人曾在《大海的礼物》中说过这样的话：

> 玉螺壳，你让我明白：女人必须在纷乱的活动中保持如轮轴一样的稳定，同时也引领他人保持这样的内在平静，这么做不仅是为了拯救自己，同时也是为了挽救家庭生活、拯救社会。
>
> 我想这当中自然需要折中与妥协。我们每个人作为一个单一的个体，根本无法应付太多的其他个体，因此才索性将其他的个体都简化为抽象的名词“大众”。我们因为应付不了现存的种种复杂问题，所以常常跳过了现在，活在过度简化的未来之梦中；我们因为解决不了自己本身居住地方的问题，所以便大谈阔论世界其他地方的种种问题。追根究底地说，这都是因为我们在自己肩上添加了无法出售的心理重担，因此剩下的就只有逃避一途了。
>
> 但是事实上对于“大众”这个抽象的名词，我们真的能够发自内心地对她感到同情吗？在我们跳跃了现在之后，真的能以未来取而代之吗？又有谁能保证未来一定比现在更好呢？当一个人连自己的问题都无法解决时，他又如何能解决世界的问题呢？而在逃避的过程中，我们真正前进了多少？在舍本逐末的追逐中，我们又成就了什么呢？
>
> 其实仔细想想，现代生活中的许多灾难不正是我们舍近求远的结果吗？我们舍弃现在，去追求遥远的未来；忽略自己的所在地，望向其他地方；着眼于辽阔的大众，却看不到基本的个体。（Lindberg，1991：52，112－113）

而作为人的个体在生态批评语境中是一个让人警惕的字眼。在生态批评的各种论争中，有的流派体现了对人性的悲观，人类的厌恶，把人类当成是一个欲先除之而后快的群体。阿尔·戈尔在《濒临失衡的地球》中就借用深层生态学者之口，将人类比喻为出疹发烧的细菌、全球癌症和艾滋病毒等。这无疑是对人类的丑化，是以偏概全的偏激之言。还有，在争论中，为了将人类从唯我独尊的地位上拉下来，学界有一种将之进行矮化，将人与动物画等号的策略，一如进化心理学所理解的人性，即人与动物一样，性和竞争是人类生存的终极驱动力。这样固然降低了人的地位，但是并没有解放人类。无论是对人类的丑化还是矮化都最终无法解决问题。笔者认为，我们在解决男性中心主义、西方中心主义或者资本主义等人类内部的问题的同时，不能放弃对人类这个物种进行整体的反思，这就需要我们敢于承认：人是不同于动物的物种。个体是把双刃剑。人，一半是天使，一半是魔鬼。我们不能只看到人魔鬼的一面，无视人作为天使的一面。

笔者始终不认同生态批评中将人类与动物界等同的粗暴思维。人类的爱与动物世界的爱有着本质区别，同时人类的爱也是可以培育的。“似本能”中的“似”字道出了人类尊严之全部所在。有所附丽的超越性是“似本能”的本质。自我对于非我的美丽的品味与表达需求，感知非我的苦难与困境的需求，找到一个对象并为之服务的需求等都属于“似本能”。自我要成为自我，必须看到非我，并产生为之付出的表达冲动。正如马斯洛所说，能否满足这些超越性的需求，在某种意义上是“性命攸关”的，我们为爱而生。现代社会中，人的麻木程度已经到了令人担心的程度，这意味着“似本能”的被忽略。很少有研究将人类的各种精神危机以及由此带来的生态危机与我们无视“似本能”的存在联系在一起。马斯洛分别用 X，Y，Z 理论代表需求的不同层次，分别代表了生存性需求、存在性需求和超越性需求。自我实现的程度越高，人性越完满，人的超越性需求就越强烈。超越性需求与生存性需求的一个重要区别是我们很容易感知到生存性的需求，并自觉去满足这种需求，而超越性需求则不容易发现，人们甚至意识不到自己有这类需求，很难自觉地去满足超越性需求。正如林白夫人在《大海的礼物》中所说的，女人的精神食粮会在不知不觉中干涸，就像是空驶的汽车，我们要自主为油箱加满油。正是这个强烈的存在性需求驱使林白夫人独自来到大海，并在品味大自然带来的宁静中获得满足（Lindberg，1991：39）。

超越性需求满足是一种心理进化的体现，也是人性完满的指征。史怀泽认为：“如果我们真正体验到了‘谁失去他的生命，谁就将得到它’这句话的真理，我们的生存就获得了真正的价值。”（Schweikzer，1996：253）事实上，人得不到充分的发展是一种异化的体现，这很大程度导致人与动物难以区分。

爱是我们的“似本能”，当这种本能受到阻止，将会给我们自身带来各种精神问题。有些精神问题直接关乎我们的性命。而这些精神问题大多也会加剧生态危机，而生态危机反过来必然影响我们的生命质量，甚至威胁我们的生命。因此，作为我们“似本能”的爱的疏通，是一件生死攸关的事情。为超越自我，自我需要看见非我的美与伤，并表达出来。

用“生”与“爱”的理论理清了生态批评中的两个令笔者百思不得其解的悖论式难题。第一个难题是，为什么说走入自然就是走入内心？另一个难题是，笔者始终不明白，为什么人类很难响应生态批评声嘶力竭的利他主义号召，笔者思考的是：人类的利他行为是伦理问题还是进化问题？也就是说是否有一种利己的利他主义或者利他的利己主义。

在从事生态批评研究的过程中，笔者发现了美国自然文学中“走入自然与走入内心”传统，并被深深打动。对于美国生态作家阿尔多·利奥波德曾经在《沙乡年鉴》的序言中谈到的，有一部分人对于荒野的需要犹如对于食物的需要一样，不可或缺，美国自然文学作家爱德华·艾比在《荒野的呼唤》中说，一个心里只有自己的人是空洞的，也是深以为然的。笔者接触到马斯洛“似本能”理论后才明白：超越性需求对自我个性的完满有着性命攸关的重要性；自我的身份需要非我来成就。笔者也更深刻地理解了美国自然文学作家布鲁斯·伯杰（Bruce Nicolas Berger）的那段话：“荒野是增强我们感知意识的机遇，让我们有机会将自我置身于非我。它是走向内心的跳板。关于那些照耀过、真正被我们体验过和感知过的日子的伟大文字将增强这个过程。”程虹在著作《寻归荒野》中对美国自然文学作家的传统有较为完善的梳理：爱默生在《美国学者》（The American Scholar）中指出：“总之，古代那条箴言‘认识你自己’，与现代这条格言‘研习大自然’，终于合二为一了。’”（程虹，2001：12）；“巴特姆的这种将自然与心灵融为一体的观点，为美国文学从荒野中寻求精神的资源开辟了道路，影响到他身后的梭罗和巴里·洛佩兹等自然文学作家。他们后来所提出的‘走向自然也就是走向内心’，以及‘我认为有两种风景，一种在你的身外，一种在你的心中’等论点与巴特姆的观点几近相同”（程虹，2001：44）；“无论是在爱默生同代，还是他的后代，以至我们当代的自然文学作品中，研习自然与认识自我，始终是一个经久不衰的主题”（程虹，2001：86）；“梭罗与自然有着一种扯不断、理还乱的深情。对他而言，走向自然，就是走向内心”（程虹，2001：111）；“巴勒斯把周围的自然景物已看作是内心自我的外在表现，他的心境与情感已与外在的自然紧密相连”（程虹，2001：155）；“对缪尔而言，‘走向外界，我发现，实际上是走向内心’”（程虹，2001：171）；加里·斯奈德内心的荒野，与“走入自然就是走入内心”有一脉相承的传统：“在详述了‘野性’对人类身心的重要性之后，梭罗指出荒野是培养和维持野性的根基，同时也是人类文化的根基。……英文‘wilderness’是荒野的实体，而‘wildness’则是意识上的荒野，是人们内在的荒野。……他指出，西方文化的弊端在于它继承了太多错误的东西。它是一种与外界的荒野（the wilderness outside）和内在的荒野（the wilderness within）都隔离的文化。在高科技发达、人与自然都趋于物化或者商品化的现代社会中，斯奈德看到了现代文明的误区，他将保护荒野、培养人的野性与人类文化的存亡联系在一起，开始唤醒人们从文化的角度来思考，形成一种自然、社会与精神和谐共存的强大的生态视野”（程虹，2011：295）。

我们只有向外发现了自然，才能向内发现自己的深情①。自我品味非我的美丽的能力是一种生命力的象征，反之，对美丽麻木不仁则会令心灵空洞，因为我们的“似本能”被压抑了。如果你不用心聆听生活中的喃喃细语，你一定会陷入困境，因为生活一直在你耳边细语。如果你听不见，总有一天，你会痛得大声尖叫。生活中的喃喃细语也包含了自然物语。而对于人类而言，麻木其实是扼杀我们生命力的头号杀手。麻木与衰老互为因果。如果我们有幸保持对他者敏锐的感知和初心，我们或许可以青春永驻。而与此同时，爱“可以将智慧带出机构和组织，繁衍自己，最后成就大业。爱从不抽象。它并非依附于宇宙、星球、国家、机构或者职业，而是依附于奇特的街边麻雀和田野百合”（Berry）。

“生”与“爱”理论解决的第二个难题，是人类的利他主义是伦理问题还是进化问题。也就是说，是否有一种利己的利他主义或者利他的利己主义存在。笔者不太认同文学达尔文主义将动物界的利他主义与人类的利他主义联系起来的做法。在这个问题上，笔者认同深层生态学的“生态大我”理论。该理论坚持认为，对整体的关怀与对个体的关怀是相辅相成，成正比的，而不是互相冲突。因为“（通过自我实现），自我与他者的对立被超越了，人们对大

---

① 这个内心与自然合一的传统总是能令笔者想起宗白华说的那句“晋人向外发现了自然，向内发现了自己的深情。参见：《论〈世说新语〉和晋人的美》，宗白桦．美学散步［M］．上海：上海人民出版社，1981.

我的自我实现和成长的追求，完成了利他主义想要完成的任务。因此，利己主义与利他主义的区别也被超越了”①。如果说马斯洛所说的“似本能”存在的话，人的超越性需求、利他主义需求是一种“似本能”，那么自我实现的人是“似本能”得到了充分进化的人②。自我如果得不到充分的实现和发展则会带来许多的危机，因为，“人类自我发展的缺乏是引起生态危机的根本原因”（佩珀，2005：141）。

笔者深深认同，我们应该呼吁人们做个自我实现意义上的、满足了超越性自我实现“似本能”的“好人”，而不是难以知行合一的道德意义上的“好人”③。深层生态学家阿恩·奈斯在1986年凯斯·罗比社区科学纪念讲座中有力地论证了自我实现与人类的平等主义、利他主义行为之间的关系：

> 在我成长的环境中，人们总是说，人生最重要的事情，就是变成一个伟大的人……这种人生意义和目标，在今日庞大的经济竞争背景下，显得非常危险。经济市场上的商品与服务，不仅可以切割独立于实际生活，也几乎完全无关人实际的需要。因此，我们绝不能让商品与服务的法则支配我们越来越多的生活层面……将生命本源翻译为“本我”其实更为贴切，因为如果广义的自我能够接纳其他存在，就不需要借助道德劝说，要求人关心生命。除非你有某种精神官能症，或者有自残倾向，否则，在没有任何道德压力下，会很开心地关心自

① 何怀宏．生态伦理——精神资源与哲学基础［M］．保定：河北大学出版社，2002：506.

② 在马斯洛的“似本能”理论看来，人的基本需求是变化着的，处于进化之中的。人的超越性需求则正是人的进化的体现，这种需求类似于人的其他本能。换言之，超越性的需求是进化的产物。而超越性需求的有无或高低反过来也可以衡量一个人的进化程度。超越性需求等层次较高的需求与先天遗传的联系更弱，对于后天环境的依赖则更大，但也不排除高层次的需求也与遗传有关系。而这也正反驳了人与动物无异的说法。因为，超越性不能作为动物的标志，而作为人的标志则更为合理。和其他基本需求一样，超越性需求的遮蔽会带来一些疾病。所以我们要了解、察觉自己的超越性需求并为它的实现创造条件。

③ 在《数字与神经》一书的引言中，斯洛维克提出一个问题：生态批评为什么要用心良苦地让人们看到人间和自然里的苦难与伤害？他的回答是——我们大多数人有意无意想成为“好人”，当我们意识到问题并可以做出积极贡献的时候，我们急于有所作为，提供帮助。生态批评希望让更多的人看到问题，促使人们做出响应。斯洛维克在此处的预设是，成为一个能改变世界的、利他的“好人”是人们行动的主要动机。在“似本能”解释框架中，“好人”是一个超越性需求得到了比较充分的满足，人性比较完满的人。因此，看到苦难与伤害并提供帮助，实际上是满足了自我超越性的需求。在此过程中，自我的“似本能”得到了满足。“好人”，有利他的一方面，更有为己的一方面。

己……在短短的时间内，人们能够听到“大我”的概念，并了解到，如果人们继续将本我实现等同于小我意识的实现，就是严重看轻自己，因为人比我们所认为的更伟大、深刻、丰富，也更具有尊严与喜悦的能力……狭隘的小我是最粗糙，却也是无可避免的起点，而我希望大家以此为出发点，开始思考自我的扩展与深化。背后还有另一个重要的原因，与利他主义有关。利他主义经常被置于利己主义的对立面，拉丁文中自我（ego）意识的对立面是他者（alter），因此利他主义暗示了自我意识支持他者，牺牲自身利益，而且俗话也说“基于责任，人应该爱人如己”。遗憾的是，人若只靠责任或普遍的道德劝说而爱人，能做到的十分有限……我认为未来的重点应该放在扩展与深化自我实现的工作上。当自我够宽广、够深刻、够丰富，就能超越自我意识与他者之间的差异……哲学家康德提出道德行为（moral act）与美的行为（beautiful act），这一套概念对比鲜明，值得我们在与自然和谐共生、帮助自然，或天人合一的过程中广泛运用与探讨。不计代价遵循道德法则的意图，驱使了人们的道德行为，换言之，单单只为了尊重责任，我们就得更道德。因此，最能展现纯粹的道德行为，就是完全违反意愿的行为，即使厌恶，却因为尊重道德法则而不得不做出的行为。对康德而言，使他油然升起深深的敬畏之心的，就是“我所仰望的星空与心中的道德法则”。

另一方面，如果尊重道德法则是心甘情愿的，那会是什么情形呢？康德认为，如果好的行为是出自于积极正面的意愿，就是美的行为。而我认为，在环境相关工作中，我们应该设法影响人们的道德意愿而非道德理由，将主要目标着眼于影响人做出美的行为。不幸的是，生态运动常沦为说教，给大众一个错误的印象，大体上都要求人们有所牺牲，更有责任感，更关心他者，更有道德心。依我看，我们需要的是敏锐地感受生命丰富与多样性，以及爱护自然景物的深刻经验所带来的各种喜悦……

我所提出的是生态本体论的最高地位，同时认为在环境伦理之上，存在一种更高的自我实现这个现实的原则。鼓舞着未来数年的生态运动。只要生态行动能化为现实的自我实现，人们的行为就能自然又优美地遵循严格的环境伦理规范。虽然我们有时的确需要了解自己的品格缺陷，但透过更加深刻的体验与激励，生态运动会越来越有成就。但是，这个问题若要在本文处理，可能过于庞大。我们要面对的显然无关乎社群科学（community science），而是社群治疗（community therapy）的问题，我们必须找出方法，来医治我们与最大社群——众生社群的关系。

很显然，深层生态学中的利他主义与马斯洛“似本能”中的超越性需求有着共同的旨趣[①]。生态行动实际上是在改变世界的过程中拯救自我，实现自我。

斯科特·斯洛维克在题为《美国自然写作中的认识论与政治学：嵌入修辞与离散修辞》的文章中建议生态批评和教学运用心理学家穆扎费·谢里夫（Muzafer Sherif）、夫尔·霍夫兰（Carl Hovland）和罗勃特·扎荣茨（Robert Zajonc）等的理论，充分发挥文学的表现性以应对顽固的心理麻木（psychic numbing）等问题。其中提到两种修辞，集中讨论了自然写作修辞的基本分类，主要目的是论证所有修辞都具有政治含意。自然写作文类修辞在认识论美文和政治论檄文两种修辞模式之间波动。一些自然写作作家倾向于离散地使用两种修辞，而一些作家则把政治论镶嵌在认识论美文之中，以达到更深层持久的环境思想与价值的转变。这两种修辞都是帮助人们看见：认识论美文是帮助人们看见美，政治论檄文是帮助人们看见伤，后者旨在影响人们，希望人们更多地介入。社会介入是斯洛维克生态批评中的关键词。在其著作《远行深思：拯救、逍遥与生态批评的责任》中，斯洛维克认为，无论是入世的远行还是出世的深思，都是一种介入，一种拯救，是“似本能”中两个重要的需求，即品味与奉献的需求。不仅如此，还让我们看到非我的美，满足“似本能”中的审美需求，激发我们心理的共情，促进我们采取行动去为之行动，从而满足“似本能”中的超越性需求。无论是赏花式的逍遥还是捡垃圾的拯救，都是一种超越性需求——有所附丽。

2015 年笔者接触到美国刘易斯克拉克学院开设的一门环境心理学辅修课，让自己更坚信“生”与“爱”，即自我实现的生态批评进路。该课程出发点十分新颖，不再是让人腻烦的减缓发展、节制消费之类的紧箍咒，而是为社区生

---

① 包括奈斯在内的深层生态学家们深受马斯洛超越性自我实现论的影响。

态环境做贡献的过程可以用来治疗精神紊乱类疾病。捡垃圾何以可以治病和养心？放在“似本能”框架下，我们可以很好地解释生态行动的疗伤效果。

作为非我的自然里的故事依然那样精微与广大，我们受制于自身肉体的限制和天然的短视与健忘，我们的眼皮太沉重，我们的心灵太麻木，使得我们对非我的存在充耳不闻、视而不见、无动于衷。生态批评所从事的工程就是抵抗麻木和抽象，使我们看见。为了这个目的，生态批评家们不惜采取各种策略让我们小中见大，无中生有，让我们必须直视非我的存在①。他们用心良苦让我们不再睡眼惺忪、充耳不闻，无论是立足脚下的地方派，还是放眼世界的宇宙派，都是朝着恢复我们的感知这个目的努力着。看见带来感动，带来爱恋，带来行动。当我们看见了，听到了身边的美与恶，我们就会去爱，去行动，满足我们爱的“似本能”。

我们不仅要为汽车加满油，用食物塞满我们的冰箱，用滋补品摆满我们的药箱，满足我们的本能需求，我们还要精于爱的算术（the arithmetic of compassion），感知到惊艳的美丽，并表达出我们的欣赏，感知到身外惊悚的伤害并为之行动，从而满足我们超越性的“似本能”。英国浪漫主义诗人华兹华斯曾提出“时间之点”的概念②，用来指因为某种东西引起作者对过去生活的回忆，通过这些回忆，作者在不经意的刹那间领悟到更高层面的意义。在某种意义上，这些时间之点就是充实我们的精神粮仓，满足我们“似本能”的补给。这些“时间之点”可以是看到一朵花带来的狂喜时刻，也可以是帮助他人带来的欣慰，虽然其重要性很难为我们感知，但是这些关键时刻对于我们却是性命攸关的。

**时间之点（Spots of Time）**

我们生命里存在的时间之点，
它们保有明显的更新能力，
当我们困于伪说和狂言，

---

① “非我”可以指人类和自然存在的美丽与苦难。

② 这个概念是继承了前人的思考，并启发了后来很多其他的类似概念。有人将此概念追溯到卢梭的《忏悔录》，也有人追溯到笛卡儿的时间观，但是笔者认为此概念还可追溯至英国诗人柯尔律治的“对话诗”。对话诗对华兹华斯的影响体现在思考非我在自我身份构成中的决定作用。参见：James Davis P. The “Spots of Time”：Wordsworth’s poetic debt to Coleridge［J］. Colby quarterly，1992（28.2）：3.

或更沉重，更恶毒的妄见，
或卷进琐务和社交的循环，
它们就向我们的心灵提供滋养，暗中医治。
这能力使人增加愉快，
它深入，又帮助我们攀高，
这神奇能力的藏身之处
在人生的某些片断，它们提供
最深刻的智慧，提出目的和方法，
实现心灵的当家做主——而外界的感觉
只是忠顺的仆役，这样的时刻
散布一生，最初的开始
是在童年。

（苏文菁，2000：224－245）

当被告知如果不做什么，或者做什么，海平面会在若干年后上升一米，人们可能无动于衷；当被告知如果通过感知非我的美并表达之，感知非我的伤害并介入之，可以医治抑郁症，或者戒掉毒瘾，或者让我们长寿，人们或许会采取行动。本书就是汇集了教授我们如何通过“爱”救治我们自身，让我们“生”机盎然，同时也给自然一条“活”路的专门艺术。如果要给本书的内容起个学名的话，笔者愿意叫它“花痴学”——无痴不成爱，不爱无以生，以此不战屈兵，无为而治。

本书对未来生态批评研究最大的希望是，有更多的研究者关注作为“似本能”的“爱”的满足对于个体精神健康的意义，并研究如何创造满足“似本能”的社会条件；有更多的人在深层生态学框架内从思想观念、艺术表达等角度更深入系统地研究如何让自我更好地看见非我的美丽与苦难；从生态行动与人的心理健康和人性完满关系的角度，多一些“爱”的策略的研究，如对仪式策略、传统节气的研究。现代社会人们感知变异，笔者认为，这与现在精神疾病增多有一定因果关系，希望此书能够引发人文科学、社会科学和自然科学对生态心理学的关注，携手恢复我们的“惊奇之心”，将让人们看见地球的苦难当作一项工程来做，并能将人们的生态行动与自身心理健康的联系进行深度挖掘。若是精神病院、癌症病院和戒毒所等与环保局合作起来，在修补心灵创伤的同时，修补地球的伤口，将是令人感到最欣慰的事情之一。

希望本书对未来生态文学教学实践也有所启发。生态文学课程在大学和中学如雨后春笋一样开设起来。本书在“生”与“爱”的视阈下，分析了生态批评家们提到的各种“爱”的模式，这些将对生态文学教学实践提供一定的启发。我们可以借鉴美国刘易斯克拉克学院开设的环境心理学辅修课的社会实践，笔者认为那是发生在教室和社区的一个极为成功的环境教育和自我实现相结合的典范：让人们“看见”世界污染景观后再去参加各种生态行动，如捡垃圾，之后跟踪检测自我幸福感体验；国内的生态教学形式单一，我们实践本书中提到的各种策略，如将生态仪式引入教学环节，可以将教学媒介多元化，如生态电影、生态摄影、解域叙事模式来体验游牧主义，拓展学生“爱”的疆界；国内 SEL（社会情绪能力学习）等社会情感类课程几乎是缺位的，我们有必要系统地培养学生的感恩与品味能力，并科学检测学生的心理变化和精神健康变化，从而提升学生的人格修养和人性完满；国内生态写作和创作课程也是一片等待耕耘的处女地，而文学创作实践对训练感恩与品味是必要环节，可以在课程中引入本书中涉及的文学表达策略、艺术表达策略和生态行动表达。如在课堂中，我们可以借鉴梭罗的日志、艾比的陌生化策略、迪拉德的回忆写作、贝里与自然婚姻式的相处之道、洛佩兹的隐喻手法、布伊尔呈现的详述、马歇尔推崇的俳句、海斯钟情的解域叙事，等等，以此作为培育人们感知力的手段。这些策略不仅仅使自我看到非我的美与伤，更重要的是，在表达的过程中，在一定程度上实现了自我。

遗憾的是由于作者水平有限，时间仓促，“生”与“爱”在四位生态批评家著作的联系没有能够充分展开论述。另外，“爱”的定义、内涵和形式还有待完善。

## 本章参考文献

[1][法]阿尔贝特·史怀泽(Albert Schweitzer). 敬畏生命[M]. 陈泽环,译. 上海:上海社会科学院出版社,1996.

[2]程虹.(2001). 寻归荒野. 北京:三联出版社,2001.

[3]程虹.(2011). 寻归荒野（增订版）. 北京:三联出版社,2011.

[4][英]戴维·佩珀. 生态社会主义:从深层生态学到社会正义[M]. 济南:山东大学出

版社,2005.

[5][美]马斯洛. 存在心理学探索[M]. 李文,译. 昆明:云南人民出版社,1987a.

[6][美]马斯洛. 人性能达的境界[M]. 林方,译. 昆明:云南人民出版社,1987b.

[7]约翰·席德,乔安娜·梅西,佩德·福连明,阿恩·奈斯. 像山一样思考[M]. 黄懿翎,译. 台北:红桌文化出版社,2015.

[8]苏文菁. 华兹华斯诗学[M]. 北京:社会科学文献出版社,2000.

[9]Berger Bruce. The literary life:books on my back[J]. The North American Review,1981(266.4):55.

[10]Berry Wendell. Word and flesh[J]. Whole Earth Review,1990(66):68 – 71.

[11]Lindbergh Anne Morrow. Gift from the sea[M]. Pantheon,1991.

[12]Lopez B. Crow and weasel[M]. Macmillan,1998.

[13]Naess Arne. Self – realization:an ecological approach to being in the world[J]. Trumpeter,1987(4.3):35 – 42.

[14]Slovic Scott. Epistemology and politics in American nature writing:Embedded rhetoric and discrete rhetoric[J]. Journal of Poxang Lake,2009(02).

[15]Slovic Scott. Going away to think:engagement,retreat,and ecocritical responsibility[M]. University of Nevada Press,2008.

# 重要人名和术语索引


**A**

爱默生　2，11，33，113，141，153，175，187，198，231，282

**B**

巴赫金　4，41，55－56，125，126

巴勒斯　15，33，54，164－165，228，282

并置　28，102，133，176，187，189，198，200，209，219，221－222，226，253，255，267

布伯　41，58，66，68，74－78，83，85

**C**

长相守　98，121，127－128，131

常惺惺　80，83，192，200

超越性自我实现者　65－72，186，191，193

痴　15，42，44，50，202

抽象化　7，38，104，158－159，267

惆怅　68，71－72，182，184，193，204，209，266

初见　38，84，94，98，128，171，174，176，180－181，184－186，189，192，296

初心　13，28，38，173－178，180，182，184－185，191－192，203，283

**D**

大叙事　19，133，245，273，297

迪拉德　27，49－50，84，92，96，98，106，110，111－116，123，126－127，129－131，156，166，168，231，289

杜维明　22，58，81－83，231

**F**

非我　2－3，8－11，13－14，16，26－28，33－34，40－44，49，52－53，56－57，66，69，74，76－77，84，91－93，95－97，102－105，107－108，110，112，118，121－122，125－126，128，130－132，144，151－153，155－156，158－160，164－166，168，175－176，181－182，185，187，195，200，209，210，216－218，231，234，250，253，271，273，278－279，281－283，286－289，304

冯友兰　8，58，78－83，93，110，113

附丽　34，40，46，73，74，84，90，156，194，196，201，202，278，281，286，296

**G**

高峰体验　27，36，68，73－74，76，78，144，176－175，177，180，199，203，211，306

个体化　14，104，124

共情赤字　52

关系哲学　74－78，83

广大　168，215－216，218－219，226，249－250，267，278，287

**H**

海德格尔　4，39，46，108，113，134，186，199

好人　278，280，284

化约　35，40，41，45，156，159，187

华兹华斯　287

怀旧　102，135，165－166，206，254

活着　12，15，36，39，46，50，56，73，105，112，185，190，277

**J**

精微　45，54，98，111，151，158，165，167－168，192，205，216，218－219，249－250，254，258，278，287

惊异之心　38，119，123，158－159，186

觉解　68，71，79－81，83，93，110，207

**K**

卡森　47－48，55，184，234，277，279

看的艺术　15，33，54，112

柯尔律治　47，287

狂喜　9，17，68，71，106，111，114，117，121，132，159，168，174，132，159，168，174，186，205，287

**L**

林黛玉　71－72，200

临近伦理　222－223，243－244，246，258

**M**

默菲　55－57，76，125

陌生化　15，27，43，84，97－98，105，116，118－120，127，129－130，185，289，302，306

**N**

奈斯　4－6，19，21－23，25，58－59，61，63，154，244，251，284，286

**P**

彭峰　37－44

飘溢　48－51，157

**R**

如其所是　40，51，73，108，116，123，130，158，163，182，190，207

**S**

煞有介事　185

3C　40

渗透性　41，56，270

生态文学教学　3，14，16，289，295

时间之点　287

似本能　9，26，63－66，72，84，234，274，277－278，281－284，286－288

**T**

塔尔梅奇　12，35－36，49，131－132，295

天地境界　58，78－81，83，93，110

同心圆　28，58，81－83，142，228－229，246

W

完满　2－3，9，11，13，16，26，33，52－53，63，68－69，84，104－105，108，115，123－124，129－130，145，210，279，281－282，284，288－289，303

我思先生　99，101－103

我与你　74－75，85

我执　16，136，201

舞蹈　38，45－46，107－108，127，129，198

物哀　15，102，181，193，204－205，207－208，211，302

X

行善　48－49，304

细节化　14，104，124

性命攸关　65，281，282，287

Y

仪式　40，53，102，104，106，129，164，185，200，288－289

意向性　207

因陀螺　44

玉成　3，26，34－35，75－77，89－90，279

预警叙事　3，10，255，266，268，271，273－274

Z

症候　3，8－9，13，42，162，279

正念　36，102

主体间性　5，34，78

宗白华　37，39，45，72，164，283

# 后　记[①]

决定在生态批评话语中明目张胆地谈自我的问题有点心虚。2015年夏天，我在美国莫斯科小镇召开的文学与环境研究会（ASLE）上对本书做了简述，引起若干学者注意，纷纷留下联系方式，以便邮寄即将出版的书稿，这鼓舞了我，只要有一个人愿意看，出这本书就是有意义的；后来在美国自然文学作家和生态批评家约翰·塔尔梅奇以身作则和鼓励下，我坚定了自己的问题意识和思考角度。本书是由我的博士论文修改完善而成，书稿画上句号的时候，惊觉竟然和毕业答辩那一天是同月同日。我是少数博士顺利四年按时毕业的，修改论文花了整整又一个四年。谁让我连滚带爬地毕业，还沾沾自喜呢？

出书合同早就签订了。所以这么晚面世，主要是因为我的命运被彻底重新装订的缘故。书出得晚，虽然可能意味着信息的陈旧，所幸在修改过程中改动比较大。在美国期间，利用生态文学教学和研究新重镇爱达荷大学英语系的课程、讲座、资料、读书会、学术会议等资源，不断补充新信息，继续完善书稿。改动的过程中不断更新、充实、疏通思想内容，因此权当是“再版”，如此尚可安慰自己。大凡出这类书，必得有沉重的动力。能坚持写下来，主要是因为王老师曾经说，如果你从北京大学中文系毕业，你该为你的“一本书主义”羞愧，而现在你竟然一本书都没有。出这本书或许为纪念在北大的日子，又或者对自己的过去有个交代。当然也夹杂有对现代人感知变异的忧心忡忡。

“再版”的出现，还有一个人对我的帮助很大，我不说不快。那就是北京大学英语系的毛亮老师。2013年我在首都经济贸易大学英语系研究生中首次开设“美国自然文学”课程得到了他的慷慨帮助。他曾在百忙中坐公交车从北京西城的五环来到南城的五环，不要接送，拒绝任何补贴和报酬。而具体到对本书的启发，他在北京大学英语系开设的研究生课程“爱默生和梭罗”，对

① 本书得到“北京市教育委员会社科一般项目”的资助（项目编号：SM201410038007；项目负责人：朱利华）。

我的思路指引犹如黑暗中的启明灯。听他讲课那些日子可谓酣畅淋漓，惊喜连连。毛老师解读文学，不穿靴戴帽，但也有自己理解的主线。围绕着文本疏密有致地讲解，讲解时有的地方细针密线、有的地方大刀阔斧，可贵之处在于，他的主线丝毫没有伤害作品本身的张力。也只有这样的解读，才对得起这些经典作品的丰富与深刻。

学术著作的最高荣誉是直接或者间接地影响人们的思维和行为，这本著作会给人们什么变化，我不得而知。在写作的过程中，我开始意识到人的精神麻木是一种病态，需要矫正和治疗。我开始改变自己的教学和教育策略。除了带学生出入图书馆、电影院、音乐厅，借鉴研究过程中了解到的对抗麻木的策略，我还带学生去孤儿院、养老院、戒毒所、垃圾场等地方体验生命的价值，体验服务的乐趣。因为当我们知道了为什么，那么做什么、怎么做就不是问题了。在中国古代诗词教学与鉴赏中，深知其使命之一是让生命更敏锐，让教学别具一格，效果显著。在写作本书的过程中，我开始不断追问自己到底想要什么。若想生机勃勃，必得有所爱恋。一旦生命有所附丽，并得到了爱的训练和艺术，一切将变得灵动有趣，生机盎然。我很享受与美国同事们的读书会。研究生态文学的学者们心灵晶莹剔透，和他们一起思想激荡，灵感飞扬，恍惚间完全忘记了国界。忠犬水墨在小院自顾自地时而突然煞有介事腾挪跌宕，时而眯着眼睛安详地晒着太阳，总能让我想起小时候家里看家护院的狗，这给在书房时而眉头紧锁，时而奋笔疾书的我注入了许多温馨和灵感。窗外不到一里的山间风景瞬息万变，但是“远山长，云山乱，晓山青”，那山永远在那里，让我很踏实。每日仪式般散步到家后面不舍昼夜奔流不息的清水河（Clearwater River），忍不住想起张若虚的那句千古绝唱：江畔何人初见月？江月何年初照人？这条河熟悉的气息足以将我的思绪带回童年家门口的那条记载了无数儿时记忆，似乎总是映着月亮的河。

月可映百川。

2017 年 6 月于清水河畔

## 附一

# 毕业后记

我在想，从进北大的那一刻，到离开北大的那一天，我有变化么？变化很多。但是我只想说两个。

第一个变化是，我选择了我的学术伴侣。我的导师曾说，在博士阶段，选题重于选择人生伴侣。的确。我在硕士阶段曾痴迷于后现代，醉心于解构美学；而在北大，自我感觉经历了一次从解构后现代到建构后现代的转向。深层生态学是后现代的，也是建构的。打破一个思想体系不容易，建立一个思想体系更难。后现代的“碎片化”的确给人带来了别样的快感，在这个以打破大叙事为主的学术语境中，建构一个精神的高度也许冒着被斥为建构另一大叙事的风险，但需要有人去做。对于残酷、丑陋的现实，有解构主义倾向的后现代专事描述精神的荒原，且以现代艺术的形式日益自嘲，逐渐缩回小我，形上诉求从艺术中悄然隐退。现代艺术恣意涂抹着现代无家可归的众生相，且沉浸其中，无意也无力指出一条回家的路。深层生态学的微弱之光，颇具堂吉诃德的理想主义，有了它也许可笑，然而少了它，却也是我们承受不起的。当上帝转身离去，担当看护我们精神家园的人文精神也渐渐隐身，调动种种学说力量消解深层生态学理想，不应该成为我们学术努力的大方向。我佩服那些坚持理想主义，甚至精英主义思想的学者，他们孤独但很坚定。人类不能停止忧思，就我自己的理解，忧思是北大精神的一部分。如果说北外教我把语言当作艺术，那么北大则教我把艺术当作了道。

第二个变化是，在我较为成熟的生命阶段，于北大中文系的学术氛围中，重新放眼了中国文化的美丽精神。中国文化的诗学画论、经史子集在我眼前呈现出了新的魅力。美学让人变得更柔软、细腻，能更敏锐地去思考生命，思考艺术，思考天地造化。这是一扇可以极目生命中一处清幽的窗户。进入中文系后，我开始摸索着体会苏轼之冲淡，王维之禅韵，陶潜的无弦琴，以美学的深度想象李白“兰生谷底人不锄，云在高山空卷舒”的意境。我一直在思考阿波罗神殿石柱上那句“认识你自己”的铭文。生命是关于什么的？不朽又是什么？莎士比亚的答案是艺术创造和传宗接代；中国儒家有“立德”“立功”“立言”之三不朽。我们谁都不愿意落得英国生物学家理查德·道金斯《自私的基因》中描述的光景：人作为基因的容器，悄悄地来，比画几下（像戏台上的表演），又悄悄地离开。很多时候不免感慨，极尽繁华，不过一粒流沙。对于生命，我自己的理解是，生命事关我们能否找到可以为之失去自我的事物。生命的有限成就了生命的辉煌，死亡是生命最好的发明，因为只有终有一死，人才有一种寻求不朽的生之冲动。要想完全成为自己，就必先倒空自己，这也许就是“空故纳万静”的道理。一直欣赏蒲松龄的那句“性痴则其志凝。故书痴者文必工，艺痴者技必良”。以上这些，虽然不一定经典，都是我在北大悟出来的。

这篇论文得以完成，首先要感谢我的导师王岳川教授。2009 年初，那一天春雪初融，我带着迷茫的心情来到了素昧平生的王岳川教授的讲堂。从那天起，我就开始了四年的征程，只为了寻找他当天的那个设问。当时他正在讲授“文艺美学”。先生在黑板上画了一个台阶简图来描述人生轨迹，同时说明时空之浩渺，生命之有限，人生之茫茫。人这一生，从出生到幼儿园小班、中班、大班、小学六年、中学三年、高中再三年、大学四年、硕士三年、博士四年、博士后三年、讲师若干级、副教授若干级、正教授若干级、院士……到最后还要为是否能进八宝山而争。人一旦进入了多、快、好、新至上的线性时间轨道，刹车装置就失灵了。导师有一个愿望，那就是将中华文明与时代、与世界进行对话，回应现代性困境。时间一天天过去，我似乎看到了导师王岳川教授所指的那轮明月。我最喜欢导师的那本灰色封面的《艺术本体论》，一个学术化的书名，但书中兼具思诗气质的语言深深吸引了我，书中对《江雪》《红楼梦》等的分析和理论升华，让我激动不已。在讲完《艺术本体论》后，导师最后用尼采的一句话进行了总结：热爱艺术吧，也许它能使生灵挨过生涯。导师对我们的影响和关怀还体现在平时的谈话中，一句句教导令我受益终生。如学术要“击其中节，伤其十指不如断其一指”；“走近经典，守正创新”；不要酷评他人；“大胆创新，小心求证”，做学术要接近大师；字能通神，不可游戏；女子要内外兼修，秀外慧中……

感谢中文系的杨铸老师、卢永璘老师、张辉老师、蒋晖老师、王丽丽老师、时胜勋老师、柳春蕊老师，艺术学院的高译老师，清华大学的肖鹰老师，北京第二外国语大学的袁宪军老师，北京外国语大学的郭棲庆老师，国际关系学院金铭老师。这些年来，在开题、写作、修改和答辩的过程中，他们对这篇论文给予了悉心的指导。特别要提到的是时胜勋老师，他以老师的身份，带着师兄的情谊给予了这篇论文无微不至的关怀。感谢哲学系的宁晓萌老师，英文系的毛亮老师、丁宏为老师、刘峰老师。从与诸位老师课上课下的交流中得到了很多启发，并感受到了北大博大的胸怀。

感谢胡艳琳、王清辉、叶归真，陈春莲，王坤宇、车顺、赵潞梅、杨庭曦等所有同门的鼓励、帮助与微笑。

感谢首都经济贸易大学教研室的同事，因为我他们承担了更多的教学任务，他们讲台上挥汗如雨让我在最后一年只需每周上八节课；感谢程虹教授的鼓励与点拨，在我纠缠于生态哲学、生态批评和自然文学问题时，是她一句“自然文学里面充满了哲学思想”，令我柳暗花明。感谢外语系各位领导的支持。

感谢国际学者圣·阿蒙德、斯科特·斯洛维克、格雷格·杰拉德等给予本论文的灵感。

最后，我要感谢我的家人。感谢我远方的父母，忍受思念之苦也不忍心打搅我，请原谅我四年的不孝。感谢侄女排版整理。感谢当爹又当妈的家人照料着家里几乎所有“形而下”的事务，使得妻子得以在“形而上”的世界里冥思苦想。感谢犬子的包容，每次要求妈妈讲故事都被劝走，怏怏离去；犬子有咽炎，咳嗽声声声锥心，时时把我从“形而上”的彼岸拉回到现实；还要感谢犬子总能于平庸之处见得神奇的明眸。

我还要感谢的是生养哺育我的故乡，那些不知名的小花，定格在记忆中的习习微风，树枝轻摇，晴空万里，是我梦回故里的唯一的路。感谢古乐《高山流水》《二泉映月》，其超拔与坚韧伴我走过孤单的笔耕岁月。

写作中时常兴尽悲来，感慨人生尽是一度喧嚣，百度凄凉。写作是如此让人心虚、孤独，如此高处不胜寒。苦苦思量那若明若暗的彼岸，而一朝问天，几种惆怅。我的硕士导师何其莘先生得知我在攻读博士学位的时候教导我，这只是学术的一个阶段，而不是结束。也许一切都终将飘逝，但可以肯定的是，我将怀念这段写作时光，怀念与我共渡这段时光的人们。这怀念是永恒的。

谨以此怀念激励未来。

2013 年 5 月 24 日于中关园

# 附二

## 你能从书里得到什么[①]

《生与爱：似本能和生态批评》属于生态批评范畴。那么这本书对于你，对于社会工作者、学者、教师，以及老百姓有什么意义？我为什么要关心书里写了什么？毕竟读者多少厌倦了那些拿生态问题教训人的做法。

在2008年出版的《远行深思》一书中，斯科特·斯洛维克说，环境恶化的意味“恐怕是环境文学、科学、教育和行动主义的核心。很多人能够预见未来。他们知道地球上，以及具体的当地的地方正在发生的事情。他们渴望说出他们看到的东西。有时候，这些作者和教育者听起来像耶利米，像是发布关于并没有来到的灾难的夸张预警。他们的命运往往和卡桑德拉一样，一个笔者从阿伦·阿特基森最近的著作《相信卡桑德拉》中读到的经典故事：他们能看见未来，但是他们注定无人倾听，无人相信。”（Slovic，2008：21）卡桑德拉是特洛伊最后一个国王普里阿摩斯年轻漂亮的女儿。阿波罗赐予卡桑德拉一份特殊的天赋——预见未来的能力。但是当她拒绝阿波罗的示好时，阿波罗以咒术扭曲了这份预见未来的天赋，从此无论她的预见多么真实，就是没有人相信她。

没有人喜欢被说教。也许正因为如此，预言性的说教收效甚微。这也是罩在环境文学作家、教育者这些主要由末世预言家们构成的群体头上的咒术。笔者想起斯坦福大学一个著名的心理学实验“知识的诅咒”。当个体企图与其他个体交流，无意地假想对方有相应的背景知识理解自己想说的信息的时候，该诅咒就发生了，我们称此为“认知型偏见”。一旦你理解了什么，你就很难想象不理解是什么样子。在表达意思的时候我们往往过于自信，这使我们饱受知

① 本部分后面附有英文译文，添加英文译文是因为一些美国读者“预定”过此书。因为不知道本书的英文版本何时出版，以及是否出版，想必这份后记能让他们对本书的基本内容有一个大致的了解。

识的诅咒：我如此爱你/恨你，你怎么能毫不知情？这么危险，你怎么能毫无知觉？当前生态语境中，这样的诅咒更为严重：人们宁愿成为本能欲望的牺牲品，也不愿成为“似本能”的受益者。人们在自身欲望被操纵的过程中选择做一个操纵者的帮凶，对于“似本能”的号召却无动于衷。问题是，一旦人类独有的“似本能”受挫，必然会出现一些病态。遗憾的是，人的“似本能”更多的是习得而来，非天然形成。

在现代社会里，由于我们本能欲望被有组织地操纵等原因，我们注定对严肃的信息充耳不闻，我们习惯了快餐化的信息。在碎片化的后现代文化里，人们对教导性的长篇大论越来越听不进去。我们的大脑被训练有素，只对某些特点的信息做出反应，这些信息往往与我们低级的，肤浅的需求有关。我们的肉身已经很沉重，而我们周围充斥着各种“欲望制造”。“欲望制造”是法国哲学家德勒兹（Gilles Deleuze）与心理学家伽塔利（Felix Guattari）在著作《反俄狄浦斯》中创造出来的词汇，用以揭示我们多余欲望的来源。当前中国最流行的短视频软件只需要15秒就能让人兴奋起来。内容简短是这些软件成功的秘诀。其他以吸引点击率为目标的媒体也是如此。这样一来，人们既容易被吸引也容易走神。人们越来越健忘和麻木，最终在感官上产生难以达到的阈值。这或许能解释为什么严肃冗长的信息难以被受众接受。无论我们的感情有多么深沉，思想有多么深刻，数据有多么意义重大，但如果无法打动受众，最终将惨遭搁浅。一些情况下，信息的接受效度具有生死攸关的重要性。

解除知识的诅咒之良方出现在奇普·希思和丹·希思的著作《黏度策略：为什么一些思想能获得传播》。作者将思想传播的六个策略用一个英文单词SUCCESS总结：S代表简单，即言简意赅；U代表意外，用新鲜的信息获取注意力；CC分别代表具体和可信，比如采用视觉化、听觉化和个体化策略；E代表情感，人们只关注人，而非数字，同时关心信息能为你带来什么的原则；S代表故事，尤其是听众或者读者能关联到的故事。

上述对知识的诅咒之解药事实上也高度适用于环境教育。在很多情形下，预警类话语在改变我们思维方式方面作用有限，抽象数据的说服效果并不理想，尤其是大数据。美国理论物理学家乔治·加莫夫的著作《从一到无穷大：科学中的事实和臆测》中有一个意味深长的故事：两位部落长老比赛看谁能给出更大的数字。第一位长老说出了“三”，第二位长老沉思片刻，说“你赢了”。聪明的长老深知大于三的数字不一定会比“三”更有意义。而具体的，和自身关联的，意外策略能让信息穿过我们的身体，从而确保信息的有效传递。本书提到的技巧和理论正是使听众关心并增加我们话语的黏度。这些技巧和理论包括：叙述型学术、陌生化、物哀、主动放弃的美学、详述美学、俳句、变焦和游牧，等等。书中利用大量篇幅解释关心他者的能力、爱的能力和共情能力的长远意义，以及对于我们心理健康的重要性。

另外一个解药就在这个缩略语 WIIFY（你能从这里得到什么？）中。如果我们想要别人接受我们的观点，并记住之，这在现代语境中是一个很大的挑战。如前所述，现代社会，注意力资源匮乏，我们需要采用“你能从这里得到什么”来获取注意力这样的稀缺资源。当环境教育工作者们声嘶力竭地宣讲环保道理的时候应该意识到，听众心里暗想的其实是：这关我什么事，你说的这些与我个人生活没有紧密的和直接的关系。这个问题正是本书力图思考的。

那么你到底能从这里得到什么？也就是说，本书到底关我什么事？请允许我讲一个个人的故事。本书出版计划早已拟订，但是现在笔者已经不需要出版物来晋升。这样一来，出版之事几近搁浅，毕竟出版学术著作虽然是一件富有成就感的事情，但是也是一个煎熬的过程。这个过程里充满了自信和谦卑的碰撞。有的时候出版的愿望奄奄一息。若非以下源头的支持和鼓励，这本书很可能胎死腹中了：闲聊中，我曾与华盛顿州立大学的学术项目协调人阿莱·盖伊提过此书，她非常感兴趣，这让我重新认真考虑本书的出版。在 2015 年环境与文学会议中，笔者宣读此书内容的时候，日本圣泉大学英语语言文学系教授阿伦·布鲁斯等人也表达希望看到此书的出版。笔者的一位在纽约伊斯曼音乐学院攻读硕士的学生说她已急不可耐地想看到这本书，而且会当成《圣经》去读。笔者想这可能是因为到目前为止，为她提供的将近 50 次的“美学疗法”，助她找到了些许作曲的灵感，并适应了新的环境。笔者在北京的一位挚友也多次问询书何时能出来，因为她对书中关于“爱”如何带来“生”的话题十分好奇。书中的内容也成为笔者与波士顿的表姐聊天的“核心议题”。这些朋友时不时地询问书的出版进程，似乎书里有什么神秘的菜谱或者减轻苦难的良方。正是以上这些形成了一股合力，推动着本著作的出版。这些人的鼓励让笔者觉得书的出版将会给人们的个人生活带来好的影响。而能正面影响他人恐怕是对任何作者最高的奖赏，这也是一部作品最高的使命。

如书名所显示的，爱的能力直接关联着我们的生命力。爱的能力并非与生俱来。和“似本能”一样，爱的能力很大程度上是后天训练的结果。现代社会中，人们罹患冷漠症，对他者的美与痛无动于衷，而这对自我和他者都是一种伤害。一个人若是没有胃口，可能是身体状况不好的一个信号，同样的道理，一个人若是情感冷漠，也可能是精神健康不好的一个信号。我们需要抗击麻木，恢复共情能力。然而，这个过程是需要专业技能的。一篇心理学博士论文《生命完满与品味能力》详细论述了品味疗法：品味美好事物的能力，尤其是品味自然之美的能力与个体健康水平呈正向关联。与此类似的观点我们还可以在著作《为爱而生——为什么共情能力生死攸关但濒临危机》中看到。该书作者迈亚·塞拉维茨认为，正是爱的能力的恢复拯救了那些瘾君子。而在著作《共情能力：为什么重要，如何获得》中，作者认为有了共情能力，社会将会更加公正，个体将会更加幸福和富于创造力。作者柯兹纳里奇在书中列举了有着高度共情能力的人的六个促进生命力的习惯，并提到他们的共情能力能让自己与其他人产生惊人的连接效应，从而使自身和世界获得更为真切的价值实现。

笔者收集了一些现实生活中共情能力是如何帮助人们改善心理健康的资料。大约两年前，一个久治不愈，濒临绝望的瘾君子意外地在2008年汶川大地震所从事的义务救援工作中得到了救治。我的一位同学四年前被诊断为癌症，她家境富裕，在四处求医的同时，找到一位高僧求助，高僧的“药方”是让她给不知名的小花、叶子、河流摄影，并在这个过程中专注于对象具体而微的美丽，她的病情似乎因此得到了控制。北京一些青少年加入了一些环境保护组织，在公益活动中驱散了青春期综合征。脸书创始人扎克伯格在演讲中说道，帮助他人最好的方式是帮助他们找到一些有意义的事情去做，比如保护环境就有助于一个人摆脱对药物或者毒品的依赖。中国演员胡歌或许是在西藏拾荒的过程中走出人生的低谷。一位就读于刘易斯顿和克拉克斯顿州立大学的美国朋友泰蜜跟我介绍了她在学校选修的一门课程——环境心理学，该课程将环境保护项目和参与者的心理健康结合到一起。该课程是服务培训课程，在课程中，作为整体的班级和作为个体的个人都将致力于以服务项目改善自然环境。整个课程都在关注自然之美、环境保护和生态健康。值得注意的是，和环境的交互过程如何影响个体背后的原理可能是帮助他人、对他人产生积极影响带来的成就感，而这种成就感让人产生自我认同，有益于心理健康。

很多环境教育者竭尽全力要恢复我们的共情能力和敏锐性，但是对我们为什么需要对他者的美与痛产生同情，这种同情对自我有什么好处等问题只字不提。“知道为什么，我们就有了怎么做的全部答案”是心理学家维克多·弗兰克在著作《活出意义来》中说过的最打动我的一句话。强烈而健康的动机产生事半功倍的效果。共情能力被当成一种心理疗法或者说是滋养生命的元素。然而在现代社会中，人们之间缺乏相互的信任。孩子们被告知不要和陌生人说话，因为有可能被那些假装需要帮助，实际上是骗子的人所利用或者伤害。尽管我们古代文化鼓励人们行善，不要伤害他人，比如有一句谚语是“勿以恶小而为之，勿以善小而不为”，但是也有一些非主流的思想试图捍卫个体不去帮助社会或者国家的权利。其中具有代表性的是战国思想家杨朱在《列子·杨朱》中提出的：“古之人损一毫利天下，不与也；悉天下奉一身，不取也。人人不损一毫，人人不利天下：天下治矣。”这个思想在战国时代非常流行，并在夹缝中作为一股暗流生存下来。但是该思想却被理解为自私者的理论，同时统治者也因为其“悉天下奉一身，不取也”而压制该学说。理论提出者只是想用取法乎上的说法强调个体权利的神圣性。他认为人人不损一毛，世上何来压迫和剥削，也就不会出现“悉天下奉一身”的现象，“人人不损一毫，就是人人都不要做侵犯他人的事；人人不利天下，就是人人都不要拉大旗作虎皮。只要严守群己界限，身非我，不害；物非我，不有，做好自己分内的事就够了”（狄马，2011）。

爱，显然不同于狭义的行善捐赠。

我们其实可以在一些自然文学作家那里找到杨朱的知音。

在诗《野鹅》中，美国自然诗人玛丽·奥利弗说：

> 你不必行善。
> 不必
> 跪行一百英里，穿过荒凉的忏悔。
> 你只要让你温柔的身体
> 爱它所爱的。
> 告诉我，你的绝望，我也会告诉你我的。

在《大海的礼物》中，美国自然文学作家林白夫人说：

我们常常不知道要把握现在的每分每秒，一直到遭遇挑战时才会醒悟。这就像美国目前面临的情况一样。也许是因为工业主义的影响，也许是因为战争，或是一切标准化的因素，使得个体受到整体的威胁，不过就在这个时候，我们不也开始察觉到个人尊严的重要性吗？因此，现在正是人们重新将眼睛从未来拉回到此时此地、从整体拉回到个体的时候了。

在《瓦尔登湖》中，亨利·大卫·梭罗说：

实际一点，如你所是，没有必要以表现出更大的价值，四处行善为宗旨。要是我也用这种调子说话，我就干脆这样说：去吧，去修行。……没有比行善走了味更坏的气味了。这像人的腐尸或神的腐尸臭味一样。……慈善并不是那种爱同胞的广义的爱。……我要的是人中的花朵和果实；让他的芬芳传送给我，让他的成熟的馨香在我们交接中熏陶我。他的美德不能是局部的、短暂的行为，而是常持的富足有余，他的施与于他无损，于他自己，也无所知。

在某种意义上学，自我实现的，精神富足的个体本身就是一个生态方案。如上所述，若是人人充分实现自己的价值，世界何愁不安宁。在现代社会，这个自我实现的目标并不容易实现。本书的重点放在了我们的个性是如何因为爱无力而遭受削弱的。在密西根大学学者的一份报告《美国大学生共情力变化的历时研究：一份综合研究报告》（Konrath，2011）中，作者发现学生共情能力相较于30年前下降了40%，2000年后，共情能力直线下降。我们现在成为四处蔓延的冷漠综合征的受害者，我们因此也成为施害者。冷漠的人们四处晃悠，释放着自私和冷漠的毒素，而这些毒素很可能构成最大的环境灾难。拯救环境要做的第一步或许应该是救治这些冷漠综合征患者。脸书创始人扎克伯格在2017年哈佛大学演讲的副标题是“拯救世界不是仅仅拥有自己的奋斗目标，还在于为他人设计目标”。演讲中，扎克伯格提到帮助人找到可以为之奉献、服务和付出的对象可以治疗心理问题，“很多人觉得与社会脱节并感到压抑，心里空荡荡的……我去过一些地方，和青少年劳改所的孩子，和鸦片上瘾者座谈过，他们告诉我，如果他们有些可以做的事情，可以去的地方，比如课后的一些项目，他们的情形会好很多”。

能够感知他者的美与痛是“似本能”的重要方面，超越自我是人类独有的难以察觉的需求。如果这样的需求受到挫折，个体的活力会被削弱。我们超越自我的本能，爱他者的本能，我们的共情能力下降了，我们需要恢复之，从而重新获得我们的精神健康。本书通过分析四位美国生态批评家的主要生态批评著作阐述了爱、共情力和自我超越等“似本能”的恢复。这四位生态批评作家都宣扬某种爱和自我超越的模式，并通过对文学形式的试验找到提升爱与自我超越的策略。比如关注、敏锐、意识等成为斯洛维克《寻找美国自然文学中的生态意识》一书的核心词汇，与此同时，一些文学写作或者批评的策略如叙述型学术、陌生化文学手法和仪式策略等被用于提升上述品质。同样的，劳伦斯·布伊尔也在著作《环境的想象》中论述“主动放弃的美学”和“详述美学”，以及后者的恢复是如何治愈人类堕落的。伊恩·马歇尔在著作《高峰体验》和《〈瓦尔登湖〉中的俳句时刻》中则提到了“高峰体验”和“俳句手法”。厄秀拉·海斯在《地方感与全球感》中提到了“宇宙主义”“全球想象”和一些后现代的叙述策略。以上努力正是为了复苏我们爱、想象、慢思维和超越自我的能力，从而全面恢复我们的个性。

从很大程度上说，本书是阅读斯科特·斯洛维克的书籍、讲座、座谈以及与他通信等交流的思想产物。若干年来，一个清晰的想法慢慢显现，并以文字的形式流溢出来。

感谢我的插画师李仁艺先生。他负责封面创作和设计，书中的插图，也是作者照片的拍摄者。他的绘画对于拙著起到画龙点睛的效果。有的时候我感觉是书在为绘画做注脚。创作之前，李仁艺需要彻底沉浸在这本用中文撰写的书的精神和思绪中。这个过程他与我充分谈论，同时也独与天地之江河日月往来，心斋坐忘，秉烛达旦。

感谢本书的各位编辑。当听说大家喜欢这本书的时候，我干涸的心得到了些许滋润。首都经济贸易大学出版社总主编杨玲女士对本书表示了认可，这认可之于我，犹如是一盏灯给黑夜中的旅人带来了温暖和光明。杜浩南编辑鼓励我为著作设计插图，否则大家看到的将是一本没有插图的书。出版社最资深的薛捷编辑对本书的评价也给予我很大的鼓舞。在此一并致谢！

# WIIFY

*Love and Life*: *Instinctoid and Ecocriticism* will be categorized as ecocriticism. What' s in it for you (WIIFY), for social workers, scholars, teachers and common people? Why should I care about what is in the book? The readers are more or less tired of being lectured about environmental issues.

In his 2008 book *Going Away to Think*: *Engagement*, *Retreat and Ecocritical Responsibility*, Scott Slovic says, the significance of a benign environment suddenly turning lethal "is, perhaps, the core message of environmental literature, science, education, and activism. Many people today can see the future coming. They know what is happening to the planet, and to specific, local places. And they wish to get the words out. Sometimes these writers and educators sound like Jeremiah, seeming to issue exaggerated warnings of unrealized catastrophes. More often, their fate is that of Cassandra—a classical story I learned from Alan Atkisson, recent book, *Believing Cassandra*: *They Can See the Future*, but they are fated not to be heard, not to be believed" . Cassandra was the young and beautiful daughter of Priam, the last king of Troy. Apollo bestowed upon Cassandra a special gift—the ability to see the future. But when she refused his favors, he twisted her gift with a curse, so no one would believe her prophecies.

Few people enjoy being moralized. Probably that is why most prophetic messages are lost on the listeners. This is the curse for the environmental writers and educators, mostly doomsayers. Another reason of the curse might be caused by the environmental educators' lack of strategies. This reminds me of a psychological experiment "the Curse of Knowledge", a famous Stanford psychological experiment. "The Curse of Knowledge" is a cognitive bias that occurs when an individual, communicating with other individuals, unknowingly assumes that the others have the background to understand. The idea is that once you know something, it is impossible for you to imagine not knowing it. We are cursed by our over confidence in the communication of intent: I love/hate you so much, how come you don' t have the slightest idea about it; it is so dangerous, how come you don' t feel a thing... The message conveyed through the "the Curse of Knowledge" is more poignant in the current context. In this context, people choose to fall prey to instincts rather than to be exposed to the influence of instinctoid. Human beings are cooperative in having their instincts manipulated, whereas, they are insusceptible to instinctoid which will result in pathology when frustrated, which are unique to humans, and can be modified by learning.

In modern context, due to many causes especially the institutionalized manipulation of our instincts, we are doomed to be insensitive to serious information, we are getting used to fast food information. Basked in deconstructionist and fragmented atmosphere, we are more and more impatient about instructive harangues and long articles, we become increasingly impenetrable and numb. Our minds are manipulated to be reacting in certain ways, responding only to certain stimulants, which always have something to do with our lower and shallower needs and desires. We are already hopelessly afflicted with desires, some producers and sellers of various products spare no pains to produce desire for us ("desiring - producing" is a term coined by Gilles Deleuze and Félix Guattari in the book *Anti - Œdipus.*) The most popular short clip Apps in China take only 15 seconds to make the viewers experience a "high". Among other elements, the key to success for these Apps is brevity. That is the same with similar types of media whose main goal is to increase click rate. As a result, people are easily attracted and distracted at the same time. People are becoming forgetful and insensitive; they end up in having a high sensory threshold which is difficult to reach. That is why many serious ideas die on the way from the information carrier to the information receiver for they typically appear in the form of lengthy articles. No matter how intense the love and incisive our opinion is, how meaningful our data is, if they are not landed in the heart of the targets, they are aborted. In some situations, the effectiveness of landing is of life and death importance to some people.

Some of the antidotes to the curse of knowledge are provided in the book *Made to*

*Stick*: *Why Some Ideas Survive and Others Die* by brothers Chip and Dan Heath. The antidotes are neatly summarized by one word SUCCESS: S stands for simple (talk right to the core), U for unexpectedness (use strategies like defamiliarization to create curiosity gap and hold attention), CC for concrete and credible (strategies like visualization, auralization, individualization will be adopted), E for emotional (people care about people, not numbers. And WIIFY, what's in it for you principle), S for story (especially stories that the listeners can relate to).

Some of the above antidotes are highly applicable in the environmental education scenario. In many cases, apocalypse narratives won't do a good job in changing our mind, and abstract numbers are not as effective as we think especially big numbers. There is a revealing story in the book *One Two Three Infinity* by George Gamov: two tribal chiefs held a contest in which the person who could give a bigger number was the winner. The first chief said THREE, the second one thought for a while, and then said "You won". The wise chief knew that numbers bigger than THREE are not necessarily more meaningful than THREE. To be concrete, to be related, to be emotional and unexpected can make our information go through the body so that effectiveness of landing can be guaranteed. Most techniques and theories mentioned in the book *Made to Stick*: *Why Some Ideas Survive and Others Die* are devised to help our audience care and help make our ideas stick: narrative scholarship, defamiliarization, aware, aesthetics of relinquishment, aesthetics of particularization, haiku, zooming, rhizome, etc.; I spent much space explaining why to be able to care, to love, to see and to empathize matters for us in the long run, for our next generation and most importantly for our mental well being.

Another antidote for our environmental educators' curse of knowledge lies right in the acronym itself: WIIFY. If we want to sell an idea, and make our idea stick in the minds in modern context, where, as we mentioned before, ideas are competing for attention which is very difficult to catch and retain, we need to adopt the strategy WIIFY: what is in it for you. When the educators are preaching vehemently, one thing that should be kept in mind is that what is lurking in the back of the listeners' brain is: why do I have to care if what you are advocating is so loosely and indirectly related to my personal life? This question is what the book is aspiring to wrestle with.

But what is in it for you? I should like to tell a personal story here. I signed the publishing contract long time ago, but now I no longer need any publications to get promotions. Abortion of the publication is threatened, since writing a book is a fulfilling but also a grueling process. It is an act of both confidence and humility. My desire to get it published got dangerously faint at some point. I am grateful for the following sources without which the book publishing might be stranded: I shared the idea in my book with Alli Guyer, an Academic Coordinator in Washington State University; she was intrigued and wanted to know more, resulting in me spending about one hour pondering on the necessity of the book' s publication. Allen Bruce, Professor in the Department of English Language and Literature at Seisen University in Tokyo is another person, among some others, who are waiting for the book to come out, and expressed interest when I summarized my book in 2015 ASLE. One of my students, who is now working on her master' s degree in Eastman Music school in New York, said she is looking forward to reading my book, which she would read as the Bible. I guess it is because I have been administering her "aesthetic therapy" for about 40 sessions by now, which helped her get some inspiration for music composition, and after which she is recovered from her previous inability to fit in her new environment. One of my bosom friends in Beijing couldn' t wait to read my book after I talked about how love can bring life to us. My cousin in Boston enjoyed our chat about my book tremendously. These friends keep "nagging" me about how much they want to read the book as if it was a sort of secret recipe or prescription for some sort of pathos. But it turned out that their expectation serves my motivation which is badly needed for the final publication of the book. These sources of encouragement make me feel that the book can make a difference in people' s personal life, and it is a beautiful thing to be able to make a difference. If the book can touch people' s heart in any way, it has accomplished its mission.

As the name of the book *Love and Life* suggests, the ability to love has a lot to do with our liveliness. We can' t take it for granted that everybody is born with the ability to love. Like instinctoid, the ability to love is partly the outcome of training. Nowadays, people suffer more from apathy, and they are no longer as sensitive to the beauty and pain of the OTHER as before, this is harmful to both. A person' s weak appetite might be one of the signals indicating his bad healthy condition, in the same way, a person' s insensibility to beauty and pain might also be a signal showing that something is wrong with his life. We need to combat numbness and recover our empathy. It takes professional skills to go from apathy to empathy. A psychological PHD dissertation *Appreciation and Life Satisfaction* detailed on Appreciation Therapy like this: The ability to appreciate beauty in general, nature in particular will increase the level of well being of the subjects. In the book *Born for Love: Why Empathy Is Essential—and Endangered*, the author Maia Szalavitz says, it is the ability to love that cured the drug addicts. In the book *Empathy: Why It Matters, and How to Get It*, by looking outward and attempting to identify with the experiences of others, Krznaric argues, we can become not only a more equal society, but also a happier and more creative one. He presents the six life-enhancing habits of highly empathetic people, whose skills enable them to connect with others in extraordinary ways—making themselves, and the world, more truly fulfilled.

I actually collected some realistic examples of how empathy helps people with their mental well being. I still remember two interesting reports I heard in China a few years ago. One is a drug addict was on the point of giving up his life after many years of struggling, but was accidentally cured from his addiction by his rescue work in Wenchuan earthquake in the year 2008. One of my classmates was diagnosed cancer 4 years ago, she is very rich, besides treating her cancer, she went to a monk for solution, the monk told her to take photos of individual beautiful leaves, flowers, rivers etc. She seems to have get her cancer under control. Some juveniles in Beijing join some environmental organizations to work away their puberty (qingchunqi) syndrome. Facebook founder Mark Zuckerberg said in his speech that the best way to help others might be to help them to find something meaningful to do, protecting the environment, for example, can help one person get rid of his/her over-dependence on drugs. Actor Hu Ge might get his melancholy under control by collecting garbage in Tibet for one month. One of my friends Taimee, a college student in LCSC (Lewiston and Clarkston State College) told me about Environmental Psychology, a selective course offered in the college. According to Taimee, the course combines the project of environmental protection with improving the participants' mental health! The following is quoted from the website: "An introduction to environmental psychology which studies the interactions between individuals and their physical settings. Through these interactions, individuals change the environment, and the environment changes the individuals. Environmental psychology includes theory, research, and practice aimed at improving our relationship with natural and built environments. The course is designed as a service learning course in which the class as a whole, and/or as individuals, will aim to improve the natural environment in the local area through service projects. An emphasis on natural beauty will be suffused throughout the course, as will issues of conservation, sustainability, and ecology." What is worthwhile to note is that the secret mechanism behind how the interaction changes individuals might be that helping others and having some positive influences on others makes people feel good and mentally healthy.

Most people are trying hard to restore people's empathy and sensibility in the course of environmental protection or humanity crisis without telling them why on earth I need to be empathetic or sensible to others' beauty and pain. Viktor Frankl says in *Man's Search for Meaning*: He knows the why for his existence, and will be able to bear almost any how. Strong motivation is the guarantee of yielding twice the result with half the effort. Empathy is actually a psychological therapy or a life nourishing element. But in modern society, there is a lack of mutual trust between people. Children are warned not to talk to strangers who might pretend to be in need, but actually turn out to be swindlers. The helpers are at a risk of being made a fool and even a victim. Although our ancient culture encourages people to do charity, and not to harm others, there is a proverb "Practice no vice because it's trivial, neglect no virtue because it's so", there are also some undercurrents trying to justify the individuals' right of not helping the society or the country. One of them is a famous philosopher named Yang'zhu, whose most famous proposal is that, he would not be willing to hurt his one hair to benefit the society, he also held that it is not right for the individuals to take benefits from the whole society. His thinking was very popular during the Warring States period and was passed down through informal ways. Yang'zhu was misunderstood as advocating selfishness and disliked by the rulers for his "not willing to hurt one hair to benefit the society" . The fact was that he was going extremes to emphasize the sacredness of individuality. He thought that if everybody minded their own business well enough, the whole society will be at peace, " 'not to hurt his one hair to benefit the society' only means not to encroaches on others' interest, and not to use the great banner as a tiger - skin to intimidate and shame others. if everybody observes the boundary between self and the society rigorously, harms no others, encroaches no others' interests, minds their own business, then we can expect an Eden" (Di, 2011)

Love can' t be narrowly understood as goodness and charity. Yang'zhu's theory resonates with some of the nature writers: In "Wild Geese", Mary Oliver says:

> You do not have to be good.
> You do not have to walk on your knees
> For a hundred miles through the desert, repenting.
> You only have to let the soft animal of your body
> Love what it loves.

In *Gift from the Sea*, Anne Morrow Lindbergh says, "Perhaps we never appreciate the here and now until it is challenged, as it is beginning to be today in America. And have we not also been awakened to a new sense of the dignity of the individual because of the threats and temptations to him, in our time, to surrender his individuality to the mass—whether it be industry or war or standardization of thought and action? We are now ready for a true appreciation of the value of the here and the now and the individual. . . . these are the individual elements that form the bigger entities like mass, future, world. . . It may be our special function to emphasize again these neglected realities, not a retreat from greater responsibilities but as a first real step toward a deeper understanding and solution of them. When we start at the center of ourselves, we discover something worthwhile extending toward the periphery of the circle. "

In *Walden*, Henry David Thoreau says, "I would not subtract anything from the praise that is due to philanthropy, but merely demand justice for all who by their lives and works are a blessing to mankind. I do not value chiefly a man's uprightness and benevolence, which are, as it were, his stem and leaves. Those plants of whose greenness withered we make herb tea for the sick serve but a humble use, and are most employed by quacks. I want the flower and fruit of a man; that some fragrance be wafted over from him to me, and some ripeness flavor our intercourse. His goodness must not be a partial and transitory act, but a constant superfluity, which costs him nothing and of which he is unconscious. This is a charity that hides a multitude of sins."

In some sense, fulfilled individuals can be considered a strategic environmental project, if, according to the above argument, the world will be at peace when every individual is fulfilled. In modern society, however, people's individuality is not well fulfilled due to many reasons, financial and other resources imbalance included. My book, nevertheless, is mainly talking about how our individuality is impaired by our inability to love. In the essay "Changes in Dispositional Empathy in American College Students Over Time: A Meta - Analysis" by Sara Konrath, a researcher at the University of Michigan, found that college students today are 40 percent less empathetic than those of 30 years ago, with the numbers plunging primarily after 2 000! We are now victims of apathy syndrome which is rampant, and also we are victimizers, because some people will suffer as a consequence of our apathy. Apathetic people walk around wafting selfishness and coldness fallout, this can be one of the most serious environmental disasters. The first step we need to take is to cure these victims and victimizers. Mark Zuckerberg's 2017 Harvard speech was translated into Chinese with "the best way to save the world is not that you have a purpose for yourself, it is to set up purposes for others" as a subtitle. In his speech, he mentioned that having something to devote to, to serve, to love can cure one's mental problems. Mark said, "Many people feel disconnected and depressed and are trying to fill a void... As I've traveled around, I've sat with children in juvenile detention and opioid addicts, who told me their lives could have turned out differently if they just had something to do, an after - school program or somewhere to go."

To be able to feel the pain and beauty of others is a key type of instinctoid, an imperceptible instinct to transcend oneself. If this instinctoid to love others dwindles, then the individual's life will wither accordingly. Our instinct of transcending ourselves, of loving others, of being empathetic is degenerated; we need to recover this instinct in order to get back our mental well being. In my book, I weaved the recovery of love, empathy and self transcendence into analysis of four American ecocritics. All four critics advocate some forms of love and self transcendence and experiment with literary ways to enhance love and raise the awareness of self transcendence. Attention, sensitivity, awareness, for example, are some key words in Scott Slovic's *Seeking Awareness*, and some literary or critic techniques which are aimed for enhancing attention, sensitivity or awareness are sought out and discussed, they are narrative scholarship, defamilarization and rituals. In the same logic, the book also talks about aesthetics of relinquishment and aesthetics of particularity, and how the renewed sensitivity of the latter can "heal the man's corruption" in Lawrence Buell's *The Environmental Imagination*; peak experience and haiku in Ian Marshall's *Peak Experiences*; cosmopolitanism, global imagination and some post modernistic narrative techniques in Ursula K. Heise's *Sense of Place and Sense of Planet*. All the above efforts seem to have in mind how to rescue our ability to love, to imagine, to slow think and to transcend self, here and now, thus to get back our full individuality.

To a great extent, the book is a brainchild of reading Scott Slovic's books, listening to his lectures, talks and communicating in emails with him. Over the years, a distinct idea has taken form and kept oozing out in the form of words.

My many thanks go to my illustrator Richard Segren, who painted and designed the book cover, made four illustrations for the book, and also took the photo on the back jacket. The illustrations to my books are eyes to a person. Sometimes I feel like the book is expounding the illustrations, instead of the book being illustrated. Before working on the illustrations, Richard needs to get fully soaked in the spirit and mood of my book, which is in Chinese. Besides talking with me constantly, he also spent a lot of time alone visiting the river, staring at the sun, observing the moon, burning the midnight oil, daydreaming and fasting.

I also want to extend my gratitude to my editors. When I heard that the editors like the book, my parching heart was nourished quite a bit. My chief editor Yang Ling showed her keen interest in the book when I was groping for some sort of self-assurance in pitch darkness. My editor Claire Du (Du Haonan) encouraged me to include the illustrations, which will surely not be in the book without her persuasion. It is my honor to have Xue Jie, one of the most seasoned editors, to edit my book and acknowledge the value of it.